plaisir
d'amour

# HAYLEY FAIMAN

# COWBOY

## IMMER NUR DU

Aus dem Amerikanischen ins Deutsche
übertragen von J.M. Meyer

**Hayley Faiman**
**Außergewöhnliche Helden Teil 5:**
**Cowboy – Immer nur du**

Aus dem Amerikanischen ins Deutsche übertragen
von J.M. Meyer

© 2020 by Hayley Faiman unter dem Originaltitel
„Cowboy (An Unfit Hero Novel, Book 5)
© 2023 der deutschsprachigen Ausgabe und Über-
setzung by Plaisir d'Amour Verlag, D-64678 Linden-
fels
www.plaisirdamour.de
info@plaisirdamourbooks.com
© Covergestaltung: Sabrina Dahlenburg
(www.art-for-your-book.de)
© Coverfoto: Shutterstock.com
ISBN Print: 978-3-86495-630-0
ISBN eBook: 978-3-86495-631-7

# Prolog

*Stephanie*

*Siebzehn Jahre zuvor*

Nur noch eine Woche bis zu meinem Hochzeitstag, *der* Hochzeit. Ich kann es immer noch nicht glauben, dass ich tatsächlich heiraten werde. Mein Vater, der im Sessel schläft, gibt einen lauten Schnarcher von sich, woraufhin ich zusammenzucke. Gleichzeitig klopft jemand an der Haustür.

Ich erkenne an dem Klopfrhythmus, den zwei Klopfern gefolgt von einer kurzen Pause und zwei weiteren Klopfern, dass Ford auf der anderen Seite der Tür steht. Mir dreht sich der Magen um und ich spüre einen stechenden Schmerz, als ich mich auf den Weg zu besagter Haustür mache.

Schon seit Wochen ergeht es mir so. Genauer gesagt, jedes Mal, wenn jemand die Hochzeit erwähnt oder wenn ich selbst an sie denke oder etwas dafür vorbereite.

Irgendetwas stimmt mit mir nicht, doch der heutige Arztbesuch hat mich einer Antwort nicht nähergebracht. Der Arzt meinte, mit mir sei alles in Ordnung, es sei vermutlich nur das Lampenfieber wegen der Hochzeit. Aber das kann nicht sein, es muss mehr dahinterstecken.

Langsam öffne ich die Tür. Ich gehe nach draußen und neige den Kopf in Richtung der Verandaschaukel. Ohne Ford in die Augen zu blicken, schlendere ich auf die Schaukel zu und lasse mich langsam auf ihr nieder, ehe ich meine Knie bis an die Brust ziehe.

Ford, der sich neben mich setzt, hebt den Arm an und legt ihn auf der Rückenlehne der Schaukel ab. Ich drehe den Kopf zur Seite, bette meine Wange auf mein Knie und sehe ihn schließlich an. Er nimmt am meisten Platz auf der Schaukel ein, während ich mich in der Ecke ganz klein mache.

Als seine Hand mein Haar berührt und seine Fingerspitzen mit einer Strähne spielen, schließe ich für einen Moment die Augen.

„Es ist schon spät", flüstere ich und öffne die Lider wieder, um ihn ansehen zu können.

Er nickt, sein Blick ist geradeaus gerichtet, während seine Finger weiterhin mit meinen Haaren spielen. „Das stimmt", erwidert er nach einer Weile.

Ich bemerke, dass er mich mittlerweile anschaut. Bei diesen blauen Augen stockt mir der Atem. Sie sind so intensiv, sie spiegeln die Emotionen wider, die ihn durchströmen. Er sieht friedlich und glücklich aus. Doch ich fühle nichts weiter als eine innere Unruhe.

Er atmet durch die Nase ein und ich kann sehen, wie sich seine Nasenlöcher weiten.

Ford Matthews ist wahrscheinlich der sexyste Mann, den ich je gesehen habe. Nicht, dass ich in meinen gerade einmal achtzehn Lebensjahren schon viele Kerle gesehen hätte, aber er hat einfach etwas Besonderes an sich. Seine gebräunte Haut, seine blauen Augen, sein hellbraunes Haar, die Intensität, mit der er mich anschaut und die meine Haut zum Glühen bringt.

Allerdings stimmt etwas nicht mit mir. Ich bekomme mit, wie andere Mädchen ihn ansehen, wie sie ihn schon immer angeschmachtet haben. Schaue ich ihn genauso an? Ich weiß es gerade nicht. Ist es wirklich das, was ich für den Rest meines Lebens möchte?

Will ich hier in Gallup bleiben, mit dem einzigen Mann, den ich je geküsst habe? Ich habe immer davon geträumt, als Stephanie LaRue groß rauszukommen, anstatt als Stephanie Matthews.

„Was würdest du davon halten, wenn wir von hier wegziehen?", frage ich ihn zum millionsten Mal.

Ford stößt einen langen Seufzer aus. „Wenn ich von hier weggehe, wer hilft dann meinem Dad dabei, die Ranch zu führen?"

Ich zucke mit einer Schulter. „Einer deiner Cousins?"

Er schnaubt. „Stevie, du weißt, dass diese Trottel ihm mehr Kopfschmerzen bereiten würden, als dass sie ihm eine Hilfe wären. Diese Rinderfarm ist in Familienbesitz, seit mein Großvater sie aufgebaut hat. Sein Vater hat den Grund und Boden gekauft und sein Leben lang dort gelebt. Es ist mein Erbe. Ich liebe es, dort zu sein. Ich habe nie darüber nachgedacht, wegzugehen. Nicht ein einziges Mal."

Ich presse die Lippen aufeinander und kneife die Augen zusammen, während sich mir erneut der Magen umdreht.

Ist das wirklich das, was ich will? Ich liebe Ford mehr, als ich je für möglich gehalten hätte. Könnte ich einen anderen Menschen genauso lieben?

Es gibt keinen anderen für mich, und ich weiß, dass er mich glücklich machen würde, aber trotzdem frage ich mich, was ich verpasse oder bereuen werde, wenn ich bleibe. Werde ich irgendwann verbittert sein, weil ich nicht versucht habe, mir meine Träume zu erfüllen?

Was verpasse ich da draußen in der großen, weiten

Welt?

***

*Ford*

*Eine Woche später*

Während ich nervös umherlaufe, lacht Wyatt. Ich balle meine Finger zu einer Faust und schlage sie ihm gegen den Arm. Diese Aktion bringt ihn nur noch mehr zum Lachen. Wyatt ist mein bester Freund. Er und Beaumont. Die einzigen beiden Jungs, die ich heute an meiner Seite haben will, die einzigen, die ich hier haben möchte.

„Ist deine Mama glücklich?", will Beau wissen.

Ich zucke mit der Schulter. „Auf gar keinen Fall."

Meine Mutter kann Stevie nicht ausstehen, das konnte sie noch nie. Sie findet, dass Stevie hochnäsig ist, dass sie sich für etwas Besseres hält. Außerdem meint sie, wir wären zu jung zum Heiraten. Aber ich weiß, dass dem nicht so ist. Ich habe Stevie mein ganzes Leben lang geliebt, und sie ist das süßeste Mädchen, das ich je getroffen habe.

Alles an ihr ist die absolute Perfektion.

Ich liebe sie.

Ich habe mich in sie verliebt, als sie fünf Jahre alt war, und habe nie damit aufgehört, sie zu lieben. Sie ist das einzige Mädchen, das ich je wahrgenommen habe, die Einzige, die je für mich existiert hat. Mein erster Kuss, alle ersten Male. Nie wollte ich eine andere Frau auch nur berühren. Nur sie. Und schon bald wird sie meine Frau sein.

Mein.

Sie weiß es noch nicht, aber mein Vater hat mir ein kleines Häuschen auf dem hinteren Teil des Grundstücks geschenkt. Es steht seit etwa fünf Jahren leer. Allerdings habe ich nachts an dem Haus gearbeitet und bin jeden Morgen extra früh aufgestanden, um es für uns herzurichten.

Es ist nicht groß, aber es reicht für uns beide aus.

Ich habe die ganze verdammte Bude entrümpelt, neuen Teppich und Linoleum verlegt, die Waschbecken und die eingebaute Einrichtung ersetzt. Ich habe sogar alle Wände des Hauses hellgelb gestrichen, weil das die Lieblingsfarbe meiner Freundin ist. Die Außenfassade besteht aus texanischem Kalksandstein mit hölzernen Fensterläden. Der Kalkstein war noch in einem guten Zustand, doch die Fensterläden musste ich überarbeiten und beizen lassen.

Ein Schlafzimmer, ein Badezimmer, ein kleines Esszimmer und ein kleiner Wohnbereich mit einem Couchtisch – das ist alles, was wir unser Eigen nennen werden. Ich habe die Wochenenden damit zugebracht, einen Teil der Möbel selbst zu bauen: einen kleinen Holztisch, einen Couchtisch, ein Bett mit Kopfteil und einen Nachttischschrank. Ich habe eine gebrauchte Kommode erstanden, die ich abgeschliffen und weiß angestrichen habe.

Eine Matratze, ein Sofa und Esszimmerstühle muss ich noch besorgen, aber ich schätze, dass wir zur Hochzeit Geldgeschenke bekommen werden, sodass wir uns einen Teil dieser Dinge gebraucht kaufen können.

Stevie hat mir erzählt, dass sie bei ihrer Brautparty tonnenweise Küchenkram bekommen hat. Damals hat sie darüber gelacht, weil sie nicht weiß, dass wir bereits ein Haus haben. Wir werden es uns in unserem neuen Leben in dem kleinen Ranchhaus gut gehen lassen, und ich kann es kaum erwarten. Es ist nicht viel, aber es ist weitaus mehr, als manch andere Leute haben, und von hier an kann es nur besser werden.

„Bist du bereit?“, fragt mich eine Stimme.

Als ich den Kopf drehe, sehe ich meinen Vater in der Tür stehen. Wir befinden uns in meinem Schlafzimmer; die Hochzeit findet hier auf der Ranch statt. Ein einfacher Tag mit Freunden und der Familie. Ein Grillfest mit gutem Essen und Kuchen. Es ist perfekt und schlicht.

„Mehr als bereit“, antworte ich ihm.

Als ich meinem Vater, der soeben gegangen ist, folgen möchte, halten Beau und Wyatt mich zurück. Ich drehe mich zu ihnen um und runzle die Stirn. „Was ist los?“

„Das ist verrückt. Wir wollten dich nur wissen lassen, dass wir uns wirklich verdammt für dich freuen“, sagt Beau grinsend.

Ich schüttle den Kopf und lächle. „Danke, ihr zwei. Ihr werdet die Nächsten sein. Wartet es nur ab.“

Beide schnauben und schütteln ebenfalls die Köpfe. „Nicht in naher Zukunft“, murmelt Wyatt.

Seine Augen verdunkeln sich, woraufhin ich meine Worte sofort bereue. Ich erinnere mich nämlich daran, wie die Dinge zwischen ihm und Sammie gelaufen sind. Er dachte, sie würden heiraten und eine Familie gründen. Um mich bei ihm zu entschuldigen, öffne ich den Mund, doch Wyatt hebt seine Hand, legt sie auf meine Schulter und drückt zu.

„Das ist dein Tag, Ford. Ich freue mich für dich“, flüstert er mir zu.

„Lass uns dich verheiraten, dann kann ich mir nämlich endlich die Brautjungfern näher ansehen." Beau lacht und zwinkert uns zu. Vermutlich hat er das Thema gewechselt, um die Stimmung aufzulockern.

Ein paar Minuten später stehe ich neben dem Pastor, einem Mann, den ich schon mein ganzes Leben lang kenne. Meine besten Freunde sind an meiner Seite. Ich lasse den Blick über meine gesamte Familie und die von Stevie gleiten. Das ist er nun. Dies ist der Anfang von allem.

Der Hochzeitsmarsch setzt ein und ich sehe sie am Arm ihres Vaters auf mich zuschreiten. Sie ist ganz in Weiß gekleidet, in einem Kleid, das komplett aus Spitze besteht und ihr bis zu den Knien reicht. Sie sieht perfekt aus. Noch besser als bei unserem Abschlussball vor einem Monat.

Als ihr Blick dem meinen begegnet, lächle ich. Plötzlich stolpert sie, dann bleibt sie stehen. Ich gehe auf sie zu, da ich denke, dass sie sich den Knöchel verdreht oder verstaucht hat, weil sich ihre Augen weiten. Sie löst die Hand aus der ihres Vaters und dreht sich um.

„Stevie?", rufe ich ihr zu.

Ehe ich auch nur einen Schritt auf sie zugehen kann, hat sie sich auch schon ihre Schuhe ausgezogen und ist losgerannt. Ich höre, wie die Leute um mich herum nach Luft schnappen. Meine Mutter schluchzt und mein Vater streckt seine Hand aus, legt sie auf meine Schulter und hält mich zurück, sodass ich ihr nicht hinterherlaufen kann.

„Lass sie gehen, mein Sohn", knurrt er.

Ich drehe mich zu ihm um und sehe ihn an. Meine Augen füllen sich mit Tränen. „Dad?"

Er schüttelt leicht den Kopf. „Ihr seid noch so jung.

Vielleicht ist sie einfach noch nicht so weit. Morgen wird die Welt ganz anders aussehen. Klarer."

Ich kann hier nicht stehen bleiben, während mich alle anstarren. Total verlegen, ohne auch nur ein Wort zu irgendwem zu sagen, laufe ich davon. Ich renne in die ihr entgegengesetzte Richtung, auf das kleine Haus zu, das ich für uns hergerichtet habe.

Ich öffne die Tür, schlage sie hinter mir zu und begebe mich in unser zukünftiges Schlafzimmer. Ich lasse mich in dem Zimmer, das wir miteinander teilen sollten, auf den Hintern fallen und weine. Wie eine Pussy heule ich los.

Am nächsten Tag sieht die Welt keinen Deut besser aus, denn Stevie ist weg. Ich stehe auf ihrer Veranda, direkt neben der verdammten Schaukel, und flehe ihre Eltern an, mir zu sagen, wo sie ist. Doch sie weigern sich, mit der Sprache herauszurücken. Genauso wie ihre Freunde. Niemand will mir irgendetwas sagen.

Ich sehe sie nicht wieder, zumindest nicht in den kommenden zehn Jahren.

Irgendwann mache ich mich auf den Weg nach Kalifornien, wo sie jetzt angeblich lebt. Es dauert nicht lange, bis ich sie gefunden habe, und was ich sehe, bricht mir erneut das Herz. Denn das Mädchen, das ich einst gekannt habe, gibt es nicht mehr. Sie ist zu einer Fremden geworden, die mich nicht einen einzigen verdammten Tag vermisst hat, seit sie mich verlassen und meine ganze gottverdammte Welt zerstört hat.

# Kapitel 1

*Stephanie*

Gallup, Texas.

Der Name steht nicht einmal auf einer Landkarte. Es ist nur ein kleiner Punkt. So winzig ist meine Heimatstadt. Ich war seit siebzehn Jahren nicht mehr dort. Ich habe der Stadt den Rücken gekehrt und bin so schnell, wie es mir möglich war, von dort ihr geflohen.

Ich habe alles und jeden, den ich je gekannt habe, hinter mir gelassen. Einschließlich eines Jungen. *Des* Jungen. Ich habe diesen Jungen verletzt. Er liebte mich von ganzem Herzen und ich habe es ihm gebrochen. Das ist wahrscheinlich der Grund, wieso ich nie wieder hierher zurückgekehrt bin.

Ihn wiederzusehen, wäre unvermeidbar gewesen und hätte mich vermutlich gebrochen. Zu sehen, wie er mit einer anderen glücklich ist, würde mich zerstören.

*Ford Buchannan Matthews.*

Gott, allein der Gedanke an seinen Namen jagt mir einen Schauer über den ganzen Körper. Er ist ein waschechter Texaner, geboren und aufgewachsen auf demselben Grundstück, auf dem auch sein Daddy das Licht der Welt erblickt hat und groß geworden ist. Wenn man nach einem modernen texanischen Cowboy suchen würde, würde man vermutlich ein Bild von Ford als Definition finden.

Als ich durch die winzige Stadt fahre, frage ich mich, warum so ziemlich alles noch genauso aussieht wie vor zwanzig Jahren. Wieso hat sich nichts verändert? Ich kenne jeden einzelnen Grenzstein. Sie sehen mittlerweile etwas älter aus, aber es sind noch dieselben.

Nachdem ich in die Straße eingebogen bin, in der einst meine Familie gewohnt hat, bleibe ich auf der gegenüberliegenden Seite unseres ehemaligen Hauses stehen und betrachte es. Es könnte einen neuen Anstrich vertragen und ein paar Fensterläden hängen schief, doch die Verandaschaukel ist immer noch da und wiegt sich im Wind.

Während ich das Lenkrad fest umklammert halte, sollte ich mich fragen, wer heute dort wohnt. Schläft vielleicht ein kleines Mädchen in dem Zimmer, das einst mir gehörte? Wird die Decke noch immer von hellrosa Stuck umrahmt? Kleben noch Leuchtsterne an der Decke?

Stattdessen weiß ich genau, was sich hinter den Mauern des alten Hauses verbirgt. Leere und eine ganze Menge an Erinnerungen, die ich seit fast zwei Jahrzehnten zu vergessen versuche.

Ich öffne die Autotür und trete hinaus auf den Schmutz und den Schotter. Das wird vermutlich meine High Heels ruinieren, aber das ist mir egal, denn ich habe noch etliche weitere Paare. Es scheint sich wie eine Routine durch mein Leben zu ziehen: Irgendetwas geht kaputt, ich habe Ersatz oder kaufe mir etwas Neues. Aber es macht mich nicht glücklich.

Ich umrunde das Auto und bleibe auf der Beifahrerseite wie angewurzelt stehen, scheinbar nicht in der Lage mich zu bewegen. Seufzend lehne ich mich gegen die Tür des Mietwagens und betrachte das Haus.

Ich kann nicht fassen, dass ich wieder hier bin.

Ich hätte nie gedacht, dass ich die Stadtgrenze noch einmal überschreiten würde. Es gab Zeiten, in denen ich mir nichts sehnlicher gewünscht habe, als zu meinen Wurzeln zurückzukehren. Zurückzukommen an den Ort, an dem ich mich wohlgefühlt und Frieden verspürt habe.

Hier zu sein, ruft Erinnerungen in mir wach, von denen ich nie gedacht hätte, dass ich sie noch einmal durchleben möchte. Erinnerungen, die so verdammt wehtun. Es gibt Dinge, die ich getan habe. Dinge, die zweifelsohne mehr Schmerzen verursacht haben, als ich es je für möglich gehalten hätte. Allein wenn ich nur durch die Gegend fahre, kriecht mir die Schuld meine Kehle hoch und droht, mich zu ersticken.

Ich höre das Knirschen des Kieses neben mir und drehe daraufhin den Kopf zur Seite. Ich kann nicht anders, als wegen des kleinen Mädchens zu lächeln, das auf seinem Fahrrad sitzt. Dass Kinder überhaupt noch Fahrrad fahren, wusste ich nicht. Sie hat sogar Plastikquasten an ihrem Lenker hängen. Solche hatte ich auch einst, nur waren meine orange und neongrün.

„Warum beobachtest du das alte LaRue-Haus?", fragt sie mich.

Stirnrunzelnd schaue ich vom Haus zu ihr. „Das alte LaRue-Haus?"

Sie nickt, ihr zahnloses Grinsen verblasst. „Nun, das Haus gehörte dem alten LaRue, bevor seine schicke Tochter ihn verließ und nach Kalifornien zog. Jetzt steht es leer. Die meisten Leute sagen, dass es dort spukt."

Meine Lippen verziehen sich zu einem kleinen Lächeln. „Es spukt nicht."

Aber verdammt, vielleicht tut es das doch. Eventuell ist es ja genau das. Ein Spuk der Erinnerungen aus der Vergangenheit, ein altes Leben, das zurückgelassen wurde, um in Vergessenheit zu geraten.

„Du bist sehr hübsch. Wie heißt du?", erkundigt sie sich.

Ich lecke mir über die Lippen und öffne den Mund, um ihr meinen Künstlernamen zu nennen, den ich seit siebzehn Jahren benutze. Mittlerweile fühlt er sich wie mein echter Name an. Allerdings zögere ich aus irgendeinem Grund.

„Stephanie", sage ich stattdessen. Der Name kommt mir schneller als beabsichtigt über die Lippen.

Nickend tritt sie wieder in die Pedale. „Bis dann", ruft sie mir zu, bevor sie mit ihrem Fahrrad die Straße hinunter radelt.

Ich schaue ihr einen Moment lang hinterher, ehe ich den Blick wieder auf das alte Haus richte.

*Mein* altes Haus.

Unfähig, auch nur einen weiteren Schritt auf das Gebäude zuzugehen, umrunde ich abermals das Auto und lasse mich auf dem Fahrersitz nieder. Ich starte den Motor und stoße einen schweren Seufzer aus, als ich anfahre und in Richtung Hotel aufbreche.

Ich schnaube. Hotel. Na klar. Es ist bestenfalls ein Motel. Das einzige in der Stadt, und unter einer Suite verstehen sie ein Zimmer mit einem winzigen Kühlschrank. Ich kann von Glück sprechen, wenn ich ein Nichtraucherzimmer und heißes Wasser bekomme. Ich fahre über den Marktplatz, um zu sehen, was sich hier verändert hat.

Absolut nichts.

Die Schaufenster sind zwar nicht mehr so dekoriert wie vor zwanzig Jahren, aber alles andere scheint genauso zu sein wie damals. Dieser Ort ist wie eine

Zeitschleife. Nichts verändert sich. Nicht einmal der Kleidungsstil der Menschen, die hier herumlaufen.

Ich beschließe, dass ich eine kurze Pause und etwas zu essen nötig habe. Deshalb parke ich den Wagen direkt vor dem Diner, von dem ich nicht glaube, dass es jemals schließen wird. Mein Blick gleitet über die Menschen, die auf dem Bürgersteig flanieren. Nicht, dass es viele wären.

Die Männer tragen Wrangler-Jeans, Cowboystiefel, Strohhüte und Flanellhemden. Die Frauen sind ebenfalls mit Jeanshosen, Stiefeln und Baumwollblusen bekleidet. Der Stil ist noch genauso wie vor zwanzig Jahren, und ich kann mir einfach nicht erklären, wie das möglich ist. Haben sie kein Fernsehen? Keine Zeitschriften?

Mein Magen knurrt, und ich frage mich, ob es eine gute Idee ist, hier anzuhalten. Ich habe keinen Zweifel daran, dass dieser Laden noch genauso schmierig ist, wie er es war, bevor ich gegangen bin. Mit einem lauten Seufzer schnappe ich mir meine Handtasche, die auf dem Beifahrersitz liegt, und steige aus dem Auto.

Ich richte mir den Rock und hänge mir die Tasche über die Schulter, dann betrete ich den Bürgersteig. Auf dem Weg ins Lokal krampft sich mein Magen aufgrund des Geruchs von frittiertem Essen zusammen.

„Setz dich einfach irgendwohin, Süße", ruft mir eine Frau zu.

Ich hebe den Blick und blinzle, da ich sie erkenne. Es ist Lulamae. Ich kann nicht glauben, dass sie noch immer hier kellnert, denn sie ist älter als mein Daddy. Ohne ein Wort zu ihr zu sagen, begebe ich mich in den hinteren Teil des Restaurants, setze mich auf einen klebrigen Stuhl und nehme meine Sonnenbrille ab.

„Was möchtest du trinken?“, erkundigt sie sich, während sie eine in Plastik laminierte Speisekarte vor mich hinlegt.

Ich mache mir nicht die Mühe, einen Blick in die Karte zu werfen, denn sie werden garantiert kein Wasser mit Kohlensäure oder Wasser in Flaschen servieren. Sie schenken nur Leitungswasser aus, und das wird wahrscheinlich nach Chlor schmecken.

„Ich nehme einen ungesüßten Tee“, murmle ich.

Sie schnaubt.

Ich hebe den Blick, um sie anzusehen, und blinzle. „Stimmt etwas nicht?“, frage ich sie.

Sie schüttelt den Kopf. „Ich hätte nie gedacht, dass die kleine Stevie LaRue hier hereinspaziert und sich einen ungesüßten Tee bestellt“, erwidert sie beinahe spöttisch. „Eigentlich hätte ich nie damit gerechnet, dass jemand aus Texas so etwas bestellt. Du scheinst vergessen zu haben, wo du herkommst, Mädchen.“

„Ich bin nicht Stevie LaRue, nicht mehr“, entgegne ich leise.

„Stimmt, das bist du ganz gewiss nicht. Stevie La-Rue würde sich einen gesüßten Tee bestellen. Und dazu einen Burger mit Kroketten. Zum Nachttisch würde sie sich einen Milchshake kommen lassen, denn die kleine Stevie war ganz verrückt nach Desserts. Sie wäre auch nicht von zu Hause abgehauen und fast zwanzig Jahre weggeblieben.“

Ich blinzle schockiert, weil sie diese Dinge zu mir gesagt hat und sich noch an so viel von mir erinnert. Sie hat nicht unrecht. Stevie LaRue hat all diese Sachen geliebt, aber ich bin nicht mehr sie. Seit siebzehn Jahren schon nicht mehr.

„Tut mir leid, dass ich dich enttäuschen muss, Lulamae. Ich bin eben nicht mehr dieses Mädchen", sage ich leise.

Sie nickt, ihr Blick sucht den meinen. „Sie ist aber noch nicht ganz verschwunden, oder? Du bist wohl nach Hause gekommen, um sie wiederzufinden, wie?"

Ich schüttle den Kopf und atme tief ein. „Ich bin nur heimgekommen, um die Entrümplungsarbeiten im Haus meines Daddys zu beaufsichtigen und es dann zu verkaufen. Ich werde nur ein paar Wochen hier sein, dann geht es zurück nach Hause."

Lulamae bricht in schallendes Gelächter aus. „Du bist hier zu Hause, Mädchen. Wir haben dich vermisst."

Ohne dem noch etwas hinzuzufügen, wendet sich sie von mir ab und behelligt mich nicht weiter. Sie gibt auch keinen Kommentar ab, als ich mir einen Salat und anstelle eines Dressings ein paar Zitronenscheiben bestelle, oder als sie mir meinen ungesüßten Tee serviert.

***

*Ford*

Fender.

Ich wusste immer, dass Beau die Musik liebt, aber dass er sein Kind nach einer Gitarre benennen würde? Das ist mir neu, aber wer bin ich schon, mir ein Urteil zu erlauben? Ich habe nicht einmal eine Frau, geschweige denn eigene Kinder. Dieser kleine Kerl, auch wenn er Fender heißt, ist verdammt niedlich. Wie all die Babys meiner Freunde.

„Bitte sag mir, dass du ihn neben einer Gitarre fotografiert hast“, sage ich und schaue Hutton dabei an.

Beaumonts Frau kichert leise und nickt. „Das habe ich. Außerdem habe ich ihm einen kleinen Baby-Falken auf den Kopf gemalt … Das sah so süß aus“, erwidert sie lächelnd.

„Weißt du, du bist der Nächste“, verkündet Beau.

Ich schnaube. „Nö.“

„Nur, weil du sie noch nicht gefunden hast, heißt das nicht, dass sie nicht irgendwo da draußen ist“, erklärt Hutton.

Ich mustere das Baby noch einmal, dann übergebe ich es wieder an seine Mom. Es beginnt, unruhig zu werden, und sosehr ich Babys auch mag, wenn sie weder laufen noch sprechen können, sind sie irgendwie verdammt beängstigend. Hutton nimmt ihn mir ab und drückt ihn an ihre Brust, und ich schwöre, dass der Kleine schnurrt. Das würde ich wahrscheinlich auch tun, denn Hutton ist ziemlich süß.

„Er ist wirklich niedlich. Bleibt ihr diesmal länger als ein paar Minuten hier?“, will ich wissen und schaue dabei zu Beaumont hinüber.

Beau grinst und zuckt mit den Schultern. Dann hebt er die Hand und fährt sich mit den Fingern durch sein langes Haar. „Vielleicht. Es war zwar echt ein Riesenspaß, mit dem kleinen Kerl auf Tour zu gehen, aber ich denke, dass wir uns vorerst eine Auszeit gönnen.“

„Es wird guttun, dich eine Weile bei uns zu haben“, lasse ich ihn wissen und gebe damit mehr preis, als ich beabsichtigt habe.

Beaumont ist seit dem Kindergarten mein Freund, einer meiner besten Freunde. Wenn er weg ist, vermisse ich ihn, verdammt noch mal. Ich verstehe, warum er viel fort ist, denn er hat seine Karriere, die seine Zeit in Anspruch nimmt, und eine Familie. Es scheint, als hätten all meine Freunde neue Lebensmittelpunkte. Ich bin froh, dass sie alle so glücklich sind, aber verdammt, für mich ist das verflucht einsam.

Wir hängen noch eine Stunde miteinander ab, bis Fender ins Bett muss. Ich gehe, weil ich weiß, dass Beau und Hutton vermutlich etwas Zeit für sich allein haben wollen, jetzt, da ihr Kleiner schläft. Ich schwinge mich in meinen Pick-up, starte den Motor und winke Beau zu, der auf seiner Veranda steht und zu mir hinübersieht.

Ich fahre nicht die Straße entlang, die zu meinem Haus führt. Ich kann jetzt nicht heim in ein leeres Haus gehen. Stattdessen schlage ich lieber den Weg in Richtung Bar ein. Ich gehe nicht mehr oft aus, denn bei *Pardners* hält sich jede Woche dasselbe Publikum auf. Ich habe die Nase voll davon. Bevor ich nach Hause fahre, will ich einfach nur ein paar Bier trinken. Nur um unter Menschen zu sein, auch wenn ich einen Großteil davon schon gefickt habe.

Es ist schon dunkel, der Parkplatz ist nicht übermäßig voll, aber auch nicht leer. Bald wird sich das Klientel ändern. Die jüngeren Leute werden kommen, und so erbärmlich das auch klingen mag, vielleicht ist jemand Neues dabei. Jemand, der meine Nacht weniger einsam macht, jemand, der mich für ein paar Stunden von meinem erbärmlichen Leben ablenken kann.

Ich steige aus meinem Pick-up und gehe in die Bar. Der Türsteher fragt mich nicht einmal mehr nach meinem Ausweis, sondern streckt mir nur die Hand entgegen, damit ich die fünf Dollar Eintritt abdrücke.

An der Theke angekommen, bestelle ich zwei Coors-Light-Bier bei Lucy-Dawn.

„In der Flasche?", will sie wissen, ohne dabei aufzublicken.

„Jepp." Ich seufze.

Sie nickt, öffnet die Bierdeckel und schiebt die Flaschen zu mir herüber. Dann hebt sie den Blick, um dem meinen zu begegnen, und schenkt mir ein kleines Lächeln.

„Du siehst müde aus", merkt sie an.

„Danke."

Lucy lächelt nur und sagt zum Glück nichts weiter. Ich lasse sie stehen und gehe zu meinem Stammplatz hinüber. Es ist verdammt armselig, dass ich einen Stammplatz in einer Bar habe, aber so ist es nun mal: Ich habe einen. Ich setze mich auf den Barhocker, führe die gut gekühlte Bierflasche an meine Lippen und nehme einen großen Schluck.

Ich schaue mich um, um zu checken, ob jemand Fremdes hier ist. Irgendeine Frau, die ich vielleicht noch nicht kenne. Es überrascht mich allerdings nicht, die gleichen Gesichter wie immer in der Menge zu sehen.

Ich lehne mich auf meinem Hocker zurück und hole mein Handy aus der Hosentasche. Erst checke ich meine Nachrichten, dann scrolle ich durch die Kontakte, um zu sehen, wen ich anrufen könnte, um Spaß zu haben. Aber es gibt niemanden. Louis ist zu Hause mit Tulip. Wyatt ist bei Exeter und ihrem kleinen Mädchen. Rylan und Channing haben ebenfalls zwei kleine Kinder daheim.

Ich bin der Einzige in unserem Freundeskreis, der niemanden hat. Ich weiß, dass ich jeden meiner Kumpels anrufen könnte und dass sie alles stehen und liegen lassen würden, wenn ich sie bräuchte, aber so ein Typ bin ich nicht.

Nur weil ich ein Leben im Elend führe, gibt es keinen Grund, meine Freunde in diesen Scheiß mit hineinzuziehen, und außerdem könnten sie nichts tun, um mir da rauszuhelfen.

Ich leere mein erstes Bier, trinke allerdings nicht das zweite. Um bei Lucy-Dawn meine Rechnung zu bezahlen, mache ich mich auf den Weg zurück an die Theke. Anschließend verlasse ich das *Pardners.* Ich könnte zum *Headlights* fahren und den Mädchen beim Tanzen zusehen, aber nachdem Tulip dort nicht mehr arbeitet, macht es weniger Spaß als früher.

Ich fühle mich verdammt abgeschlagen und bin deprimierte, weshalb ich einfach nach Hause fahre. Die Straßen sind ruhig und leer, so wie das nach Einbruch der Dunkelheit immer der Fall ist. Gallup ist nicht gerade für sein blühendes Nachtleben bekannt.

Unfähig, mich davon abzuhalten, tue ich etwas, was ich letztlich immer bereue, aber ich mache es trotzdem, und zwar viel öfter, als ich jemals zugeben würde. Ich lenke meinen Pick-up in Richtung eines Hauses, das seit Jahren nicht mehr bewohnt ist.

Es dauert nicht lange, bis ich es erreiche. Als ich auf der gegenüberliegenden Straßenseite anhalte, stelle ich das Getriebe auf Parken, lege meine Finger fester um das Lenkrad und kneife die Augen zusammen, bevor ich den Kopf drehe.

Ich öffne die Lider und richte meinen Blick auf das kleine Haus. Vor etwa zwanzig Jahren hatte es, neben einer Million anderer Kleinigkeiten, einen neuen Anstrich und eine Generalüberholung im Inneren dringend nötig. Doch dazu ist es nie gekommen, und nun steht es leer.

Das Haus gehört Stevie LaRues Eltern. Als ich aufgewachsen bin, verbrachte ich mehr Zeit hier als bei mir zu Hause. Die alte Verandaschaukel ist noch intakt und mein Blick wandert zu ihr hinüber. Ich sehe Stevie immer noch in der Ecke sitzen, die Füße angezogen und die Wange auf ihrem Knie abgestützt.

Meinen allerersten Kuss habe ich auf dieser Schaukel bekommen. Dort habe ich ihr auch zum ersten Mal meine Liebe gestanden. Genau da habe ich ihr einen Heiratsantrag gemacht. Dort hatte ich jeden guten Moment meines Lebens. Es ist zudem der Ort, an dem ich am Tag nach der Hochzeit, die nicht stattgefunden hatte, stand und Stevies Eltern anflehte, mir zu sagen, wo sie ist.

Dort verlor ich meine Würde und scherte mich einen verdammten Dreck darum, dass ich heulte und bettelte. Es ist zudem der Ort, an dem sie meine Bitten ablehnten, selbst Monate danach. Ich habe an dem Tag, als Stevie mich verließ, nicht nur sie, sondern auch ihre gesamte Familie verloren.

Die Wut kocht wieder einmal unter der Oberfläche meiner Haut. Ich wollte nicht sauer sein, nicht mehr, aber ich bin es trotzdem. Ich starte den Motor und versuche, die Gefühle von Wut und Verrat abzuschütteln, während ich nach Hause fahre, aber es klappt nicht – das tut es nie.

Stephanie, Stevie, Sterling, oder wie auch immer sie sich jetzt nennt, wird immer in meinen Gedanken präsent sein. Ich glaube nicht daran, dass ich sie jemals vergessen kann, und das kotzt mich mehr an als alles andere. Ich wünschte, sie würde einfach verschwinden, aber sie ist verdammt noch mal überall.

# Kapitel 2



*Stephanie*

Ich öffne meine Augen und fische nach meinem Handy, während ich mich auf die Seite drehe. Es überrascht mich nicht, zu sehen, dass ein Dutzend Nachrichten eingegangen sind.

Mich haben Textnachrichten von meinem Assistenten, meiner Pressesprecherin, meinem Agenten und sogar vom Casting Direktor der Filmtrilogie erreicht, in der ich mitgespielt habe. Wir haben die ersten zwei Teile bereits abgedreht und ich warte auf Informationen zum Beginn des dritten Filmdrehs.

Als ich die Nachricht meines Assistenten öffne, runzle ich die Stirn wegen des Textes, den er mir geschrieben hat.

Er ist sehr simpel.

Damion: *Ruf mich an.*

Er hat mich noch nie darum gebeten, ihn anzurufen. Er ist jemand, der lieber SMS schreibt, als zu telefonieren, was für mich ein Segen ist. Ich bekomme täglich so viele Anrufe rein, dass es irgendwie erfrischend ist.

„Was ist los?", erkundige ich mich, bevor er überhaupt ein 'Hallo' aussprechen kann.

Anstatt zu lachen, stößt er ein lang gezogenes Seufzen aus. „Wir haben ein Problem."

„Wie bitte?"

Es herrscht ein Moment der Stille zwischen uns, und wenn ich Damion durch das Telefon erwürgen könnte, würde ich genau das jetzt tun. Er brummt, dann zieht er einen Atemzug ein und lässt ihn wieder entweichen.

„Jemand hat etwas hochgeladen und es soll morgen früh ausgestrahlt werden. Ein paar Nachrichtensender befinden sich bereits im Wettstreit darum.“

Nicht viele Leute wissen davon, aber in der Branche gibt es eine Plattform, wo die Paparazzi ihre lächerlichen Bildchen und Videos hochladen. Die Medien, ich benutze diesen Begriff nur sehr ungern, kaufen die Bilder und Videos und veröffentlichen sie. Das ist eins der vielen Dinge, die ich an der Branche zu hassen gelernt habe.

„Okay, es soll morgen ausgestrahlt werden?“

„Als allererstes“, bestätigt Damion.

„Was ist es?“

Er seufzt. „Anscheinend ist *Amerikas Liebling* doch nicht ganz so lieb“, murmelt er. „Es geht um Bilder von dir und Sebastian, auf denen man euch zusammen sieht.“

Innerlich stöhne ich auf. Sie müssen vor dem Tod meines Vaters aufgenommen worden sein. Vor seiner Beerdigung. Warum behält jemand diese Bilder so lange für sich? Es ist schon Wochen her. Ich habe seitdem nicht mehr mit Sebastian gesprochen, geschweige denn mit ihm geschlafen.

„Großartig“, flachse ich. „Können wir das irgendwie verhindern?“

Er brummt. „Vielleicht kann Grace etwas tun?“, fragt er und meinte damit meine Pressesprecherin. „Aber ich glaube, der Drops ist bereits gelutscht, Babe.“

„Wunderbar.“

Ein Skandal.

So ziemlich jeder in Hollywood spielt irgendwann

einmal die Hauptrolle in einem Skandal, den die Boulevardpresse lostritt. Das ist einfach Teil meines Jobs. Man muss einfach das Gute aus dem Schlechten ziehen, und im Moment scheint das Schlechte auf mich zuzurollen – und zwar mit hoher Geschwindigkeit.

„Schick mir Screenshots zu, ich rufe Grace an“, trage ich ihm auf und setze mich dabei aufrecht hin.

„Ich wollte dich damit nicht belästigen, weil ich weiß, dass du dir so etwas wie eine kleine Auszeit gönnst. Bist du sicher, dass ich nicht zu dir kommen soll? Um für dich da zu sein?“

Ich denke kurz darüber nach, Damion zu mir nach Gallup zu holen. Ich liebe Damion, aber ich bin mir nicht sicher, ob eine so kleine Stadt wie Gallup jemals für ihn bereit sein wird. Er ist wunderschön, wie ein Model. Er kleidet sich auch wie eins und ist weiblicher als ich. Er legt jeden Tag Make-up auf, und obwohl mich das nicht im Geringsten stört, befinden wir uns hier im ländlichsten Teil von Texas. Und da sich diese Stadt absolut nicht verändert hat, glaube ich auch nicht daran, dass die Leute einen Wandel vollzogen haben. In der Vergangenheit waren sie nicht gerade für ihre Aufgeschlossenheit bekannt.

„Ich bin mir sicher. Ich muss da allein durch“, sage ich leise.

„Du musst nicht, du willst es“, erwidert er pampig.

Ich lecke mir über die Lippen und schaue an die Decke. „Vielleicht ist es ein bisschen von beidem. Seit ich abgehauen bin, war ich nicht mehr hier. Ich muss mich meiner Vergangenheit stellen. Ich muss herausfinden, warum ich so gefühlskalt bin.“

„Du meinst wohl, dass du herausfinden willst, warum es mit diesem egozentrischen Sebastian nicht geklappt hat, richtig? Süße, das hatte absolut nichts mit dir zu tun. Er ist und bleibt ein Arschloch", wettert er gegen ihn.

Ich kneife die Augen zusammen und versuche, nicht über Damions Worte zu lachen. Sebastian ist in gewisser Weise ein Arsch. Er ist extrem selbstsüchtig, aber das mit uns hätte funktionieren können. Wenn ich mehr dafür getan hätte; wenn ich, wie er sagte, offener ihm gegenüber gewesen wäre.

„Ich hätte für ihn da sein müssen. Ich konnte mich ihm nicht öffnen, und das hat ihn vertrieben."

„In die Vagina einer anderen Frau getrieben? Vergiss es." Ich öffne den Mund, um etwas darauf zu erwidern, doch er ist schneller. „Du warst zu lieb zu diesem Kerl. Ich habe euch zusammen erlebt, und zwar oft. Er hat dich nie angesehen, als würde er alles an dir bewundern. Und genauso sollte ein Mann eine Frau ansehen, die er liebt. Er hat dich angesehen, als wäre er verdammt gelangweilt."

„Vielleicht bin ich ja langweilig?"

Damion zieht scharf die Luft ein. „Sei still. Du bist nicht langweilig. Du bist die süßeste Frau, die ich kenne, und alles andere als langweilig. Er, mit seinen Skinny Jeans, ist der Langweiler."

Lachend lehne ich mich gegen das Kopfteil des Bettes. Ich weiß, dass Damion dafür bezahlt wird, mir zu assistieren und freundlich zu mir zu sein, aber es fühlt sich an, als wäre er ein wahrer Freund. Zumindest in meinem Kopf ist es so, und ich bin mir sicher, dass er der einzige Freund ist, den ich im Moment habe. Ich frage mich, ob er mich auch mögen würde, wenn er nicht für mich arbeiten würde.

„Vielleicht ein bisschen", erwidere ich.

Er schnaubt. „Mehr als ein bisschen."

Ich kann nicht anders, ich muss lachen. Es ist das

erste Mal seit langer Zeit, dass ich herzhaft lache. Ich presse die Lippen aufeinander und frage mich, wann ich die Verlobung mit Sebastian öffentlich auflösen soll. Vielleicht sollte ich mir erst die Fotos ansehen, bevor ich etwas unternehme.

„Ich schicke dir die Bilder zu, aber bitte flipp nicht aus. Wenn du mich brauchst, komme ich sofort zu dir.“

„Okay“, seufze ich.

„Perfekt. Sprechen wir uns bald wieder?“

„Ganz bald“, bestätige ich ihm.

Ich beende das Telefonat und bleibe noch im Bett. Eingekuschelt in meine Bettdecke, warte ich darauf, dass er mir die Fotos zusendet. Die Lippen aufeinandergepresst, warte ich geduldig ab, wie sie auf meinem Smartphone heruntergeladen werden.

Sie sind schlimm.

Sehr schlimm.

Bei ihrem Anblick wird mein ganzer Körper heiß. Sie müssen zensiert werden, aber ich bin mir sicher, dass die unzensierte Version in der Öffentlichkeit zur Schau gestellt wird.

Meine Augen füllen sich mit Tränen.

Ich befinde mich auf meinen Knien, Sebastian steht hinter mir, seine Hand liegt um meine Kehle. Meine Brüste sind in voller Pracht zu sehen, jeder gepiercte Zentimeter davon. Die diamantbesetzten Stäbe funkeln.

Fuck.

Ich bin *Amerikas Liebling*. Noch nie gab es Nacktbilder von mir. Niemand weiß, dass meine Brustwarzen gepierct sind oder dass ich ein Tattoo direkt unter meiner rechten Brust habe. Es ist ein einfacher Schriftzug, nichts Auffälliges oder Großes. Dort steht ganz simpel *Atmen* geschrieben. Das klingt vielleicht klischeehaft, aber es ist nur für mich bestimmt.

Scheiße.

Ich rufe sofort Grace an. Während ich mir auf die Unterlippe beiße, frage ich mich, ob dies das Ende meines makellosen Images ist. Außerdem denke ich darüber nach, ob es mich überhaupt interessiert. Der einwandfreie süße Ruf ist einfach so entstanden. Ich habe weder danach gestrebt, noch wollte ich ihn haben, er wurde mir einfach zugesprochen.

All das könnte jetzt vorbei sein.

Was werden die Leute sagen?

Was werden meine Fans von mir denken?

*Scheiße.*

***

*Ford*

Ich steige auf Starlight, mein verdammt störrisches Pferd, schnalze mit der Zunge und lockere langsam die Zügel. Bevor sie in Richtung Weide lostrabt, wiehert sie. Sie kennt unsere tägliche Morgenroutine. Wir kontrollieren die Rinder. Das könnten wir beide mit verbundenen Augen tun.

Den Strohhut fest auf meinem Kopf, blicke ich zum Horizont und rufe mir in Erinnerung, was für ein verdammtes Glück ich doch gehabt habe, in eine Viehzüchterfamilie hineingeboren worden zu sein. Meine Mutter und mein Vater wären stolz auf die kleine Ranch, die ich jetzt habe.

Beim Anblick meines wertvollen Texas Longhorns, eine Hausrinderrasse mit großen Hörnern, grinse ich. Er schnaubt mich an, ist aber viel zu faul, um aufzustehen. Er ist ein riesen Vieh, mit mindestens zwei Meter fünfzig langen Hörnern. Das Tier ist ein Vermögen wert, aber ich kann mich nicht von ihm trennen. Ich habe dem Scheißkerl sogar einen Namen gegeben.

Otis.

Starlight zieht das Tempo an und pest an Otis vorbei zum Rest der Herde. Sie grasen allesamt, wirken zufrieden und bemerken meine Anwesenheit überhaupt nicht. Ich lasse den Blick über das Vieh schweifen, zähle es, und als ich zufrieden bin, reite ich weiter zum Tank, um sicherzustellen, dass die Pumpe funktioniert und meine Tiere ausreichend Wasser haben, da die typische texanische Hitze herrscht.

Noch ist es nicht an der Zeit, sie zur anderen Wasserstelle zu führen, aber schon bald.

Als Nächstes überprüfe ich meine Zäune, um sicherzustellen, dass sie heil sind. Der Zaun auf der nördlichen Seite muss repariert werden, da er schon sehr alt ist. Ein kräftiger Windsturm, und er wird es nicht überleben.

Ich muss ihn in den nächsten Wochen reparieren, ein Projekt, mit dem ich wahrscheinlich morgen starten werde. Bald beginnt die Viehschau-Saison, weshalb ich eine Weile nicht zu Hause sein werde. Die Rinder müssen verkauft werden, und da ich ein Ein-Mann-Betrieb bin, abgesehen von den Saisonarbeitern, die ich einstelle, bin ich der Einzige, der das machen kann.

Starlight weicht zurück und schüttelt den Kopf. Ich weiß, was das bedeutet. Sie will rennen. „Willst du loslegen, Mädchen?", frage ich sie und beuge mich zu ihrem Ohr hinab.

Sie wiehert abermals, woraufhin ich zweimal mit der

Zunge schnalze, was das Zeichen ist, dass sie losrennen darf. Ich lasse sie laufen und genieße es, wie sich der warme Wind auf meinem Gesicht anfühlt. Ich hebe die Hand, um meinen Hut festzuhalten, während sie Vollgas gibt.

Als sie genug hat, teilt sie mir dies mit einem Wiehern mit und verfällt in einen gemütlichen Trab. Wir befinden uns mittlerweile in der Nähe des Tors zum Grundstück. Ich setze mich etwas aufrechter hin und blicke zur Landstraße hinüber, an der fast alle meine Freunde wohnen, außer Rylan und Channing.

Ein schickes, schwarzes Auto fährt langsam an uns vorbei. Stirnrunzelnd lenke ich Starlight näher an das Eingangstor heran. Ich bin darauf bedacht, sie von dem Elektrozaun fernzuhalten, dirigiere sie aber dennoch bis kurz vor den Zaun.

Ich konzentriere meinen Blick auf den Wagen und beobachte, wie er langsamer wird und vor meinem Eingang zum Stehen kommt. Wartend frage ich mich, wer zum Teufel das sein könnte, der direkt vor meinem Tor vorgefahren ist?

Ich neige den Kopf zur Seite und warte darauf, dass jemand aussteigt. Aber wer auch immer in dem Auto sitzt, kommt nicht heraus. Plötzlich fährt der Wagen wieder an und rast meine Auffahrt entlang.

Ich wende Starlight und reite sie zur Scheune zurück. Ich habe keine Zeit, herumzusitzen und mich zu fragen, wer zum Teufel die Straße entlanggefahren ist, denn ich habe eine Million anderer Dinge zu tun, bevor die Sonne untergeht.

Den Rest des Tages konzentriere ich mich auf meine Arbeit, aber ich bekomme den mysteriösen schwarzen Wagen nicht aus dem Kopf. Wer zum Teufel kommt hierher, hält an und fährt dann wieder weg? Jeder, der diese Landstraße befährt, hat normalerweise ein bestimmtes Ziel.

Ich schnappe mir ein Handtuch und wische mir damit den Schweiß aus dem Gesicht. Anschließend nehme ich mir eine Wasserflasche zur Hand und trinke einen kräftigen Schluck. Ich beschließe, dass ich mir eine Pause verdient habe, gehe zu einem kleinen Fass, das neben der Scheune steht, und setze mich hin.

Ich lehne mich mit dem Rücken gegen die Scheune und stöhne auf, als auf meinem Handy eine Textnachricht eingeht.

Beau: *Ruf mich an.*

Stirnrunzelnd wähle ich seine Nummer.
„Sitzt du?“, will er wissen.
„Jepp.“
Er gibt ein Grunzen von sich. „Es sind Bilder von Stephanie aufgetaucht“, murmelt er.
„Und das interessiert mich, weil?“, frage ich. Ich bin mir nicht sicher, warum er mir davon erzählt.
Ich nehme an, weil es kein Geheimnis ist, dass ich immer noch etwas für Stevie empfinde. Keine Ahnung, wie ich meine Gefühle für sie beschreiben soll, ob ich sie hasse, ob ich sie liebe, ob ich mich nach ihr sehne oder einfach nur verwirrt bin. Aber die Wahrheit ist, dass ich noch immer etwas für sie fühle.
„Es ist schlimm, Bruder“, teilt er mir mit. „Es sind Sexbilder. Ich weiß nicht, wie sie an sie herangekommen sind. Sie sind jedenfalls nicht verpixelt, sie sind glasklar und *überall.*“
Ich bleibe einen Moment lang stumm. Irgendetwas erfüllt mich, und ich weiß nicht genau, was es ist, aber

es gefällt mir nicht, wie ich mich dabei fühle. Bei dem Gedanken daran, dass irgendwer Stephanie so abgelichtet hat, dreht sich mir der Magen um. Doch noch viel schlimmer ist, dass die ganze verdammte Welt die Bilder nun zu sehen bekommt.

„Ich muss los", ist alles, was ich darauf antworte.

Ohne noch ein weiteres Wort zu verlieren, öffne ich den Internetbrowser auf meinem Handy und suche nach Nacktfotos von Sterling LaRue. Sofort werden sie mir angezeigt. Und Beaumont hatte recht, sie sind kristallklar. Bei ihrem Anblick weiten sich meine Augen. Sie ist umwerfend. Sie hat sich ihre Nippel piercen lassen.

Fuck – auch das ist verflucht heiß.

# Kapitel 3



*Stephanie*

Mein Telefon hat ununterbrochen geklingelt. Da so viele Leute versucht haben, mich zu erreichen, habe ich es ausgeschaltet und beschlossen, eine Runde durch die Gegend zu fahren. Damion und Grace sind die Einzigen, deren Anrufe ich entgegengenommen habe. Zum Glück haben sie mir geglaubt, als ich meinte, dass es mir gut geht. Nach mehreren Anrufen und Zusicherungen lassen sie mich endlich in Ruhe – zumindest vorerst.

Ich biege in eine Landstraße ein. Eine Straße, die ich fast genauso gut kenne wie die Straße, in der ich aufgewachsen bin. Ich seufze. Ich weiß nicht, warum ich hierhergefahren bin, vielleicht um ein nostalgisches Gefühl zu verspüren. Ich bin überrascht, wie viele Einfahrten nun zu beiden Seiten der Straße existieren, denn das war früher nicht der Fall.

Einige Zufahrtstore wirken teuer und wunderschön. Ich frage mich, wer heutzutage noch so weit draußen auf dem Land wohnt? Ich schätze, keine Einheimischen. Niemand aus Gallup besitzt so viel Geld.

Mir stockt der Atem, als ich es endlich sehe. Auf der rechten Seite der zweispurigen, unbefestigten Straße. Zwei hohe Holzpfähle, auf denen ein schwerer Balken befestigt ist. An dem Querbalken des Tors wurde ein Metallemblem angebracht. Das ist neu. *FBM.* Mein Herz schlägt Purzelbäume bei diesem Anblick. Es sind seine Initialen.

Es gibt auch ein Metalltor, das nur mit einem Vorhängeschloss an einer Kette abgesperrt ist. Beides ist nicht neu, sondern stammt vermutlich noch von Fords Großvater.

Zu beiden Seiten des Tors befindet sich ein Pferdezaun, von dem ich weiß, dass er das gesamte Grundstück umgibt. Zudem weiß ich, dass Ford ihn immer selbst repariert, seit er dreizehn Jahre alt ist.

Ich erinnere mich noch daran, wie wir, als wir noch klein waren, auf dem Rücken seines Pferdes die Zäune kontrolliert haben. Anschließend picknickten wir unter einem Baum oder ich sah ihm bei der Arbeit in der heißen Sonne zu. Meistens zog er sich das Hemd aus und erledigte seine Tätigkeiten nur in Wrangler-Jeans und mit einem Cowboyhut aus Stroh auf dem Kopf.

Das habe ich geliebt – jede einzelne Sekunde davon.

In diesen Momenten träumte ich davon, mit ihm auf seiner Ranch zu leben. Unser Leben wäre so einfach gewesen, so biodynamisch. Ich verlangsame das Tempo und bringe den Wagen zum Stillstand, während ich meinen Blick über das Land seiner Familie gleiten lassen. Dieser Grund und Boden ist seit Generationen im Besitz der Familie Matthews.

Letztlich hatte ich größere Träume als ein einfaches, entspanntes Leben. Ich wollte raus in die Stadt. Wollte mein Glück versuchen, groß rauszukommen. Ich wollte mich ausprobieren. Ford wäre nicht mit mir gegangen und selbst wenn er es getan hätte, hätte er jede einzelne Sekunde gehasst.

Hier hat er seinen Frieden. Nie hat er durchklingen lassen, dass er Interesse daran hat, irgendwo anders als auf dieser Ranch zu leben. Mir blieb keine andere Wahl, als zu gehen. Sosehr ich es auch verabscheut habe, ihm wehzutun und ihn sitzen zu lassen, musste ich es dennoch tun.

An dem Tag, als ich ihm, unseren Freunden und Familien gegenüberstand, wusste ich, dass ich uns beide unglücklich machen würde, wenn ich den Gang vor den Traualtar durchziehen würde.

Ich wende mein Auto, lasse die Ranch hinter mir und fahre zurück in die Stadt. Da mein Magen knurrt, beschließe ich, einen Zwischenstopp beim Supermarkt einzulegen und mir etwas zu essen zu kaufen, das frisch ist. Ich kann weder das Essen aus dem Diner noch Lulamaes verurteilenden Blick ertragen. Nicht heute.

Ich fahre zu HEB, einer bekannten Supermarktkette in Texas, und lächle, als ich auf den Parkplatz einbiege. Gott, es ist ein ganzes Leben her, seit ich das letzte Mal in einem HEB-Lebensmittelladen war. Nachdem ich eine freie Parklücke gefunden habe, stelle ich meinen Wagen ab und starre auf den Eingang. Es hat sich nichts verändert, absolut nichts.

Ich lasse meine Brille auf der Nase, steige aus dem Auto und gehe hinein. Heute bin ich ziemlich leger gekleidet. Ich trage eine Jeans, ein T-Shirt und flache Sandalen. Außerdem bin ich ungeschminkt und habe meine Haare zu einem Zopf geflochten. Ich hoffe darauf, nicht erkannt zu werden.

Da Lulamae gestern sofort wusste, wer ich bin, sind meine Hoffnungen in dieser Hinsicht nicht allzu groß. Ich schnappe mir einen Einkaufskorb und begebe mich zu den Frischwaren. Staunend nehme ich die Größe der Bio-Abteilung zur Kenntnis, die dreimal so groß ist, wie ich sie mir vorgestellt habe.

Ich greife nach den gelben Pfirsichen und stöhne auf, als ich mir einen davon unter die Nase halte. Er duftet fantastisch. Er riecht nach zu Hause. Eigentlich sollte ich sie nicht kaufen, weil das Obst zu viel

Zucker enthält, aber ich kann mich nicht davon abhalten, zwei von ihnen in meinen Korb zu legen.

„Großartig, oder?", höre ich eine Frauenstimme neben mir fragen.

Ich blicke zu ihr hinüber und lächle sie an. Ein Kleinkind sitzt in ihrem Einkaufswagen, das die Beine baumeln lässt und seine Hände um den Griff geschlungen hat. Ein weiteres Kind sitzt im hinteren Teil des Wagens. Die Frau hat langes blondes Haar, das ebenso wie meines zu einem Zopf geflochten ist. Und obwohl sie müde wirkt, sieht sie glücklich aus.

„Seit mehreren Jahren hatte ich schon keinen mehr", gestehe ich ihr.

Sie neigt den Kopf zur Seite, ihre Augen scannen mein Gesicht. Ich rechne damit, dass sie mich erkennt, aber dem scheint nicht so. Sie lächelt lediglich, dann dreht sie sich zu dem kleinen Jungen um.

„Reese, Liebling, kannst du ein paar Pfirsiche für Daddy einpacken? Er hat mich gebeten, in diesem Sommer Pfirsichmarmelade einzumachen."

Bei dem Gedanken an Pfirsichkonfitüre, an *Pfirsichmarmelade*, stöhne ich fast auf. Sie fährt damit fort, Dinge in ihren Wagen zu packen, und ich kann nicht anders, als ihr dabei zuzusehen. Sie scheint ein paar Jahre jünger als ich zu sein, aber sie wirkt sehr glücklich. So verdammt glücklich. Ich frage mich, ob ich auch so glücklich hätte werden können, wenn ich hiergeblieben wäre.

„Geht es dir gut?", möchte sie ein paar Augenblicke später wissen.

Ich schüttle den Kopf, lächle sie an und schiebe die Brille in meine Haare. „Ja, tut mir leid. Du siehst sehr glücklich aus. Das ist niedlich."

Sie runzelt die Stirn, dann erwidert sie mein Lächeln

sanft. „Ich bin auch sehr glücklich.“

Wir plaudern ein paar Minuten miteinander. Ich erfahre von ihr, dass sie seit etwas mehr als drei Jahren verheiratet ist und ihr ganzes Leben lang schon hier lebt. Ich erinnere mich nicht an ihren Namen, auch nicht, als sie sich mir als Channing vorstellt. Da sie etwas jünger ist als ich, bin ich wahrscheinlich nicht mit ihr zur Schule gegangen.

„Das klingt jetzt vielleicht etwas komisch, aber ein paar Freunde von uns haben beschlossen, heute Abend am See zu grillen. Du bist herzlich eingeladen, dich uns anzuschließen. Wir wollen einfach nur grillen und abhängen, und je mehr Leute wir sind, desto lustiger wird's.“

Mein Gott, ich habe ganz vergessen, wie das Leben in einer Kleinstadt ist. In L.A. würde mich niemals eine völlig Fremde einladen, selbst wenn das Treffen in der Öffentlichkeit stattfinden würde.

Ich denke darüber nach, abzulehnen. Aber dann kommt mir in den Sinn, dass ich ganz allein mit meinen Gedanken und nichts weiter als einem Handy wäre, auf dem diese doofen Bilder gespeichert und Millionen verpasster Anrufe auf dem Display zu sehen sind.

„Okay.“ Ich nicke. „Was soll ich mitbringen?“

Sie grinst mich an. „Nur dich selbst und irgendetwas zum Teilen. Wir werden Burger und Hotdogs machen. Da Tulip sowieso immer Nachtisch für alle mitbringt, habe ich sie gebeten, ihren berühmten Kuchen zu machen. Ich hoffe, ich trete dir nicht zu nahe, aber du bist doch Single, oder?“

Ich stoße ein Schnauben aus, da ich es nicht unterdrücken kann. „Bin ich.“

„Wäre es seltsam, wenn ich dir jetzt sage, dass ich

glaube, dass einer meiner Freunde total auf dich stehen könnte? Ich meine, er wäre stinksauer, wenn er wüsste, dass ich dir das erzähle, und ich will ganz gewiss keinen Druck ausüben. Aber es ist nun mal so, dass unsere Clique nur aus Pärchen besteht und ich weiß, dass er sich manchmal wie das fünfte Rad am Wagen fühlt. Es könnte schön für ihn sein, wenn er auch mal jemanden kennenlernt", sagt sie achselzuckend.

Mein Herz hämmert plötzlich ganz heftig in meiner Brust, und ich überlege, ihr nun doch abzusagen, aber dann entscheide ich mich dazu, dass das vielleicht auch meine Chance ist, jemand Nettes kennenzulernen. Warum also nicht? Außerdem kann ich jederzeit gehen, wenn ich das denn will. Schüchtern war ich noch nie, nicht einmal als Kind, wieso sollte das jetzt anders sein?

„Ich bin zwar nur für ein paar Wochen in der Stadt, aber ja, das klingt nach Spaß." Ich lächle ihr zu.

Bevor ich Channing und den Laden verlasse, kaufe ich ausreichend Lebensmittel für den Grillabend sowie für mich selbst ein.

Ich erlaube mir, diesen Abend mit diesen neuen Leuten zu verbringen, doch morgen muss ich mich wieder meiner eigentlichen Aufgabe widmen, dem Grund, wieso ich hier bin. Morgen muss ich mein Elternhaus durchforsten.

✳✳✳

*Ford*

Ich bin mir nicht sicher, warum wir nicht bei irgendjemandem zu Hause grillen anstatt an diesem verdammten See, aber ich beschließe, mich nicht deswegen zu beschweren.

Ich hole meine Angelrute und meinen Angelkoffer aus dem Kofferraum, da ich mich dazu entschieden habe, ein bisschen zu fischen, wenn ich schon mal hier bin. Da Reese total gern angelt, habe ich eine *Cars*-Angelrute dabei, die ich vor einem Jahr bei Walmart gekauft habe.

„Onkel Ford", schreit Reese lauthals, sobald er mich näher kommen sieht.

Ich sehe ihm dabei zu, wie er seine kleinen Beinchen zu bewegen beginnt, und stelle schnell die Angel nebst Zubehör ab, damit er sich in meine Arme stürzen kann. Ich hebe ihn hoch und drücke ihn an meine Brust, während er kichert.

„Angeln wir?", fragt er mich.

„Ja, Kumpel, wir gehen fischen."

„Juhu", schreit er.

Ich stelle ihn wieder auf seinen Füßen ab und nehme meine Angel sowie den Koffer in eine Hand, damit ich mit der anderen seine halten kann. Gemeinsam gehen wir Hand in Hand auf den Rest der Gruppe zu. All meine Freunde sind hier, mit ihren Kindern.

Ich kann den Anflug von Traurigkeit nicht unterdrücken, der mich durchströmt, als ich sie alle mit ihren Familien sehe. Genau davon habe ich auch immer geträumt. Allerdings sind meine Wünsche nie in Erfüllung gegangen, und in meinem Alter werden sie das wohl auch nicht mehr. Das Einzige, was ich im Moment sein kann, ist der verdammt beste Onkel Ford. Und genau darum werde ich mich bemühen.

Channing und Exeter halten sich in der Nähe des Essens auf und treffen Vorbereitungen, während ich mich der Gruppe nähere.

„Reese, du darfst nicht einfach weglaufen“, schimpft Channing. Dabei umspielt ein kleines Lächeln ihre Lippen.

Reese schaut auf seine Füße, dann hebt er den Blick. „Ich musste es tun.“

„Du musstest?“, hakt sie nach und zieht eine Augenbraue in die Höhe.

Er nickt. „Onkel Ford hat mich gebraucht.“

Ich presse die Lippen zusammen und versuche, nicht über den kleinen Jungen zu lachen.

„Er hat dich gebraucht?“, fragt Channing, da er seine Worte nicht weiter erklärt.

„Onkel Ford ist ganz allein, Mama. Er braucht mich, damit er nicht einsam ist“, lässt er sie wissen und schaut sie mit diesen großen blauen Augen an, die einfach viel zu süß sind.

Er ist viel zu aufmerksam, oder vielleicht hat er ein Gespräch zwischen Rylan und Channing mitbekommen, das nicht für seine Ohren bestimmt war. Egal, ich nehme es ihm nicht übel, denn er hat absolut recht.

Channing kann sich nun auch nicht mehr beherrschen. Sie lacht leise und schüttelt dabei den Kopf. „Geh und hilf deinem Daddy.“

„Tschüss“, ruft Reese, dreht sich um und läuft zu Rylan und Wyatt, die gerade den Grill vorbereiten.

„Tut mir leid“, murmelt Channing.

Ich schüttle den Kopf und greife nach Brooks, die auf Channings Arm herumzappelt. „Verdammt, Mädchen, was gibst du diesem Kind zu essen?“, frage ich sie stöhnend, nachdem ich sie ihr abgenommen habe.

Sie schnappt nach Luft und legt sich eine Hand auf

die Brust, um so zu tun, als hätten meine Worte sie schwer getroffen. „Sie ist gesund und glücklich, Ford.“

„Das spüre ich, denn ich habe mir fast den Rücken verrenkt“, murmle ich.

Lachend schüttelt sie den Kopf. „Du redest so einen Blödsinn, Ford Matthews.“

Brooks hebt ihre kleinen Hände und klatscht sie gegen meine Wangen, womit sie meine Aufmerksamkeit von ihrer Mom auf sich lenkt. Ich lächle sie an und schaue in ihre blauen Augen, die denen ihres Vaters ähneln.

„Hey, Süße“, flüstere ich. „Du bist schon ein großes Mädchen, nicht wahr?“

Sie brabbelt vor sich hin, dann streckt sie die Zunge heraus und pustet, was ein Furzgeräusch erzeugt und mir einen Schwall Babysabber beschert. Ich lege eine Hand auf ihren Hinterkopf, schließe die Augen und lache laut auf. Dann senke ich den Kopf, vergrabe mein Gesicht an ihrem Hals und erzeuge ebenfalls ein Pupsgeräusch, was sie dazu veranlasst, in meinen Armen herumzuwackeln, zu kichern und sich zu winden.

Das Lachen eines Babys zu hören, würde den größten Schmerz dieser Welt lindern, und Brooks' Lachen bewirkt genau das. Ich halte sie weiterhin in meinen Armen und gehe zu Louis und Tulip hinüber, die neben Rylan und Wyatt sitzen, die noch immer damit beschäftigt sind, den Grill zu befeuern.

„Ford, Bruder“, begrüßt Louis mich und steht auf.

Ich strecke meine Hand aus, um seine zu schütteln, während er mir auf den Rücken klopft.

„Hey“, murmle ich.

Tulip erhebt sich, woraufhin Louis ebenfalls

aufsteht, um ihr zu helfen. „Ich bin keine Invalidin“, schnaubt sie.

Mein Blick wandert zu ihrem Bauch. „Wie lange noch?“

„Drei Monate.“ Sie lächelt, als sie eine Hand auf ihren Bauch legt. Ich beobachte, wie sie ihn liebevoll streichelt, dann stößt sie hörbar den Atem aus. „Ich glaube, Louis macht riesige Babys, denn ich fühle mich unglaublich fett.“

Brooks lacht, was uns alle schmunzeln lässt. „Ich finde, du siehst wunderschön aus, Tullie“, schleimt Louis.

„Er hat recht, Tulip. Du bist hübsch.“ Ich lächle ihr zu.

Sie rollt dankend mit den Augen, dann macht sie sich auf den Weg zu den anderen Frauen.

„Ich habe wohl vergessen, zu erwähnen, dass ich bei meiner Geburt fast fünf Kilogramm gewogen habe“, flüstert Louis.

„Scheiße“, fluche ich. „Du riesiger Bastard.“

Louis bricht in schallendes Gelächter aus, Rylan und Wyatt stimmen mit ein. „Du weißt schon, dass dir ein Baby gut steht, oder? Nur, damit ich es mal gesagt habe“, murmelt Wyatt in meine Richtung.

Ich nehme Brooks auf meinen anderen Arm und drehe den Kopf, um ihn anschauen zu können. „Vielleicht behalte ich einfach deinen Knirps. Es macht den Anschein, als würdest du ständig neue produzieren und hättest dementsprechend ein oder zwei abzugeben.“

„Mach dir ein eigenes“, schnauzt Rylan.

Allesamt müssen wir lachen. Als Brooks unruhig wird, schüttle ich den Kopf. „Ich bringe sie zu ihrer Mom zurück. Oder willst du sie nehmen?“, frage ich

Rylan.

Er schüttelt den Kopf. „Während ich am Grill stehe, kann ich sie nicht beaufsichtigen. Sie ist viel zu neugierig, verdammt."

Ich wende mich von den Jungs ab und gehe zu den Frauen. Sie sind in eine Diskussion vertieft und haben die Köpfe zusammengesteckt. Hutton hat sich mittlerweile zu ihnen gesellt, und ich frage mich, worüber sie zum Teufel schon wieder tuscheln. Irgendwas ist bei ihnen immer im Busch.

Sobald ich mich ihnen nähere, verstummt das Gespräch.

„Okay", sage ich lachend. „Die hier wird langsam ein wenig unruhig, Mami. Reese will wahrscheinlich die Angel auswerfen und mit mir ans Wasser."

„Ford?", höre ich eine Stimme sagen.

Als ich den Kopf über die Schulter drehe, hört mein Herz bei dem Anblick, der sich mir bietet, auf zu schlagen.

Stephanie LaRue.

# Kapitel 4



Oh. Mein. Gott.

Ford Matthews schaut mich an und hält dasselbe süße kleine Mädchen in seinen Armen, auf das ich im Supermarkt getroffen bin. Channing nimmt ihm das Baby ab. Mein Blick wandert von ihm zu ihr, dann wieder zu ihm. *Oh Gott.* Sie sehen umwerfend zusammen aus.

Es war klar, dass er eine Frau finden und eine wunderschöne Familie gründen würde. Ich wusste, dass es so kommt, aber es mit eigenen Augen zu sehen, bricht mir verdammt noch mal auf der Stelle das Herz.

Ford sieht mich stirnrunzelnd an und verschränkt die Arme vor der Brust, während er mir in die Augen sieht. „Was zum Teufel machst du hier?"

Meine Schultern zucken, als hätten mich seine Worte körperlich getroffen. Ich trete einen Schritt zurück und festige meinen Griff um das Wurstbrett, das ich in den Händen halte, damit ich es nicht fallen lasse.

„Ich nehme es dir ab", höre ich eine sehr hübsche, zierliche, schwangere Frau sagen, die mir sofort darauf das Brett abnimmt.

Ich schaffe es nicht, mich bei ihr dafür zu bedanken, denn ich bin damit beschäftigt, Blickkontakt mit Ford zu halten. Gott, er ist noch schöner als vor siebzehn Jahren. Die Zeit und sein Job haben es gut mit Ford Matthews gemeint. Sein einst sehr dünner, schlanker Körper hat an Muskelmasse zugelegt. Außerdem ist er gewachsen. Mindestens um weitere fünf Zentimeter. Seine Kieferpartie ist kräftig und seine Augen sind so dunkelblau, dass sie fast schwarz wirken.

„Ähm“, brumme ich und presse die Lippen aufeinander. „Nichts. Ich werde einfach wieder gehen“, flüstere ich und drehe mich um, um genau das zu tun.

„Das wirst du nicht“, faucht Channing.

Ich drehe den Kopf über meine Schulter und schaue zu Channing. Bei dem Anblick, wie sie Fords Baby in den Armen hält, schmerzt mein Herz.

Ich habe nicht damit gerechnet, dass es so wehtun würde, aber es ist verdammt schmerzhaft. Einen solchen Moment habe ich all die Jahre zu vermeiden versucht, und jetzt bin ich hier, mitten im Zentrum des Ganzen.

„Ford, sei nicht so unhöflich. Ich habe Stephanie im Supermarkt getroffen und eingeladen, mit uns abzuhängen. Sie ist nur eine kurze Zeit in der Stadt und machte auf mich nicht den Eindruck, als sollte sie diese allein verbringen.“

Ford grunzt und tritt einen Schritt zurück. „Schön, wie auch immer.“

Ich sehe, wie er die Hand hebt und winkt, während er sich umdreht und auf das Wasser zugeht. Er geht an dem kleinen Jungen vorbei, der in Channings Einkaufswagen saß, nimmt seine Hand und bückt sich dann nach den Angelruten und dem Angelkoffer, bevor sie gemeinsam an den See gehen.

Oh. Mein. Gott.

Er geht mit seinem Sohn fischen. Das ist der atemberaubendste Anblick, der sich mir je geboten hat. Ich weiß nicht, was kostbarer ist: zu sehen, wie er das kleine Mädchen in den Armen hielt oder wie er mit dem kleinen Jungen Fische fangen geht. Meine

Augen tränen aufgrund der rührenden Szene. Ich kann es nicht verhindern, könnte es nicht mal dann, wenn ich es versuchen würde.

„Oh Scheiße", zischt jemand. „Du bist Sterling La-Rue, nicht wahr?"

„Nein, ihr Name ist Stephanie", sagt Channing, die äußerst verwirrt dabei klingt.

„Ja, rechtlich gesehen heißt sie Stephanie LaRue, aber ihr Künstlername lautet Sterling", erwidert dieselbe Stimme von eben wahrheitsgemäß und bringt Klarheit ins Dunkle .

„Die meisten von uns kennen sie als Stevie", sagt eine andere Männerstimme, die verdammt vertraut klingt.

Ich richte meinen Blick auf ihn, indem ich mich umdrehe. Meine Augen weiten sich beim Anblick von Beaumont Griffin und Wyatt Johnson. Ein weiterer Mann gesellt sich zu ihnen, woraufhin mir der Atem stockt. Es handelt sich nämlich um Wyatts Cousin Rylan. Er sieht noch genauso aus wie vor fast zwanzig Jahren, aber auch irgendwie völlig verändert. Ein Großteil seiner entblößten Haut, einschließlich seines Halses, ist mit Tattoos bedeckt, und sie stehen ihm fantastisch.

„Hey, Jungs", begrüße ich die Truppe und hebe die Hand, um ihnen zuzuwinken.

„Fuck", zischt Wyatt.

„Lange Rede, kurzer Sinn", schnauzt Beaumont.

Die Frauen starren mich völlig verwirrt an, während Wyatt und Beaumont mich regelrecht mit ihren Blicken durchlöchern. Schließlich entspannen sich ihre Mienen wieder und sie schütteln die Köpfe. Beau ist der Erste, der einen Schritt auf mich zumacht. Er beugt sich leicht zu mir herab, um seine Arme um mich zu legen und mich in eine kurze Umarmung zu ziehen.

„Schön, dich wiederzusehen, Darling. Besonders ohne deinen Hofstaat." Er grinst.

Ich könnte dasselbe zu ihm sagen, denn es scheint, als wäre er nie ohne seine Bandkollegen unterwegs. Wann immer ich ihm über den Weg gelaufen bin, hatte er einen im Schlepptau. Beaumonts Band ist extrem bekannt, er ist sehr berühmt.

Als er begonnen hat, die Charts zu stürmen, konnte ich nicht anders, und habe ihn nicht nur bewundert, sondern war auch ein bisschen neidisch auf seinen Erfolg. Er hatte es geschafft, ohne seiner Heimat den Rücken zu kehren, wie ich es getan habe.

Es gab so viele Momente, in denen ich mich mit ihm in Verbindung setzen und ihn fragen wollte, wie es Ford geht. Aber ich wusste, sobald ich über ihn oder über Gallup sprechen würde, würde ich beides vermissen. Mein altes Leben zu vergessen, das war die einzige Chance, damit umzugehen. Zumindest war ich davon überzeugt, doch jetzt bin ich mir da nicht mehr so sicher.

„Sie sind in L.A. geblieben. Ich bin in die Stadt gekommen, um das Haus meiner Eltern leer zu räumen, bevor ich es zum Verkauf anbiete", flüstere ich.

Er tritt einen Schritt zurück, um seinen Arm um die Schultern eines hübschen Mädchens zu legen, das ein niedliches Baby hält. Ich meine mich daran zu erinnern, von seiner Hochzeit und der Geburt des ersten Sohnes der Gitarrenlegende gelesen zu haben.

„Er ist wunderschön", murmle ich.

„Danke", erwidert die Frau. „Ich bin übrigens Hutton." Sie grinst und streckt mir ihre Hand entgegen.

„Sterling", entgegne ich.

Beau schnaubt. „Hier bist du nicht Sterling, sondern Stevie.“

„Bin ich das?“, frage ich.

Beau zuckt mit den Schultern. „Das liegt allein an dir, Darling, aber für uns wirst du es immer sein.“

„Ihr hasst mich nicht für all das, was ich getan habe?“, möchte ich wissen und schaue zu Wyatt, der seine Arme vor der Brust verschränkt hat und mich anstarrt.

„Dich hassen?“, fragt Wyatt, woraufhin ich nicke. „Es ist viel Zeit vergangen“, sagt er.

„Das stimmt.“

„Wir waren enttäuscht, traurig und vielleicht ein bisschen verwirrt, aber niemand hasst dich, Stevie. Das haben wir nie“, versichert er mir.

Ich lasse den Blick von der Gruppe zu Ford schweifen, der mit dem Rücken zu uns steht, und schüttle den Kopf. „Er schon.“

Wyatt bricht in schallendes Gelächter aus. Nun schaue ich ihn an und beobachte seine Augen. Er blickt auf seine Füße hinab und seine Schultern zittern, während er lacht.

„Stevie, wenn es irgendetwas gibt, was Ford nicht für dich empfindet, dann ist es Hass.“

Wyatt hebt den Kopf, um mir in die Augen zu sehen. „Er steht unter Schock. Aber er hasst dich nicht.“

„Okay, da wir das ja nun geklärt haben, können wir uns vielleicht wieder amüsieren?“, will Channing wissen.

Die Männer lachen, dann stehlen sie sich langsam, einer nach dem anderen, davon und gehen hinüber zum Grill. Ich sehe ihnen kurz nach, dann wende ich mich wieder den Frauen zu. Bis jetzt kenne ich nur

Channing und Hutton, aber keins der anderen Mädels, die mich anstarren.

Es entsteht ein Moment der Stille, während sie mich mustern. Dann lächelt Channing mir zu. „Okay, bist du Stephanie, Stevie oder Sterling? Wie möchtest du genannt werden?"

Ich denke kurz über ihre Frage nach und entscheide mich dazu, dass die Jungs mich nennen können, wie sie wollen, aber ich fühle mich nicht mehr wie Stevie, auch wenn sie mich so ansprechen.

„Stephanie, bitte", sage ich schließlich.

„Also gut. Stephanie", erwidert sie mit einem Nicken.

Anschließend lerne ich eine zierliche Schwangere namens Tulip und eine kurvige Frau namens Exeter kennen, die ein kleines Mädchen auf den Armen hält. Ich weiß nicht, wer mit wem verheiratet ist, aber sie sind allesamt absolut hinreißend.

Zwischen den anderen hält sich ein Mann auf, den ich nicht kenne, obwohl er mir irgendwie bekannt vorkommt.

„Das ist mein Mann, Louis", klärt Tulip mich auf und beantwortet damit meine unausgesprochene Frage.

„Oh", sage ich und ziehe die Augenbrauen zusammen, während ich versuche, herauszufinden, woher ich ihn kenne.

„Er ist Boxer", schiebt sie hinterher.

Meine Augen weiten sich. „Das ist Louis Kingston, nicht wahr?"

Tulip nickt. „In Fleisch und Blut."

„Wow, ich war bei seinem letzten Kampf in Las Vegas. Es war unglaublich." Etwas Unlesbares huscht über ihr Gesicht und ein Lächeln lässt ihre Lippen zucken. „Es war wirklich toll, denn es war das erste Mal, dass ich ihn boxen gesehen habe.“

Die Frauen und ich bringen ein paar Stunden damit zu, miteinander zu plaudern. Ich warte darauf, dass Channing mir zeigt, wie sehr sie mich dafür verachtet, dass ich Ford vor dem Altar habe stehen lassen, doch sie tut es nicht. Sie ist sogar die Netteste in der Runde.

Ich verstehe das nicht. Wenn ich an ihrer Stelle wäre und die Ex-Verlobte meines Mannes stünde vor mir, würde ich sie hassen. Ich kann nicht leugnen, dass ich selbst einen Anflug von Eifersucht verspüre, wenn ich sie und ihre Kinder mit ihm zusammen sehe.

***

*Ford*

Fuck.

Stevie ist hier. Genau hier. Und ich kann es nicht einmal ertragen, sie anzusehen. Reese und seine Liebe fürs Angeln haben mich davor bewahrt, gezwungen zu sein, mich in der Nähe der Frau aufzuhalten, die ich einst geliebt und dann verloren habe. Ich atme tief ein und werfe meine Angelrute aus, dann helfe ich Reese dabei, das Gleiche zu tun.

„Bist du okay?“, höre ich eine vertraute Stimme fragen.

Ich grunze nur, denn ich bin nicht bereit dazu, zu ergründen, wie es mir geht.

„Es ist eine große Sache, sie wiederzusehen.“

„Jepp“, gebe ich schließlich zu.

Ich drehe den Kopf und sehe Wyatt an. Er hat sich von der Gruppe entfernt und steht jetzt neben mir.

Ich kann seinen Gesichtsausdruck nicht wirklich deuten, weil sein Bart so viel von seinem Gesicht verdeckt, dass man außer seinen Augen nichts weiter sehen kann. Aber ich kenne ihn schon mein ganzes Leben und weiß daher, dass er besorgt ist.

„Ich weiß nicht, welches beschissene Karmagesetz hier greift, oder warum", murmle ich.

Wyatt schnaubt. „Was für ein Scheiß, oder?"

Wir bleiben vorerst beide still. Ich atme tief ein und stoße dann einen langen Seufzer aus, während ich meinen Blick zwischen meinem und Reese' Schwimmer hin und her bewege. Das Schweigen zieht sich länger hin als beabsichtigt, aber es macht mir nichts aus. Ich bin die Ruhe gewohnt.

„Sie war genauso schockiert, dich zu sehen, wie du sie", sagt er schließlich.

„Und? Ich habe sie seit zehn Jahren nicht mehr zu Gesicht bekommen, wohingegen sie mich fast zwanzig Jahre nicht mehr gesehen hat."

Abermals sagt Wyatt einen langen Moment nichts. „Sie hat Angst, dass wir alle sie für das, was passiert ist, hassen. Sie hat Schiss, dass du sie hasst."

„Hass ist nicht das, was ich für Stephanie empfinde. Ich könnte sie nicht hassen, auch wenn ich es versuchen würde."

„Vielleicht solltest du ihr das sagen."

„Vielleicht", flüstere ich. „Aber das werde ich nicht tun."

„Wieso nicht?"

Den Blick aufs Wasser und auf die Schwimmer gerichtet, zucke ich mit den Schultern. „Warum sollte ich? Wieso soll ich dazu beitragen, dass sie sich besser fühlt, weil sie mich verlassen hat? Zumal sie mir nie gesagt hat, weshalb sie gegangen ist. Sie hat sich geweigert, sich mit mir auszusprechen, sie hat mir keinen Abschluss ermöglicht. Wieso also?“

„Weil du, Ford, kein verbittertes Arschloch bist. Du bist wütend, aber sei nicht so verbittert. Sie hat getan, was sie getan hat. Ihr wart beide achtzehn und seid nicht mehr dieselben Menschen.“

„Ach ja? Du und Sammie, all die Jahre warst du sauer auf sie und sie fühlte sich jede Minute an jedem gottverdammten Tag schuldig. Hast du das Recht, mich zu belehren?“

Ich rechne damit, dass Wyatt um sich schlägt, dass er sich mit mir streitet, aber er tut es nicht. „Ja, ich habe wirklich nicht das Recht, dir Ratschläge zu erteilen, aber am Ende des Tages habe ich Sammie vergeben. Wir waren jung und haben Entscheidungen getroffen, die unser ganzes Leben beeinflusst haben. Stevie hat dasselbe getan.“

Mit aufeinandergepressten Lippen nicke ich. „Genau, das hat sie. Anstatt das Leben zu leben, das ich mir immer erträumt habe, und eine Familie zu gründen, habe ich eine traumhafte Karriere hingelegt und ein albtraumhaftes Privatleben. Jeden verdammt Tag gehe ich durch die Hölle, Wyatt.“

Mit angehaltenem Atem warte ich darauf, dass er mich stehen lässt. Umso überraschter bin ich, als er es nicht tut. „Ich habe dieses Leben auch leben müssen, Ford. Für eine verdammt lange Zeit. Mein Leben war die verdammte Hölle.“

Erst dann dreht er sich um und geht. Reese bittet mich, ihm beim Herausziehen eines großen Fisches zu helfen, und genau das tue. Dabei ignoriere ich gekonnt Stephanies Anwesenheit. Als es Zeit für das Abendessen ist, verlasse ich den See, ohne mich von irgendwem zu verabschieden.

Ich weiß, dass meine Freunde verstehen werden, dass ich mich nicht länger in ihrer Nähe aufhalten konnte. Ich kann ihre Anwesenheit nicht ertragen, nicht in diesem Moment. Ich hätte nie gedacht, dass es möglich wäre, nach so langer Zeit noch etwas für sie zu fühlen, wenn ich sie nur ansehe.

Ich habe sie auf Bildern gesehen, in Filmen. Ich habe andere Frauen gefickt, während ihre Filme im Hintergrund liefen. Eine lange Zeit über war das die einzige Möglichkeit, wie ich kommen konnte, wenn ich mit einer anderen Frau zusammen war. Und ausgerechnet gestern habe ich ein Nacktfoto von ihr zu sehen bekommen, auf dem sie von ihrem Verlobten gefickt wird. Ihre gepiercten Titten waren dabei voll zur Schau gestellt.

Fuck.

Ich kann sie nicht mehr um mich haben.

Ich will sie immer noch.

Alles von ihr.

# Kapitel 5



*Stephanie*

Ford hat meinetwegen den Abend mit seinen Freunden sausen lassen. Ich wollte gehen, doch sie haben das nicht zugelassen. Sie waren alle sehr nett zu mir, sogar Channing. Später am Abend habe ich herausgefunden, warum sie mich nicht hasst. Sie ist mit Rylan verheiratet und nicht mit Ford. Als ich ihr sagte, was ich gedacht habe, nämlich, dass sie Fords Frau sei, haben alle gelacht.

Jetzt liege ich in meinem Hotelbett, starre die Zimmerdecke an und frage mich, wie ich das mit Ford wiedergutmachen kann. Offensichtlich ist er noch immer verletzt wegen dem, was ich getan habe, und ich kann es ihm nicht verdenken. Verdammt, ich denke selbst mindestens ein Mal pro Tag daran, wie ich ihn verlassen habe. Ich weiß nur nicht, wie ich das wieder hinbekomme. Aber ich möchte es zumindest versuchen.

Vielleicht sollte ich ihm einfach erzählen, warum ich gegangen bin, wieso ich gehandelt habe, wie ich eben gehandelt habe. *Vermutlich wäre ihm das verdammt egal.* Ich stoße einen Seufzer aus, drehe mich auf die Seite und greife nach meinem Handy.

In Kalifornien ist es zwei Stunden früher als hier. Ich könnte Grace anrufen, um in Erfahrung zu bringen, wie der Rest des Tages bezüglich der Bilder mit meinen gepiercten Brüsten verlaufen ist, aber ich will nicht über den PR-Albtraum sprechen, zu dem das Foto höchstwahrscheinlich geworden ist.

Stattdessen entscheide ich mich dafür, Damion anzurufen. Er weiß alles, und da ich ihn dafür bezahle, mir ein Freund zu sein, hat er keine andere Wahl, als mir dabei zuzuhören, wie ich mich wegen meines erbärmlichen Lebens ausheule.

„Hey, Süße, hey", sagt er sanft.

„Du bist beschäftigt", schlussfolgere ich.

Ich höre, wie er sich räuspert. „Bin ich nicht. Geht es dir gut nach diesem ganzen Medienalbtraum?"

„Ich habe dem nicht wirklich Beachtung geschenkt. Keine Ahnung, was so vor sich geht. Und wenn ich ehrlich bin, habe ich wegen etwas völlig anderem angerufen."

Es herrscht ein Augenblick lang Stille, dann höre ich ihn am anderen Ende der Leitung quieken. „Du hast dich mit Cowboy getroffen?"

Ich stöhne, kneife die Augen zusammen und wünsche mir, ich hätte ihm nie erzählt, dass ich Ford immer Cowboy genannt habe. „Ja, habe ich. Ich dachte immer, er hätte jetzt Frau und Kinder, aber dem ist nicht so. Er ist Single und immer noch stinksauer auf mich. Er hasst mich."

„Ich bezweifle stark, dass er dich hasst. Selbst wenn er denkt, dass er dich hasst, glaube ich, dass er dich noch immer liebt, es aber nicht zugeben will."

Ich schnaube. „Das glaube ich nicht. Ich möchte einfach nur, dass zwischen uns Frieden herrscht, denn ich habe das Gefühl, dass wir beide nicht weitermachen können, solange das nicht der Fall ist."

Damion kichert. „Süße, du hast versucht, nach vorne zu blicken. Mit einem Mistkerl nach dem nächsten. Du wirst niemanden finden, der so gut zu dir ist wie dein Cowboy. Zumindest denke ich das. Kein Mann kann sich mit ihm messen, weil …"

„Hör auf", unterbreche ich ihn.

„Weil du ihn noch immer liebst."

Ich setze mich aufrecht hin und schüttle den Kopf, obwohl ich weiß, dass er es nicht sehen kann. „Das stimmt doch gar nicht. Das mit uns ist siebzehn Jahre her."

Damion schnaubt. „Sterling, es könnten hundert Jahre vergangen sein und du wärst immer noch nicht über ihn hinweg. Und scheinbar gilt das Gleiche für ihn. Vielleicht solltest du ihm einen Besuch abstatten und mit ihm reden?"

„Glaubst du nicht, er würde mir die Tür vor der Nase zuschlagen? Er konnte mich heute Abend ja nicht einmal ansehen. Ohne sich von seinen Freunden zu verabschieden, ist er einfach gegangen."

„Was haben sie dazu gesagt?"

Ich presse die Lippen aufeinander, während ich über ihre Reaktionen nachdenke. „Sie haben es nicht kommentiert. Als ob nichts passiert wäre, haben sie sich einfach weiter mit mir unterhalten. Und sie waren unheimlich nett zu mir."

„Einige von ihnen kanntest du sicherlich noch von damals, oder?"

„Zwei der Jungs waren unsere Trauzeugen", flüstere ich.

„Wenn Ford dich hassen würde, würden sie das auch tun, Süße. Er hasst dich nicht. Ich sag's dir: Steig in dein Auto, fahr raus zu seiner Ranch und besteig den Cowboy."

„Oh mein Gott." Ich muss lachen.

Die nächsten Minuten verbringen wir lachend, dann entlasse ich ihn in seinen Feierabend und starre wieder die Decke an. Ich frage mich, ob Damion recht hat. Vielleicht hasst Ford mich nicht so sehr, wie ich glaube, dass er es tut.

Obwohl ich mir nicht vorstellen kann, wie das

gehen soll. Ich bin buchstäblich vor ihm geflohen am Tag unserer Hochzeit, während alle, die wir kannten, dabei zusahen. Und ich habe mich danach geweigert, mit ihm zu sprechen. Ich war nicht reif genug, um mit ihm über meine Gefühle zu reden.

An Fords Stelle würde ich mich dafür hassen.

***

*Ford*

Ich fahre die Zufahrtsstraße zu meinem Haus entlang und stoppe beim Anblick, der sich mir vor meinem Tor bietet. Nach dem gestrigen Tag und dem ganzen Durcheinander hatte ich nicht vor, sie jemals wiederzusehen. Doch sie ist hier. Leibhaftig.

Stephanie und ihre schnieke Limousine stehen neben meinem Tor. Sie wartet seitlich neben dem Wagen und ihr Hintern lehnt an der Motorhaube, während sie meinen Pick-up mustert. Heute musste ich tief durchatmen und Material für die Erneuerung meines Zauns aus der Stadt holen.

Ich habe mich dazu entschieden, den 1970er-Ford F-250 4x4 meines Vaters zu nehmen. Scheinbar befand ich mich in nostalgischer Stimmung, aber in diesem Moment bereue ich es.

Dieser Pick-up gehörte meinem Dad, der ihn an mich vererbte. In diesem Wagen habe ich Stevie zu unserer ersten Verabredung abgeholt und wir haben unsere Jungfräulichkeit auf der Ladefläche verloren. Ich habe sie mit dem Pick-up zum Abschlussball gefahren. Alles, was in unserem Leben von Bedeutung war, passierte in diesem Auto.

Ich bin sogar in diesem Wagen nach L.A. gefahren,

um sie zu besuchen und zu sehen, wie sich ihr Traum gestaltete, den sie sich so sehr zu verwirklichen wünschte. Was für ein Leben sie sich aufgebaut hat, das mich nicht miteinschloss. Nachdem ich sie gefunden und gesehen hatte, wie glücklich sie war, fuhr ich in diesem Pick-up wieder nach Hause.

Als ich am Tor vorfahre, versuche ich, all die schlechten und guten Erinnerungen abzuschütteln. Ich steige aus dem Wagen und gehe zu ihr hinüber. Ich trage eine Sonnenbrille auf der Nase und eine alte, schmutzige Baseballkappe. Außerdem eine dreckige Jeans und ein noch schmutzigeres marineblaues T-Shirt. Ich bin mir sicher, dass ich absolut nicht wie die Kerle aussehe, die sie gewohnt ist, und ich weiß überhaupt nicht, warum es mich interessiert – zumindest sollte es das nicht.

„Stevie", murmle ich, als ich auf sie zugehe.

Sie trägt eine enge Hose und eine seidig wirkende Bluse. Ihr blondes Haar hat sie zu einem hohen Pferdeschwanz zusammengebunden und ihre große Sonnenbrille ist direkt auf mich gerichtet.

„Ich war mir nicht sicher, ob du zu Hause bist, denn das Haus sah ziemlich verrammelt und verriegelt aus", sagt sie.

Ich deute mit dem Kinn auf das Tor und gehe an ihr vorbei. Dabei nehme ich einen tiefen Atemzug und rieche ihr teures, verdammt sexy duftendes Parfüm. Ich greife nach dem Vorhängeschloss, öffne es und entferne die Eisenkette.

„Es war nicht verschlossen", murmle ich. „Ich nutze es nur, um die Tiere drinnen zu halten."

„Können wir miteinander reden? Wenn's geht, nicht unbedingt hier draußen in der Hitze", sagt sie, wobei ihre Stimme unsicher klingt.

Ich drehe mich um und schaue sie über meine Schulter hinweg an. Einen Moment lang betrachte ich sie, ehe ich antworte. „Du kannst nicht mit dem Auto die Auffahrt entlangfahren."

„Warum?"

Ich drücke das Tor auf und deute mit dem Kinn in Richtung des Pick-up, während ich mich auf die Fahrerseite begebe. „Ich halte sie nicht wirklich instand. Du wirst dir den ganzen Unterboden aufreißen und wahrscheinlich stecken bleiben. Steig ein, ich nehme dich im Pick-up mit. Ich muss das ganze Zeug abladen und die Sonne geht schon fast unter."

Ich steige in den Wagen und lege einen Gang ein, während ich darauf warte, dass sie zu mir in den Pick-up steigt. Ich versuche, sie nicht anzustarren, aber das gelingt mir nicht. Ich schaue aus den Augenwinkeln zur Seite, halte aber den Kopf nach vorn gerichtet, als sie zu mir ins Fahrzeug klettert.

Früher ist sie immer bis in die Mitte gerutscht und hat sich direkt neben mich gesetzt, aber das wird sie weder heute noch sonst irgendwann wieder tun. Das fehlt mir. Ich vermisse das Gefühl eines weichen Körpers neben meinem eigenen, während ich die Straße hinunterfahre. Den Moment, wenn sie ihre Hand auf meinen Oberschenkel legt und ihren Kopf gegen meine Schulter lehnt.

Fuck.

Ich sollte nicht an diesen Scheiß denken. Es ist eine Ewigkeit her und wird sich nicht wiederholen. Das Kapitel ist abgeschlossen.

Ich fahre durch das Tor, parke den Pick-up und springe aus ihm heraus. Dann schließe ich das Tor hinter mir und kette es wieder zu. Anschließend schwinge ich mich wieder in den Wagen, wo mich der

Duft ihres Parfüms und ihres verdammten Shampoos empfängt.

„Ich kann nicht glauben, dass du das Auto noch immer hast und dass es immer noch fährt", sagt Stephanie, sobald ich anfahre.

Ich fahre langsamer als sonst. Nicht Stevie zuliebe, sondern wegen des Holzes, das sich auf meiner Ladefläche befindet. Zumindest rede ich mir das ein.

„Das ist der Pick-up meines Vaters, Stevie. Ich würde ihn niemals weggeben", erkläre ich ihr.

Sie ist einen Moment lang still. „Wie geht es deinen Eltern?"

Fast hätte ich laut geschnaubt, aber ich beschließe, mein Temperament zu zügeln. „Mein Dad starb vor etwa zehn Jahren, Mom folgte ihm nur zwei Monate später. Sie wollte wohl nicht ohne ihn sein, was ich ihr nicht übelnehmen kann. Immerhin waren sie zusammen, seit sie elf Jahre alt waren."

„Sie waren jung", haucht sie.

„Dreiundvierzig Jahre sind sie nur geworden", sage ich und muss mich mächtig zusammenreißen, da meine Kehle plötzlich ganz eng wird.

Ich vermisse meine Eltern. Trotz der Fehler, die sie hatten, waren sie gute Menschen. Sie gaben mir manchmal weitaus mehr Liebe, als ich es wahrscheinlich verdiente. Sie liebten einander und gaben ihr Bestes, ihre Mitmenschen zu lieben.

„Was ist passiert?"

Ich will es ihr nicht erzählen, denn sie hat es verdammt noch mal nicht verdient, es zu erfahren, aber so ein großer Wichser bin ich nun mal nicht. Nun, eigentlich schon, aber aus irgendeinem Grund habe ich heute Redebedarf. Ich fahre den Pick-up in Richtung Scheune, parke ihn dort und drehe mich zu ihr hin. Die Handgelenke lasse ich auf dem Lenkrad liegen, die Hände lasse ich baumeln.

„Der Krebs hat mir meinen Vater genommen. Meine Mutter litt unter gebrochenem Herzen und war einfach nur noch müde."

Stephanie streckt ihre Hand aus, nimmt meine Hand in ihre und drückt sie sanft. „Das tut mir leid, Ford. Ehrlich."

Nickend schließe ich für einen Moment die Augen, öffne sie dann wieder und schaue sie an. „Warum bist du hier, Stevie?"

„Ich wollte mit dir sprechen. Ich … Es ist viel zu lange her, und es gibt so vieles, was zwischen uns ungesagt geblieben ist", flüstert sie.

„Ich meinte, hier in Gallup. Was machst du hier?"

Sie leckt sich über die Lippen. Ihre Hand liegt noch immer um meine und versengt meine gottverdammte Haut mit ihrer Berührung. Diese großen, blauen Augen starren mich an. Ich kannte sie einst so verflucht gut, dass ich jeden verfluchten Gedanken in ihrem Kopf lesen konnte, oder zumindest dachte ich, dass ich es könnte.

„Mein Vater ist vor ein paar Monaten gestorben. Ich wusste nicht, dass ihm das Haus hier noch gehört, bis ein Anwalt mit mir zusammen seine Papiere durchging. Ich fand es falsch, es ungesehen zu verkaufen, denn er hat es sicher nicht ohne Grund behalten. Ich dachte mir, ich sollte es durchsehen, um sicherzustellen, dass sich dort nichts Wichtiges mehr befindet."

„Warst du schon drinnen?", erkundige ich mich.

Sie schüttelt den Kopf und nimmt ihre Hand von meiner, während sie durch die Windschutzscheibe des Pick-ups schaut.

Ich beobachte sie und wünschte, sie wäre mir nicht so nah. Und zeitgleich hoffe ich, dass sie noch näher kommt.

„Wie ist er gestorben?“

„An Krebs“, flüstert sie.

„Und deine Mom?“

„Vor fünf Jahren an einem Herzinfarkt.“

„Das scheinen wir gemeinsam zu haben. Einzelkinder zu sein, die keine Eltern mehr haben“, merke ich an.

Erst nickt sie, dann wendet sie sich mir zu. Ihre Augen sind wässrig, doch die Tränen fallen nicht. Sie blinzelt sie weg und schenkt mir dann dieses verdammt schöne Lächeln, von dem ich siebzehn Jahre lang geträumt habe.

Ich hätte nie gedacht, es noch einmal in natura zu sehen zu bekommen. Es ist genauso atemberaubend wie in meiner Erinnerung.

„Es scheint, als wäre es so. Worüber willst du mit mir reden? Noch ist es hell und ich muss den Zaun reparieren. Die Hauptsaison steht unmittelbar vor der Tür, weshalb ich vorher noch einen Arsch voll zu tun habe.“

Sie atmet tief durch die Nase ein, ihr Blick findet den meinen. „Es tut mir leid.“

Ich ziehe eine Augenbraue hoch und warte darauf, dass sie dem noch etwas hinzufügt, aber das tut sie nicht. Sie sieht mich einfach nur an und hofft darauf, dass ich reagiere.

*Verdammt unfassbar.*

Genau das ist sie.

Kopfschüttelnd wende ich mich der Tür zu, stoße sie auf und springe aus dem Pick-up.

Ich ignoriere ihre Anwesenheit und gehe zur

Ladefläche, um mir das Holz zu schnappen. Dann trage ich es zu meinem John Deere Gator, einem Transportfahrzeug, um ihn zu beladen.

# Kapitel 6



Ford ist nicht auf meine Entschuldigung eingegangen. Er hat meine Worte komplett ignoriert und ist aus dem Pick-up gesprungen. Sogar die Tür hat er hinter sich zugeschlagen. Das Arschloch geht einfach seiner Arbeit nach, als wäre ich überhaupt nicht hier.

Mit zusammengekniffenen Augen greife ich nach dem Türgriff und öffne die Tür. Beim Aussteigen muss ich aufpassen, dass ich nicht wegen meiner hochhackigen Stiefel auf dem Hintern lande. Ich hatte vergessen, wie es hier draußen auf dem Land ist, dass himmelhohe Absätze gefährlich zu tragen sind.

„Entschuldigung", rufe ich ihm hinterher und marschiere auf ihn zu, so selbstbewusst wie nur möglich, ohne dabei auf meinen Hintern zu plumpsen.

Ford stellt das Arbeiten nicht ein. Er rauscht an mir vorbei, um sich weitere Holzbretter zu greifen und sie zu seinem Transportfahrzeug zu bringen.

„Ich rede mit dir", blaffe ich ihn an.

Er lässt das Holz fallen, schaut mich über seine Schulter hinweg an und presst die Lippen zu einer dünnen Linie zusammen.

„Stellen die Leute heutzutage immer die Arbeit ein, wenn du mit ihnen reden willst?", fragt er.

Knurrend stampfe ich wie ein Kleinkind mit dem Fuß auf. „Es gab eine Zeit, in der du das auch getan hast."

Er schnaubt, strafft die Schultern, dreht sich zu mir um und stemmt eine Hand in die Hüfte. Mein Blick wandert automatisch zu seinen schlanken Hüften. Mir gefällt es, wie seine Jeans seine kräftigen Oberschenkel umschließt. Ich kann nicht verhindern, dass ich mir bei diesem Anblick über die Lippen lecken muss. Baumstämme, das ist das richtige Wort für seine Beine. Und ich kann nicht leugnen, dass ich mich frage, wie viel Kraft wohl in ihnen steckt, was für eine Power wohl in seinem gesamten muskulösen Körper schlummert.

„Wenn du mich noch länger so ansiehst, Stevie, werde ich noch viel mehr mit dir anstellen als dieser Wichser von den Bildern, die überall zu sehen sind."

Meine Augen weiten sich und ich stoße ein Keuchen aus. „Das hast du nicht gerade gesagt! Woher weißt du davon?"

Grinsend schüttelt er den Kopf. „Glaubst du, wir haben hier draußen kein Internet? Kein WLAN?"

„Ich meine ja nur. *Gott*, haben es alle gesehen?" Ich stöhne auf, da ich an die gestrige Grillparty denken muss und mich frage, ob sie alle meine Brüste gesehen haben.

Ford lacht, aber sein Lachen klingt nicht humorvoll, sondern eher bitter. „Ja, Stevie. Beau war derjenige, der mir gesagt hat, ich solle mal einen Blick drauf werfen. Ich muss schon sagen, dass deine neue Hardware verdammt schön ist, Honey."

Eine Gänsehaut bildet sich auf meiner Haut und eine Welle der Begierde läuft mir die Wirbelsäule hoch und runter. Doch das sollte nicht passieren. Seine Worte sind fast schon vulgär, sie sind alles andere als nett und total unhöflich.

„Du bist nicht mehr der Gentleman, der du einst warst, Ford Matthews", zische ich.

Ford stößt ein lautes Lachen aus. „Nein, bin ich

nicht. Aber du bist auch nicht mehr das süße Mädchen, das du einmal gewesen bist, Stevie. Es scheint, als hätten wir uns beide verändert. Willst du mir jetzt endlich sagen, worüber du zum Teufel unbedingt mit mir sprechen wolltest, damit ich endlich meine Arbeit für heute erledigen kann?“

Ich versuche, mir genau zurechtzulegen, wie ich das, was ich ihm eigentlich sagen möchte, formulieren kann. Jahrelang habe ich mir diesen Moment vorgestellt und nie geglaubt, dass er so verlaufen würde wie jetzt. Oder dass es mir so schwerfallen würde.

„Gott, du bist echt ein Arschloch“, zische ich. Er grinst, erwidert aber nichts darauf. „Es tut mir leid.“

„Das sagtest du bereits.“

„Oh, du hast mich also verstanden und einfach ignoriert?“

Er zuckt lediglich mit den Schultern. Ich sehe ihm fassungslos dabei zu, wie er seine Hand hebt, um den Hut auf seinem Kopf zu richten. Seine Bewegung ist weit aus sexyer, als sie sein sollte. Vor allem, weil sich sein Bizeps anspannt. *Gott, warum muss er ausgerechnet das heißeste Wesen auf zwei Beinen sein, das mir in den letzten zwei Jahren über den Weg gelaufen ist?*

Mein Ex-Verlobter war attraktiv, er war hübsch. So gutaussehend, dass er morgens und abends länger im Bad gebraucht hat als ich. Außerdem waren seine Rechnungen für das Spa dreimal so hoch wie meine. Ach, und er konnte seinen Schwanz nicht in der Hose behalten. Es würde mich nicht überraschen, wenn er die Fotos mit versteckter Kamera aufgenommen hätte, um sie für Werbezwecke zu verkaufen.

Es ist unmöglich, dass die Paparazzi Kameras besitzen, die über eine solche Entfernung hinweg so deutliche Aufnahmen hinbekommen. Diese Fotos müssen in seinem Haus aufgenommen worden sein. In seinem Schlafzimmer, hinter verschlossenen Vorhängen.

„Ja, ich habe dich gehört. Allerdings weiß ich nicht, was genau dir leidtut", sagt er achselzuckend.

Ich spanne meinen Kiefer an und schüttle den Kopf. „Meinst du das ernst? Du willst also, dass ich es dir in allen Einzelheiten sage?"

Ford verschränkt die Arme vor seiner breiten Brust. Seine Muskeln spannen sich unter seinem Hemd an, und die texanische Sonne fühlt sich plötzlich mindestens zwanzig Grad heißer an aufgrund dieser verdammten Bewegung.

„Das will ich. Denn, Stevie, ich glaube, dass ich zumindest so viel verdient habe."

„Es ist siebzehn Jahre her, Ford", flüstere ich.

Er schüttelt resigniert den Kopf, sein Blick richtet sich auf den Boden. Ich sehe, wie er in den Dreck spuckt, bevor er den Kopf wieder hebt, um meinem Blick zu begegnen. „Ja? Es kommt mir vor, als wäre es gestern gewesen, als ich nicht weit von hier stand und dabei zusehen musste, wie du den Schwanz eingezogen hast und weggelaufen bist. Du warst meine beste Freundin. Das einzige Mädchen, das ich je geküsst, das ich je geliebt habe, und du bist einfach abgehauen. Dann hast du dich geweigert, mit mir zu sprechen und mir deine Gründe zu erklären. Also ja, ich denke, ich habe verdammt mehr verdient als ein lausiges *Es tut mir leid*."

Ohne dem noch etwas hinzuzufügen, kehrt er mir den Rücken zu, um in seinen Stiefeln zur Scheune davonzustapfen. Ich schließe die Augen und kann die Tränen nicht länger zurückhalten. Sie laufen mir über die Wangen.

Er hat recht.

Jedes einzelne Wort, das er zu mir gesagt hat, ist zu hundert Prozent berechtigt, und ich fühle mich wie das größte Miststück auf diesem Planeten. Wie konnte ich ihm das nur antun? Wie? Ich war erst achtzehn Jahre alt, aber das ist keine Entschuldigung für mein selbstsüchtiges Verhalten. So bin ich nicht erzogen worden. Warum war ich nur so verdammt egoistisch?

„Willst du es mir erklären, während ich die Ställe ausmiste, oder willst du hier draußen stehen bleiben und dir einen Sonnenbrand holen?", ruft er mir zu.

Sofort setze ich mich in Bewegung. Ohne darüber nachzudenken, mache ich mich auf den Weg in die Scheune. Tausende Erinnerungen prasseln auf mich ein, sobald ich den Geruch von Heu, Holz und Leder wahrnehme.

Ich denke an die etlichen Male, als ich genau diese Scheune betreten habe, eines der Pferde sattelte oder zu Ford auf dessen Pferd stieg, um mit ihm auszureiten.

Ich habe es geliebt.

Ich habe jede Sekunde auf dieser Ranch geliebt, liebte es, mit ihm hier zu sein, ihn in seinem Element zu bewundern. Mich an jenem Ort aufzuhalten, von dem ich wusste, dass er ihn mehr als alles andere auf der Welt liebte. Ich konnte ihn nicht dazu zwingen, diese Ranch, sein Zuhause, zu verlassen. Ich konnte ihn nicht dazu bringen, irgendetwas davon für mich und meine Träume aufzugeben. Das hätte ich nicht ertragen können.

***

*Ford*

*Es tut mir leid.*

Ich hasse diesen erbärmlichen Versuch einer Entschuldigung. Ich verdiene mehr als das, unsere Beziehung verdient mehr als das.

Wir waren nicht bloß Bekannte.

Stevie war mein Ein und Alles.

Sie war die Frau, mit der ich den Rest meines Lebens verbringen wollte. Die Frau, die meine Kinder bekommen und den Rest ihres ganzen gottverdammten Lebens an meiner Seite verbringen sollte.

Es tut mir leid.

Was für ein Scheiß.

„Ich weiß nicht, was ich sagen soll", flüstert sie vom Eingang der Scheune.

Sie hat den Stall erst mit einem Fuß betreten, geht vorsichtig, von einem schicken Schuh auf den anderen tretend, weiter hinein. Die Arme hat sie schützend um ihre Mitte geschlungen, während sie auf den staubigen Boden hinunterschaut. Ich räuspere mich und beginne damit, Starlights Box auszumisten. Das müsste ich eigentlich nicht tun, aber ich kann nicht tatenlos rumstehen und sie ansehen. Es geht einfach nicht.

„Dann weiß ich nicht, wieso du den ganzen weiten Weg hierhergefahren bist, Babe."

Sie gibt ein leises Knurren von sich, woraufhin sich meine Lippen zu einem kleinen Lächeln verziehen. „Ich wollte mehr, als Gallup, Texas, mir zu bieten hatte", bricht es aus ihr heraus.

„Endlich kommen wir der Wahrheit näher", erwidere ich und arbeite weiter.

„Ich wollte das Rampenlicht, Ford. Ich wollte

berühmt werden.“

„Sieht so aus, als hättest du bekommen, was du wolltest“, sage ich.

Es herrscht einen Moment lang Stille zwischen uns, dann höre ich ihr Schniefen. Ich hasse, dass sie weint. Ich konnte es noch nie ertragen, aber es ist nicht länger meine Aufgabe, sie zu trösten. Das hat sie mir weggenommen, zusammen mit all dem anderen, was mit ihr zu tun hat.

„Ja, aber um welchen Preis?“

Ich richte mich auf, schließe die Hände fester um den Griff der Schaufel und stütze mein Kinn darauf ab, während ich sie ansehe. Ich schaue sie nicht bloß an, ich blicke ganz tief in ihre Augen. Ihre blauen Augen wirken dumpf, ihr Gesicht ist schmal und ernst. Es sieht nicht so aus, als hätte sie in den letzten Jahren viel zu lachen gehabt. Ich hingegen habe Lachfalten bekommen von meinen Foppereien mit den Jungs und ihren Kindern; davon, dass ich ihr Freund bin. Ich glaube nicht, dass sie viele Freunde hat.

„Das musst du mir erklären, Stevie“, dränge ich leise.

Sie nickt. „Ich habe dich verloren. Ich habe meine Träume verfolgt und bekommen, was ich immer wollte.“

„Ja?“

Abermals nickt sie. „Ich bin berühmt geworden. Aber ich bin auch ganz allein. Ich kann niemandem mehr wirklich vertrauen. Ich bin vierunddreißig Jahre alt und habe weder einen Ehemann noch Kinder. Ich bin einsam. Ich bin unglücklich, was mein Privatleben angeht, aber ich habe alles, was ich mir je erträumt habe.“

Tief einatmend lasse ich ihre Worte auf mich

wirken. Ich fühle verdammt noch mal genau dasselbe. Doch wenn ich ihr das gestehe, wird ein Teil der Last von ihr abfallen, und ich bin mir nicht sicher, ob ich das will. Klar, das lässt mich vielleicht wie ein verdammtes Arschloch dastehen, doch ich weiß nicht, ob mich das kümmert. Siebzehn Jahre lang hat sich der Schmerz in mir aufgestaut und ich kann ihn nicht so einfach loslassen. Es geht nicht.

„Ich schätze, es ist nicht immer alles Gold, was glänzt.“

Ich beobachte, wie sie zögerlich einen Schritt auf mich zu macht, allerdings nur einen, dann bleibt sie stehen. „Ich weiß, dass ich nichts tun kann, um die Vergangenheit wiedergutzumachen, aber glaubst du, dass du mir jemals verzeihen kannst?“

Ich schüttle den Kopf und will ihre Frage mit einem Nein beantworten, aber obwohl ich wütend und verletzt bin, will ich nicht der Grund sein, wieso sie sich schlecht fühlt. Ich räuspere mich, trete einen Schritt zurück und stoße einen Seufzer aus.

„Wir waren sehr jung, Stevie. Es hat höllisch wehgetan, das will ich nicht beschönigen. Lange Zeit war ich sauer auf dich, manchmal bin ich es noch immer. Ich kann nicht hier rumsitzen und den Rest meines Lebens verzweifelt sein. Du hast getan, was du getan hast, und Punkt. Du wolltest etwas anderes als ich, und ich kann es dir nicht verdenken, dass du Gallup den Rücken gekehrt hast. Du warst immer der größte, hellste Stern an diesem Ort.“

„Ford“, erwidert sie mit einem Schluckauf.

„Ich verstehe, warum du mich verlassen hast. Allerdings weiß ich nicht, ob ich es dir jemals verzeihen kann, und ich weiß mit Sicherheit, dass ich es nie vergessen werde, aber ich verstehe es.“

„Wenn ich doch nur die Zeit zurückdrehen könnte
…“ Ihr Satz bricht ab, ich schüttle den Kopf.

„Lass es“, knurre ich. „Tu das nicht. Ich denke viel
zu oft an die Vergangenheit und will nicht auch noch
darüber nachdenken müssen, wie es weitergegangen
wäre, könnten wir in der Zeit zurückreisen. Weil ich
dann selbst eine Million Dinge anders gemacht hätte,
und darüber kann ich einfach nicht nachdenken.“

„Wieso?“

Als sie sich auf mich zubewegt, halte ich den Atem
an. Sie schreitet auf diesen verdammt hohen Absät-
zen auf mich zu und bleibt direkt vor mir stehen.
Mein Körper erstarrt, jeder Muskel spannt sich an, als
ihre Handfläche meine Brust berührt.

Ich lasse den Blick zu ihrer Hand hinuntergleiten
und hebe ihn dann wieder an, um ihren Augen zu begegnen, während ich mit der Zunge meine Lippen
befeuchte. Ich schmecke das Salz meines Schweißes
auf meinen Lippen und bin mir sicher, dass ich bis
zum Himmel stinke, aber dennoch kann ich sie nicht
von mir schieben. Nicht jetzt, wo sie mir so verdammt nahe ist.

„Wieso?“, krächze ich.

„Wenn du die Zeit zurückdrehen könntest, wieso
würdest du etwas anders machen?“

Ich neige den Kopf, mein Gesicht ist dem ihren so
nah, aber Gott sei Dank hindert mich mein Strohhut
daran, sie zu küssen.

„Ich würde um dich kämpfen, Stephanie. Ich würde
deinem süßen Arsch hinterherjagen. Ich würde dich
für mich gewinnen, wie auch immer das aussehen
mag, aber ich würde es herausfinden. Und dann
würde ich dich für immer bei mir behalten“, gebe ich
schamlos zu.

„Cowboy“, wispert sie.

Ich schließe die Augen. Schmerz durchströmt meinen gesamten Körper aufgrund dieses einen Wortes. *Cowboy.* Genau das war ich, ihr Cowboy. So hat sie mich immer genannt, sie gab mir diesen süßen Kosenamen, und ich liebte es jedes Mal, wenn sie ihn aussprach.

„Das ist jetzt aber nicht mehr wichtig. Es ist viel zu lange her“, sage ich leise.

Sie summt, ihre Hand gleitet langsam mittig meine Brust hinauf, bis sich ihre Finger um meinen Nacken legen. Ich neige den Kopf zur Seite und streiche mit meinen Lippen über ihre. Scheiße, sie schmeckt so süß wie verdammter Zucker.

„Ist das so?“, flüstert sie.

Grunzend lasse ich die Schaufel fallen, lege einen Arm um ihre Taille und ziehe ihren zarten Körper enger an meine Brust. Gleichzeitig drücke ich meinen Mund auf ihren. Ich lasse meine Zunge zwischen ihre Lippen gleiten und koste sie.

Sie wimmert, doch ich schlucke diesen Laut hinunter, während ihr Körper in meinen Armen zittert. Ich hebe eine Hand und umschließe ihren Pferdeschwanz mit meiner Faust. Ich neige ihren Kopf zur Seite und positioniere sie genau so, wie ich sie haben will.

Meine Lippen wandern ihren Hals hinunter. Ich sauge an ihrer weichen Haut, bis ich den Ausschnitt ihres Oberteils erreiche.

„Ford“, stöhnt sie leise, als ich ihren Kopf ein wenig überstrecke.

Ich grinse, während sie mich durch halb gesenkte Augenlider beobachtet. „Davon habe ich die letzten siebzehn Jahre geträumt, Honey“, raune ich ihr zu.

„Bitte", fleht sie.

Fuck. Ich will das hier. Ich will sie so sehr, dass ich sie schon fast schmecken kann. Etwas Hässliches durchströmt mich bei dem Gedanken, sie genau hier, im Pferdestall, zu ficken. Ich lasse sie los und trete einen Schritt zurück, woraufhin sie sich aufrichtet.

Ich balle meine Hände zu Fäusten und stütze sie auf meine Hüfte, während ich ein paarmal tief durchatme und auf meine Stiefel hinabblicke. Ich kann ihre Frage praktisch hören, während sie mich beobachtet. Ich hebe den Blick und schaue sie an. Mein Atem kommt stoßweise, während ich versuche, mich und gleichzeitig meinen steinharten Schwanz zu beruhigen.

„Das war ein Fehler", flüstert sie.

Sie diese Worte laut aussprechen zu hören, macht mich fertig. Sie tun verdammt weh, auch wenn sie wahr sind. Das hier war ein Fehler. Und er wäre zu einem noch Größeren geworden, wenn wir weiter gegangen wären. Ich kann nicht dorthin zurückkehren. Niemals.

Sie macht einen Schritt auf mich zu, ihre Augen sind groß und glasig. „Es tut mir leid, Ford, ich wollte nur …"

„Jepp", murmle ich. „Ich hab's verstanden. Steig wieder in den Pick-up, ich bringe dich zu deinem Auto zurück."

Sie diskutiert nicht mit mir, versucht nicht, hierzubleiben, sondern dreht sich stattdessen um und tut genau das, was ich ihr gesagt habe. Ich steige ebenfalls in den Wagen. Mein Schwanz ist noch immer schmerzhaft hart, während ich sie zum Tor meines Grundstücks fahre.

Ich steige nicht aus, um ihr beim Aussteigen

behilflich zu sein, sondern bleibe einfach sitzen und
sehe ihr dabei zu, wie sie von meinem Pick-up zu ihrem Auto geht. Ich rühre mich nicht, als sie sich auf
den Fahrersitz setzt, den Motor startet und wegfährt.

Sie fährt verdammt noch mal von mir weg und ich
unternehme nichts. Als ihr Auto außer Sichtweite ist,
steige ich aus und schließe das Tor, bevor ich wieder
in meinen Pick-up steige und zu meinem Haus düse.

Ich habe heute noch einen Zaun zu reparieren, oder
zumindest sollte ich damit anfangen.

Außerdem gibt es da eine Frau, die ich vergessen
muss.

Obwohl unsere Trennung schon fast zwanzig Jahre
her ist und ich jeden Tag mindestens ein Mal an sie
denken muss, glaube ich nicht daran, dass mir das in
nächster Zeit gelingen wird. Tief in meinem Inneren
liebe ich sie immer noch und ich werde sie immer lieben.

# Kapitel 7



*Stephanie*

Als ich in die Stadt zurückfahre, zittern meine Hände noch immer. Ich fahre nicht zum Hotel oder zum Diner, sondern zum Haus meiner Eltern. Ich weiß nicht, wieso, aber ich muss dorthin. Anstatt wieder auf der gegenüberliegenden Straßenseite zu halten, wie ich es neulich getan habe, parke ich in der Einfahrt.

Ich habe keine Ahnung, was ich finden werde, abgesehen von Skorpionen und möglicherweise ein paar Schlangen. Aber nach dieser intensiven Begegnung mit Ford habe ich das Bedürfnis, hier zu sein. Warum auch immer.

Ich hole den Schlüssel aus meiner Handtasche, steige aus dem Wagen und gehe langsam auf die Haustür zu. Es überrascht mich, dass das Gras im Vorgarten noch nicht hüfthoch ist. Tatsächlich sieht es ganz anständig aus.

Ich stecke den Schlüssel in das Schloss, atme tief ein, drücke die Klinke herunter und gehe hinein. Als ich das Licht einschalte, überrascht es mich, dass es tatsächlich funktioniert. Offenbar hat mein Dad die Stromrechnungen all die Jahre überbezahlt.

Überrascht von dem Anblick, der sich mir bietet, blinzle ich. Mich empfängt kein staubiges, unheimliches Durcheinander. Es sieht sogar sehr *sauber* aus, als ob jemand herkäme, um zu putzen. Und zwar regelmäßig. Außerdem macht es den Anschein, als hätte jemand die Zeit angehalten. Es sieht hier nämlich noch genauso aus wie an dem Tag, als ich vor siebzehn Jahren weggegangen bin.

Als ich einen weiteren Schritt ins Innere wage, durchfährt mich ein Schauer. Es hängen nämlich sogar noch Fotos an den Wänden. Als mein Vater zu mir nach Los Angeles gezogen ist, nachdem meine Mutter verstorben war, habe ich nicht wirklich darauf geachtet, was er mitgebracht hat oder eben nicht.

Eigentlich habe ich überhaupt nicht so sehr darauf geachtet, was mein Vater tat oder nicht tat. Ich war zu sehr mit meinem Leben beschäftigt, mit meiner Karriere und den Männern. Nur wenn ich Urlaub oder drehfrei hatte, habe ich mir Zeit für ihn genommen. Aber im Grunde genommen hatte ich nie wirklich Zeit für ihn.

Ich habe mir immer vorgenommen, dass wir, wenn ich mir etwas Zeit freischaufeln kann, gemeinsam einen Ausflug machen oder so etwas. Doch dann ist er gestorben.

Mein Blick schweift durch den Raum, dann über den Flur. Mein Schlafzimmer befindet sich hinter der ersten Tür auf der rechten Seite. Gegenüber ist das Badezimmer, und das Zimmer meiner Eltern ist hinter der zweiten Tür links.

Langsam mache ich mich auf den Weg zu meinem Jugendzimmer. Ich weiß nicht, was mich dort erwarten wird. Aber ich weiß, dass mich Erinnerungen an die Vergangenheit, an Ford, heimsuchen werden. Denn letzten Endes ist Ford für mich Gallup, er ist dieses Haus. Es gibt kein Entkommen vor ihm, nicht hier. Unmöglich.

Ich lege meine Finger um die Türklinke, öffne sie und stoße die Tür auf. Ich stehe auf der Schwelle und warte darauf, dass ich von einer Art Strudel hineingesogen werde. Als das nicht passiert, zwinge ich mich dazu, langsam einen Schritt zu tun. Dann noch einen.

Mein Blick fällt auf mein altes Bett und sofort rinnen mir die Tränen über die Wangen. Ich versuche nicht einmal, sie zurückzuhalten, denn meine Mutter, meine verdammte Mom … sie hat hier drinnen nichts angerührt. Nicht einmal mein Hochzeitskleid, das siebzehn Jahre später immer noch fein säuberlich auf meinem gemachten Bett liegt.

Ich gehe auf das Kleid zu, lasse mich auf den Boden fallen, halte den Saum des Stoffes in den Händen und weine. Ich weine aus vollem Herzen, kneife fest die Augen zusammen und lasse die Bilder von diesem Tag, die Erinnerungen an mein Kleid, in meinem Kopf Revue passieren.

Dann tue ich etwas, was ich fast nie mache: Ich erlaube mir, an den Gesichtsausdruck von Ford zu denken, als er mich am Ende des Ganges am Arm meines Vaters stehen sah. Sein Blick war voller Ehrfurcht. Es sah aus, als könnte er nicht glauben, dass ich für immer ihm gehören werde, als könnte er es kaum erwarten.

*Und was habe ich getan?* Ich habe mich umgedreht und bin, so schnell ich konnte, vor ihm geflohen.

Er ist nicht verheiratet, hat keine Kinder, und das alles nur wegen mir. An dem Tag, an dem ich ihn verließ, habe ich etwas in ihm zerbrochen, und wenn ich ganz ehrlich zu mir selbst bin, ist der gleiche Teil auch in mir kaputtgegangen.

Ich bin ein verdammtes Miststück. Das ist es, was ich bin – eine verfluchte Schlampe.

Ich weiß nicht, wie lange ich weinend auf dem Boden hocke. Minuten. Stunden. Ich bin mir nicht sicher. Alles, was ich weiß, ist, dass mir der Hintern einschläft. Das Haus, das ich mir verstaubt und skorpionverseucht vorgestellt habe, existiert nicht.

Stattdessen ist es ein Schrein der Vergangenheit.

Perfekt konserviert, in jeder Hinsicht. Das Leben, das wir als Familie führten, bevor ich nach Kalifornien abgehauen bin. Bevor ich Fords und mein eigenes Herz gebrochen habe. Bevor ich ein Filmstar wurde, bevor ich alles und jeden im Stich ließ, der mir einst lieb und teuer war. Denn genau das tat ich.

Mit den beiden Mädchen, die damals meine besten Freundinnen waren, habe ich auch kein Wort mehr gewechselt, seit ich gegangen bin. Ich weiß nicht einmal, wo sie abgeblieben sind, aber ich habe auch nie versucht, es herauszufinden. Meine ganze Familie habe ich im Stich gelassen.

Ich freute mich nicht länger auf die Feiertage, wie ich es früher getan hatte. Weihnachten wurde zu einem Tag, an dem ich nicht arbeitete und Bonusschecks für meine Mitarbeiter ausstellte. In dieser Zeit des Jahres ging es darum, auf extravaganten Partys aufzutauchen, um gesehen zu werden, um sich unter dem Deckmantel der Geselligkeit unter die Leute zu mischen und Kontakte zu knüpfen.

Genau das ist es, zu was die Feiertage für mich geworden sind, und ich hasse es. Nun ist mein Vater tot, und ich bereue all die Jahre, in denen ich ferngeblieben bin oder ihn nur widerwillig für eine oder zwei Stunden besucht habe. Ich kann die Zeit nicht zurückdrehen; meine Eltern sind gegangen und ich bin ganz allein zurückgeblieben.

Ich stehe auf, schüttle meinen Hintern, um das Kribbeln in meinen Pobacken und Oberschenkeln loszuwerden, und beschließe, den Rest meines Zimmers in Augenschein zu nehmen. Ich habe das Gefühl, dass ich bereits weiß, was mich erwartet, sobald ich mich weiter umsehe. Erinnerungen an meine

Teenagerzeit, an Ford. Ich gehe zu der kleinen Pinnwand und schnaube bei dem Anblick, der sich mir bietet.

Richtige Abzüge von Fotos aus der Highschool. Bilder, auf denen ich tanze, vom Homecoming-Ball. Doch wenn ich genauer hinschaue, fällt mir auf, was ich dort wirklich zu sehen bekomme.

Mein Leben in Bildern.

Es gibt eine Aufnahme von mir vor Fords Pferd; Ford hat seinen Arm um meine Taille gelegt und wir lächeln beide. Auf einer anderen sitzen Ford und ich auf der Ladefläche des Pick-ups, in dem ich heute mitgefahren bin, und halten beide einen roten Plastikbecher in der Hand. Wir tragen Tops und Shorts und grinsen, weil wir höchstwahrscheinlich betrunken waren.

Als ich nach einem weiteren Bild greife, stockt mir der Atem. Fords Hintern lehnt am Pick-up. Er trägt eine eng sitzende Wrangler-Jeans, Stiefel, ein hautenges Shirt und eine Baseballcap. Da er braun gebrannt ist und ich ebenso, nehme ich an, dass das Foto zum Ende des Sommers entstanden ist.

Meine Haare sind lang und hängen glatt herunter, ich bin ungeschminkt, aber genauso gut gebräunt wie Ford. Ich trage sehr knapp abgeschnittene Shorts, ein Bikinioberteil, Flip-Flops und ein Lächeln. Wir sehen beide so jung aus, lächeln breit, wirken glücklich und scheinen genau da zu sein, wo wir hingehören.

Als ich ein Klopfen an der Wand hinter mir vernehme, schreie ich auf. Ich drehe mich um und sehe mich Wyatt und Rylan gegenüber. Ich blinzle und meine Lippen öffnen sich leicht, während ich die Männer anstarre, die im Haus meiner Eltern stehen.

„Wir wissen, wo der Ersatzschlüssel versteckt ist,

und haben dein Auto in der Auffahrt parken sehen. Ich war gerade dabei, Rylan zu Hause abzusetzen, und da es schon spät ist, wollten wir sichergehen, dass es dir gut geht“, erklärt Wyatt.

„Woher wisst ihr, wo der Schlüssel ist?“, frage ich sie.

Grinsend schüttelt Wyatt den Kopf. „Mir gehört das Haus die Straße runter. Bevor dein Vater die Stadt verlassen hat, bat er mich, ein Auge auf sein Haus zu haben. Ab und zu hat er mich angerufen, um sich zu erkundigen.“

„Sie haben hieraus einen Schrein gemacht“, flüstere ich.

Keiner der beiden kommentiert meine Worte, ihre Blicke wandern stattdessen von der Schlafzimmertür aus über mein Gesicht.

„Es war deine Mom. Sie hat immer gemeint, dass du irgendwann zurückkommen wirst und deine Sachen haben willst“, sagt Wyatt achselzuckend.

Kopfschüttelnd kneife ich die Augen zusammen, da sie sich abermals mit Tränen füllen. Ich atme tief durch die Nase ein und versuche, ein paar beruhigende Atemzüge zu nehmen, bevor ich die Lider wieder öffne und die beiden Männer anschaue, die mir gegenüberstehen.

„Hast du oft mit ihnen gesprochen?“, frage ich ihn, weil ich es unbedingt wissen muss.

Ich bin mir nicht sicher, wieso mir die Antwort so wichtig ist, aber es ist einfach so. Dadurch werden meine Schuldgefühle wohl nicht verschwinden, sondern wahrscheinlich noch viel größer, aber ich kann die Frage nicht unbeantwortet lassen.

Wyatt hebt eine Hand und fährt sich mit den Fingern durch seine Haare. Sein Blick begegnet meinem und er lächelt mir zu. Zumindest glaube ich das, denn es ist wegen des Barts nur schwer zu erkennen. Allerdings kann ich es in seinen Augen sehen.

„Ich habe oft angehalten und sie besucht, wenn ich sie auf der Veranda sitzen sah oder wenn deine Mom in ihrem Blumengarten gearbeitet hat. Sie hat mir immer einen frisch gebrühten süßen Tee serviert. Als sie starb und dein Vater von hier fortging, bat er mich, auf das Haus aufzupassen. Ich wünschte, ich hätte mehr Zeit gehabt, um mich um das Haus zu kümmern, aber anscheinend hat die Putzhilfe, die er zum Saubermachen engagiert hat, gute Arbeit im Inneren geleistet. Man findet hier kein Staubkorn.“

Ich presse die Lippen aufeinander, während ich darüber nachdenke, was ich als Nächstes sagen oder fragen könnte. Ich bin mir einfach nicht sicher. Dabei habe ich eine Million Fragen, die ich Wyatt über meine Familie, über Ford stellen könnte, aber damit scheine ich zu spät zu kommen.

„Vor einer Weile musste ich es selbst auf die harte Tour lernen, Stevie. Es gibt einfach kein Zurück. Was geschehen ist, ist geschehen. Aber du wirst nie erfahren, was die Zukunft für dich bereithält, wenn du nicht aufhörst, in der Vergangenheit zu leben. Ich habe fünfzehn Jahre damit verschwendet, mich nach der Zeit an der Highschool zurückzusehnen, sie mir jeden Tag wieder in Erinnerung zu rufen und mich selbst unglücklich zu machen. Du musst loslassen, Darling. Es ist nicht gesund, sich an Altem festzuklammern, wenn man keinen Einfluss mehr darauf hat.“

Ich ziehe die Augenbrauen zusammen und denke über seine Worte nach. Er liegt nicht falsch, ganz und gar nicht. Er hat sogar absolut recht, aber warum macht mir der Gedanke, mit der Vergangenheit abzuschließen, so viel Angst? Das sollte er nicht. Eigentlich müsste ich froh darüber sein, damit abgeschlossen zu haben. Und ich habe gedacht, dass ich das schon längst getan hätte.

„Ich habe versucht, mich bei ihm zu entschuldigen, aber ich habe es vermasselt. Wahrscheinlich habe ich es nur noch schlimmer gemacht", flüstere ich mehr zu mir selbst als zu Wyatt und Rylan.

Rylan räuspert sich und sieht mich an. „Ich habe dich zu Schulzeiten nicht gut gekannt, aber ich muss dem zustimmen, was Rylan gesagt hat. Viele Jahre habe ich nämlich damit zugebracht, mich zu fühlen, als wäre ich dazu bestimmt, jemand Besonderes zu werden, und dann habe ich fünf Jahre im Gefängnis verbracht. Als ich entlassen wurde, war ich bereit für eine Veränderung. Es war nicht leicht, aber ich habe es geschafft. Wenn du willst, dass sich etwas ändert, Stephanie, dann musst du selbst dafür sorgen. Sieh uns an. Keiner von uns hatte es leicht. Wyatt nicht, Beaumont nicht, keiner von uns. Manchmal ist der Weg zum Ziel verdammt hart, aber du wirst es nicht bereuen. Nicht eine einzige verdammte Sekunde. In der Schwebe zu hängen und zu verpassen, was hätte sein können, das ist etwas, worüber man sich ein Leben lang ärgert." Mit diesen Worten wendet Rylan sich von uns ab und geht.

„Er geht nach Hause. Zu seiner Frau, zu seinen Kindern. Etwas, von dem er nie dachte, dass er es eines Tages haben würde. Auch ich werde nach Hause zu meiner Frau und meiner Tochter gehen. Was ist mit dir, Stevie?", fragt Wyatt.

„Ich bleibe im Hotel", erwidere ich leise.

Ich weiß, worauf er hinauswill, aber es laut

auszusprechen, fühlt sich verdammt armselig an. Wyatt zieht eine Augenbraue in die Höhe und wartet darauf, die erbärmlichen Worte aus meinem Mund zu hören. Ich schaue kurz zu Boden, hebe dann aber wieder den Blick, um ihn anzusehen.

„Mein Verlobter war ein Arschloch. Ich habe ihn nicht geliebt, als er mir die Frage aller Fragen gestellt hat und ich seinen Antrag angenommen habe. Er hat mich betrogen. Ständig. Nach Ford war ich nie wieder verliebt. Wenn ich Gallup verlasse, wartet ein Haus in Malibu auf mich. Ein leeres Haus. Und ich werde ganz allein sein. Wie immer.“

Wyatt macht einen Schritt auf mich zu, er mustert mich. Dann schüttelt er den Kopf. „Weißt du, du musst nicht zurück nach Malibu gehen und du musst auch nicht länger allein sein. Unsere Frauen lieben dich und hätten sehr gern ein weiteres Weibchen in ihrem Rudel.“

„Wie würde Ford wohl darüber denken? Er wäre sicher nicht glücklich.“

Wyatt schnaubt. „Interpretiere seine Gefühle nicht falsch, Stevie. Wenn er sich einen Dreck um dich scheren würde, dann würdest du das spüren.“

„Oh, ich fühle seine Emotionen sehr wohl. Sein Hass ist verdammt stark.“

Er lacht und seine Augen weiten sich. „Was auch immer du dir da einzureden versuchst, denk immer daran, dass die Grenze zwischen Liebe und Hass nur hauchdünn ist. Außerdem kenne ich den Mann schon mein ganzes Leben lang, er könnte dich überhaupt nicht hassen, selbst wenn er es wollte. Er ist verletzt, fühlt sich verraten und ist verwirrt, aber hasst er dich? Niemals.“

Genauso wie sein Cousin wendet er sich ab und

geht ohne ein weiteres Wort, um mich mit meinen Gedanken allein zu lassen. Ich weiß nicht, wo mir der Kopf steht, was ich tun soll. Als ich nach unten schaue, bemerke ich, dass ich noch immer das Foto von Ford und mir in den Händen halte. Ich hebe das Bild an und betrachte es noch einmal. Ich blicke auf unsere Gesichter, nicht nur oberflächlich, sondern intensiv. Ja, ich sehe glücklich aus. Aber ich wirke auch so, als wollte ich mehr, und genau das war es, wonach ich mich damals gesehnt habe. Ich war versessen darauf, im Rampenlicht zu stehen. Ford hingegen sieht völlig zufrieden aus.

Wyatt und Rylan haben absolut recht. Ich kann nicht länger in der Vergangenheit leben, und Ford sollte das auch nicht. Ich habe keine Ahnung, was ich tun muss, um das mit uns hinter mir zu lassen, um den Schmerz zu überwinden, aber ich muss es versuchen. Während ich so dastehe, beschließe ich, gleich morgen damit anzufangen.

Als ich einen Finger auf meinen Mund lege, kann ich noch immer seine Lippen auf meinen spüren. Der Kuss war besser als in meinen Erinnerungen. Ford hat mich geküsst wie ein Mann, der vor Durst stirbt, und ich war das Einzige, was dieses Bedürfnis stillen konnte.

Ich bin mir nicht sicher, was die Zukunft für uns bereithält, sofern es denn überhaupt eine gibt, aber ich weiß, dass keiner von uns ein glückliches Leben führt. Wir hängen beide in der Schwebe, genauso wie Wyatt es gesagt hat.

Ich will nicht mehr in der Luft hängen. Ich will nicht von meinem schicken, leeren Haus aus dabei zusehen, wie der Rest der Welt sein Leben um mich herum lebt. Ich muss nicht von Hunderten von

Menschen umgeben sein, ich brauche nur ein paar echte Leute, und ich bin mir nicht sicher, ob ich je von solchen umgeben war, seit ich Gallup verlassen habe.

Nickend wende ich mich wieder meinem Hochzeitskleid zu. Ich nehme mir Zeit, falte es ordentlich zusammen und lege es wieder mittig aufs Bett. Ich werde es nie wieder tragen. Es wurde für ein anderes Mädchen gemacht. Ich bin nicht mehr das Mädchen, das es einst angezogen hat und panisch davongelaufen ist. Das heißt jedoch nicht, dass ich das Kleid oder die Frau, die es einst trug, verachte.

Anschließend lege ich das Bild von Ford und mir auf das Kleid und wende mich dem Schrank zu. Ich weiß zweifelsfrei, dass dieser Schrank noch viele Dämonen meiner Vergangenheit in sich beherbergt.

Dort drin befinden sich mindestens drei Schuhkartons mit Erinnerungsstücken und eine weitere Box mit Briefen, die Ford und ich zwischen den Schulstunden auf dem Flur ausgetauscht haben. Allerdings kann ich sie nicht lesen, denn das würde mein Herz nicht verkraften.

Ich schiebe die Schranktür auf und lache bei dem Anblick, der sich mir bietet. Meine Kleider, wirklich alle, einschließlich meines Abschlussballkleides sowie Hut und Robe von meiner Abschlussfeier bis hin zu meinen alten, durchgelatschten Flip-Flops, sind noch genau da, wo ich sie gelassen habe.

Den Rest des Abends verbringe ich damit, mein Schlafzimmer zu durchforsten. Ich nehme mir ausreichend Zeit, alles zu sortieren, damit ich später weiß, was ich behalten, spenden oder wegwerfen möchte. Die Kartons mit den Erinnerungsstücken öffne ich nicht, ich lege sie aber zusammen mit den

Fotos von meiner Pinnwand zu den Dingen, die ich behalten werde.

Ich brauche bis Mitternacht, um die ersten achtzehn Jahre meines Lebens durchzusortieren. Als ich jedoch in mein Hotelzimmer zurückkehre, fühle ich mich viel besser; als ob eine Last von meinen Schultern abgefallen wäre – eine sehr schwere Last.

Morgen werde ich aufstehen, meine Jeanshose anziehen und mich auf den Weg zu Ford machen. Ich werde ihm bei der Hausarbeit helfen und hoffentlich noch mal mit ihm sprechen können. Ich möchte, dass die dicke Luft, die zwischen uns herrscht, verschwindet. Dafür müssen wir beiden den Ort der Ungewissheit verlassen und unser Glück finden. Selbst wenn ich das nicht schaffe, hat er es wirklich verdient.

# Kapitel 8

*Ford*

Ich gehe an die Bar und reiche Lucy-Dawn meine Kreditkarte, um meinen Deckel zu eröffnen. Ich werde mich heute verdammt noch mal besaufen. Ich hätte dafür auch zu Hause bleiben können, aber das Letzte, was ich will, ist, allein dort zu hocken, zu trinken und über die Vergangenheit nachzugrübeln.

Stephanie zu treffen, ihr so nahezukommen, sie zu küssen und dann zu hören zu bekommen, dass sie den Kuss für einen Fehler hält, gab mir den Rest. Es hat mich siebzehn Jahren zurückkatapultiert, zu einem Ort, den ich nie wieder sehen wollte.

Lucy überreicht mir zwei Biere, und anstatt mich an einen Tisch in der Ecke zu verkriechen, setze ich mich an die Bar. Ich führe das erste Bier an meine Lippen und leere es zur Hälfte mit einem Zug. Heute Abend befinde ich mich auf einer verdammten Mission und niemand wird mich stoppen.

„Hey, Cowboy", höre ich später am Abend eine Stimme neben mir sagen.

Ich drehe den Kopf, blinzle und sehe nicht eine, sondern zwei hübsche junge Blondinen neben mir stehen. Ich blinzle noch ein weiteres Mal und lächle, da ich feststelle, dass es in Wahrheit nur eine ist. Fuck, ich bin verdammt betrunken.

„Hey", murmle ich, führe die Flasche an meine Lippen und nehme einen weiteren Schluck.

„Weißt du, meine Freundinnen haben mich dazu herausgefordert, zu dir zu gehen. Normalerweise quatsche ich keine Männer an", sagt sie außer Atem.

Sie lügt, daran habe ich keinen Zweifel. Diesen

Spruch benutzt sie sicher öfter. Sie ist ein hübsches kleines Ding, und es überrascht mich, dass ich sie noch nicht gefickt habe. Verdammt, vielleicht habe ich sie gevögelt und kann mich nur nicht mehr daran erinnern. Das liegt im Rahmen des Möglichen, denn ich bin so voll, dass ich nicht glaube, mich überhaupt noch an irgendetwas zu erinnern.

„Und?", frage ich und neige den Kopf, während ich eine Hand hebe. Ich berühre mit dem Zeigefinger ihr Schlüsselbein, gleite mit ihm über ihre glatte Haut. Ich lecke mir mit der Zunge über die Unterlippe, bevor ich meinen Blick höher wandern lasse. Ihr Mund ist leicht geöffnet und ihre Augen, mit denen sie mich anstarrt, sind glasig.

Wahrscheinlich könnte ich mit ihr nach draußen gehen und sie in einer dunklen Ecke ficken. Ich weiß genau, dass es hinter dem Gebäude kein Licht gibt. Doch irgendetwas in meinem Hinterkopf hält mich davon ab. Sie sieht nämlich wirklich jung aus, vielleicht sollte ich das sein lassen. Es wäre eine dumme Idee, sie mit nach draußen zu nehmen.

Als ich hinter sie blicke, sehe ich die kleine Gruppe von Freundinnen. Eine von ihnen lehnt sich an eine andere, den Kopf nach hinten geneigt und noch besoffener als ich. Sie trägt eine Schärpe und eine Plastikkrone. Was darauf steht, kann ich nicht lesen, aber ich habe in meinem Leben schon genug davon gesehen, um zu wissen, dass sie die Brautjungfer und dies wahrscheinlich ein Junggesellinnenabschied ist.

„Seid ihr wegen eines Junggesellinnenabschieds hier?", will ich wissen.

Brummend nickt sie.

Nun schaue ich sie wieder an und neige den Kopf zur Seite. „Wie alt seid ihr denn?"

Sie leckt sich über die Unterlippe und beißt leicht darauf. „Ich bin einundzwanzig.“

Noch nie habe ich mich wie ein schmutziger alter Mann gefühlt, aber irgendwann ist wohl immer das erste Mal. „Geh zurück zu deinen Mädels, okay?“

Sie schüttelt den Kopf und beugt sich vor. Ihre Lippen berühren mein Ohr und ihre Hand gleitet meinen Oberschenkel hinauf. „Es war zwar nur eine Mutprobe, aber aus der Nähe bist du noch sexyer. Bist du sicher, dass du nicht mit mir nach draußen oder woanders hin gehen willst?“

Ich kneife die Augen zusammen und denke über ihr Angebot nach. Ich sollte darauf eingehen. Ich sollte mit ihr nach draußen marschieren, sie gegen das Gebäude drücken und sie ficken, um ihr zu zeigen, dass ich kein anständiger Kerl bin, nur weil mein Gesicht vielleicht attraktiv ist. Damit sie in Zukunft darauf achtet, wem sie sich an den Hals wirft.

Ich lasse meine Hand ihre Taille hinaufgleiten, dann ihren Rücken. Meine Finger vergrabe ich in ihren Haaren und ich ziehe ihren Kopf zurück. Mit dem Mund berühre ich ihren Hals und lasse meine Lippen über ihren Hals bis zu ihrem Kinn hinauf wandern, woraufhin sie stöhnt.

„Du kannst nicht mit mir umgehen, kleines Mädchen. Geh zurück zu deinen Freundinnen“, wispere ich an ihrem Kinn.

Sie versucht, ihren Kopf zurückzuziehen, aber das lasse ich nicht zu. Ich habe ihre Haare in festem Griff. „Ich will dich, Ford Matthews.“

„Ach ja? Du weißt, wer ich bin? Eilt mir mein Ruf voraus?“

Ihr ganzer Körper zittert. „Willst du im Hintergrund nicht immer Sterling-LaRue-Filme laufen lassen? Willst du mich Sterling nennen? Was auch immer du verlangst, ich bin dabei. Gott, du bist eine Legende im Bett. Ich habe gehört, dass du so grob bist, dass die Körper der Frauen hinterher nicht nur von blauen Flecken übersät sind, sondern auch noch Tage danach schmerzen."

Als ich ihre Haare freigebe, stolpert sie nach hinten weg. Ich zucke nicht einmal zusammen oder versuche, sie aufzufangen. Sie richtet sich wieder auf und starrt mich mit ihren braunen Augen an.

Ich stehe auf und gehe an ihr vorbei in den hinteren Teil der Bar. Ich krame mein Handy aus der Hosentasche und suche nach Louis' Nummer. Ich weiß, dass er momentan in der Stadt ist, und er ist der Einzige meiner Freunde, der morgen nicht arbeiten muss – abgesehen von Beaumont, aber der hat ein sechs Monate altes Kind zu Hause.

„Alles gut bei dir?"

„Wenn du unter *gut* verstehst, betrunken zu sein und im *Pardners* abzuhängen, dann ja, alles ist in bester Ordnung." Louis lacht und ich höre Tulips Stimme im Hintergrund. „Ich wusste nicht, wen ich sonst anrufen sollte. Wyatt und Rylan müssen morgen arbeiten und Beaumont hat ein Baby ..."

„Du hast das Richtige getan. Bleib, wo du bist, ich bin gleich bei dir. Soll Tulip deinen Pick-up nach Hause fahren?"

Kopfschüttelnd lasse ich meinen Kopf gegen die Metallwand zurückfallen. „Nee, ich überlege mir morgen, wie ich ihn hier wegbekomme. Ich will sie nicht von der Couch hochjagen."

„Das ist aber überhaupt kein Problem, Ford", höre ich sie im Hintergrund rufen.

Verdammt, sie ist ein nettes Mädchen. Ich hätte

mich um eine Frau wie sie bemühen, hätte ein so süßes Mädchen wie sie zu meiner Ehefrau machen sollen, anstatt verbittert herumzusitzen und jedes weibliche Wesen zu ficken, das die Beine für mich breit
macht, als wäre es ein gottverdammter Wettbewerb.

„Sag ihr, sie soll schlafen gehen, denn sie ist schwanger. Sie soll nicht im Dunklen durch die Stadt fahren,
denn es sind momentan viele Rehe unterwegs. Wenn
das Angebot morgen bei Tageslicht noch steht,
nehme ich es gern an", murmle ich.

Louis lacht. Mir ist klar, dass er zu schätzen weiß,
dass ich ihr Angebot abgelehnt habe. Das ginge mir
nämlich genauso, wenn sie meine Frau wäre. „Wir sehen uns in dreißig Minuten, Bruder", sagt er und beendet das Telefonat.

„Du weißt schon, dass du ein riesiges Arschloch
bist, oder?", nuschelt eine weibliche Stimme neben
mir.

Ich drehe den Kopf und neige ihn nach unten, um
in die braunen Augen von eben zu schauen. „Was
machst du hier draußen?", will ich wissen, da ich
mittlerweile die Bar verlassen habe, und fühle mich
verdammt benebelt.

Grinsend macht sie einen weiteren Schritt auf mich
zu. „Ich habe beschlossen, dass ich heute Abend mal
ein Arschloch ausprobieren möchte."

„Warum?"

Sie streckt ihre Hand aus, greift sich meine Gürtelschnalle und zieht meine Hüften leicht nach vorn.
„Alle sprechen davon, wie fantastisch Ford
Matthews ist, und wir sind hier im Moment völlig allein."

„Das sollten wir nicht tun. Ich bin ein ganzes Stück
älter als du, Mädchen."

Sie summt, stellt sich auf die Zehenspitzen und lässt ihre Lippen über meinen Kiefer gleiten. „Genau das gefällt mir. Vielleicht zittert deine Hand ja nicht, wenn du meine Pussy berührst."

„Fuck", stöhne ich.

„Ganz genau."

***

*Stephanie*

Mit dem Gefühl, nicht nur neue Energie, sondern endlich auch ein Ziel zu haben, atme ich tief durch, während ich mein Auto an den Straßenrand neben Fords Tor lenke.

Ich sitze da und starre auf das Tor. Dabei frage ich mich, warum er es nicht durch ein schöneres ersetzt hat. Wieso er es nicht erneuert hat, denn es ist völlig in die Jahre gekommen. Im Gegensatz zum Inneren meines Elternhauses wurde es überhaupt nicht gepflegt. Oh, aber immerhin hat er ein Metallschild mit seinen Initialen angebracht.

Mein Telefon, das neben mir liegt, klingelt. Ich greife danach, dankbar für einen Moment der Ablenkung, bevor ich versuche, Fords holprige Schotterzufahrt entlangzugehen. Als ich sehe, dass Damion der Anrufer ist, lächle ich.

„Hey", begrüße ich ihn. Da er aufstöhnt, weiß ich sofort, dass dies kein erfreulicher Anruf wird. Sicherlich wird er mich mit schlechten Nachrichten überhäufen. „Lass hören", murmle ich.

„Die Bilder bekommen wir nicht gelöscht. Zudem lässt die Boulevardpresse nicht locker, sie wollen Interviews. Es ist durchgesickert, dass Sebastian derjenige war, der die Fotos an die Presse verkauft hat. Alle berichten darüber, und er selbst ist überall und spricht mit *jedem*", betont er.

Ich schließe die Augen, lasse den Kopf gegen das Lenkrad sinken und wimmere. „Warum, Damion, warum?"

„Weil er ein abgehalfterter Versager ist. Der einzige Grund, warum er mit dir zusammen sein wollte, war, weil er durch dich zu Ruhm gelangen konnte. Und in der Sekunde, in der er ein winziges bisschen Popularität erlangt hatte, war er weg und fickte diese ekelhaften Huren. Als du ihm den Laufpass gegeben hast, auch wenn das nicht öffentlich geschehen ist, wusste jeder Bescheid und seine Aussichten waren dahin. So, das ist der wahre Grund", schnauzt er.

„Danke, dass du nicht um den heißen Brei herumredest und mir vor Augen führst, wie dumm und naiv ich doch war", entgegne ich.

Damion brummt. „*Du* hast nichts falsch gemacht. Leuten Vertrauen zu schenken, ist nicht leicht, und du hast angenommen, dass ein Schauspielkollege eine gute Wahl ist. Jemand, der dein Leben versteht, der nicht eifersüchtig wegen der vielen Arbeitsstunden und deines aufreibenden Zeitplans wird. Auf dem Papier ergibt das Sinn. Außerdem sieht er wirklich gut aus."

„Ich will niemanden, der gut aussieht", flüstere ich.

Er lacht leise auf. „Nein, du willst deinen Cowboy, Honey, und den solltest du dir auch schnappen."

„Er ist so wütend auf mich."

Damion räuspert sich. „Ist er nicht. Sauer darüber, wie die Scheiße abgelaufen ist? Möglicherweise. Aber nicht auf dich, weil du dein Glück finden wolltest. Ihr wart doch erst achtzehn Jahre alt."

„Ich stehe gerade vor dem Tor seiner Ranch und denke darüber nach, ob ich zu ihm gehen soll oder besser nicht.“

„Oh mein Gott, das klingt wie ein Songtitel. Wirst du barfuß über den schmutzigen Weg schreiten? Sag mir, dass du es tust“, quiekt er.

Ich kann mir das Lachen nicht verkneifen, es bricht einfach aus mir heraus. Ich werfe den Kopf in den Nacken und genieße es, wie meine Laute den Innenraum des Wagens füllen. Als ich mich wieder beruhigt habe, schüttle ich den Kopf. Ich mag Damion wirklich und wünschte, er würde mich ebenfalls mögen, um meiner selbst willen und nicht, weil ich sein Gehalt zahle.

„Okay, du gehst jetzt zu ihm, machst die Beine für ihn breit und hast ein bisschen Spaß“, fordert er mich auf. „Aber bevor du das tust, müssen wir ein paar Termine für Interviews absprechen.“

„Ich will keine geben“, maule ich.

„Grace wird dich heute Nachmittag anrufen, und wenn du ihr nicht sagst, mit wem du sprechen willst, wird sie entscheiden, mit wem du redest. Du kennst Grace, sie wird dich überall hinschleppen, und einige dieser Interviewpartner sind verdammte Arschlöcher.“

„Okay, ich werde darüber nachdenken, zu wem ich gehen werde“, seufze ich.

„Sehr gut. Und jetzt wirst du diesen Cowboy reiten?“, fragt er.

„Ich lege nun auf, Damion“, entgegne ich. Als ich den Anruf beende, höre ich ihn lachen.

Ein Lächeln umspielt meine Lippen, als ich die Wagentür öffne und alle Vorsicht in den Wind schlage. Heute trage ich eine enge Jeans und eine Seidenbluse, die ich in den hohen Bund meiner Hose gesteckt habe. An den Füßen befinden sich flache statt hochhackiger Stiefel, und die Haare habe ich wieder zu einem hohen Pferdeschwanz zusammengebunden. Als ich ihn mir gemacht habe, habe ich mir selbst gesagt, dass die Hitze Texas der Grund für die Frisur ist, aber in Wahrheit habe ich es genossen, wie Ford seine Faust um meine Haare geschlossen hat. Wie er an ihnen gezogen hat, als er mich küsste.

Ich habe es geliebt, mehr, als ich es je für möglich gehalten hätte.

Ich entferne die Kette vom Tor und öffne es, um mich durch den offenen Spalt zu schieben. Dann befestige ich sie wieder, damit die Tiere nicht abhauen. Ich betrachte den Zufahrtsweg und neige den Kopf zur Seite.

Sein Haus kann ich von hier aus nicht sehen. Eigentlich kann ich mich nicht daran erinnern, das Haupthaus je vom Tor aus gesehen zu haben, aber andererseits gibt es so vieles, woran ich mich nicht mehr erinnere. Oder vielleicht habe ich auch einfach bloß vergessen, wie es hier aussieht.

Als ich den Weg entlanggehe, muss ich meinen Blick auf den Boden richten. Er hat nicht übertrieben, als er meinte, der Weg würde meinen Unterboden ruinieren. Die Löcher und Bodenwellen sind die schlimmsten, die ich je gesehen habe. Warum investiert er so viel Zeit in die Reparaturarbeiten an seinem Zaun und nicht in die Straße?

Der Schweiß rinnt zwischen meinen Brüsten hindurch, während ich über sein Grundstück gehe. Als die Gebäude endlich in Sichtweite kommen, bleibe ich stehen. Ich habe mir das Haus nie näher angesehen, aber es ist wunderschön. Es sieht wie das perfekte, weiße Bauernhaus aus. Wie eines, das man in Zeitschriften oder Filmen sieht. Aber das allein ist es nicht, was mich an Ort und Stelle erstarren lässt.

Ford hält eine verdammte Axt in seiner Hand und hackt Holz – ohne Shirt.

Heilige Scheiße, die Art, wie sich seine Muskeln bei jedem Schwung der Axt anspannen, lässt meine Oberschenkel zittern. Meine Knie schlagen unkontrolliert aneinander, und ich bin nicht dazu in der Lage, mich zu bewegen.

„Scheiße", flüstere ich vor mich hin.

Damion könnte recht haben. Vielleicht muss ich diesen Cowboy reiten, denn ich glaube, dass ich so lange keinen klaren Gedanken fassen kann, bis das aufgestaute Bedürfnis aus meinem Körper gewichen ist.

# Kapitel 9



S tehst du da drüben und beobachtest mich aus einem bestimmten Grund?", ruft Ford mir zu. Mein ganzer Körper vibriert, und endlich lösen sich meine Füße vom Boden, um mich ihm näher zu bringen. Ich atme tief ein und versuche, mein rasendes Herz zu beruhigen. Warum? Wieso fühle ich mich in seiner Nähe so?

Ich kann mich nicht mehr daran erinnern, wann ich das letzte Mal in Gegenwart eines Mannes nervös war. Und doch stehe ich hier wie ein absolutes Nervenbündel, und das wegen eines Mannes, den ich länger kenne als jeden anderen auf dieser Welt.

„Kann ich dir heute zur Hand gehen?", möchte ich von ihm wissen. Mein Mund ist staubtrocken, da er unbeirrt weiterarbeitet und ihm der Schweiß von der Brust tropft.

Er richtet sich auf und schaut mich an. Sein Blick wandert über meinen Körper und seine Lippen verziehen sich zu einem Lächeln. Ich starre auf seine Brust und schnappe nach Luft, als ich die dicke Narbe sehe, die sich über seinen ganzen Oberkörper erstreckt.

Ich mache einen Schritt auf ihn zu und beiße mir auf die Innenseite meiner Wange. „Was ist passiert?"

Er senkt den Kopf, macht ebenfalls einen Schritt auf mich zu und lässt die Axt zu Boden fallen, bevor er den Abstand zwischen uns schließt, woraufhin uns nur noch wenige Zentimeter trennen.

„Ford?", hake ich nach und kann den Blick nicht von der wulstigen Narbe abwenden, da ich eine solche noch nie zuvor gesehen habe.

Er antwortet mir nicht sofort. „Nicht, Stevie.“

„Stephanie“, wispere ich.

„Hm?“

„Ich bin nicht Stevie, nicht mehr“, sage ich nun etwas lauter.

Er nickt. Sein Finger berührt die Unterseite meines Kinns und drückt meinen Kopf leicht nach hinten. Ich eise mich von der Narbe los und erwidere stattdessen seinen Blick. Er lächelt mir zu.

„Okay, dann eben Stephanie. Bist du dir sicher, dass du nicht Sterling bist?“

Ich strecke eine Hand aus und berühre seine Brust, berühre seine Narbe, schaue aber nicht auf sie herab. Ich blicke ihm in die Augen und schüttle den Kopf. „Ich weiß, wer ich nicht bin, und ich bin nicht Sterling“, sage ich und versuche, stark zu klingen.

„Weißt du denn, wer du bist?“

Das sollte einfach zu beantworten sein, ist es aber nicht. Es ist die wahrscheinlich verwirrendste Frage, die er mir je stellen könnte. Ich presse die Lippen aufeinander und zucke mit einer Schulter.

„Keine Ahnung“, gestehe ich ihm leise, denn es fällt mir schwer, es laut auszusprechen.

Er nickt ein Mal. Sein Blick sucht den meinen, doch er ist unlesbar. „Ich hatte eine Herz-OP vor etwa sechs Jahren. Irgendein Defekt, der unentdeckt geblieben war. Ich dachte, ich hätte einen gottverdammten Herzinfarkt“, lässt er mich wissen.

„Ford“, wispere ich. „Deine Eltern …“

„Waren da schon tot.“

„Wer hat sich um dich gekümmert?“

Ich weiß nicht, warum ich ihn das frage, denn ich habe kein Recht mehr, es zu erfahren. Aber ich hätte diejenige sein sollen, die seine Hand hält, als seine Eltern starben, als er im Krankenhaus lag. Jeden Moment der letzten siebzehn Jahre hätte ich an seiner Seite erleben sollen. Habe ich aber nicht. Die Schuldgefühle, die ich deswegen empfinde, schnüren mir die Kehle zu und drohen mich zu ersticken.

„Ich war kein Kind mehr. Wyatt und Beaumont kamen ab und an vorbei", erwidert er schulterzuckend.

Seine Finger liegen noch immer unter meinem Kinn, und ich will nicht, dass er sie wegnimmt, dass er sich fort bewegt, weil es sich so gut anfühlt, ihn so nah bei mir zu haben. Jetzt tut es mir sogar leid, dass ich ihn gestern von mir gestoßen habe. Ich will seinen Mund auf meinem spüren. Als Entschuldigung dafür, dass ich nicht bei ihm war, will ich diese Narbe mit meiner Zunge nachzeichnen.

„Warum bist du wirklich hier?", fragt er mir rauer, fordernder Stimme.

Ich wende meinen Blick nicht von ihm ab, rücke dichter an ihn heran, lege eine Hand mittig auf seine Brust und schlinge die Finger der anderen Hand um seinen Hals.

„Ich habe mir eingeredet, dass ich dir bei der Arbeit helfen möchte, dass wir über das sprechen, was gestern vorgefallen ist, über alles."

„Aber?"

„Ich wollte dich wiedersehen", flüstere ich. „Es hat mir nicht gefallen, wie wir uns getrennt haben. Ich will mit dir reden, dir erklären, dass mein Weggang absolut nichts mit dir zu tun hatte. Ich bin abgehauen, schlicht und einfach. Und das war egoistisch, vor allem, weil ich mich geweigert habe, mit dir zu reden."

„Ja, das war hart", grunzt er. Seufzend dreht er den

Kopf zur Seite und schaut dann zu Boden. „Aber du warst so jung.“ Nun richtet sich sein Blick wieder auf mein Gesicht. „Du kannst nicht mehr ändern, was passiert ist, Süße. Ich kann auch nicht das Geringste daran ändern. Es immer und immer wieder durchzukauen, führt nur dazu, dass alte Wunden wieder aufgerissen werden. Wir müssen damit aufhören, wir beide.“

„Ja“, seufze ich und schüttle den Kopf. Meine Augen füllen sich mit Tränen, als ich ihn ansehe. „Die meiste Zeit über wünsche ich mir, einfach alles auf Anfang setzen zu können und eine Million Dinge zu ändern.“

„Es bringt aber nichts, darüber nachzudenken, was hätte sein können“, sagt er und tritt einen Schritt zurück.

Ich spüre seinen Verlust deutlich. Ich will seine Berührungen, will ihn riechen, das Salz auf seiner Haut schmecken und seinen starken Körper gegen meinen pressen. Fast ziehe ich ihn einfach wieder zu mir heran, entscheide mich aber dagegen, so verzweifelt zu sein.

Er wendet sich von mir ab, woraufhin ich beschließe, dass ich ihn gar nicht so sehr vermisse, wenn ich seinen Hintern in dieser engen Jeans bewundern kann. Ich neige den Kopf zur Seite und sehe ihm dabei zu, wie er geht, sich bückt und seine Axt aufhebt, um anschließend in der Scheune zu verschwinden.

„Ich muss jetzt da raus und am Zaun weiterarbeiten“, ruft er mir zu. „Willst du mit dem Gator fahren oder auf Starlight hinreiten?“

Seine Worte erreichen nicht sofort mein Gehirn. Sie kommen erst bei mir an, als er wieder aus der

Scheune tritt und ein T-Shirt seinen breiten Oberkörper und seine Muskeln bedeckt. Ein Schauer durchfährt mich, den ich nicht unterdrücken kann. Ich hebe den Kopf, um seinem Blick zu begegnen, und spüre, wie mein Gesicht ganz warm wird, als er mich ansieht – dieses eingebildete Arschloch.

„Mit dem Gator", schnauze ich.

Ford lacht, dann deutet er mit dem Kinn auf das landwirtschaftliche Fahrzeug, das bereits mit Holz und Werkzeugen beladen ist.

„Da er schon beladen ist, hattest du wohl nicht vor, auf deinem Pferd dorthin zu reiten, oder?", will ich von ihm wissen, während wir uns auf den Gator zubewegen.

„Nein." Er lacht. „Aber ich hätte das Pferd gesattelt, wenn du es gewollt hättest", erwidert er mit einem Schulterzucken.

Er startet das Fahrzeug. Da das Motorengeräusch so laut ist, habe ich keine Chance, etwas auf seine Aussage zu entgegnen. Ich bin froh darüber, denn ich habe keine Ahnung, was ich darauf hätte antworten sollen. Die widersprüchlichen Signale, die dieser Mann sendet, sind nicht von dieser Welt. Allerdings kann ich nicht leugnen, dass sich in meinem Bauch ein flatterndes Gefühl breitmacht, sobald ich in seiner Nähe bin.

Die Tatsache, dass er das Pferd gesattelt hätte, nur weil ich lieber dorthin geritten wäre, erinnert mich an den Ford von damals. Er hat betont, dass er nicht mehr der Junge sei, der er einst gewesen ist, aber ich sehe viele Facetten dieses Jungen in ihm zum Vorschein kommen.

Schweigend fahren wir zum hinteren Teil des Grundstücks. Ich bin dankbar für die Stille, denn so habe ich die Möglichkeit, mir das Land anzusehen, das ich einst wie meine Westentasche gekannt habe. Es hat sich nicht viel verändert, aber dennoch fühle ich mich wie eine Fremde, als wir über die kleinen Hügel und Bodenwellen fahren.

Ich mag mich an sein Land erinnern, aber es kennt mich nicht mehr. Ich bin eine Fremde, eine Ausländerin, und vielleicht ist der Gedanke verrückt, aber es scheint nicht erfreut darüber zu sein, dass ich nun hier bin.

***

*Ford*

Stephanie.

Ich habe sie nicht oft bei ihrem vollen Vornamen genannt. Aber ich hasse es nicht, ihn zu benutzen. Er passt zu der Frau, die sie jetzt ist. Gott weiß, dass ich mich weigere, sie mit ihrem Künstlernamen anzusprechen, und sie ist keine Stevie mehr. Dieses Mädchen ist gegangen.

Auch wenn ich immer geglaubt habe, dass das schlecht ist, ist es das vielleicht überhaupt nicht. Ich bin nämlich ebenfalls nicht mehr derselbe Ford, der ich vor fast zwanzig Jahren war, also kann ich nicht erwarten, dass sie noch dieselbe ist. Es wäre nicht fair von mir, vorauszusetzen, dass sie sich nicht verändert hat oder dass sie dazu in der Lage ist, die Zeit zurückzudrehen und rückgängig zu machen, was sie getan hat.

Was geschehen ist, ist geschehen, und ich muss ihr verzeihen. Das ist meine Chance auf einen Abschluss, und die muss ich ergreifen, sie mit beiden

Händen festhalten. Bald wird sie wieder weg sein, zurückkehren in ihr Leben in Kalifornien, und die texanische Landschaft wird nur noch eine ferne Erinnerung sein, während sie über die roten Teppiche Hollywoods schreitet.

Ich parke den Gator und stelle den Motor aus. Wegen der Arbeit, die noch unerledigt vor mir liegt, stöhne ich auf. Ich steige aus dem Fahrzeug, gehe zur Ladefläche und nehme mir meinen Werkzeuggürtel. Während ich ihn mir um die Hüften schnalle, höre ich ihre Atemgeräusche.

Ich hebe den Blick und schaue sie an. Sie sitzt noch auf ihrem Sitz, doch ihre Augen visieren meine Hüften an. „Stephanie?", frage ich und meine Stimme klingt dabei rauer als beabsichtigt.

„Warum will ich dich, Ford?", haucht sie. „Es ist doch schon so lange her."

„Vielleicht ist genau das der Grund?"

Sie schüttelt den Kopf. „Seit ich die Grenze zu Burnet County überschritten habe, gehst du mir nicht mehr aus dem Kopf." Sie zuckt zusammen und ihre Wangen röten sich. Es kommt mir so vor, als hätte sie diese Worte nie laut aussprechen wollen.

Meine Lippen verziehen sich zu einem kleinen Lächeln. „Ach ja? Als ich dich neulich am See gesehen habe, hat mich das auch ganz schön durcheinandergebracht. Das muss ich schon zugeben", gestehe ich ihr, während ich einen Stapel Holz an mich nehme.

Ich lasse sie im Gator zurück und mache mich auf den Weg zum Zaun. Ich muss arbeiten, und so gern ich auch einfach nur rumstehen und mit ihr quatschen würde, um in ihr Höschen zu gelangen, habe ich gerade keine Zeit dafür.

Und dann wäre da noch diese lästige Sache mit

meinen Gefühlen. Ich hege den heimlichen Verdacht, dass es sich wie Nach-Hause-Kommen anfühlen würde, würden wir miteinander schlafen, und ich wäre sicher nicht dazu in der Lage, sie danach zu verlassen oder sie ein zweites Mal gehen zu lassen.

Ich komme mir wie eine verdammte Frau vor, aber Stephanie LaRue ist diejenige, die gegangen ist, na ja, die regelrecht geflohen ist. Auf gar keinen Fall könnte ich sie noch einmal ficken und sie dann nicht bei mir behalten wollen – ich weiß es verdammt noch mal einfach.

Ich versuche, ihre Anwesenheit zu ignorieren, und beginne damit, den Zaun zu reparieren. Leider kann ich ihn nicht einfach abreißen und neu aufbauen, denn es ist ein Ding der Unmöglichkeit, das alles an einem Tag zu schaffen. Also bleibt mir nur die mühsamere Variante, ihn Stück für Stück zu ersetzen, und das ist verdammt langweilig.

Wenige Augenblicke später höre ich, wie sie sich mir nähert, dann spüre ich ihre Präsenz neben mir. „Was kann ich tun?"

„Da hinten befindet sich eine Kühlbox, kannst du mir ein Wasser holen?"

Sie sagt nichts, während ich weiterarbeite. Allerdings schaue ich gerade noch rechtzeitig über meine Schulter, um zu sehen, wie sie sich über die Kühlbox beugt. Beim Anblick ihres herzförmigen Hinterns stöhne ich auf und frage mich, wie er wohl nackt und mit einem roten Handabdruck von mir aussehen würde.

Als sie sich wieder aufrichtet, widme ich mich wieder der Arbeit und warte darauf, dass mein Schwanz wieder schlaff wird, denn momentan ist er steinhart. Sie wedelt mit der Wasserflasche vor meinem

Gesicht herum. Ich nehme sie ihr ab, drehe den Deckel auf und führe sie an meine Lippen, um die halbe Falsche in einem Zug wegzuzischen.

„Du kannst dir auch eins holen. Es sollte ausreichend Wasser da sein“, murmle ich.

Sie nickt und kaut dabei auf ihrer Unterlippe. Ich spüre, dass sie mir etwas sagen will, aber ich dränge sie nicht. Zum Glück lässt sie mich nicht lange warten.

„Ich weiß, dass ich nicht in der Vergangenheit schwelgen sollte, das sollte keiner von uns, aber ich wollte nur noch einmal sagen, wie leid mir alles tut, was passiert ist. Ich wollte dich nicht verletzen, aber ich weiß, dass ich es getan habe, und das wollte ich nicht. Ich habe dich immer geliebt, Ford, immer.“

Ihre Worte sollten mir nicht wehtun, aber sie schmerzen. Alles, was mit unserer Vergangenheit zu tun hat, ist schmerzhaft. Ich drehe den Kopf und betrachte das Land, das an meins grenzt. Es steht aktuell zum Verkauf und ich will es haben. Ich brauche es verdammt noch mal, um mein Geschäft so auszubauen, wie ich das will.

„Ich habe auf das angrenzende Stück Land geboten“, sage ich und deute auf das Grundstück, das zum Verkauf steht.

„Echt?“

„Nach dem Tod meiner Eltern habe ich die landwirtschaftlichen Flächen um dreißig Hektar erweitert“, informiere ich sie.

Es herrscht einen Augenblick lang Schweigen zwischen uns. Ich rechne damit, dass sie mich nach dem Grund fragt. Wenn sie dies tut, könnte ich ihr eine einfache Antwort servieren, aber diese entspräche nicht der ganzen Wahrheit.

„Ich habe es deinetwegen getan. Hättest du mich nicht für ein bedeutungsvolleres, schöneres, besseres Leben verlassen, hätte ich vielleicht nicht ausreichend Motivation aufbringen können, die Ranch zu vergrößern. Ich habe mich in den letzten siebzehn Jahren voll und ganz auf die Arbeit konzentriert. Du warst der Grund“, gestehe ich, ehe ich mich wieder umdrehe und sie anschaue.

Sie hält den Kopf gesenkt, ihre Augen sind geweitet und sehen irgendwie traurig aus.

„Ich habe dir das nicht erzählt, weil ich wollte, dass du dich schlecht fühlst, Honey. Dein Weggang hat nicht nur deine Träume wahr werden lassen, sondern auch mich motiviert, eigene Träume zu haben und sie zu verwirklichen.“

„Aber nicht all deine Träume sind in Erfüllung gegangen, Ford.“

Ich presse meine Lippen zu einer dünnen Linie zusammen und nicke hastig mit dem Kopf. „Du hast recht, ich habe ein paar meiner Träume aufgegeben, aber ich denke, dass das wohl nicht mehr wichtig ist.“

Sie macht einen Schritt auf mich zu und legt ihre Hände mittig auf meine Brust, genau dorthin, wo sich meine Narbe befindet. „Ich hasse es, dass du deine Träume aufgegeben hast, Ford. Du hättest sie verwirklichen sollen, so, wie du es immer geplant hattest“, flüstert sie.

Kopfschüttelnd hebe ich eine Hand und lege sie auf ihre. „So funktioniert das Leben aber nicht, Süße. Hast du jeden deiner Träume verwirklicht? Oder hast du den einen oder anderen geopfert, um einen anderen wahr werden zu lassen?“

„Ich habe so vieles opfern müssen, Cowboy. So verdammt viel“, haucht sie mir zu und es bricht mir mein verdammtes Herz.

Ich will sie küssen. Dafür wäre nicht viel nötig. Ich müsste mich nur vorbeugen und mit meinem Mund ihren berühren, aber ich tue es nicht. Nicht jetzt. Ich weiß nicht, ob ich je wieder dazu in der Lage sein werde, sie zu küssen. Ich kann einfach nicht – es geht nicht.

# Kapitel 10

*Ford*

Ich liege im Bett, starre an die Decke und frage mich, was zum Teufel ich hier eigentlich tue. Gedanklich spiele ich den heutigen Tag noch einmal durch. Ich denke an jeden einzelnen Blick von ihr, ich kann praktisch jede einzelne Berührung von ihr spüren. Mehr als ein Mal hätte ich die Gelegenheit gehabt, sie zu küssen. Wahrscheinlich hätte ich sie sogar ficken können. Aber ich habe es nicht getan, und ich weiß nicht, ob ich es je tun werde, da ich mir nicht sicher bin, ob ich damit umgehen könnte.

Als mein Handy klingelt, nehme ich es an mich, ohne einen Blick auf das Display zu werfen. Wer am anderen Ende der Leitung ist, weiß ich nicht.

„Hey", höre ich eine sanfte Stimme hauchen.

„Warum rufst du mich an, Honey?", frage ich.

„Ich kann nicht schlafen", flüstert sie.

Gott, es fühlt sich an wie in der Highschool und ich bin nicht einmal sauer deswegen. Ich drehe mich auf die Seite und starre aus dem Fenster. Allerdings ist es zu dunkel, um irgendetwas zu sehen. Nicht einmal das sanfte Leuchten des Mondes ist heute Nacht sichtbar.

„Ja, ich auch nicht."

Es entsteht ein Moment der Stille. Ich warte darauf, dass sie etwas sagt, doch sie tut es nicht. Ich bin mir nicht sicher, ob sie überhaupt noch etwas zu sagen hat, und ich sollte eigentlich auch besser schweigen, aber ich kann nicht.

„Weißt du, ich bin ein Mal nach L.A. gefahren, um dich zu sehen", gestehe ich ihr.

„Was?“

Brummend rolle ich mich auf den Rücken und schiebe mir die freie Hand unter den Hinterkopf, um ihn zu stützen, während ich wieder an die Decke starre. „Vor circa zehn Jahren. Keine Ahnung, ich habe mich irgendwie verloren gefühlt. Ich hatte gerade ein gutes Geschäft abgewickelt und wollte zu dir, um dir zu beweisen, dass ich mit den Männern mithalten kann, die du so trafst.“ Ich lache. „Das war total dumm.“

„Ich bin nicht wegen des Geldes gegangen, Ford. Die Kohle war mir völlig egal“, sagt sie leise. „Am Anfang war das schon etwas, was ich wollte. Ich wollte in Filmen mitspielen, berühmt werden. Da war etwas in mir, das danach lechzte, groß rauszukommen, und ich konnte mich nicht davon abhalten, diesem Traum hinterherzujagen.“

„Und dann?“

Sie schweigt, weshalb ich damit rechne, dass sie diese Frage unbeantwortet lassen wird, doch ich irre mich. „Dann hat es mich gepackt. Auf der Welle des Ruhms zu reiten, prominent zu sein, oh mein Gott, das war wie nichts zuvor in meinem Leben. Die Leute haben sich danach gesehnt, mit mir Zeit zu verbringen, mit mir gesehen zu werden. Echt legendäre Filmgrößen wussten plötzlich, wer ich bin. Fremde Menschen riefen auf der Straße meinen Namen. Sie wollten Bilder und Fotos von und mit mir. Das war unglaublich.“

„Ja, ich habe mich schon bei einigen Shows von Beau hinter der Bühne aufgehalten. Ich bin sogar bei ein paar Kämpfen von Louis in Las Vegas gewesen. Ich verstehe, dass Ruhm süchtig machen kann.“

„Genau so war es auch“, murmelt sie.

„Bis was passiert ist?“

„Bis man realisiert, dass alles Bullshit ist. Jeder ist ein Blender, Ford. Jeder“, wispert sie. „Warum hast du nicht mit mir gesprochen, als du in L.A. warst?“

Ich denke darüber nach, sie anzulügen, entscheide mich dann aber dagegen. Ich bin immer ehrlich zu ihr gewesen, wieso sollte ich ausgerechnet jetzt damit aufhören?

Stöhnend kneife ich die Augen zusammen. „Du warst mit deinem Gefolge in irgendeinem Lokal. Du hast gelacht und hast so verdammt glücklich ausgesehen. Es schien mir einfach sinnlos zu sein. Denn mein Leben war elendig. Ich habe nur noch gearbeitet, gegessen, geschlafen und irgendwelche Frauen gefickt, um über dich hinwegzukommen“, gebe ich zu.

„Ford.“

Ich lache. „Wir sind beide keine Heiligen. Das ist die verdammte Wahrheit, Süße. Die letzten siebzehn Jahre waren nichts weiter als eine Ansammlung von unverbindlichen Ficks und namenlosen Gesichtern.“

„Ich hasse das“, sagt sie. Ich schnaube, kommentiere ihre Worte aber nicht. „Ich hasse es, weil es nicht das ist, was ich wollte. Für keinen von uns.“

„Was wolltest du stattdessen, Stephanie? Was hast du gedacht, würde passieren, als du abgehauen bist?“

„Die Wahrheit?“, fragt sie. Ich antworte ihr nicht darauf, sondern warte ab, dass sie fortfährt. „Ehrlich gesagt dachte ich, dass ich scheitern würde. Ich dachte, ich würde es probieren und nach Hause zurückkehren, wenn ich es total verbockt hätte.“

„Und dann? Du hättest es vergeigt, wärst nach Hause gekommen und hättest mich dann geheiratet?“, will ich wissen, während die Wut plötzlich meinen ganzen Körper in Besitz nimmt. „Ich war dein verdammter Notfallplan, oder?“

„Tu das nicht, Ford. Lass es. Ich war jung und dumm.“

„Anscheinend war ich das auch.“

Ich beende das Telefonat und schalte mein Handy aus. Ich liege noch etwa dreißig Minuten wach da, bevor ich es in der Ferne donnern höre. Stöhnend rolle ich mich aus dem Bett und ziehe mir eine Jeans, ein T-Shirt und Socken an. Dann steige ich in meine Stiefel und gehe nach draußen. Wenn ich nicht dafür Sorge trage, dass Starlight gut weggesperrt ist, wird sie abhauen.

Als ich im Freien stehe, sehe ich es in der Ferne blitzen. Fluchend jogge ich zu Starlights Box. Ich hatte das Gewitter nicht auf dem Radar, weil ich nicht, wie sonst, nachgeschaut habe.

Ich liebe mein Pferd, das tue ich wirklich, aber das verdammte Tier ist ein gottverdammter Schisser. Sie flippt bei Donner und Blitzen vollkommen aus. Sie flieht, sobald ein Gewitter aufzieht. Da ich sie weder in ihrer Box festgebunden noch die Stalltüren verschlossen habe, ist sie weg.

Ich lasse den Kopf in den Nacken fallen und fahre mir schwer seufzend durch die Haare. „Fuck“, fluche ich vor mich hin. „Verdammte Scheiße.“

Als ich in meinen Gator steige und den Motor starte, taucht Scheinwerferlicht hinter mir auf. Nachdem ich mich umgedreht habe, stoße ich einen leisen Fluch aus. Ich beobachte, wie ihr Auto nach vorn schlittert, als sie auf die Bremse tritt, um den Wagen anzuhalten.

Die Tür schwingt auf und sie springt heraus. Mit kurzen Shorts, einem Tanktop und einer Strickjacke bekleidet, kommt sie auf mich zugestürmt. Ihre Haare hat sie zu einem unordentlichen Zopf zusammengebunden und ihr Gesicht ist ungeschminkt. Sie sieht einfach phänomenal aus.

„Was zum Teufel?", schreie ich, als sie auf mich zustürmt.

„Ich weiß es nicht", haucht sie. „Ich konnte unser Gespräch nicht so stehen lassen. Es ging nicht." Ihr rinnen Tränen über die Wangen.

„Steig ein, ich muss Starlight suchen", brumme ich.

„Was?"

Sie sieht so verdammt liebenswert verwirrt aus.

„Ich habe ein Pferd, das immer dann durchdreht, wenn ein verdammtes Gewitter aufzieht."

Ohne das zu kommentieren, umrundet sie den Gator und steigt ein. Ich sage nichts weiter zu ihr, denn ich habe keine Ahnung, was ich sagen könnte. Stattdessen mache ich mich auf die Suche nach meinem verdammten Pferd. Warum auch immer, ich scheine ein Faible für Frauen zu haben, die abhauen.

***

*Stephanie*

Ford fährt wie ein Irrer. Ich höre das Donnern in der Ferne, dann sehe ich es blitzen und weiß, dass das Gewitter uns näher ist, als mir lieb ist. Er stößt einen Fluch aus und reißt das Lenkrad nach rechts.

Als es plötzlich wie aus Kübeln zu regnen beginnt, kommt ein kleines Haus in Sicht. Ford springt aus dem Fahrzeug und umrundet es. Ich beobachte, wie er etwas unter der Fußmatte hervorholt und anschließend an der Tür herumfummelt, bevor er sie aufstößt.

„Komm“, ruft er mir zu. Ich zögere nicht, sondern hüpfe aus dem Wagen in den Regen und laufe auf ihn zu. „Warte hier drinnen auf mich. Ich war schon eine Weile nicht mehr hier, also schalte das Licht ein.“

Ich weiß, was diese Aussage zu bedeuten hat. Innerlich stoße ich einen Schrei aus, entscheide mich aber dann dazu, ein tapferes Mädchen zu sein, und nicke ihm zu. Ich schalte das Licht ein, schließe die Tür hinter mir zu und sehe mich in dem kleinen, hüttenartigen Haus um.

Mein erster Eindruck? Es ist absolut bezaubernd. Dieses Häuschen erinnert mich an eine dieser Hütten, die man sieht, wenn die Leute zum Glamping fahren. Es verfügt über ein kleines Wohnzimmer und eine winzige Küche mit einem Bistrotisch und zwei Stühlen. Alle Wände sind in einem schönen, hellen Buttergelbton gestrichen.

Es überrascht mich, dass es teilweise möbliert ist. Als ich weiter hinein gehe, sehe ich mich genauer um. Das Sofa ist schon etwas älter, aber in einem guten Zustand, und besteht aus dunkelbraunem Leder. Der Couchtisch ist wunderschön und in einem dunklen nussbraunen Ton gebeizt.

Die Böden sind aus edlen Holzdielen, und als ich mich der Küche zuwende, seufze ich beim Anblick der alten Bauernspüle. Sie ist absolut atemberaubend. Die Arbeitsplatten sind aus Holz, und ich kann nicht fassen, wie viel Liebe zum Detail in jeden noch so kleinen Aspekt dieses Hauses gesteckt wurde.

Ich beschließe, den hinteren Teil der Hütte zu erkunden, und schalte das Licht im Schlafzimmer ein. Mein Herz schlägt immer schneller in meiner Brust.

Ein weißer Kronleuchter mit Kristallen hängt mittig

unter Drecke. Das Bett ist absolut hinreißend und passt perfekt zum Couchtisch im Wohnzimmer. Es ist mit weißer Bettwäsche bezogen. Eine Steppdecke sowie mint- und rosafarbene Zierkissen liegen darauf. Alles wirkt feminin und weich. Es ist absolut entzückend. Als ich mich nach rechts drehe, sehe ich eine kleine weiße Kommode, auf der mehrere gerahmte Fotos stehen.

Ich gehe zur Kommode hinüber und möchte eins der Bilder in die Hand nehmen, doch ich erstarre in der Bewegung. Meine Atmung setzt komplett aus, und ich bin mir sicher, dass ich jeden Moment ohnmächtig werde. Ich kann nichts anderes tun, als vor mich hinzustarren.

Drei gerahmte Fotos stehen mir gegenüber. Eins zeigt Ford und mich im Kindergarten, das zweite ist von unserem gemeinsamen Highschoolabschluss und das letzte wurde bei unserer Verlobung aufgenommen.

Ich weiß nicht, wie lange ich einfach so dastehe und die Bilder anstarre. Es könnten Minuten, aber auch Stunden verstrichen sein. Jedoch kann ich mich nicht bewegen. Denn mir ist klar geworden, dass dies das Zuhause sein muss, das Ford für uns geschaffen hat.

Ich habe ihn etliche Male gefragt, wo wir nach unserer Hochzeit wohnen würden, und alles, was er darauf antworte, war, dass er das schon geregelt hätte. Dann, als unser Hochzeitstag immer näher rückte, hörte ich auf, zu fragen, weil es mir egal war. Ich konnte nur noch an meinen Weggang denken, an das Leben, das ich fernab von Gallup führen wollte. Ich war von diesem Gedanken besessen, ich konnte an nichts anderes mehr denken.

„Ich dachte mir schon, dass du sie finden würdest“,

höre ich eine tiefe Stimme hinter mir sagen.

Ich erwache aus meiner Trance, drehe mich um und sehe ihn im Türrahmen stehen. Sein Körper ist völlig durchnässt und das Hemd klebt ihm an der Brust. Es fällt mir schwer, den Blick von seinen beachtlichen Muskeln abzuwenden.

„Was *ist* das alles?", frage ich ihn, obwohl ich die Antwort schon kenne.

Er gluckst und schaut kurz zur Seite, ehe er den Blick wieder auf mich konzentriert. „Willst du mich wirklich dazu zwingen, es laut auszusprechen?"

Meine Augen füllen sich mit Tränen und sie laufen mir über die Wangen, wieder einmal. Ich habe lange nicht mehr so viel geweint, seit ich Gallup verlassen habe. Es ist, als hätte sich alles siebzehn Jahre lang in mir aufgestaut, und nun strömt es aus mir heraus. Ich kann es nicht aufhalten, und ich bin mir auch gar nicht sicher, ob ich das überhaupt will.

„Bitte sag es, Cowboy."

„Du wolltest deine eigenen vier Wände. Das wollte ich dir ermöglichen. Ein Jahr vor unserem Highschoolabschluss haben Dad und ich damit angefangen, an der Hütte zu arbeiten. Als wir relativ weit waren und nur noch ein paar letzte Handgriffe getan werden mussten, zog mein Vater sich zurück. Ich verbrachte die Nächte und Wochenenden hier draußen, sozusagen jede freie Minute, in der ich nicht in der Schule oder mit dir zusammen war."

„Das alles hast du für mich getan?", flüstere ich.

Er schüttelt den Kopf. „Nein, Honey. Ich habe das alles für *uns* getan. Ich wollte uns einen guten Start in unser gemeinsames Leben ermöglichen. Und ich wusste, dass dies die beste Möglichkeit ist. Ich dachte, wir könnten später einmal etwas Größeres bauen. Das hier ist bloß eine Unterkunft für Saisonarbeiter, aber sie war frei und weit genug von der Ranch weg, um uns die nötige Privatsphäre zu geben."

„Ich bin so ein dummes Miststück", wimmere ich.

Ford gluckst, stößt sich von der Tür ab und geht auf mich zu. Er nimmt mich in seine Arme und senkt den Kopf, woraufhin sein Mund nur noch ein paar Zentimeter über meinem schwebt. Ich kann seine Lippen förmlich schmecken, beinahe den Kuss spüren, den er mir geben könnte.

„Das bist du, aber du wolltest mehr als das, mehr als Gallup oder ich dir je hätten geben können, und du hast deine Träume verfolgt. Auch wenn es immer noch verdammt wehtut, dass ich nicht dein Traum war, dass ich dein Notfallplan war, bin ich wirklich sehr stolz auf dich, Stephanie."

„Hör auf", wimmere ich. „Hör einfach auf."

„Womit?"

Kopfschüttelnd stelle ich mich auf die Zehenspitzen, um mit meinem Mund seinen zu berühren. „Hör auf damit, so verdammt perfekt zu sein, Ford. Hör auf, mir zu zeigen, was ich verbockt habe. Hör auf, mich dazu zu bringen, dich mehr zu wollen, als ich dich je wollte. Hör auf damit, mich bereuen zu lassen, was ich in den letzten siebzehn Jahren getan habe. Denn das tue ich. Ich bereue es, dich verlassen zu haben, das schöne Leben, das wir uns hätten aufbauen zu können, gegen etwas so Egoistisches und Vergängliches wie Ruhm eingetauscht zu haben – etwas, von dem ich festgestellt habe, dass es schlichtweg nutzlos ist."

„Honey", stöhnt er, fügt dem aber nichts hinzu. Er neigt den Kopf zu mir herab, woraufhin sich unsere

Münder treffen. Nun gibt es kein Zurück mehr, kein Weglaufen. Nicht dieses Mal.

Ich will Ford Matthews, jeden einzelnen Zentimeter von ihm, genauso wie das einfache Leben, das damit einhergeht.

# Kapitel 11

*Ford*

Jetzt geschieht es. Ich greife nach ihrer Strickjacke und lasse sie von ihren Armen auf den Boden gleiten. Ich greife nach dem Saum ihres Tops, reiße es aber nicht in zwei Teile, wie ich es eigentlich will. Stattdessen beschließe ich, mir Zeit zu lassen.

Ich streiche mit den Fingerrücken an ihrem Bauch entlang, woraufhin ihre Muskeln unter der Berührung erzittern. Ich lasse meine Zunge in ihren Mund gleiten und koste sie. Sie wimmert gegen meine Lippen, doch ich ersticke das Geräusch und liebe es, verdammt noch mal.

Ganz langsam schiebe ich den dünnen, seidigen Stoff ihres Oberteils weiter ihren Oberkörper hinauf. Sie zittert am ganzen Leib, als ich endlich den unteren Teil ihrer Titten entblöße. Sanft beende ich unseren Kuss und ziehe ihre Unterlippe zwischen meine Lippen, während ich mit meinen Fingern über die weiche Haut ihrer Brüste streiche.

„Ford", stöhnt sie, während ihre Hände meine Arme hinaufstreichen und ihre Fingerspitzen sich in meine Schultern graben.

Ich streichle ihre vollen Brüste und spüre, wie weich sie unter meinen schwieligen Finger sind. Mein Daumen gleitet über ihren steifen Nippel, sie erschauert in meinen Armen. Das ist das Erotischste, was ich seit Jahren gesehen habe.

Sie hebt die Arme in einer stummen Aufforderung an mich, ihr das Oberteil auszuziehen. Ich will es nicht tun, weil sie mich darum bittet, tue es aber dennoch. Ich schiebe ihr den Stoff über die Arme und schaue auf sie herab, um ihre Brüste anzusehen.

Das Licht bleibt eingeschaltet, ich werde es ganz bestimmt nicht löschen. Ich will jede Sekunde des heutigen Abends in mein Gedächtnis einbrennen. Ich werfe das Oberteil auf das Bett und betrachte sie einen Moment lang, denn ich will diesen Augenblick in meinem Kopf abspeichern.

Stephanie legt ihre Hände an den Saum meines klatschnassen Shirts und zieht es so weit wie möglich hoch. Ich helfe ihr dabei, indem ich es mir selbst vom Oberkörper streife und in Richtung des kleinen Badezimmers pfeffere. Als es landet, ist ein Klatschen auf dem Linoleum zu hören.

Sie lässt nicht zu, dass ich sie wieder in meine Arme schließe. Stattdessen beugt sie sich vor, um ihren Mund auf meine Brust zu legen – genau auf meine Narbe.

Ich lege eine Hand an ihren Hinterkopf und löse das Haargummi, das ihren Zopf zusammenhält. Ehrfürchtig beobachte ich, wie ihr Haar zu beiden Seiten ihres Gesichts auseinanderfällt und auf ihrem Rücken zum Liegen kommt. Während sie mit der Zungenspitze meine Operationsnarbe der Länge nach nachzeichnet, schaut sie zu mir auf. Ihre Augen sind geweitet und blau.

„Honey", keuche ich, lasse meine Finger durch ihre Haare gleiten und schließe eine Faust um ihre weichen Strähnen.

Ich ziehe ihren Kopf zurück, damit ich in ihr Gesicht blicken kann. Sie leckt sich über die Lippen und betrachtet meine vom Regen nasse Brust. Ich beobachte, wie sich ihr Mund zu einem Lächeln verzieht. Ihr Blick sucht den meinen, ihr Gesichtsausdruck wirkt geradezu schelmisch.

Ich lege meine freie Hand um ihren Hals. „Was willst du von mir?“, verlange ich zu wissen.

Sie nickt leicht. „Einfach alles.“

„Steht das noch zur Debatte, Stephanie?“

Sie sieht mir tief in die Augen. Sie versucht, herauszufinden, was ich von ihr will. Sie braucht mich nur zu fragen. Vielleicht gefällt ihr meine Antwort nicht. Ich will ebenfalls alles. Zumindest so lange, wie sie sich in meinem Bett befindet, wie ich sie in den Armen halte. Ich will alles, was sie mir geben kann – und noch so viel mehr.

„Ach, vergiss es, Cowboy.“

„Wieso?“, frage ich.

Sie nickt und ihre Lippen verziehen sich zu einem sanften Lächeln. „Weil ich nicht mehr das süße Mädchen bin, das ich einst war.“

Brummend senke ich das Kinn und lasse meinen Mund über ihrem schweben. „Du schmeckst aber immer noch zurücksüß, Honey.“

„Fick mich, Ford. Gott, ich halte das keine Sekunde länger aus“, wimmert sie.

Ich bewege meinen Mund von ihrem weg, meine Lippen sind weiterhin nah an ihren und berühren sie nur, wenn ich spreche. „Oh, du kannst verdammt viel mehr aushalten, Süße. Danke für diese Herausforderung.“

„Ford“, zischt sie.

Ich trete einen Schritt zurück und beobachte sie. Sie wird unruhig und wippt von einem Bein aufs andere, ihr Blick gleitet zu meiner Brust, dann wieder zu meinem Gesicht.

„Warum ist diese Narbe so sexy?“, will sie wissen.

Ich schnaube. „Ihr Mädels steht eben auf Narben. Das ist ein ungeschriebenes Gesetz. Und jetzt zieh diese heißen Shorts aus", fordere ich rau.

Sie schüttelt den Kopf, sodass ihre Haare ihre Arme umspielen. Und wie von mir gewünscht, kommt sie der Aufforderung nach. Als ihre Shorts und der Slip zu ihren Füßen liegen, hebt sie den Blick. „Was ist mit dir?"

Ich grinse. „Das hat Zeit."

Mit einem Schritt bin ich bei ihr. Ich lege meine Hände um ihre Taille und hebe sie hoch. Sie ist so verdammt leicht, dass ich mich frage, ob sie überhaupt etwas isst. Wenn ja, habe ich keinen Zweifel daran, dass sie einen strikten Diätplan verfolgt, der ganz sicher nicht das gute Südstaatenessen beinhaltet, mit dem sie aufgewachsen ist.

Ich werfe sie auf das Bett und muss grinsen, da sie einen kleinen Schrei ausstößt, als ihr Körper auf die Matratze trifft. Ich beobachte sie und genieße die Art, wie sie sich bewegt, wie ihre Titten wippen. Ehrlich gesagt habe ich damit gerechnet, dass sie sich diese hätte machen lassen, wie es die meisten Frauen in Hollywood tun, aber ihre sind noch immer verdammt natürlich.

Ich steige aufs Bett, lege meine Finger um ihre Fußknöchel und spreize langsam ihre Beine. Da sie die Knie angewinkelt hat, kann ich nirgendwo anders hinsehen als zwischen ihre Schenkel. Ich fühle mich wie ein Sterbender, da sich mein Herzschlag verlangsamt, als sie mir ihren Körper offenbart.

Fuck.

Sie ist wunderschön, überall, und das war sie schon immer.

„Berühre mich, Cowboy", bettelt sie.

Ich beuge mich vor und puste kühle Luft gegen ihre Pussy. Sie stößt einen gehauchten Seufzer aus, wölbt den Rücken und bringt sie meinem Gesicht näher. Ihre stille Forderung ist süß, und sie wird bekommen, was immer sie will, doch den Zeitpunkt bestimme allein ich.

Nur ich.

Meine Finger tänzeln die Innenseiten ihrer Waden hinauf, passieren ihre Knie und drücken dann gegen ihre Oberschenkel. Sie lässt die Beine locker, sodass ich sie noch weiter für mich spreizen kann. Gleichzeitig beuge ich mich zu ihr herunter und bringe meine Schultern zwischen ihre Schenkel.

„Ja", seufzt sie.

Sie wird enttäuscht sein, denn ich werde ihre süße Pussy nicht lecken. Zumindest noch nicht. Ich drehe den Kopf und berühre mit meinen Lippen die Innenseite ihres Oberschenkels. Ich küsse und lecke sie und beiße sanft zu.

Bevor ich mich um ihre Pussy kümmere, widme ich mich ihrem anderen Bein. Ich setze oben an ihrem Oberschenkel an und bewege meinen Mund bis runter zu ihrem Knie. Sie lässt eine Hand in meine Haare gleiten, ihre Finger umklammern sie, während sie den Kopf zurückwirft.

Als ich in ihr völlig frustriertes und verdammt liebenswertes Gesicht blicke, muss ich grinsen. „Stephanie?"

Sie schüttelt den Kopf. „Bitte, Ford. Es ist schon so lange her."

„Echt?", frage ich erstaunt. „Wie lange?"

Ihre Wangen röten sich vor Verlegenheit. „Etwa ein Jahr."

„Ein Jahr seit was genau?", will ich wissen, denn ich bin völlig verwirrt. Vor Kurzem ist mir zu Ohren gekommen, dass sie sich verlobt hat. Vor ein paar

Monaten, soweit ich mich erinnere.

Sie gibt ein Knurren von sich, während sie an die Decke schaut. Dann wendet sie ihren Blick wieder mir zu. „Seit einem Jahr hat kein Mann mehr das mit mir getan, was du jetzt vorhast."

Meine Augen werden groß. Ich will sie nach ihrem Verlobten fragen, aber ich bringe es nicht über mich, die Worte laut auszusprechen. Deshalb schüttle ich leicht den Kopf und beuge mich vor, um ihre Beine über meine Schultern zu legen.

Mein Mund ist ihrer Pussy nun so nah, dass es mich nur eine kleine Anstrengung kostet, sie zu schmecken. Ich kann sie riechen, und verdammt noch mal, das hier ist die süßeste Pussy, die ich je gekostet habe.

***

*Stephanie*

Zuzugeben, dass mein eigener Verlobter und ich seit einem Jahr kein Vorspiel mehr hatten, ist mir extrem peinlich gewesen. Doch wenn ich mir den Mann, der sich gerade zwischen meinen Schenkeln befindet, so ansehe, brauche ich mir nicht allzu viele Gedanken darüber zu machen, was beschämend ist und was nicht.

Er wird mir genau das geben, was ich so sehr vermisse, wonach ich mich sehne. Und er wird es mir noch besser besorgen als jeder andere Mann, den ich bisher hatte. Das erkenne ich allein daran, wie er mich ansieht, dass er *will*, was er tut.

Ohne ein weiteres Wort zu verlieren, vergräbt er sein Gesicht zwischen meinen Beinen, und ich schwöre bei Gott, dass die Berührung seiner Zunge an meiner Klitoris mich sofort Sterne sehen lässt. Ich stütze mich auf die Ellenbogen, doch mein Kopf fällt zwischen meinen Schultern zurück, während Fords Fingerspitzen sich in die Innenseiten meiner Schenkel graben.

Er hält mich für seinen Mund offen und ich genieße jeden Augenblick davon. Bevor er meine Lustperle zwischen seinen Lippen einsaugt, macht er seine Zunge ganz steif und kostet meine Pussy. Der Griff in seine Haare wird fester, ich ziehe ihn näher an mich heran.

Ford stöhnt auf, der Laut vibriert durch meinen ganzen Körper. Er verschlingt mich und ist dabei geradezu unartig, indem er mit seinen Zähnen an mir knabbert und jeden Winkel meiner Pussy leckt, saugt, erkundet und beknabbert.

Meine Beine sind mittlerweile Wackelpudding. Sie liegen zitternd und bebend neben seinen Ohren. Ich habe es aufgegeben, sie in einer bestimmten Position zu halten. Ich halte sie einfach gespreizt, während Ford mich verwöhnt. Ich steuere immer schneller auf meine Erlösung zu.

Ich keuche, stöhne und gebe lächerliche Laute von mir, die von den Wänden um uns herum widerhallen. Während ich meinem Orgasmus entgegenfiebere, bewege ich die Hüften und schiebe sie vor. Ich rechne damit, dass er mit den Fingern in mich eindringt, aber er tut es nicht.

Stattdessen bringt Ford mich nur mit seinem Mund zum Kommen. Ich muss nicht einmal an meinen Brustwarzen zupfen, um einen Höhepunkt zu erleben, wie ich es sonst immer tue. Er ist einfach so gut, so im Einklang mit dem, was mein Körper braucht, während er mit mir spielt.

Ich komme.

Der Orgasmus ist gewaltig und schön. Etwas durchströmt mich auf eine Weise, die mich von innen heraus erwärmt. Mein ganzer Körper spannt sich an, dann sacke ich völlig entspannt in mich zusammen. Trotzdem lässt er weiterhin seine Zunge durch meine Spalte gleiten.

„Ford“, keuche ich.

Er hebt den Kopf leicht an. „Sei still. Du wirst ein weiteres Mal für mich kommen. Entspann dich einfach, ich bringe dich wieder dorthin.“

Meine Hand fällt aus seinem Haar, denn ich fühle mich kraftlos. Ich bin nicht dazu in der Lage, die Energie aufzuwenden, um meine Finger wieder in seinen Haaren zu vergraben. Ich lecke mir über die Lippen und schaue zu ihm herunter. Mein Körper ist ebenfalls ganz kurz davor, nachzugeben und sich einfach auf die Matratze fallen zu lassen.

„Ich kann nicht“, stöhne ich und lasse mich nach hinten fallen, da meine Arme zu schwach sind, um mich noch eine Sekunde länger zu halten.

Er knurrt gegen meine Mitte, seine Zunge leckt meine empfindliche Klitoris und bringt meinen ganzen Körper zum Zucken. Dann hebt er ein weiteres Mal den Kopf, seine Hand gleitet zu meiner Brust hinauf und legt sich anschließend um meinen Hals, doch er drückt nicht zu.

„Honey, seit einem Jahr hattest du kein Vorspiel mehr. Und ich hatte dich seit siebzehn Jahren nicht mehr. Daher werde ich mir jetzt die Zeit nehmen und dich so oft kommen lassen, bis du dich nicht mehr rühren kannst. Also lehn dich zurück und genieß meinen Mund auf deiner Pussy.“

„Ford“, rufe ich.

„Ja? Du kannst meinen Namen gern wieder rufen, wenn du ein weiteres Mal kommst. Ich werde mich jetzt um deine herrlich gepiercten Titten kümmern und sie in vollen Zügen genießen. Danach werde ich dich wieder und wieder nehmen, bis wir beide vollkommen satt und zufrieden sind."

Ich zittere, hebe meine Hand und lege meine Finger in seinen Nacken, um sein weiches Haar zu fühlen.

„Okay, Ford. All das will ich", flüstere ich.

Er grinst. „Das habe ich mir schon gedacht. Mein Mädchen weiß eben, was ich mag, und sie wird es mir geben, nicht wahr?"

Ich sollte ihn korrigieren. Ich bin definitiv nicht mehr sein Mädchen, aber vielleicht kann ich das eines Tages wieder sein? Das hört sich gar nicht mal so schlecht an. Ford war immerhin der netteste Kerl, den ich je gekannt habe, und auch wenn er ein Arsch sein kann, ist er immer noch ein Schatz.

# Kapitel 12

*Ford*

Ich sauge ihren Nippel in meinen Mund ein und lecke mit der Zunge an dem Stab, der durch ihre Knospe geht. Sexy. Es existiert kein anderes Wort, um zu beschreiben, wie ihre gepiercten Brustwarzen aussehen und sich anfühlen.

Stephanie hatte bereits drei Orgasmen, und mir ist klar, dass sie müde ist, aber noch sind wir nicht am Ende. Bald werde ich in ihr sein – endlich.

„Ford, ich kann nicht mehr", stöhnt sie.

Ich brumme gegen ihren Nippel und ziehe ihn tiefer in meinen Mund ein, während ich meine Zähne in ihrer Haut versenke.

„Oh Gott", keucht sie, und ihre Hüften heben sich suchend.

Ich schiebe eine Hand zwischen ihre Beine und lasse meine Finger durch ihre feuchte Spalte gleiten. Ich umkreise ihre Klitoris und dringe dann mit zwei Fingern in ihre Pussy ein. Sie hebt ein Bein an und schlingt es um meine obere Rückenpartie, während ich meine Finger in ihr krümme.

„Ich brauche dich in mir", seufzt sie. „Ich brauche so viel mehr."

Ich stöhne gegen ihre Brustwarze und entlasse sie aus meinem Mund. Als ich den Kopf leicht zurückziehe und auf ihre Brust hinunterblicke, lächle ich, da meine Zähne einen Abdruck auf ihrer glatten Haut hinterlassen haben. Nun ist die andere Seite an der Reihe. Ich ignoriere Stephanies Worte, denn ich bin fest entschlossen, mich erst mit ihren schönen Brüsten zu vergnügen, bevor ich mich in ihrem süßen

Körper versenke.

„Ich drehe gleich durch, Ford, bitte", bettelt sie.

Als ich schließlich auch ihre andere Brust freigebe, schaue ich auf mein Werk hinunter und stelle erfreut fest, dass meine Zähne auch dort ihre Spuren hinterlassen haben.

Grinsend betrachte ich ihr Gesicht, meine Finger verwöhnen noch immer ihre Pussy. Ihre Nässe rinnt an meiner Hand herunter, aber das ist mir egal, denn das ist genauso sexy wie sie selbst. Ich wölbe die Hand und reibe meine Handfläche gegen ihre empfindliche Klitoris.

„Jesus", haucht sie. Sie öffnet die Augen, um mich anzusehen.

Abermals muss ich lächeln, während ich sie beobachte. Ich schiebe meinen Körper weiter nach oben. Unsere Gesichter sind zu weit voneinander entfernt, um uns küssen zu können, aber dennoch nah genug, sodass ich jeden einzelnen Ausdruck auf ihren Zügen wahrnehmen kann. Mit meiner Hand beschere ich ihr einen weiteren Höhepunkt.

„Ford", raunt sie, nachdem sie wieder zu Atem gekommen ist.

Ich kann nicht aufhören, zu grinsen. Als ich meine Hand zwischen ihren gespreizten Schenkeln zurückziehe, wird mein Grinsen sogar noch breiter. Meine Jeans bin ich schon vor einer Weile losgeworden, ebenso wie meine Boxershorts. Ich könnte in Sekundenschnelle in ihr sein, aber ich dringe nicht in sie ein. Noch nicht.

„Was ist los, Honey?", foppe ich sie.

Sie schüttelt den Kopf und stößt einen kleinen Schrei aus, während sie die Arme anhebt, ihre Hände auf meine Schultern legt und mich an ihre Brust heranzieht. Ich streiche mit meinen Lippen über ihren Mund.

„Glaubst du nicht, dass ich sehen will, wie du mich reitest, Stephanie? Wie diese Diamanten, die deine Nippel zieren, über mir schweben?", frage ich an ihrem Mund.

Sie lacht leise auf. „Ich bin völlig erschöpft, Cowboy."

„Aber du willst noch mehr?"

„So viel mehr."

„Du wirst morgen nicht laufen können", warne ich sie.

Sie schnaubt. „Wer muss denn schon laufen können?"

Kopfschüttelnd lasse ich meine Zunge über ihre Unterlippe gleiten. Dann bewege ich meinen Mund zu ihrem Ohr und sauge an ihrem Ohrläppchen, während ich meine Hüften zwischen ihre gespreizten Beine schiebe. Ich lege meine Hände auf ihren Rücken und rolle uns herum, sodass sie sich nun über mir befindet.

„Du willst mich unbedingt oben haben, wie?", haucht sie lächelnd.

Ich streichele mit meinen Händen über ihren Rücken und fahre mit meinen Fingern durch ihre Haare. Dann ziehe ich ihren Kopf zurück, damit ich ihr in ihre blauen Augen blicken kann.

„Sollte ich dich etwa nicht ansehen wollen, Stephanie? Schon im Kindergarten bist du das schönste Mädchen gewesen, das ich je gesehen habe, und daran hat sich nichts geändert."

Eine Gänsehaut breitet sich auf ihrer Haut aus, während sie zittert. „Warum bist du nur so süß, Ford Matthews?"

„Das bin ich nicht wirklich", murmle ich.

Sie schüttelt den Kopf. „Oh doch, das bist du. Du bist wirklich süß, und ich bin ein Dummkopf, weil ich dich verlassen habe, obwohl ich das hier in den letzten siebzehn Jahren jeden Tag hätte haben können."

„Du hättest dir irgendwann selbst Vorwürfe gemacht, und mir auch, Honey", sage ich überzeugt.

Als ich die Worte laut ausspreche, kommt es mir wie ein Verrat an dem vor, was ich die letzten zwei Jahrzehnte gefühlt habe, aber es ist auch befreiend, weil ich nun erkenne, dass es die Wahrheit ist. Sie hätte es bedauert, bei mir geblieben zu sein und ihre Träume aufgegeben zu haben.

Irgendwann hätte sie mir Vorwürfe gemacht, weil ihr Leben von Bedauern geprägt gewesen wäre. Und ich bin nicht so dumm zu wollen, dass sie jemals so empfindet. Nicht wegen mir, sondern auch wegen ihr selbst. Ich bin Manns genug, um einzusehen, dass sie, obwohl sie mich verletzt hat, bloß getan hat, was sie tun musste.

Ich lege eine Hand auf ihre Hüfte, die andere ist noch immer in ihren Haaren vergraben. „Reite mich ein bisschen. Lass mich dich in deiner ganzen Schönheit betrachten", raune ich ihr zu.

Sie nickt. „Ja."

Stephanie greift zwischen unsere Körper, und zum ersten Mal an diesem Abend spüre ich ihre sanfte Berührung an meinem Schwanz. Sie positioniert ihn vor ihrer Mitte und senkt sich dann mit gesenkten Lidern auf meine Länge herab.

Ich ziehe ihren Kopf noch ein Stück weiter nach hinten und beobachte, wie schön sie ihren Rücken für mich wölbt. Ich drücke ihre Hüfte und bringe sie dazu, still zu halten. Ich liebe es, wie sie sich anfühlt. Sie ist weich, warm und feucht, und sie um meinen Schwanz herum zu spüren, fühlt sich wie der verdammte Himmel an. Es ist genauso, wie ich es mir vorgestellt habe – wie nach Hause zu kommen.

Ich lasse die Hand von ihrer Hüfte zwischen unsere Körper gleiten und presse meinen Daumen auf ihre Klitoris. „Ich kann nicht, nicht noch einmal", stöhnt sie.

„Du kannst", halte ich dagegen.

Sie versucht, den Kopf zu schütteln, doch mein Griff ist dafür zu fest. Stattdessen spiele ich mit ihr. Ich reibe in kreisförmigen Bewegungen ihre Lustperle und sehe dabei zu, wie sich ihre Hüften zu bewegen beginnen. Zuerst zuckt sie nur leicht, doch da ich konstant weitermache, fängt schon bald ihr ganzer Körper zu zucken an.

„Komm noch mal. Ich will spüren, wie du dich um mich herum zusammenziehst", fordere ich von ihr.

Stephanie wimmert, versucht aber, weder mich noch sich selbst zu verleugnen. Ihre Hüften stemmen sich meinem Daumen entgegen, ihr Stöhnen und Keuchen wird immer lauter. Ich spüre, wie sich ihre Pussy um meinen Schwanz herum verkrampft, was mich mit einer Mischung aus Schmerz und Vergnügen stöhnen lässt.

Ich will in sie hineinstoßen, sie ficken, bis ich komme. Ehrlich gesagt wird es nicht lange dauern, nicht zum jetzigen Zeitpunkt. Ein oder zwei Stöße und ich wäre am Ziel, in himmlischer Glückseligkeit. Ich muss es tun. Sie soll spüren, dass sie jede Sekunde dieses Vergnügens verdient, das ich ihr bereite.

„Ja, hör nicht auf", fleht sie schreiend.

Ich höre natürlich nicht auf, denn ich könnte es

nicht, selbst wenn ich es versuchen würde. Als sie kommt und ihre Pussy sich um meinen Schwanz herum zusammenzieht, muss ich darum kämpfen, nicht zu kommen und mein Sperma in sie hineinzuspritzen. Ich sehe ihre Brüste wippen. Die kleinen Diamantstäbe, die ihre Nippel zieren, schimmern, wenn das Licht im Raum auf sie trifft. Es sieht verdammt umwerfend aus, genau wie ich es mir ausgemalt habe.

Sanft ziehe ich mich aus ihr zurück, gebe ihr Haar frei und rolle sie auf den Bauch, mit dem Gesicht nach unten. Ich greife nach ihren Hüften und ziehe sie ein wenig nach hinten, damit ich meinen Schwanz vor ihrem Eingang positionieren kann, dringe aber nicht in sie ein. Noch nicht.

„Nicht noch mehr, ich kann nicht", sagte sie in die Matratze.

Ich lasse meine Finger ihren Rücken hinaufgleiten, um sie um ihre Kehle zu legen. Ich umklammere sie fest, aber nicht mit zu viel Druck, während ich sie sanft zu mir nach hinten ziehe. Ich beuge mich vor und berühre mit meinem Mund ihr Ohr.

„Oh doch, Süße, du kannst", raune ich.

***

*Stephanie*

Ford denkt, dass ich verdammt viel aushalte, zum Beispiel an einem Abend so oft kommen, dass ich es selbst nicht mehr zählen kann. Tatsache ist aber, dass ich es nicht kann. Ich bin keine Maschine und es tut weh. Aber dann, mit seiner Hand an meiner Kehle, seinem Mund an meinem Ohr, frage ich mich tatsächlich, ob ich noch einen Orgasmus erleben kann.

„Der Letzte?“, frage ich ihn, während ich meine trockenen Lippen befeuchte.

„Der Letzte für heute Abend.“ Er lacht.

Ich keuche und stelle mir die Frage, ob meine Pussy nach dieser Nacht noch dieselbe sein wird. Das bezweifle ich stark. Ich glaube, dass dieser Mann sie zerstören wird – mich zerstören wird.

„Beweg deine Hüften, ich will dich spüren“, flüstert er mir ins Ohr und jagt damit zum x-ten Mal einen Schauer über meinen Rücken.

„Einverstanden“, erwidere ich ausatmend und tue genau das, was er mir aufgetragen hat.

Ich stoße ein langes Stöhnen aus, während ich mich auf seine Länge zurücksinken lasse. Er dehnt mich bis aufs Äußerste. Ich kann mich nicht daran erinnern, dass er so riesig war, als wir noch jünger waren. Er schiebt seine Hüften vor und versenkt sich vollständig in mir, woraufhin wir beide aufstöhnen.

Während seine Hand noch immer locker meinen Hals umschließt, lasse ich mich leicht nach vorn fallen. Die Finger seiner anderen Hand gleiten um meine Hüfte herum, und ich spüre, wie sie meine Klitoris berühren.

„Ford“, keuche ich.

Er lacht und bewegt dabei seine Hüften. Ich stütze mich mit den Händen auf der Matratze ab, und bei seinem zweiten Stoß sind mir die Schmerzen völlig egal. Wieder einmal kann ich nur daran denken, wie er mich fühlen lässt, wenn ich komme.

„Ich will, dass du dich selbst berührst, Honey“, fordert er sanft.

Seine Hüften bewegen sich ein wenig schneller, mit

mehr Kraft, während er mich in seinem eigenen langsamen, sanften Rhythmus fickt. Ich lasse die Hand zwischen meine Beine gleiten, seine verschwindet, und ich berühre meine Lustperle. Sie ist warm und angeschwollen, und ich bin mir absolut sicher, dass sie genauso erschöpft ist wie ich. Es kommt mir vor, als wäre ich im Delirium.

Fords Finger legen sich um meine Schulter, die Hand um meine Kehle packt etwas fester zu und plötzlich bewegt er sich nicht mehr in einem trägen Rhythmus in mir. Ein animalisches Knurren verlässt seine Lippen, und seine Finger umklammern meine Schulter noch fester, als er mich hart fickt.

Ich schreie auf und bin mir nicht sicher, ob ich es hasse oder liebe, wie es sich für mich anfühlt, wenn sein Unterleib mit jedem Stoß hart gegen meinen Hintern klatscht. Sein Schwanz trifft jene süße Stelle in mir, die mir einen Schauer über den Rücken jagt. Ich spüre, wie seine Hoden gegen meine Klitoris und meine Finger prallen, und es ist unglaublich.

Ford ist rau, animalisch, unnachgiebig und wie nichts, was ich bisher erlebt habe. „Entspann dich“, knurrt er.

Ich versuche es. Ich schließe die Augen und zwinge mich dazu, mich völlig zu entspannen. Und dann passiert etwas. Wärme durchflutet mich, von innen und außen. Er fickt mich immer härter, sein Keuchen, Knurren und heulendes Stöhnen erfüllt den Raum.

„Verpass deiner hübschen Klitoris ein paar Schläge“, befiehlt er mir.

Ich weiß nicht, warum ich gehorche, aber ich tue es. Als ich zum ersten Mal meine Lustperle schlage, kann ich das Gefühl, das sich in meinem ganzen Körper

breitmacht, nicht beschreiben. So etwas habe ich
noch nie gespürt. Und in Verbindung mit Fords harten Stößen befinde ich mich sofort kurz vorm Abhe-
ben.

„Fuck", brüllt er hinter mir.

Seine Finger krallen sich regelrecht in mein Schul-
terblatt und bohren sich tiefer in meine Haut. Das
wird Spuren hinterlassen, die sich zu den Dutzenden
anderen auf meinem Körper durch ihn dazugesellen
werden, aber das ist mir egal. Es kümmert mich kein
bisschen.

Ich schließe die Augen und stoße einen stummen
Schrei aus, als ich mir erneut selbst einen Schlag auf
die Klitoris verpasse. Dann komme ich, und zwar
heftig.

„Scheiße, ja", schreit er und vergräbt sich tief in mir.

Ich spüre, wie sein Schwanz in mir noch weiter anschwillt, dann zuckt er und füllt mich mit seiner Erlösung. Er lockert den Griff um meine Kehle, lässt
sie aber nicht los, während er ein weiteres Brüllen
ausstößt. Seine Hüften bewegen sich noch immer,
sein Schwanz gleitet nun viel weicher und sanfter in
mich hinein und wieder heraus als noch vor wenigen
Augenblicken.

Fords Lippen berühren meine Schläfe, dann wandert sein Mund zu meinem Ohr. „Es tut mir leid,
wenn ich zu grob zu dir war. Ich werde es morgen
früh wiedergutmachen, indem ich noch mal deine
schöne Pussy lecke", flüstert er mir zu.

Ich brumme, denn mein Körper ist verdammt befriedigt und erschöpft. „Du warst nicht zu grob. Es
war perfekt."

Er befindet sich noch immer hinter mir, aber ich
nehme seine Bewegungen nicht mehr wahr. Als ich

mich auf das Bett lege, stoße ich einen kleinen Seufzer aus. Ford hebt mich an und zieht die Bettdecke zurück, dann legt er sie über meinen nackten, wunden, müden Körper.

Ich bekomme nicht mal mehr mit, dass er sich nicht zu mir gesellt, denn sobald mein Kopf das Kissen berührt und ich von der flauschigen Bettwäsche umgeben bin, schlafe ich ein.

# Kapitel 13



*Stephanie*

Ich fühle mich wie eine Katze, als ich meine schmerzenden Glieder unter der warmen Bettdecke strecke. Ein Schnurren entweicht meinen Lippen, noch bevor ich meine Augen öffne. Als ich das Bett neben mir betaste, stelle ich fest, dass die andere Seite kalt ist. Stirnrunzelnd öffne ich meine Lider und sehe mich im Zimmer um.

Niemand ist hier, die helle Morgensonne scheint durch das offene Fenster herein. Wenn man aus dem Fenster blickt, würde man nie vermuten, dass letzte Nacht ein Unwetter gewütet hat. Ich ziehe mir die Bettdecke über die Brust und setze mich aufrecht hin, während ich den Boden des Zimmers begutachte.

Meine Kleidung liegt verstreut herum, einschließlich meiner Strickjacke, doch Fords Klamotten sind nirgends zu sehen. Er ist verschwunden. Das Haus ist so winzig, dass ich seine Anwesenheit zweifellos spüren würde, wenn er hier wäre, aber das Fehlen seiner Kleidung bestätigt meinen Verdacht.

Ich atme ganz tief ein und entlasse die Luft mit einem langen Ausatmen wieder. Während ich mich in dem von Tageslicht gefluteten Raum umsehe, halte ich den Atem an. Mein Herz krampft sich zusammen, als ich alles in mir aufsauge. Er hat das Haus für mich, für uns schön gemacht und ich habe ihn einfach abserviert.

„Du siehst aus, als wäre dir schlecht. War es so schlimm?", vernehme ich eine tiefe Stimme.

Ich zucke leicht zusammen und blicke zu Ford. „Was?"

„Letzte Nacht und heute Morgen, war es so schlimm, dass du es bereust? Du siehst nämlich aus, als müsstest du gleich kotzen.“

Ich schüttle den Kopf. „Es war nicht schlecht. Es war sogar besser, als ich es mir je hätte vorstellen können“, gebe ich flüsternd zu.

Er öffnet leicht den Mund, dann überzieht ein zärtlicher Blick seine Züge und verbirgt seine Überraschung. Er spricht kein Wort, stattdessen macht er einen Schritt auf mich zu.

Als er sein Knie anhebt und es neben meiner Hüfte auf die Matratze stützt, sich nach vorn beugt, seine Fäuste links und rechts neben mir platziert und seine Nase fast die meine berührt, halte ich den Atem an. Sein Mund streift meine Lippen, und ich halte weiterhin die Luft an, damit ihm nicht mein schrecklicher Morgenatem um die Nase weht.

„Honey, das war der beste Sex meines Lebens“, raunt er gegen meine Lippen.

Ich schnappe nach Luft, und meine Augen weiten sich, als seine Lippen meine berühren, seine Zunge in meinen Mund hineingleitet und mich schmeckt.

Schmeckt. Mich.

Den morgendlichen Mundgeruch und so.

„Ford“, wispere ich verwirrt.

Ich wollte nicht, dass er mich küsst. Nicht bevor ich meine Zähne geputzt habe. Aber ihm scheint das egal zu sein, und ich finde es ein wenig seltsam, dass es mir letztlich genauso egal ist.

Sebastian hat darauf bestanden, dass wir uns beide die Zähne putzen, bevor irgendetwas zwischen uns läuft. Mit Sebastian hätte ich nie rumgeknutscht, bevor wir uns nicht die Zähne geputzt haben, aber es mit Ford zu tun, ist alles andere als widerwärtig.

„Ich weiß nicht, was das hier für uns bedeutet, Stephanie. Ich will nur zum Ausdruck bringen, dass mir die letzte Nacht verdammt gut gefallen hat", murmelt er.

Ich nicke und suche seinen Blick. Ich hebe eine Hand und lege sie in seinen Nacken. Meine Finger gleiten durch sein weiches Haar. Ich frage mich, was zwischen uns hätte sein können. Aber ich sollte nicht länger darüber nachdenken, was eventuell hätte sein können, sondern darüber, was wir nun haben können?

„Müssen wir dem Kind einen Namen geben? Ich bin nur für ein paar Wochen in der Stadt. Können wir das mit uns nicht einfach bloß genießen?", hauche ich gegen seine Lippen.

Er grunzt, weshalb ich denke, dass er eine Antwort von mir einfordern wird, aber das tut er zum Glück nicht. Die Wahrheit ist, dass ich nicht weiß, was das hier bedeutet. Ich weiß nur, dass in Los Angeles Verpflichtungen auf mich warten und dass ich keine Ahnung habe, wie Ford in dieses Leben hineinpasst. Im Umkehrschluss weiß ich aber genauso wenig, wie ich mich in sein Leben hier integrieren kann.

Könnten wir mehr sein, als wir sind?

Könnten wir irgendetwas sein?

„Du denkst zu viel nach", murmelt er gegen meine Lippen.

Ohne dem noch etwas hinzuzufügen, stößt er sich vom Bett ab und tritt ein paar Schritte zurück. Seine Augen mustern mein Gesicht. Ich sehe ihm an, dass er sich nicht sicher ist, was er sagen soll. Vielleicht grübele ich zu viel, das ist möglich.

Aber könnte es sein, dass ich auch ein wenig Hoffnung in mir aufkeimen lasse? Hoffnung darauf, dass etwas zwischen uns wachsen kann? Etwas anderes als Schuld, Enttäuschung, Groll und Bitterkeit?

„Stimmt", sage ich nickend.

Fords Lippen verziehen sich zu einem Grinsen. „Ich habe dein Auto die Straße hoch unter einem überdachten Unterstand geparkt. Falls du duschen willst, die Wasserleitungen funktionieren. Ich habe die Dusche heute Morgen extra nach Skorpionen und Schlangen abgesucht." Er grinst.

„Gott, erinnere mich nicht daran, dass wir uns im Bundesstaat der Schlangen und Skorpione befinden", stöhne ich.

Er lacht erneut und seine Augen strahlen, als er meinen entsetzten und angewiderten Blick wahrnimmt. „Du bist im Staat der Schlangen und Skorpione, Honey, da kannst du der Gefahr nur ins Auge blicken."

Ich stoße einen schweren Seufzer aus. „Ja, ich weiß."

„Ich habe dir übrigens eine Trainingshose und ein T-Shirt mitgebracht. Das ist alles, was ich hatte." Er zuckt mit den Schultern. „Seife liegt im Bad, allerdings kein Zeugs für die Haare."

„Okay."

„Außerdem habe ich dein Handy im Auto liegen sehen."

Er greift in seine Gesäßtasche, holt es heraus und wirft es mir in den Schoß. Ich nehme das Telefon an mich und wundere mich, wie ich so lange ohne das Teil klargekommen bin. Normalerweise klebt es in meiner Hand fest. Es ist das Erste, worauf ich einen Blick werfe, sobald ich morgens die Augen öffne, doch heute Morgen habe ich nicht einmal daran gedacht.

„Danke", entgegne ich und schaue ihn an. „Hast du

dein Pferd gefunden?"

Er grinst. „Ja, schon gestern Abend. Sie steht ein wenig unter Schock wegen des Gewitters, aber ansonsten geht es ihr gut."

Nickend beiße ich mir auf die Innenseite meiner Wange, ohne etwas darauf zu erwidern. Plötzlich fühle ich mich sehr unbehaglich.

„In der Thermoskanne neben den Klamotten auf dem Tisch befindet sich heißer Kaffee. Leider habe ich nicht viel zu essen im Haus, weil unter der Woche das Einkaufen für mich keine Priorität hat. Falls du ein paar Eier willst, kann ich welche aus dem Hühnerstall holen", sagt er.

„Ich frühstücke normalerweise nicht. Kaffee klingt gut."

„Ich muss noch ein paar Dinge erledigen und bin in etwa einer Stunde zurück, um dich zu deinem Auto zu bringen."

Er dreht sich um, und ich sehe ihm nach, während er von mir weggeht. Er bietet mir nichts weiter an und ich ihm ebenso wenig.

Stattdessen schaue ich ihm stillschweigend dabei zu, wie er sich zurückzieht. Dann werfe ich einen Blick auf mein Handy.

Ich habe fünfzehn Nachrichten von Damion erhalten, einen verpassten Anruf von Grace und eine weitere Textnachricht ... von *Sebastian*.

Na toll.

Ich ignoriere Damions Nachrichten und öffne zuerst die von Sebastian. Ich habe seit einem Monat nichts mehr von ihm gehört, dann wurden vor ein paar Tagen diese Bilder von uns veröffentlicht und jetzt erhalte ich eine WhatsApp-Nachricht von ihm.

Vor lauter Misstrauen stellen sich mir die Haare im

Nacken auf.

Sebastian: *Ruf mich an. Ich vermisse dich, Sterly.*

Gott, was für ein dämlicher Kosename. Als ich ihn lese, fühle ich etwas Komisches in meiner Brust. Ich weiß nicht, ob ich seine Nachricht mit Angst, Aufregung oder Beklemmung lese. Was ich fühle, kann ich nicht genauer definieren.

Ich weiß, dass ich ihn nicht liebe, aber obwohl er ein Arschloch war, war es leicht, mit ihm zusammen zu sein. Sebastian hat nicht die Macht, mich zu zerstören, die hatte er nicht einmal, als er mich mehrmals betrogen hat. Kein einziges Mal habe ich deswegen geweint. Ein wahrer Beweis dafür, dass ich ihn nie geliebt habe, es wahrscheinlich nie könnte, dennoch war alles mit ihm einfach.

***

*Ford*

Ich wünsche mir nichts sehnlicher, als sie in meine Arme zu schließen und noch einmal in sie hineinzugleiten. Wenn ich behaupten würde, dass zwischen uns noch alles beim Alten ist, sogar im Bett, würde ich lügen. Ist es nämlich nicht.

Die letzte Nacht war besser, als ich sie mir in meinen kühnsten Träumen ausgemalt habe, aber es war nicht mehr, wie es einst zwischen uns war. Das liegt daran, dass wir nicht mehr dieselben sind. Ich bin kein achtzehnjähriger Junge mehr und sie ist ebenso wenig das schüchterne achtzehnjährige Mädchen.

Wir sind jetzt erwachsen, haben eine Vergangenheit

und Erfahrungen gesammelt. Unsere Vorlieben und Sehnsüchte haben sich verändert. Ich bin sehr froh darüber, dass sie von dem Mann, der ich jetzt bin, nicht enttäuscht zu sein scheint, denn nichts an ihr war für mich auch nur annähernd eine Enttäuschung.

Allerdings konnte ich nicht neben ihr schlafen. Ganz allgemein gesprochen, nächtige ich nie neben einer Frau, es sei denn, ich bin betrunken oder verliere das Bewusstsein. Ich kann an einer Hand abzählen, wie oft ich in den letzten siebzehn Jahren neben einer Frau geschlafen habe. Ich kann es nicht, weil ich mich dabei einfach unwohl fühle.

Vielleicht, weil ich mich dadurch verletzlich fühle.

Vielleicht, weil es sich einfach zu vertraut anfühlt.

Ich weiß es nicht, und da ich es nicht so mit der Selbstreflexion habe, habe ich nie wirklich über die Gründe nachgedacht. Bis jetzt, bis gestern Abend. Das Erste, das ich getan habe, nachdem wir miteinander geschlafen hatten, war aus dem verdammten Bett zu springen und abzuhauen.

Nun frage ich mich, was zum Teufel als Nächstes passieren wird und ob ich es überhaupt zulassen kann. Die Tatsache, dass Stephanie nicht über uns sprechen, sondern nur mit mir vögeln will, solange sie noch hier ist, sollte mich erleichtern. Tut es aber nicht.

Der Gedanke, dass sie wieder gehen und sich nie mehr blicken lassen wird, stimmt mich traurig. Und das hasse ich mehr, als ich es verdammt noch mal zugeben will. Zum Glück klingelt mein Telefon in der Tasche und lenkt meine Gedanken von dieser schwachsinnigen Scheiße ab.

„Hey“, brumme ich.

Ich höre jemanden am anderen Ende der Leitung

lachen. „Ich habe den Sturm letzte Nacht mitbekommen und wollte nur hören, ob bei dir alles in Ordnung ist“, nuschelt Wyatt.

Ich schnaube. „Bullshit.“

„Ist sie bei dir?“

„Jepp, sie ist mitten im Gewitter hier aufgetaucht. Als ich loswollte, um Starlight zu suchen. Wir wurden von einem heftigen Regenschauer überrascht und deshalb musste ich sie in dem kleinen Häuschen unterbringen.“

Wyatt weiß genau, welches Haus ich meine. Zumal er mir schon oft beim Innenausbau zur Hand gegangen ist. Er wusste auch genau, wo er mich finden konnte, nachdem ich von dieser missglückten Hochzeitszeremonie verschwunden bin.

„Ford“, grollt er.

Kopfschüttelnd lege ich den Kopf in den Nacken und spüre die warme Sonne auf meinem Gesicht brennen, während ich ausatme. „Ja, ich weiß. Sie wusste nicht, dass es existiert. Wir haben miteinander geschlafen.“

„Fuck“, zischt er.

„Ich weiß.“

„Wie soll das funktionieren? In Zukunft?“

Ich schaue zu Boden und trete gegen einen Maulwurfshügel. „Scheiße, wenn ich das nur wüsste. Während sie hier ist, will sie einfach nur ihren Spaß haben.“

„Klingt für mich nach absolutem Blödsinn“, schnauzt er.

Ich lache. „Was für ein Scheiß.“

„Was willst du jetzt machen?“

„Was kann ich deiner Meinung nach machen?“

Es entsteht ein kurzer Moment der Stille zwischen

uns, woraufhin ich mich frage, was er mir wohl sagen oder raten wird. Er brummt, dann teilt er endlich seine unendliche Weisheit mit mir.

„Lass ihr keine Wahl, Bruder. Du willst sie noch immer, und offensichtlich geht es ihr andersherum genauso. Entweder ganz oder gar nicht. Nur miteinander zu vögeln, das tut keinem von euch gut. Es wird euch beide verdammt noch mal nur noch unglücklicher machen. Habt ihr nicht schon genug Zeit vergeudet?“

„Ich vermisse den beschissenen Bastard, der du mal warst. Wir hatten eine gute Zeit zusammen, und jetzt bist du so verdammt optimistisch und versuchst, mich dazu zu bringen, glücklich zu sein und all so ein Scheiß.“

Wyatt verfällt in schallendes Gelächter, und ich kann nicht anders als einzustimmen. In Wahrheit bin ich sehr froh darüber, dass all meine Freunde ihr Stück vom Glück gefunden haben. Sie haben sich den Arsch dafür aufgerissen und verdienen allesamt die schönen Seiten des Lebens. Ich kann mir einfach nur nicht vorstellen, dass ich das auch haben kann.

Könnte ich es?

Ist es möglich, dass ich es auch für mich finde – dass ich mein Glück finde? Und das ausgerechnet mit Stephanie? Es ist so lange Zeit unerreichbar für mich gewesen, dass ich immer das Gefühl hatte, es wäre aussichtslos.

Aber vielleicht ist es nun nicht mehr so unmöglich, wie es einst schien – vielleicht war es nie unerreichbar?

# Kapitel 14



Scheiße.

Ich stelle mich unter den heißen Wasserstrahl in der Dusche und lasse das Telefonat mit Sebastian noch einmal Revue passieren. Ich bin am Arsch. Er will etwas von mir, und er ist jemand, der mit harten Bandagen kämpft, um es zu bekommen.

Als sich meine Haut unter dem heißen Wasser rot gefärbt hat, kneife ich die Augen zusammen und schüttle ein paarmal den Kopf, um die Tränen zurückzudrängen.

Ich kann das nicht tun.

Nichts davon.

Ich muss mich darauf konzentrieren, das Haus meines Vaters auf den Markt zu bringen, und dann muss ich aus der Stadt verschwinden. Egal, welchen Schmerz Sebastian mir zufügen will, ich werde nicht zulassen, dass er Ford oder irgendjemand anderen aus Gallup mit in den Abgrund zieht.

Ich werde nach L.A. zurückkehren, herausfinden, was er will, und alles in meiner Macht Stehende tun, um ihn zum Schweigen zu bringen. Danach werde ich vielleicht dazu in der Lage sein, mein eigenes Leben, meine eigene Zukunft zu planen.

Sobald ich mich abgetrocknet habe und in Fords Klamotten geschlüpft bin, hebe ich meine schmutzigen Klamotten vom Fußboden auf und falte sie ordentlich zusammen. Anschließend gönne ich mir einen Schluck Kaffee. Er ist perfekt, ein bisschen gezuckert, sonst nichts.

Ich blicke hinter mich, um mich zu vergewissern,

dass ich nichts auf dem Schlafzimmerboden vergessen habe. Ich habe das Bett gemacht und es sieht perfekt aus, als wäre letzte Nacht nichts Unanständiges auf dieser Matratze geschehen.

Als die Haustür geöffnet wird, quietscht sie. Ich drehe den Kopf über die Schulter, um zu sehen, wer das Haus betritt, obwohl ich eigentlich weiß, dass Ford der Einzige ist, der es sein kann.

„Startklar?“, will er wissen. Er sieht irgendwie nervös aus, definitiv unsicher.

„Geht es dir gut?“, stelle ich ihm eine Gegenfrage.

Er nickt kurz und dreht sich dann um, um mir die Tür aufzuhalten. Ich stehle mich an ihm vorbei und trete auf die Veranda hinaus. Die Luftfeuchtigkeit trifft mich so hart, dass ich fast nach hinten stolpere.

„Ja“, murmelt er und schließt die Tür ab.

„Ford“, sage ich und drehe mich zu ihm um, um ihn anschauen zu können.

Er strafft die Schultern und sieht mich ebenfalls an. Ich beobachte, wie der Mann, der vor mir steht, den Atem anhält. Ich tue es wieder. Ich tue ihm schon wieder weh, und dabei habe ich noch nicht einmal ein einziges Wort gesagt. Aber ich muss es tun.

Ich muss das mit uns beenden. Wenn ich es nicht tue, wird Sebastian uns zerstören. Das spüre ich.

„Ich fahre in zwei Tagen zurück nach L.A.“, lasse ich ihn wissen.

Ford sieht mich einen Moment lang an. Er neigt den Kopf zur Seite. Seine Kiefermuskulatur spannt sich an, sogar eine Ader auf seiner Wange kommt zum Vorschein, aber ansonsten zeigt er keine Reaktion.

„In der Stunde, in der ich dich allein gelassen habe, muss etwas passiert sein.“

Ich schüttle den Kopf und versuche, seine Worte zu

leugnen. Tatsache ist, dass er recht hat. Es ist etwas passiert, das mit dem Namen Sebastian zu tun hat. Aber wenn ich ihm das sage, wird Ford, so wie ich ihn kenne, versuchen, es in Ordnung zu bringen. Das will ich nicht. Ich muss meinen Scheiß selbst auf die Reihe bekommen.

„Nein, ist es nicht. Ich … ich muss zurück. Ein Haufen Verpflichtungen warten auf mich, und ich kann es mir nicht erlauben, noch mehr Zeit zu verplempern.“

Ich kann sehen, dass meine Worte ihn treffen. Ich hasse mich mit jeder Sekunde, die verstreicht, etwas mehr. Genau wie vor siebzehn Jahren laufe ich vor ihm weg, anstatt mit ihm zu sprechen.

Ford Matthews ist der perfekte Mann. Er ist freundlich und sanft, aber tough und ein harter Hund, wenn er es sein muss. Zu mir war er immer höflich und verständnisvoll, auch wenn ich das nicht verdient habe. Genauso wie jetzt.

„Ich lasse dich kein zweites Mal gehen“, blafft er und kommt auf mich zu.

Bevor ich begreife, was hier geschieht, umfassen seine Hände auch schon meine Wangen und sein Mund liegt auf meinem. Ich stöhne auf, woraufhin seine Zunge in mich hineingleitet. Ich begrüße das Gefühl, wie er mich in Besitz nimmt. Ich wimmere und mein Körper wird zu Wachs in seinen Armen.

Ich hebe meine Arme, schlinge sie um seine Schultern, drücke mich an ihn und reibe meine steifen Nippel an seiner Brust. Ich will ihn schon wieder und habe keine Ahnung, wieso. Er knabbert an meiner Unterlippe und beißt fest zu, bevor er über sie leckt und sich zurückzieht.

„Ford“, keuche ich.

Er schüttelt den Kopf, woraufhin ich damit rechne, dass er mir eine Abfuhr erteilen wird. Tatsächlich tritt er einen halben Schritt zurück, aber nur, um sich leicht vorzubeugen, die Hände um meine Oberschenkel zu legen und mich anzuheben. Gott, ich glaube nicht, dass ich jemals damit klarkommen werde, dass er mich so mühelos hochheben und durch die Gegend tragen kann.

Ich erwarte, dass er mich ins Haus zurückbringt, aber er tut es nicht. Stattdessen drückt er mich gegen die Fassade, sein Mund verschlingt meinen. Noch vor wenigen Augenblicken habe ich bei jedem Schritt ein schmerzhaftes Ziehen zwischen meinen Beinen verspürt, nun ist es in pures Verlangen übergegangen.

Seine Hand gleitet in die Shorts, die ich trage. Seine Finger berühren mich mit schnellen Bewegungen. Ich beende den Kuss und stoße mit dem Hinterkopf gegen die Wand in meinem Rücken, während ich vor Schmerz und Lust stöhne.

„Spürst du das?", fragt er mich knurrend.

Ich senke den Kopf und schaue ihm in die Augen, die nur so vor Feuer und Wut sprühen. Den Kopf schüttelnd, beiße ich mir auf die Unterlippe. „Was meinst du?"

Er lächelt. „Diesen Schmerz, dieses Bedürfnis, dieses überwältigende Gefühl, bei dem du nicht weißt, ob du kommen oder mich wegen des Schmerzes lieber wegstoßen willst?"

„Ja." Ich atme aus. „Ja", stöhne ich.

Er beugt sich vor, seine Lippen berühren die Unterseite meines Kinns, streifen über meine Haut und setzen den Wunsch nach so viel mehr in mir frei. Er lacht, aber es klingt humorlos.

„All das wird dir entgehen, wenn du ein zweites Mal

vor mir wegläufst, Stephanie. Wenn du diesen Scheiß ein drittes Mal durchziehst, werde ich nicht mehr da sein."

„Ford", wispere ich.

Meine Beine fallen von seinen Hüften, und ich denke, dass er sich umdrehen und mich stehen lassen wird, aber das tut er nicht. Stattdessen packt er meine Shorts und zieht sie mir von den Beinen. Dann dreht er mich um, sanft, aber bestimmt, legt eine Hand mittig auf meinen Rücken und schiebt mich nach vorn.

Als ich die Hände ausstrecke, klatschen sie gegen die Kalksandsteinfassade des Hauses. Meine Handflächen brennen, als sie auftreffen. Ich drehe den Kopf zur Seite, drücke meine Wange gegen die Steine und schließe die Augen, als Ford mir auch das Shirt auszieht.

Er legt seine Hände um meine Hüften, positioniert mich so, wie er es will. Dann höre ich, wie er seine Gürtelschnalle und den Reißverschluss der Jeans öffnet.

Ich sollte ihn aufhalten. Ich sollte ihm sagen, dass ich nicht will, aber das geht nicht. Ich will das hier und ich will ihn. Ich will alles, was er mir geben kann, auch wenn das völlig egoistisch und einfältig ist.

Nur noch dieses eine Mal.

***

*Ford*

Ich bringe meinen Schwanz vor ihrer feuchten Pussy in Stellung und dringe ohne Vorwarnung in sie ein. Sie schreit auf und versucht, ihre Finger in die

Steinwand zu graben, scheitert aber.

Ich gebe ihr keine Zeit, sich an meine Größe zu gewöhnen. Ich ziehe mich fast gänzlich aus ihr zurück und stoße anschließend mit einem Stöhnen wieder in sie hinein. Sie ist feucht und warm, ihre Schenkel zittern, während sie probiert, sich auf den Beinen zu halten. Meine Hände umklammern ihre Hüften fester und bohren sich noch tiefer als gestern Nacht in ihre zarte Haut.

„Gott“, keucht sie.

Ich will, dass sie ruhig ist, dass kein Wort über ihre Lippen kommt. Sie soll nur stöhnen und keuchen, während ich sie ficke. Worte kotzen mich im Moment an. Knurrend stoße ich fester in sie hinein und lasse meinen ganzen Frust an ihrem schönen, einladenden Körper aus.

Gerade als ich denke, dass ich zu grob zu ihr bin, stemmt sie sich mir entgegen.

„Ja“, wimmert sie. „Gib mir mehr.“

Das ist alles, was ich brauche. Ich streiche ihr mit einer Hand über den Rücken, vergrabe meine Finger in ihrem Haar und ziehe ihren Kopf zurück. Während ich sie nehme, verliere ich völlig die Selbstbeherrschung. Das Tier in mir wird von der Leine gelassen, während ich sie hart, schnell und ohne die Möglichkeit, mir zu entkommen, ficke.

Stephanie wölbt sich mir in wunderschöner Weise entgegen. Wenn ich ein Kerl wäre, sich etwas aus Kunst macht, würde ich sagen, dass sie in diesem Moment ein Meisterwerk ist. Sie stöhnt und keucht, während ich mein zermürbendes Tempo beibehalte.

Der Schweiß rinnt mir über die Brust, den unteren Rücken entlang und zwischen den Schulterblättern hindurch. Mit zusammengebissenen Zähnen versuche ich, meinen Höhepunkt zurückzuhalten. Ich stehe so knapp davor, einen Orgasmus zu erleben, aber ich kann nicht. Noch nicht. Ich muss erst spüren, wie sie loslässt, muss erst wissen, dass sie befriedigt ist.

Ihre Beine zittern, und gleichzeitig fühle ich, wie sich ihre Pussy um meinen Schwanz herum verkrampft. Das Gefühl spornt mich dazu an, sie noch härter zu ficken. Sie wird tagelang Schmerzen haben, aber ich will, dass sie sich an mich erinnert, an diesen Moment. Sie soll an mich denken.

Sie wird gehen; ich habe das Gefühl, dass ich sie nicht halten kann.

Ihr ganzer Körper versteift sich, ihre Pussy krampft sich so fest zusammen, dass mein eigener Orgasmus aus meinem Körper herausgepresst wird. Ich vergrabe mich stöhnend tief in ihr, als ich komme.

Ich fülle sie mit meiner Erlösung und merke, dass ich wieder mal in ihr komme, ohne sie gefragt zu haben, ob sie verhütet. Ohne etwas über ihre sexuelle Vergangenheit zu wissen oder ihr von meiner zu erzählen. Wir hätten dieses Gespräch führen sollen, aber scheiß drauf.

Stephanie lässt die Arme sinken. Geistesgegenwärtig nehme ich meine Hand von ihrer Hüfte und schlinge den Arm schnell um ihre Brust, um sie aufrecht zu halten. Gleichzeitig geben nämlich ihre Beine nach.

Ich ziehe mich aus ihr zurück, beuge mich herunter und halte sie. Ich kann mich nicht fortbewegen, denn meine Hose hängt mir in den Kniekehlen. Also drehe ich uns um und gehe langsam in die Hocke, bis mein Hintern auf der Veranda zum Sitzen kommt und mein Rücken die Wand berührt.

Ich drücke sie fest an mich und berühre mit meinen Lippen ihren Kopf. Ich schließe die Augen und inhaliere den süßen Duft ihres Shampoos.

„Was werden wir jetzt tun?", erkundigt sie sich leise.

„Du wirst mir erzählen, warum du so plötzlich abreisen wolltest, und dann werde ich dir sagen, was wir deswegen unternehmen werden."

Sie hebt den Kopf und schaut mich mit verengten Augen an. „Du kannst es nicht für mich in Ordnung bringen, Cowboy. Du kannst nicht alles reparieren", wispert sie.

Ich bringe mein Gesicht dem ihren näher und drücke meine Nase gegen ihre. „Ich bin kein kleiner Junge mehr, Honey. Ich weiß, dass ich deine Kämpfe nicht für dich gewinnen kann. Was ich aber tun kann, ist, dir zu helfen, sofern ich dazu in der Lage bin, oder dich zu unterstützen, wenn ich es nicht kann. Hältst du mich wirklich für so arrogant, dass ich glaube, alles in Ordnung bringen zu können, was bei dir im Argen liegt?"

Es herrscht einen Moment lang Schweigen zwischen uns, weshalb ich mich schnaubend von ihr zurückziehe. Dabei stößt mein Kopf leicht gegen die Fassade des Hauses.

„Wir wissen nicht mehr, wer wir sind, Honey. Das ist so was von klar, aber ich will die Frau kennenlernen, die gerade auf meinem Schoß sitzt. Ich mag sie nämlich verdammt gern."

Ihre Lippen verziehen sich zu einem kleinen Lächeln. „Ich mag dich auch, Cowboy."

Ich schüttle den Kopf und grinse. „Sag mir, was los ist."

Ihr Blick schweift von mir über die Veranda, dann schaut sie mich wieder an. „Es geht um Sebastian."

Fast lache ich laut los. *Fast.* Am liebsten würde ich diesem Wichser die Scheiße aus dem Leib prügeln.

„Lass mich raten, er hat der Presse die Bilder von euch zugespielt."

Sie nickt, ihre Augen sind groß. „Genau."

„Das dachte ich mir", knurre ich. „Was ist zwischen euch vorgefallen?"

Den Kopf schüttelnd, stößt sie einen schweren Seufzer aus. „Er will mit mir reden, er zwingt mich regelrecht dazu. Er sagt, dass er ein Video von uns beiden hat und es nächste Woche veröffentlichen wird, wenn ich nicht nach Hause komme und mit ihm spreche. Meine Pressesprecherin hat zudem ein paar Interviewtermine für mich organisiert, die ich wahrnehmen muss."

„Du sollst also im Fernsehen über die Bilder sprechen?", hake ich nach.

Sie nickt langsam. „Amerikas Liebling mit Nippelpiercings? Ich kann das nicht einfach ignorieren und so tun, als gäbe es sie nicht, Ford."

Ihre Worte sind nur geflüstert, und ich hasse sie, ich hasse sie verdammt noch mal. Auf keinen Fall sollte sie sich jemals für ihre wunderschönen Brustwarzen – oder irgendeinen anderen Teil ihres Körpers – schämen müssen. Allerdings sollten ihre Nippel auch nicht zur Schau gestellt werden, es sei denn, sie will es.

„Du gehst also nach L.A zurück, um dein altes Leben wieder aufzunehmen und um in sein Bett zurückzukehren?"

Sie schließt die Augen. Ich scheine den Nagel auf den Kopf getroffen zu haben. Genau das hatte sie vor. Zu dem Arschloch zurückzugehen, das Nacktfotos von ihr verkauft, sie in Verlegenheit gebracht und einen Shitstorm losgetreten hat.

„Solltest du zu ihm zurückgehen, dann weiß ich nicht, was ich dazu sagen soll. Es ist offensichtlich, dass du ihn nicht liebst. Verdammt, ich bin mir nicht mal sicher, ob du ihn überhaupt magst."

„Das tue ich nicht", gibt sie kleinlaut zu.

„Warum dann das alles?"

„Aus Zweckmäßigkeit."

Ich schnaube. „Du bist kein Mädchen, das sich mit Zweckmäßigkeit zufriedengibt, Honey. Das warst du noch nie. Fang jetzt nicht mit dieser dummen Scheiße an."

„Gott, du hörst dich gerade genauso an wie dein Dad."

Ein trauriges Lächeln umspielt meine Lippen, als ich an die Legende, meinen Vater, denke. Ich schüttle ein paarmal den Kopf und blicke dann auf sie herab, wobei ich ihr eine Haarsträhne hinter das Ohr streiche.

„Er war ein kluger Mann. Ich habe eine Menge von ihm gelernt. Er hat mir beigebracht, dass man nichts erzwingen kann. Wenn man es doch tut, wird man nicht glücklich. Deshalb bin ich dir auch nie hinterhergekommen, um dich nach Hause zu holen. Ich wollte, dass du für mich nach Hause kommst. Für uns. Deshalb werde ich dir auch diesmal nicht hinterherlaufen."

„Ford", keucht sie, während ihr die Tränen in die schönen Augen schießen.

Ich schließe meine Lider und öffne sie langsam wieder. „Ich möchte, dass du hierbleibst. Damit du siehst, was wir haben könnten, wenn du uns eine Chance gibst. Ich will dir deine gottverdammte Entscheidung, zu gehen, abnehmen, weil ich glaube, dass da etwas Wunderschönes, etwas Dauerhaftes zwischen uns entstehen könnte. Jedoch werde ich dich nicht dazu zwingen, jemand zu sein, der du nicht bist. Ich werde dich nicht zum Bleiben zwingen. Das habe ich nicht verdient."

„Verdient?"

Nickend schiebe ich sie von meinem Schoß und helfe ihr dabei, aufzustehen. Als wir wieder auf den Beinen sind, ziehe ich meine Jeans hoch. Ich starre sie aufmerksam an, wahrscheinlich zum letzten Mal.

„Ich bin nicht perfekt, das weiß ich. Ich lebe ein ziemlich einfaches Leben hier draußen auf meiner Rinderfarm. Hier gibt es nichts Abgefahrenes oder etwas dergleichen. Aber ich bin mir sicher, dass ich eine Frau an meiner Seite verdiene, die sich ein Leben mit mir aufbauen will. Wenn sie nicht kommt, dann bleibe ich halt allein. Das wäre auch okay. Ich habe meinen Frieden damit geschlossen."

Ich gehe an ihr vorbei zu meinem Pick-up und warte darauf, dass sie auf den Beifahrersitz klettert. Sie tut es, woraufhin wir schweigend zu ihrem Auto fahren. Die Stimmung ist angespannt, als sie aus dem Pick-up springt und zu ihrem Wagen geht, ohne ein Wort mit mir gewechselt zu haben, ohne sich noch einmal zu mir umzudrehen.

Das war's. Das ist das Ende von dem, was ein neuer Anfang für uns hätte sein können.

# Kapitel 15



Auf dem Weg zum Hotel zurück frage ich mich, was zum Teufel ich hier eigentlich tue. Warum nur? *Wieso* renne ich schon wieder vor ihm weg? Tränen rinnen mir über das Gesicht, als ich den Wagen in einer freien Parklücke parke. Ich steige nicht aus, sondern bleibe stattdessen lieber sitzen, um in meinem selbst eingebrockten Selbstmitleid zu baden.

Nach dreißig Minuten, in denen ich einfach nur gefühlt habe, schüttle ich die Traurigkeit ab und beschließe, dass ich tun muss, was für alle das Beste ist, auch für Ford. Das bedeutet: Ich muss gehen. Andernfalls wird Sebastian mir das Leben zur Hölle machen, denn damit hat er mir bereits gedroht.

Und dann wäre da noch das kleine Problem mit meinem Terminplan und der Tatsache, dass ich nicht in Fords Nähe wohne. Ich stehe also weiterhin zu der Entscheidung, die ich bereits vor siebzehn Jahren getroffen habe. Und zu den Gründen für diesen Entschluss. Ich kann Ford nicht vorschlagen, dass er sein Leben hier aufgibt, um mit mir in L.A. zu leben. Andersherum kann ich dort nicht weggehen, um hier zu sein. Nicht mit den ganzen Verpflichtungen, die ich zu erfüllen habe.

Wir sind einfach zu verschieden, unsere Leben zu gegensätzlich. Es würde nie funktionieren.

Nachdem ich in meinem Zimmer angekommen bin, ziehe ich Fords viel zu große Kleidung aus und tausche sie gegen meine eigene. Mir tut der ganze Körper weh, und jeder Schmerz erinnert mich daran, wieso es mir so geht. Außerdem ziehen immer wieder die Bilder von Fords Körper durch meinen Kopf.

Ich schließe die Zimmertür ab, steige wieder in meinen Wagen und fahre zu meinem Elternhaus. Ich muss den Verkauf hinter mich bringen, bevor mir klar wird, dass ich den Mann, vor dem ich weggelaufen bin, immer noch liebe.

Ich sollte Damion und Grace zurückrufen, aber ich lasse es bleiben. Stattdessen öffne ich eine Playlist auf meinem Handy und mache mich an die Arbeit. Ich entschließe mich dazu, auf die sentimentalen Qualen des letzten Besuchs zu verzichten, weshalb ich nicht allzu sehr über die einzelnen Gegenstände nachgrüble, die ich auf die verschiedenen Stapel lege.

„Klopf, klopf“, höre ich eine Frauenstimme rufen.

Vornübergebeugt, den Kopf in einem Schrank, zucke ich zusammen. Als ich ihn herausziehe, knalle ich wie eine Idiotin mit dem Kopf gegen einen Regalboden. Ich drehe mich zu der Stimme um und blinzle, als ich erkenne, dass nicht nur Channing im Wohnzimmer meiner Eltern steht, sondern auch Exeter.

„Hey“, rufe ich den beiden zu, während ich mein Handy aus der Gesäßtasche nehme und die Musik ausschalte.

Channing lächelt breit, während Exeter einen Blick auf das Chaos wirf, das ich in diesem alten Haus angerichtet habe. „Mir ist aufgefallen, dass du schon den ganzen Tag hier bist, und da ich mir dachte, dass du bestimmt noch nichts gegessen hast, haben wir dir einen Burger aus dem Diner mitgebracht.“

Ich blinzle. Ich bringe es nicht übers Herz, ihr zu sagen, dass ich so etwas nicht esse. Ich kann nicht. Ich muss auf mein Gewicht achten. Mit jedem Jahr, das ich älter werde, wird das immer schwieriger. Mein

Trainer würde mich umbringen, wenn er wüsste, dass ich einen fettigen Burger mit Pommes esse ... er würde mir in den Arsch treten. Aber der Duft, der mich umgibt, lässt mich darüber nachdenken, ob ein einziger Bissen mir schaden würde?

Channing deutet mit dem Kinn auf das Esszimmer. Ich gehe in besagten Raum und setze mich auf einen Stuhl. Sie tun es mir gleich.

Dies hier fühlt sich nicht wie ein freundschaftlicher Besuch unter Nachbarn an. Stattdessen fühlt es sich mehr so an wie der Besuch ihrer Ehemänner, als sie mich im Grunde genommen als Idiotin bezeichnet haben, weil ich Ford keine Chance gebe. Sie hatten nicht ganz unrecht, und ich weiß, dass was auch immer ihre Frauen zu sagen haben, vermutlich ebenfalls der Wahrheit entsprechen wird.

„Warum seid ihr wirklich gekommen?", frage ich sie.

Channing stellt die Styroporbox vor mir ab, dann nimmt sie einen Burger für Exeter und einen weiteren für sich selbst heraus. All dies tut sie schweigend. Ich halte unterdessen den Atem an und warte darauf, was sie zu sagen hat.

„Wir mögen dich", ergreift Exeter das Wort. Ich eise meinen Blick von Channing los und schaue stattdessen Exeter an. Sie rutscht auf ihrem Stuhl umher, was für mich ein Indiz ist, dass sie nervös ist. „Sehr sogar. Aber wir lieben Ford."

„Okay ..."

Channing atmet tief ein und seufzend wieder aus. „Wir sind keine Zicken, das schwöre ich dir. Wir sind bloß ... Seit wir Ford kennen, haben wir ihn noch nie glücklich gesehen, und wir dachten, dass ihr gemeinsam euer Glück finden könntet, nachdem er den ersten Schock eures Wiedersehens verdaut hat. Wir wollen nicht, dass du wieder davor davonläufst.“

Auf der Innenseite meiner Wange kauend, fummele ich an der Essensverpackung herum, jedoch ohne sie zu öffnen. Mein Blick fliegt zwischen den beiden Frauen hin und her, während ich nach Worten suche, die mich nicht wie das größte Miststück auf dieser Welt klingen lassen.

„Es hat nichts mit ihm zu tun, sondern liegt allein an mir“, flüstere ich.

Channing streckt ihre Hand aus, legt sie um meine und drückt sie ganz fest. „Ich werde das Gefühl nicht los, dass du ihn noch immer willst. Wenn dem so ist, dann schnapp ihn dir doch.“

„Ich weiß“, wispere ich. „Es geht doch nicht ums Wollen. Wir, ähm … haben uns gestern versöhnt“, bricht es aus mir heraus.

Exeter lacht leise, während Channing kichert. Kopfschüttelnd schließe ich kurz die Augen. Dann öffne ich sie wieder, um die beiden Frauen zu betrachten. Glückliche Frauen. Frauen, die ich mir in einem anderen Leben sehr gut als Freundinnen vorstellen könnte.

„Nur ein Mal?“, hakt Channing nach. Meine Augen weiten sich. Channings werden ebenfalls weit, dann schüttelt sie den Kopf. „So war das nicht gemeint. Ist es nun wieder vorbei?“

Ein Lachen sprudelt aus mir heraus, und ich nicke, während ich nach Luft schnappe. „Ich verlasse morgen die Stadt.“

„Nein!“, ruft Channing.

„Doch. Ich bin nicht wie Beaumont oder Louis. Ich muss nach Kalifornien zurück. Verpflichtungen und Interviewtermine warten auf mich.“

Exeter schüttelt den Kopf. „Beaumont hat auch Verpflichtungen, genauso wie Louis. Sie mussten ebenfalls umorganisieren, als die Kacke am Dampfen war und ihre Beziehungen zu Hutton und Tulip noch ganz frisch waren."

„Das ist nicht dasselbe."

„Ist es nicht dasselbe, weil du tief in deinem Inneren nicht weißt, ob du Ford willst?", hakt Exeter nach.

Ich presse die Lippen aufeinander, während ich auf meinen Schoß hinabschaue. Langsam hebe ich den Blick wieder, um den ihren zu begegnen. „Ich habe nie damit aufgehört, Ford Matthews zu lieben. Die letzte Nacht war die Beste meines Lebens. Ich glaube nicht, dass ich mir je eine bessere Nacht hätte erträumen können", gestehe ich ihnen. „Aber wir passen nicht zusammen. Er muss hier bei seinem Vieh bleiben, während ich zurückmuss."

Channing steht auf. „Ich bin enttäuscht", sagt sie. „Ich dachte, du wärst aus härterem Holz geschnitzt, Stephanie. Ich dachte, du würdest mehr in ihm sehen als einen ...."

„Schwanz zum Vögeln?", frage ich schnaubend, was sich verdammt rotzig anhört.

Exeter räuspert sich. „Diese Männer sind nicht einfach. Aber wenn sie lieben, dann lieben sie heftig, und wenn man das erlebt, kann leicht der Eindruck entstehen, dass es genauso schnell wieder vorbei ist, wie es begonnen hat. Ich weiß, dass du mit Ford zusammen gewesen bist, als ihr noch jung wart, aber er ist nicht mehr der Achtzehnjährige, an den du dich erinnerst. Genauso, wie du nicht mehr die Achtzehnjährige bist, an die er sich zurückerinnert."

„Wenn er herausfindet, wer ich wirklich bin, wird er nichts mehr mit mir zu tun haben wollen."

„Er kennt die Nacktbilder bereits. Was könnte sonst noch auf ihn zukommen?“, will Channing wissen.

Ich zucke mit den Schultern, denn ich weigere mich, es ihnen zu sagen. Sie würden es nicht verstehen. Sie haben alles Glück dieser Welt, sie haben alles, was sie sich wünschen. Währenddessen werde ich von meinem Ex-Verlobten erpresst, einem egoistischen Arschloch, das nur seine Karriere pushen und mich kontrollieren will. Es hat ihm nicht gefallen, dass ich ihn verlassen habe, also hat er sich einen Plan zurechtgelegt, um mich an sich zu binden.

„Sie wird es uns nicht erzählen, Channing, also lass uns gehen. Bevor wir das tun, lass mich dir Folgendes sagen: Was auch immer der Grund ist, wieso du ihn verlässt – wenn du ihm einfach davon erzählen würdest, würde er dir ganz gewiss dabei helfen, deine Dämonen zu bekämpfen. Wie auch immer sie aussehen.“

„Er kann meine Kämpfe nicht für mich ausfechten“, halte ich dagegen.

Exeter schüttelt den Kopf und öffnet den Mund, doch es ist Channing, die das Wort ergreift. „Du unterschätzt diese Männer, du unterschätzt Ford. Das ist genau das, was er kann und auch würde, wenn du ihn nur lassen würdest. Genauso, wie Rylan es für mich und Wyatt für Exeter getan hat.“

Ohne dem noch etwas hinzuzufügen, sehe ich dabei zu, wie sie sich umdrehen und gehen. Die Burger und die Pommes lassen sie hier.

Ich tue etwas, was ich schon seit mindestens fünfzehn Jahren nicht mehr getan habe. Ich verschlinge alle drei Burger und die Fritten, während ich weine. Denn ich weiß zweifelsfrei, dass sie recht haben.

Ford würde in jede verdammte Schlacht für mich ziehen, für mich kämpfen und siegen. Ich erlaube es ihm bloß nicht. Und das werde ich nie. Nicht, weil ich übermäßig stur bin, was ich, wenn ich mal ganz ehrlich bin, sein kann. Sondern allein aus dem Grund, dass ich selbst damit fertigwerden muss.

***

*Ford*

Ich mache mir nicht die Mühe, in die Stadt zu fahren, um mich mit eigenen Augen davon zu überzeugen. Ich weiß bereits, dass sie weg ist. Ich kann es fühlen. Es ist Tage her, seit ich sie das letzte Mal gesehen oder etwas von ihr gehört habe. Wyatt hat mir von dem Transporter erzählt, der Sachspenden aus dem Haus ihrer Eltern geladen hatte. Und heute Morgen ist von einem Immobilienmakler das Schild angebracht worden, das das Haus für den freien Verkauf kennzeichnet.

Während ich auf Starlight zum Zaun reite, den ich reparieren wollte, es aber nicht getan habe, versuche ich nicht an Stephanie zu denken. Meine Stevie. Daran, dass sie mich schon wieder verlassen hat. Stattdessen steige ich mit einem schweren Seufzer vom Rücken meines Pferdes und mache mich an die Arbeit.

Ich widme mich den Rest des Nachmittags bis tief in die Abendstunden der Arbeit. Es ist besser, hier draußen zu sein, als allein in meinem leeren Haus zu hocken. Das ist gottverdammt deprimierend.

Erst als die Sonne komplett untergegangen und die Dunkelheit so weit vorangeschritten ist, dass ich überhaupt nichts mehr erkennen kann, packe ich meine Sachen zusammen und reite nach Hause. Als ich das letzte Mal beim Zaun war, habe ich all die Materialien liegen lassen und nur meine Werkzeugtasche mitgenommen.

Nachdem ich von Starlight abgestiegen bin, mache ich mich nicht sofort auf den Weg ins Haus. Stattdessen schaue ich hoch zum Mond, der auf uns herabscheint.

Wie konnte ich es in meinem Leben nur so weit kommen lassen? Ich bin fünfunddreißig Jahre alt und völlig allein. Alle um mich herum haben ihren Scheiß in den Griff bekommen, aber ich ficke nur namenlose Frauen in Bars. Ich ziehe an Starlights Zügeln und führe sie in den Stall. Ich habe es nicht eilig. Wahrscheinlich werde ich nur noch schnell unter die Dusche springen und mich dann ins Bett legen, um zu schlafen.

Die Arbeit ist das Einzige, was mich davon abhält, zu Stephanie zu fahren und sie anzuflehen, zu mir zurückzukommen. Es macht mir nichts aus, mich selbst zu erniedrigen, aber ich lasse mich nicht zum Narren halten. Nicht, wenn sie offiziell nichts mehr mit mir zu tun haben will.

„Fuck", brülle ich in die Stille, die mich umgibt.

Als ich mich dem Stall nähere, sehe ich einen Pickup in der Einfahrt stehen. Das überrascht mich nicht. Ich dachte mir schon, dass er vorbeikommt, um mit mir zu reden. Um sich zu vergewissern, dass ich nicht kurz davor bin, komplett durchzudrehen. Es besteht nämlich kein Zweifel daran, dass ich ganz knapp davorstehe, den Verstand zu verlieren. Allerdings habe ich momentan keine Zeit dafür.

Die Viehauktion, die meine Rechnungen bezahlt

und für warme Mahlzeiten sorgt, steht vor der Tür. Ich muss mich allein darauf konzentrieren und den ganzen Scheiß vergessen. Ich sollte nicht weiter an Stephanie denken, da sie ja offensichtlich nichts mehr mit mir zu tun haben will. Falls sie ihre Meinung ändert, bin ich hier. Ich werde immer hier sein – so erbärmlich das auch klingt.

„Ford", ruft Wyatt, nachdem ich Starlight für die Nacht in ihre Box gesperrt habe und mich der Veranda meines Hauses nähere.

„Wyatt." Ich lächle ihm zu.

Es herrscht ein Augenblick der Stille zwischen uns, während ich die Holzstufen meiner Veranda hinaufsteige. „Ich habe ein Sixpack Bier mitgebracht. Ich dachte, du könntest eins vertragen", murmelt er.

Er stützt sich mit den Unterarmen auf dem Geländer ab und stellt das Bier neben sich. Ich gehe auf das Sixpack zu, schnappe mir eine Flasche und öffne sie. Ohne ein Wort zu sprechen, führe ich sie an meine Lippen und trinke sie halb leer.

„Willst du darüber reden?", will er wissen.

„Worüber?"

Er antwortet mir nicht.

„Darüber, dass ich ihr gesagt habe, dass ich sie will, dass wir es zusammen schaffen, dass ich dafür sorge? Oder dass sie nach dem besten Sex meines Lebens dichtgemacht hat, gegangen ist und ich seitdem nichts mehr von ihr gehört habe?"

Er seufzt. „Ford."

Kopfschüttelnd lehne ich mich zurück, leere die Flasche und pfeffere sie ins Blumenbeet. „All das ist nicht mehr wichtig. Sie ist weg, zurück in ihrem Leben in Hollywood. Wieder bei ihm, einem Mann, von dem sie selbst gesagt hat, dass sie ihn nicht einmal mag. Sie war immer größer als Gallup, größer als ein einfacher Farmer.“

„Beaumont und Louis sind auch größer als Gallup, trotzdem passen sie verdammt gut hierher“, bellt Wyatt.

Nickend schnappe ich mir eine weitere Bierflasche und trinke diesmal etwas langsamer. Allerdings immer noch viel zu schnell dafür, dass ich heute noch nichts gegessen habe. Ich starre die Scheune an.

„Warum passiert es immer Typen wie uns?“

„Typen wie uns?“

Ich zucke mit einer Schulter. „Anständigen Kerlen. Warum geht bei uns ständig alles den Bach runter? Ich meine, in deinem Fall hat sich alles zum Guten gewendet. Exeter bedeutet dir mehr, als Sammi es je getan hat. Trotzdem musstest du durch die Hölle gehen. *Wieso?*“

Wyatt erwidert nichts darauf. Wahrscheinlich, weil er keine Antwort auf meine Frage hat, weil er nicht weiß, was er sagen soll, damit ich mich besser fühle. Er hat gefunden, wonach er gesucht hat, was er immer wollte, und ich starre noch immer ziellos in einen Abgrund hinab.

„Irgendwann kommt auch deine Zeit“, schimpft er.

Zum Glück sagt er nichts weiter. Wir sitzen schweigend da. Als wir das Sixpack vernichtet haben, geht er. Ich weiß nicht, womit ich Freunde wie ihn, seinen Cousin, Beau und Louis verdient habe, aber ich bin dankbar dafür, dass es sie gibt.

Ich weiß nicht, ob ich überlebt hätte, wenn sie nicht gewesen wären. Doch nun, da sie ihr großes Glück gefunden haben, jetzt, wo ich einen Vorgeschmack auf das bekommen habe, was ich hätte haben können, fühle ich mich allein. Völlig allein, verdammt.

# Kapitel 16



*Stephanie*

Zu Hause.

Ich habe mich noch nie so wenig zu Hause gefühlt wie in diesem Moment. Als ich mich in meinem Haus in Malibu umsehe, kann ich nicht anders, als … *deprimiert* zu sein. Es fühlt sich nicht wie mein Zuhause an, nicht im Geringsten. Ich hätte nie gedacht, dass sich Gallup jemals wieder wie ein Zuhause anfühlen könnte. Das tut es aber, oder vielleicht sorgen die Menschen dort dafür, dass ich so empfinde.

Ich bin erst seit ein paar Minuten hier, als es an der Haustür klingelt. Ich weiß schon, wer da läutet, denn ich habe ihm eine Nachricht geschrieben, als ich aus dem Flieger gestiegen bin, um mich hier mit ihm zu treffen. Ich will den Scheiß hinter mich bringen. Was auch immer er von mir will, ich will es aus der Welt schaffen.

„Hey, Baby", sagt er, sobald ich die Haustür geöffnet habe.

Sebastian stiefelt an mir vorbei, ohne mich auch nur eines Blickes zu würdigen, und marschiert direkt in die Küche. Ich weiß, was er sucht, aber er wird es nicht finden. Nicht hier, nicht mehr.

„Was zum Teufel?", zischt er und geht ins Wohnzimmer.

Ich nehme in meinem bequemen Sessel Platz und ziehe eine Augenbraue in die Höhe. „Ich wünsche dir ebenfalls einen schönen guten Tag."

„Wo ist mein *Bling*?"

Er meint damit das wohl bekannteste Edelwasser.

Ich verdrehe die Augen, denn es kostet vierzig Dollar pro Flasche. Nachdem ich ihn abserviert hatte, habe ich die Reste seines dämlichen überteuerten Wassers in den Abfluss geschüttet. Es war, als würde ich mein eigenes Geld wegspülen, denn immerhin hatte ich es gekauft, aber das war mir egal – und ist es mir immer noch.

„Ich habe es weggekippt“, sage ich simpel, während ich meine Fingernägel inspiziere.

Ehrlich gesagt, er langweilt mich. Was auch immer er von mir will, er soll es mir einfach sagen, damit wir es hinter uns bringen können. Ich bin so was von über ihn hinweg, über seinen Schwachsinn.

„Sag mir einfach, was du willst. Ich bin extra zurückgekommen, weil du reden wolltest. Also sprich“, schnauze ich ihn an.

Kopfschüttelnd setzt er sich auf die Couch, spreizt die Beine und legt einen Arm auf der Rückenlehne ab. Er sucht meinen Blick und leckt sich über die Lippen.

„Ich wusste nicht, dass du so ein verdammtes Miststück bist“, zischt er. „Hätte ich das gewusst, wäre es zwischen uns so viel besser gelaufen.“

Sebastians Worte schocken mich nicht. Er ist eben ein Arsch. Aber sie machen mich wütend. Zum Glück habe ich eine abgeschlossene Schauspielausbildung, sodass es mir möglich ist, keinerlei Reaktion zu zeigen.

„Wenn ich wüsste, worauf du hinauswillst, wäre ich vielleicht beleidigt. Da ich es aber nicht weiß, ist es mir egal“, entgegne ich mit ruhiger Stimme. Ich bin völlig cool, entspannt und gelassen. Das ist genau das, was ich mir vorgenommen habe, bis ich endlich weiß, was er will.

„Ich habe deinen kleinen Ausflug nach Hillbilly, Texas, dokumentiert. Mein Privatdetektiv war dir auf den Fersen und hat die Beweise zum Glück auf Video festgehalten", sagt er und hebt mit einem gehässigen Grinsen die Augenbrauen.

Ich sehe ihn mit zusammengekniffenen Augen an und gehe nicht auf seinen Kommentar ein. „Warum solltest du das tun? Warum interessiert dich, was ich mache? Bekommst du keine Rollenangebote mehr, seitdem ich dich verlassen habe? Ist es das, worum es hier geht?"

Er knurrt, rührt sich aber nicht vom Fleck. Ich nehme mir einen Moment, um ihn zu betrachten. Er sieht gut aus, wirklich, er ist ein schöner Mann. Als der liebe Gott Schönheit verteilt hat, muss Sebastian ganz vorn in der Schlange gestanden haben. Er ist verdammt hübsch, aber auch ein großes Arschloch.

„Du darfst nicht gewinnen", schnauzt er. „Was auch immer du getan hast, es hat mich erledigt. Die Paparazzi verfolgen mich nicht mehr, niemand bietet mir einen Job an. Sogar die Frauen meiden mich."

Ich presse die Lippen aufeinander und versuche, ihn nicht auszulachen, doch es gelingt mir nicht. Kopfschüttelnd zucke ich mit den Schultern.

„Deshalb hast du die Bilder veröffentlicht? Fotos, die, nebenbei bemerkt, meinen Ruf geschädigt haben. Du glaubst doch wohl nicht, nur weil wir eine Scheinbeziehung führen, werden die Angebote wieder ins Haus geflattert kommen?"

„Sobald wir wieder zusammen sind, werden auch die Angebote kommen", sagt er, rutscht etwas weiter nach vorn und stützt die Unterarme auf die Knie.

Plötzlich trifft mich die Erkenntnis wie ein Schlag. Es geht ihm überhaupt nicht um die Frauen oder die

Presse, es geht ihm ums Geld. Er ist pleite, das muss es sein. „Wie hoch bist du verschuldet?“, will ich wissen.

Sein Kopf ruckt hoch, seine Augen werden groß und wild. Da weiß ich, dass ich den Nagel auf den Kopf getroffen habe. Er ist nicht nur pleite, er ist hoch verschuldet.

„Ich habe einen Kredit aufgenommen“, nuschelt er. „Der Verkauf deiner Bilder hat nicht einmal die Kosten für die Zinsen gedeckt, geschweige denn die Tilgungsraten. Das Filmchen würde vermutlich auch nicht mehr einspielen. Du oder dein Cowboy müsstet einen Teil der Kreditsumme für mich übernehmen.“

„Wovon redest du?“, will ich wissen.

Er fährt sich mit den Fingern durchs Haar, und in diesem Moment fällt mir auf, dass seine Hand zittert. Er ist verängstigt. Verdammt verängstigt. Ich rutsche ein Stück auf meinem Sessel nach vorn, beuge mich vor und schaue ihm in die Augen. Sie sind blutunterlaufen und er hat Make-up aufgelegt. Die Schminke schafft es jedoch nicht, die dunklen Ringe und Tränensäcke unter seinen Augen zu verbergen, die vorher nie da gewesen sind.

„Sag mir, was los ist, Sebastian.“

Er nickt, schluckt und atmet tief ein. „Alles, was ich gebraucht hätte, war eine große Filmrolle, um den Kredit zurückzuzahlen.“

„Von wem hast du dir das Geld geliehen?“

„Von den Russen“, flüstert er.

Ich blinzle und weiß nicht, was genau das bedeutet. Ich habe das Gerücht gehört, dass es hier in Los Angeles eine Russenmafia gibt, aber ich habe sie nicht selbst gesehen oder mehr als Geschichten darüber gehört.

„Sebastian", flüstere ich. „Ich weiß nicht genau, was das bedeutet."

Abrupt steht er auf und schüttelt den Kopf. Dann läuft er auf und ab. „Das bedeutet, dass ich von der russisches Bratva eine extrem hohe Summe Kohle geliehen habe, und sie wollen ihr verdammtes Geld zurück. Ich habe nicht einmal genug zusammen, um die Zinsen zu bezahlen, aber sie wollen alles oder ich bin tot."

***

*Ford*

Ich arbeite.

Das ist es, was ich tue.

Jeden Tag stehe ich noch vor  Sonnenaufgang auf und arbeite, bis die Sonne wieder untergeht. Ich esse kaum, schlafe schlecht und trinke mehr, als gut für mich ist. Es ist Wochen her, seit ich Stephanie zum letzten Mal gesehen habe. Ich müsste lügen, wenn ich behaupten würde, dass ich sie nicht vermisse. Ich bin mir nicht sicher, warum sie mir fehlt, denn sie war nur für ein paar Tage in der Stadt und ist dann gleich wieder abgehauen.

Als ich mein Handy nach einem bestimmten Kontakt durchforste, stöhne ich auf, weil ich weiß, dass ich diese Person anrufen muss, mir aber gleichzeitig davor graut.

„Was geht ab, Cousin?"

Ich verdrehe die Augen und seufze gen Himmel. „Könnt ihr, Bubba und du, herkommen, um mir zu helfen?"

Er lässt mich einen Moment zappeln. Er liebt es,

mich zum Schwitzen zu bringen, dieser verdammte Mistkerl. Das macht er jede gottverdammte Saison. Allerdings kommt er immer her und hilft mir – immer. Denn wenn mein Cousin Jimmy etwas ganz besonders mag, dann ist es Bargeld, und ich zahle in bar.

„Bubba schafft es dieses Jahr nicht. Hast du es nicht gehört?"

„Was ist passiert?"

Er stößt einen leisen Pfiff aus. „Er wurde eingebuchtet. Man hat ihn beim Wildern erwischt."

„Scheiße, beim Wildern?"

Jimmy lacht. „Dieser verdammte Idiot. Er ist auf eine dieser Großwild-Ranches gegangen und hat einen riesigen, verdammt wertvollen Bock geschossen. Ich weiß nicht, was er sich dabei gedacht hat."

„Er hat überhaupt nicht gedacht", murmle ich.

Er lacht. „Vermutlich nicht. Wie dem auch sei, meine Frau wird mitkommen und uns helfen. Sie muss mal aus dem Haus raus. Ständig muss ich mir anhören, dass die Kinder sie in den Wahnsinn treiben. Hast du immer noch dieses kleine Häuschen?"

Die Bilder von meiner kleinen Hütte tauchen in meinem Kopf auf. Bilder von dem, was ich dort mit Stephanie getrieben habe. Mein Schwanz zuckt bei dem Gedanken daran und wird sofort wieder schlaff, als ich mich daran erinnere, dass sie weg ist und nicht wieder zurückkommen wird. Nie wieder.

„Jepp. Ihr könnt alle herkommen. Helft mir und ihr könnt dort kostenlos wohnen."

„Klingt nach einem Plan."

Ich gebe ihm die Daten durch, und er verspricht im Gegenzug, dass er da sein wird. Mein Cousin Jimmy ist vielleicht etwas faul, aber er steht immer zu seinem

Wort, und seine Frau ist sehr nett. Ich habe ihn seit der Geburt seines dritten Kindes nicht mehr gesehen. Vielleicht tut es mir gut, eine kleine Familie um mich zu haben. Vor allem, wenn man bedenkt, wie es mir in letzter Zeit ergangen ist.

Ein paar Minuten später klingelt mein Telefon. Diesem Anruf bin ich länger aus dem Weg gegangen, als ich eigentlich wollte, aber ich tat es, weil ich nicht noch mehr über Stephanie nachdenken wollte. Da ich sie aber nun mal nicht aus dem Kopf bekomme, brauche ich auch nicht länger um den heißen Brei herumzureden.

„Ja", seufze ich.

„Er lebt", höre ich eine lachende Stimme am anderen Ende sagen.

„Was gibt's?"

Beaumont räuspert sich. „Dir geht es gut, oder?"

Ich brumme und will mich nicht auf eine Antwort festlegen. Atme ich? Sicher. Lebe ich? Das habe ich die letzten siebzehn Jahre über auch getan. Geht es mir gut? Nicht wirklich.

„Ich mache mich auf den Weg, ein paar Radiosendern und einer Late-Night-Show einen Besuch abzustatten. Ich werde Hutton und das Baby mitnehmen und gebe heute Abend eine kleine Feier im ganz privaten Rahmen, bevor wir in ein paar Tagen abreisen. Kommst du auch?"

„Um wie viel Uhr?"

„Um fünf."

„Ich werde da sein", verspreche ich.

Da er nichts mehr sagt, glaube ich, dass er aufgelegt hat, aber dann beginnt er, zu sprechen. „Ich lege auch einen Zwischenstopp in L.A. ein. Willst du, dass ich nach ihr sehe? Mit ihr spreche?"

Seine Worte sorgen dafür, dass sich mein Herz in meiner Brust zusammenzieht. Ich sollte *verdammt noch mal* ablehnen. Aber das kann ich nicht. Ich muss wissen, ob sie genauso unglücklich ist wie ich.

Ich war ziemlich gut darin, mich vom Internet fernzuhalten, denn ich wollte nicht sehen, ob sie unterwegs ist und was sie so macht. Sie nur auf Bildern anzuschauen, reicht mir nicht. Aber ich quäle mich nicht mehr als nötig.

„Ja, stell sicher, dass sie okay ist. Ich weiß, dass es ihr verdammt hart zugesetzt hat, das Haus ihrer Eltern leer zu räumen.“

Beaumont lacht, aber sein Lachen wirkt humorlos. Es klingt traurig und passt somit perfekt zu meiner Stimmung, zu meinem Leben. Mein Dasein ist nämlich auch verdammt traurig. Ich arbeite und arbeite, esse, schlafe, und dann geht der Kreislauf wieder von vorn los. Jeden verdammten Tag. Wieder und wieder. Bis ich sterbe. So sieht meine Zukunft aus.

„Dann werde ich das für dich tun, Bruder. Sehen wir uns in ein paar Stunden?“

„Sicher.“

Ich beende das Telefonat und schaue mich auf meinem Grundstück um. Ich muss nur noch ein Brett austauschen, dann ist der Zaun endlich fertig. Nächste Woche werde ich nach Fort Worth fahren, um mein Vieh zu verkaufen. Ich sollte zufrieden sein, nicht nur mit mir selbst, sondern wegen dem, was vor mir liegt. Aber ich bin es nicht.

Was hat das alles für einen Sinn, wenn ich allein bin?

Vielleicht ist es für mich an der Zeit, jemanden zu finden und eine Familie zu gründen. Ich kann nicht länger auf Stephanie warten, und die Vorstellung, dass dieses Leben in einer endlosen Schleife steckt, bringt mich dazu, alles hinschmeißen zu wollen. Das kann nicht das sein, was mir bevorsteht.

Ich muss den Traum begraben, dass es da draußen jemanden gibt, bei dem ich mich auch nur annähernd so fühle wie mit Stephanie, und mich mit jemandem einlassen, der nett ist. Jemand, der die Frau eines Farmers sein, in einem alten Bauernhaus leben will, der Kinder möchte und sich einfach ein friedliches Leben wünscht.

Mein Entschluss ist gefasst.

Ich atme tief durch und entscheide mich dazu, mir heute Abend mithilfe der Frauen jemanden aus der Stadt zu suchen. Sie kennen bestimmt ein hübsches, nettes Mädchen. Jemanden, der nicht wie Stephanie aussieht. Eine Brünette, eine Rothaarige, völlig egal. Nur keine Blondine.

# Kapitel 17

*Ford*

Du willst, dass wir *was* tun?", fragt Tulip und spitzt ehrfürchtig die Lippen. " Ich zucke mit den Schultern. „Sucht mir ein nettes Mädchen, das nicht so aussieht wie Stephanie. Ich bin bereit, mich zu binden."

„Was ist mit, ich weiß nicht … *Stephanie*?", will Hutton wissen und betont bewusst ihren Namen.

Ich schüttle ein paarmal den Kopf. „Sie ist weg. Bevor sie gegangen ist, hat sie sich nicht einmal mehr bei mir gemeldet. Es ist ja wohl klar, dass sie nichts mehr mit mir zu tun haben will."

Hutton runzelt die Stirn. Channing, Exeter und Tulip tun es ihr gewissermaßen gleich. Ich beobachte sie und frage mich, ob sie etwas wissen, was ich nicht weiß. Tun sie nicht. Unmöglich. Können sie gar nicht. Stephanie ist abgehauen und hat sich nicht die Mühe gemacht, sich zu verabschieden.

„Aber ich dachte, ihr hättet euch versöhnt? Ich meine, ich dachte, sie kommt wieder zurück", murmelt Channing. „Als ich sie das letzte Mal gesehen habe, wirkte sie hin- und hergerissen."

Kopfschüttelnd fahre ich mir mit den Fingern durch die Haare. Ich wünschte, ich würde heute Abend meinen Hut tragen. Ich weiß nicht, warum, aber ich fühle mich in unangenehmen Situationen wohler, wenn ich meinen Strohhut auf dem Kopf habe, und dieser Scheiß ist äußerst unangenehm.

„Ist doch egal", brumme ich. „Ich lasse euch freie Hand, was meine Blind Dates angeht. Versucht einfach, mich zu verkuppeln. Ich dachte, ihr würdet das gern tun."

„Oja, das machen wir", sagt Exeter. Ihre Lippen verziehen sich zu einem Lächeln. „Überlass es einfach uns. Wir finden schon ein paar nette Mädchen für dich."

„Aber keine, die ich schon gefickt und vergessen habe."

„Das könnte schwierig werden", sagt Hutton. „Dein Ruf und dein umtriebiger Schwanz sind in dieser Gegend schon viel herumgekommen."

„Ich weiß, dass du mir kein Kompliment machen wolltest, aber ich will nicht lügen, es hat sich wie eins angefühlt." Ich grinse.

Die Mädels verdrehen die Augen und kichern drauflos. Ich nehme Hutton den kleinen Fender ab und überlasse die Frauen ihren Plänen. Als ich ihn im Arm halte, frage ich mich zum ersten Mal, ob ich wohl irgendwann ein eigenes Kind haben werde.

Vielleicht war mein neuer Plan gar nicht so dumm. In ein paar Jahren könnte ich selbst ein Dad sein. Das wäre zumindest etwas, auf das ich mich freuen könnte.

„Da kommt er", ruft Rylan.

„Ach, redest du von mir?", will ich wissen und wiege Fender in meinen Armen.

Als ich den Kopf hebe, sehe ich zu Beaumont, der nur Augen für sein Baby hat und es aufmerksam mustert. Genau das will ich auch. Vielleicht ist das etwas, was ich mir nicht so sehr wünschen sollte, wie ich es tue. Vielleicht ist es nicht männlich, aber scheiß drauf, ich will, was ich will.

„Es ist etwas durchgesickert ... nichts, worüber du dir Sorgen machen solltest", sagt Wyatt ein bisschen zu schnell.

„Etwas durchgesickert?", hake ich nach.

Beaumont stöhnt auf, Louis schließt sich dem an. „Du weißt doch, wie die Paparazzi so sind. Das meiste ist doch bloß Bullshit", spielt Beaumont die Sache herunter und greift nach Fender.

Ich übergebe ihm sein Baby, denn ich denke mir, dass mich das, was ich gleich zu hören bekommen werde, verdammt wütend machen wird. Und wenn das passiert, will ich kein Kind auf meinen Armen halten. Ich verschränke die Arme vor der Brust und schaue von einem zum anderen, während ich auf eine Antwort warte.

„Zeig es ihm einfach", sagt Rylan. „Er verdient die Wahrheit. Außerdem könnte er selbst nachsehen."

Beaumont und Wyatt seufzen beide auf, doch letztlich ist Beau derjenige, der die Nachrichten übermittelt. „Es gibt Bilder von ihr und ihm. Gerüchten zufolge sind sie wieder zusammen. Meiner Meinung nach sieht es so aus, als hätten sie sich bloß zum Mittagessen mit anschließendem Spaziergang getroffen."

Ich nicke; mein Körper wird wegen dieser Worte von Wut geflutet. Das sollte nicht passieren. Es sollte mir am Arsch vorbeigehen, wen sie trifft oder was sie macht. Sie hat mir selbst erzählt, dass sie sich mit ihm trifft und ausspricht, wenn sie wieder in L.A. ist.

Aus irgendeinem blöden Grund belastet es mich aber, dass sie mit ihm zusammen ist, dass sie zusammen gesehen wurden. Ich hasse das, verdammt noch mal. Seine Worte haben meinen ganzen Körper in Rage versetzt, mein Blut kocht unter meiner Haut beim Gedanken an diese Scheiße.

„Schön für sie", presse ich irgendwie heraus.

„Soll ich mehr Informationen einholen?", will Beaumont wissen.

Kopfschüttelnd fahre ich mir mit den Fingern durch die Haare. „Nein“, belle ich.

„Nein?“, versichert sich Wyatt.

Noch immer meinen Kopf schüttelnd, versuche ich, die Wut und den Schmerz zu unterdrücken, die diese Nachricht in mir ausgelöst hat. „Nein“, krächze ich. „Sie hat ihre Wahl getroffen. Ich habe ihr gesagt, dass ich für sie da sein würde. Dass wir es schaffen würden, wenn wir an einem Strang ziehen. Doch sie ist vor mir weggelaufen. Schon wieder. Es ist wohl offensichtlich, dass sie nur ein paarmal von mir gefickt werden wollte. Sie hat sich ihre Orgasmen geholt und ist gegangen.“

Jetzt, wo ich die Worte laut ausspreche, gelange ich zu der Erkenntnis, dass sie wohl wirklich nur das von mir gewollt hat. Fuck, ich fühle mich total beschissen. Ich stoße einen scharfen Atemzug aus und zucke mit der Schulter.

„Das Leben geht weiter. Ich habe das lange genug mitgemacht“, verkünde ich. Ich deute mit dem Daumen über meine Schulter zu den Frauen, die ihre Köpfe zusammengesteckt haben. „Ich habe die Mädchen gebeten, mir jemand Netten zu suchen. Sie organisieren mir ein paar Blind Dates.“

„Ford“, zischt Louis.

Ich schwenke meinen Blick zu ihm hinüber und warte darauf, dass er sagt, was auch immer er zu sagen hat. Er war den ganzen Abend über sehr ruhig. Das ist nichts Neues, denn Louis ist eben stiller als der Rest von uns. Er senkt den Kopf und schaut mich an.

„Überstürze nichts, Bruder. Du musst erst heilen, dich davon erholen, was ihr miteinander hattet. Zieh einen Schlussstrich. Vielleicht konnte sie endlich damit abschließen, nachdem sie hier war, aber du hast das noch nicht getan, und das ist nicht fair. Du verdienst es genauso sehr wie jeder andere, wahrscheinlich sogar noch mehr.“

Schwer schluckend nicke ich. Er hat recht. Ich brauche einen Abschluss, den ich bisher nicht hatte. Das ist vermutlich auch der Grund, weshalb ich mich auf nichts Neues einlassen konnte.

„Beaumont“, richte ich das Wort an meinen Freund.

„Ja?“, fragt er, da ich nicht gleich fortfahre.

Er schaut mich an, ich stoße einen langen Seufzer aus. „Kannst du mir ihre Adresse besorgen, während du vor Ort bist? Ich habe diese Woche noch einen Arsch voll zu erledigen, aber ich denke, dass Louis recht haben könnte. Ich muss mit ihr sprechen.“

„Bist du sicher, dass du hinfahren willst? Du könntest sie auch einfach anrufen.“

Kopfschüttelnd beiße ich mir so fest auf die Unterlippe, dass ich mein eigenes Blut schmecke. „Ich bin mir sicher. Ich muss es von Angesicht zu Angesicht machen. Ich will ihr dabei ins Gesicht sehen, wenn sie mir sagt, dass sie mit mir fertig ist. Das es aus und vorbei ist. Ich muss es wissen.“

„Und was ist, wenn sie das nicht kann?“

Ich zucke mit der Schulter. „Was auch immer passiert, ich muss es aus ihrem Mund hören. Ich muss weitermachen. Dieser Scheiß ist einfach nicht gesund.“

„Nein, ist er nicht“, betont Rylan. „Du hast es verdient, es direkt von ihr persönlich zu hören.“

„Danke“, erwidere ich mit einem sanften Lächeln.

Sie haben allesamt ihre Augen auf mich gerichtet. Ich werde das Gefühl nicht los, dass sie Mitleid mit mir haben, aber noch mehr als das, dass sie das Beste für mich wollen. Und sie alle wissen zweifelsohne, dass das, was gerade passiert, nicht das Beste für mich ist.

Nicht einmal im Ansatz.

***

*Stephanie*

Ich schaue mich im Restaurant um. Es ist wie in einem Film, wie das Treffen mit einem Gangsterboss in einem Lokal. In meinen Vorstellungen male ich mir aus, dass es im Restaurant sofort still wird, wenn das kahlköpfige, übergewichtige, verschwitzte alte Mafiaoberhaupt mit vier bewaffneten Schlägertypen auf uns zukommt.

Sebastian rutscht neben mir auf seinem Stuhl umher. Er hält den Kopf gesenkt und starrt auf seine im Schoß verschränkten Finger. Weil er so ein verdammtes Weichei ist, verdrehe ich fast die Augen.

Ich atme tief durch und mein Blick schweift durch den Essbereich des Lokals, während wir auf jene Männer warten, Furcht einflößende Mafiakerle, die Sebastians Leben in ihren Händen halten.

Der einzige Grund, wieso ich hier bin, ist, weil ich Sebastian etwas versprochen habe. Nämlich: an Rollenangebote zu kommen. Dass ist die einzige Möglichkeit für ihn, den Kredit abzubezahlen. Wenn man einem selbstsüchtigen B-Promi Kohle leiht, zu einem extrem hohen Zinssatz, kommt das einer Investition gleich.

„Sterling LaRue", schnurrt eine sanfte Stimme.

Ich hebe den Blick und sehe einen sehr gut

~ 184 ~

gekleideten Mann mit durchtrainiertem Körper vor
mir stehen. Der Mann ist äußerst gutaussehend. Ich
kann meine Überraschung wegen seines Erschei-
nungsbildes nicht verbergen, während wir Blickkontakt halten. Er bekommt meine Reaktion mit, denn
seine Lippen verziehen sich zu einem Lächeln wegen
meiner offensichtlichen Überraschung und Wert-
schätzung.

„Ich bin Kirill Baryshev, und ich glaube, dass wir
miteinander verabredet sind.“

Schluckend nicke ich, und meine Lippen öffnen
sich vor Ehrfurcht, als er sich auf den Stuhl mir ge-
genübersetzt. Sebastian erschaudert, als er endlich
den Kopf anhebt, um uns anzusehen. Ich schenke
ihm keine Beachtung, denn ich kann nirgends anders
hinschauen als zu diesem äußerst attraktiven Mann.

„Sie können mich Stephanie nennen“, wispere ich.

Er lacht leise auf. Diese entspannte Geste lässt mich
innerlich erschauern. Ich weiß, dass er ein mieser
Kerl ist, aber Jesus, mir war nicht klar, dass die bösen
Jungs so verdammt heiß sind.

„Stephanie“, wiederholt er, und als er meinen Namen laut ausspricht, könnte ich dahinschmelzen.
Man hört einen leichten Akzent heraus, seine Stimme
ist rau und tief.

Der Kellner tritt an unseren Tisch heran und serviert ihm einen Cocktail, den er nicht einmal bestellen musste. Ich nutze diesen Moment, um meine
Schwärmerei für ihn abzustellen.

Ich beobachte ihn dabei, wie er das Getränk an
seine Lippen führt und einen Schluck davon nimmt,
bevor er mir wieder seine Aufmerksamkeit schenkt
und zu sprechen beginnt.

„Ihr Liebhaber hat sich in eine ziemlich schwierige

Lage gebracht.“

„Er ist nicht mein Liebhaber“, sage ich und klinge dabei ziemlich defensiv.

Kirill schaut nun zu Sebastian hinüber, der kaum merklich den Kopf schüttelt. „Nicht? Er hat den Eindruck bei mir erweckt, dass ihr ein Paar wärt.“

„Nun, waren wir ja auch“, verteidigt sich Sebastian.

Kirill hebt die Hand, seine Handflächen auf Sebastian gerichtet. Sämtliche Muskeln seines Körpers spannen sich an. Auch ich verkrampfe, nur weil ich ihn anschaue.

Gespannt warte ich darauf, was als Nächstes passiert. Zum Glück befinden wir uns an einem öffentlichen Ort, weshalb ich mir ziemlich sicher bin, dass wir in Sicherheit sind. Aber das nimmt mir weder meine Angst, noch lässt es mich entspannen.

„Lass uns alleine, *kozyol*, du dummer Ziegenbock.“

Ohne zu zögern, steht Sebastian auf. Ich sehe ihm dabei zu, wie er regelrecht in den hinteren Teil des Restaurants sprintet. Wegen seines schnellen Rückzugs ziehe ich verärgert die Augenbrauen zusammen. Dieses Arschloch.

„Suchen Sie sich beim nächsten Mal einen Gewinner aus, *krasavitsa*, meine Schöne.“

Ich zucke mit einer Schulter. „Das ist einer der Gründe, weshalb wir nicht mehr zusammen sind.“

Er lacht auf. Da es polternd und sexy klingt, muss ich mir wieder in Erinnerung rufen, dass er ein schlechter Mensch und nicht heiß ist. Ich sollte ihn nicht im Entferntesten attraktiv finden.

Als er mich wieder ansieht, sind seine Gesichtszüge weicher. Er schüttelt ein paarmal den Kopf und nimmt anschließend noch einen weiteren Schluck von seinem Getränk.

„Ich bin mir sicher, es gab noch viele weitere Gründe, nicht wahr?“

„Zu viele, um sie zu zählen.“

Er nickt kurz. „Lassen Sie uns zum Wesentlichen kommen, wollen wir? Er hat Sie ins Spiel gebracht, aber ich möchte, dass Sie wissen, dass ich Sie nicht für seine Schulden in die Verantwortung nehme.“

„Vielen Dank.“ Erleichtert atme ich aus und nicke.

„Wenn Sie ihm helfen wollen, steht Ihnen das natürlich frei. Aber behalten Sie im Hinterkopf, dass das, was ihm widerfahren wird, niemals Ihnen passieren wird, okay?“

„Ja“, erwidere ich.

„Sie sehen überhaupt nicht so aus, wie ich Sie mir vorgestellt habe. Sie scheinen keine verwöhnte kleine *suka*, Schlampe, zu sein.“

Meine Lippen verziehen sich zu einem Lächeln. „Danke?“

„Sie erinnern mich ein wenig an meine Frau. Süß, kein Stroh im Kopf und nie darum verlegen, die Wahrheit auszusprechen, auch wenn sie wehtut.“

*Seine Frau. Sie muss eine sehr glückliche Frau sein*, denke ich so bei mir.

Kirill lacht, und ich keuche laut auf, weil ich die Worte scheinbar nicht bloß gedacht, sondern laut ausgesprochen habe. Scheiße.

„Ist sie nicht“, murmelt er. „Ich bin der Glückspilz. Im Laufe der Jahre musste sie einiges ertragen und aushalten, und aus welchem Grund auch immer schaut sie mich noch immer so an, als würde sie mich lieben.“

„Ich bin mir sicher, dass sie Sie liebt“, flüstere ich.

Aufgrund seiner Worte muss ich automatisch an Ford denken. Ich vermisse ihn. Er schaut mich nämlich immer so an, als hätte er mit mir das ganz große Los gezogen. Wenn es eine Person auf dieser Welt gibt, mit der ich für immer zusammenbleiben könnte, in die ich mich ein zweites Mal verlieben und mit der ich glücklich sein könnte, dann ist das Ford Matthews.

„Wer ist er?“

Ich schüttle den Kopf und schlucke meine Tränen hinunter. „Das spielt keine Rolle. Also, was kann ich tun, um Sebastian aus der Klemme zu helfen?“

„Warum wollen Sie ihm helfen?“

Am liebsten würde ich ihm die Wahrheit sagen: Dass Sebastian ein Sex-Tape veröffentlichen wird, wenn ich es nicht tue. Eines, das mein Image ruinieren könnte. Obwohl ich mir gerade nicht sicher bin, ob mein Image nicht schön längst im Arsch ist, nachdem er die Nacktbilder veröffentlicht hat.

„Er besitzt scheinbar etwas von Ihnen, was die Welt nicht zu sehen bekommen soll. Ist er so ein Stück Scheiße, ja?“ Leise lachend bestätige ich seine Vermutung, ohne es mit Worten zu tun. „Ich könnte ihn für Sie loswerden. Das ist für mich kein Problem.“

„Nein, das geht nicht.“

Er lacht. „Ich dachte mir schon, dass Sie das sagen würden. Lassen Sie mich sehen, was ich tun kann, was ich für Sie beide machen kann. Ich kann seine Schulden nicht einfach unter den Teppich kehren, denn das ist nicht die Art von Geschäft, die ich betreibe. Ich könnte jedoch mit ihm zusammenarbeiten, aber nur, weil ich Sie mag, Stephanie.“

„Dankeschön“, wispere ich.

Er grinst. „Danken Sie mir nicht zu früh, denn noch habe ich mir nichts einfallen lassen, und es könnte durchaus sein, dass Ihnen das, was mir in den Sinn

kommt, nicht gefallen wird." Lächelnd nicke ich, als
er aufsteht. „Wir bleiben in Kontakt. Ich werde Sebastian von einem meiner Männer ins Lokal zurückbringen lassen, denn er hat versucht, abzuhauen."

Ohne darauf etwas zu erwidern, sehe ich dabei zu, wie ein russischer Mafiaboss seelenruhig aus einem überfüllten Restaurant nach draußen schlendert. Er sieht verdammt gut aus, ist nett und in seine Ehefrau verliebt. Ich hätte mir nicht vorstellen können, dass dieser Mann all das verkörpert.

Ich habe keine Ahnung, was er sich einfallen lassen wird, damit Sebastians Schulden getilgt werden, aber ich weiß schon jetzt, dass er mir nicht schaden wird. Weder körperlich noch meinem Ruf.

# Kapitel 18



Ich habe Sebastian im Restaurant zurückgelassen und nicht mehr darauf gewartet, dass Kirills Männer ihn zurückbringen. Stattdessen ließ ich ihn mit der Rechnung sitzen. Scheiß auf ihn. Zum Glück waren wir mit zwei Autos da.

Als ich zu meinem Haus zurückfuhr, musste ich die ganze Zeit über an Ford denken. Ich habe gedacht, ich könnte ihn vergessen, mir eingeredet, dass unsere Leben zu unterschiedlich sind, als dass es mit uns funktionieren könnte. Aber je länger ich von ihm getrennt bin, desto mehr wünsche ich mir, dass es klappt. Desto deutlicher erkenne ich, dass ich einen Fehler gemacht habe. Ich will ihn. Ich habe nicht aufgehört, mich für ihn zu interessieren, ihn zu lieben.

Als ich in meine Einfahrt biege, mache ich mir nicht die Mühe, den Wagen in der Garage zu parken. Ich muss später noch zu einem Interviewtermin, weshalb ich keinen Anlass sehe, den Wagen jetzt schon wegzuschließen. Nachdem ich den Motor abgestellt habe, starre ich durch die Windschutzscheibe und frage mich, wie ich es nur fertiggebracht habe, mein Leben derart zu versauen, und wieso ich zugelassen habe, dass Sebastian einen erheblichen Teil dazu beigetragen hat.

Als ich aussteige, bin ich noch so in meine Gedanken vertieft, dass ich den Mann, der neben meiner Haustür steht, gar nicht registriere. Das heißt, bis er mich anspricht.

„Stephanie", sagt er mit tiefer Stimme.

Ich hebe den Blick und zucke zusammen.

„Beaumont?“

Seine Lippen verziehen sich zu einem Grinsen. „Hey, Süße.“

„Was machst du denn hier?“

Er zieht die Augenbrauen zusammen und mustert mich. Ich rechne damit, dass er mein mürrisches Auftreten kommentiert, doch zum Glück tut er es nicht. Stattdessen neigt er den Kopf zur Seite, sein Blick ist weiterhin auf mein Gesicht gerichtet.

„Darf ich reinkommen?“

Ich zucke mit den Schultern und nicke, während ich an ihm vorbeigehe. Ich stecke den Schlüssel ins Schloss, sperre auf, gehe hinein und lasse die Haustür offenstehen, damit er mir folgen kann. Fast hätte ich ihn gefragt, wo er Hutton gelassen hat, entscheide mich aber dagegen.

Ehrlich gesagt verdiene ich es nicht, die Antwort zu wissen. Gleich zweimal habe ich Gallup auf dieselbe Weise verlassen: Ich bin wie ein Feigling davongerannt. Ich höre, wie Beaumont die Tür hinter sich schließt, schaue ihn aber nicht an. Stattdessen gehe ich in die Küche und öffne den Kühlschrank, um zwei Flaschen Wasser herauszuholen.

Ich drehe mich zu ihm um, halte ihm eine Flasche entgegen und wedele damit vor ihm in der Luft herum. Lächelnd nimmt er sie mir aus der Hand.

„Danke“, sagt er. „Willst du wissen, wie es ihm geht?“

Ich schüttle den Kopf und beiße mir auf die Innenseite meiner Wange, damit ich mich nicht nach ihm erkundige. Wochen sind verstrichen. Trotzdem tut es verdammt weh.

„Er ist verletzt, Süße.“

„Das bin ich auch“, wispere ich.

„Warum?"

Ich schließe die Augen und kneife sie fest zusammen, bevor ich sie wieder öffne und ihn anschaue. „Sebastian wollte der Presse ein Video zuspielen. Von ihm und mir sowie von Ford und mir. Er hat mir die Pistole auf die Brust gesetzt, Beau. Ich musste hierher zurückkommen, um ihn nicht nur aufzuhalten, sondern um herauszufinden, womit ich es zu tun habe."

„Und das konntest du Ford nicht erzählen?", fragt er und klingt dabei völlig verwirrt.

Ich schnaube. „Was denkst du, wie hätte Ford reagiert, wenn ich ihm etwas davon erzählt hätte? Außerdem kennt er die groben Fakten."

Er lacht und zuckt mit den Schultern. „Er hätte drauf geschissen."

„Ganz genau. Er versteht einfach nicht, dass mein Image bereits angeschlagen ist. Er weiß nicht, wie hart ich dafür gearbeitet habe, um dort zu sein, wo ich jetzt bin, und dass dieses Video mich vernichten könnte. Er hat keine Ahnung davon, dass ich auf keinen Fall will, dass die ganze Welt sieht, was er und ich miteinander geteilt haben. Niemals."

Beaumont sieht mich einen Moment lang an, stillschweigend. Sein Blick sucht den meinen, dann schüttelt er den Kopf.

„Ich dachte, meine Karriere wäre zu Ende, als ich mich in die Entzugsklinik einweisen ließ. Oder als unsere Band sich auflöste. Sicher, ein paar der Jungs kamen zurück, aber das Team, das ich jetzt um mich herum habe, ist nicht mehr das, das ich an meiner Seite hatte, als ich ein Star wurde."

„Was willst du mir damit sagen?"

Seine Lippen verziehen sich zu einem Lächeln. „Ich

will dir damit verdeutlichen, dass sich die Dinge ändern, Süße. Wir sind heute nicht mehr dieselben Menschen, die wir waren, als wir vor all den Jahren angefangen haben. Vielleicht muss dein Image ein wenig schmutziger werden, damit du dein Leben ändern kannst. Die Menschen, die dich lieben, werden immer an deiner Seite bleiben, egal was passiert.“

Ich kehre ihm den Rücken zu und gehe auf die Glastür zu, die zum Garten führt. „Liebt mich denn jemand als der Mensch, der ich bin?“, frage ich ihn leise. „Wenn ja, dann weiß ich nicht, wer.“

Beaumont gesellt sich zu mir, stellt sich direkt neben mich, berührt mich aber nicht. „Wenn du nicht weißt, ob es solche Menschen gibt, dann tut es mir leid für dich, Süße. Du scheinst die Welt um dich herum nicht wirklich wahrzunehmen.“

„Jeder will etwas von mir, du kennst das doch.“

Er brummt. „Ja, das stimmt. Doch manchmal wollen sie bloß in deiner Nähe sein, weil sie dich lieben. Manchmal reicht es ihnen aus, deine Hand zu halten. Manchmal haben sie dich einfach nur verdammt gern, Stephanie.“

„Diese Art von Menschen habe ich noch nie getroffen. Seit Jahren nicht mehr.“

„Dann machst du dir selbst etwas vor. Du hast eine ganze Schar an Leuten in Gallup, die dich um deiner willen mögen. Ford würde gottverdammte Drachen für dich töten, Stevie. Ich wage zu vermuten, dass dich auch hier einige deiner Leute dafür lieben, wer du bist, und nicht ausschließlich dafür, was du für sie tun kannst. Ich habe lange Zeit auch nicht daran geglaubt, dass ich jemanden habe, nicht in meiner Branche. Doch ich lag falsch und du tust es auch.“

Ich bin still, Beaumont ebenso. Mehrere Minuten

herrscht Schweigen zwischen uns. Als er seufzt, spüre ich, wie er sich von mir wegbewegt. Nachdem er sich ein paar Meter von mir entfernt hat, sagt er meinen Namen. Ich drehe meinen Kopf und schaue ihn über meine Schulter hinweg an.

„Ford möchte deine Adresse haben. Er meinte, er würde sich bald auf den Weg hierher machen, um mit dir zu reden. Er braucht einen Abschluss. Er hat sogar schon die Mädels darum gebeten, ihn mit jemandem zu verkuppeln. Es ist ihm egal, wen sie für ihn aussuchen, solange diejenige bereit ist, sich mit ihm niederzulassen und eine Familie zu gründen. Ich dachte nur, du solltest das wissen.“

Ich kräusle die Lippen und schüttle den Kopf, während ich probiere, meine Tränen zurückzuhalten. Ich kann es mir nicht vorstellen. Ich will es mir nicht vorstellen. Die Tatsache, dass Ford dazu bereit ist, weiterzuziehen, sich niederzulassen, bereitet mir ein ungutes Gefühl im Magen.

„Danke“, hauche ich schlicht, weil ich nicht dazu in der Lage bin, etwas anderes darauf zu entgegnen.

Beaumonts Lippen verziehen sich zu einem kleinen Lächeln. „Möchtest du einen Rat?“

„Eigentlich nicht.“

Er lacht leise auf, seine Augen sind auf mich fokussiert. „Lass ihn nicht gehen. Was auch immer du hier vorhast, ist schwachsinnig. Das Leben, das wahre Leben, und das Glück sind viel wichtiger als alles andere hier. Bau dir ein Leben mit jemandem auf, den du liebst. Wenn Ford nicht dieser jemand ist, dann ist das okay. Wenn du allein bleiben willst, weil du dich selbst liebst, dann mach das. Was auch immer du für dich wählst, sei glücklich, Stevie.“

Ohne etwas darauf zu erwidern, sehe ich ihm dabei

zu, wie er sich umdreht und geht. Ich halte ihn nicht auf oder bitte ihn, stehen zu bleiben. Ich lasse ihn gehen. Nachdem er weg ist, stehe ich noch lange da, starre auf die geschlossene Tür und denke nach.

Hänge einfach meinen Gedanken nach.

Ich denke an alles: an meine Karriere, an Sebastian und die Russenmafia, aber vor allem an Ford mit einer anderen Frau. Ich sehe eine Frau vor mir, die sein Kind austrägt, die mit ihm als Familie in seinem Farmhaus lebt und von ihm in dem kleinen Häuschen gefickt wird, das er für mich renoviert hat.

Vielleicht wäre er ohne mich glücklicher. Vielleicht würde er alles bekommen, was er sich wünscht, aber ich wäre kreuzunglücklich.

Völlig und total unglücklich.

Ich habe geplant, nach Gallup zurückzukehren, Jahr für Jahr, aber es wurde immer schwieriger für mich. Ich war ein verdammter Feigling. Teilweise, weil ich genau wusste, dass es mich umbringen würde, wenn ich Ford mit Frau und Kindern sehen würde.

Als ich zu Besuch zurück war, habe ich herausgefunden, dass er weder verheiratet ist noch Kinder hat. Nun, da ich ihn zurückgewinnen könnte, kann ich mir keine andere Frau an seiner Seite vorstellen. Eher würde ich beide umbringen. Aber will ich die Frau an seiner Seite sein? Möchte ich mein Leben hier aufgeben, um seine kleine Ehefrau zu sein?

Ich weiß es einfach nicht.

***

*Ford*

„Hier sieht's gut aus, Cousin." Jimmy pfeift

anerkennend, als er aus seinem Pick-up springt.

Grinsend gehe ich zur Beifahrertür, um sie für seine Frau, Erica, zu öffnen. Sie lächelt mir zu, als ich ihr die Hand reiche und beim Aussteigen helfe. Ich bin überrascht, zu sehen, dass sie mit einem weiteren Baby hochschwanger ist.

„Hallo, Ford. Es ist so schön, dich zu sehen", sagt sie, schlingt die Arme um mich und umarmt mich.

„Es ist auch schön, dich wiederzusehen", entgegne ich.

Ich trete einen Schritt zurück und ärgere mich, weil Jimmy sie mit hierhergebracht hat. Sie ist uns in ihrem Zustand keine Hilfe. Scheiße, das bedeutet doppelt so viel Arbeit für uns beide, und da ich mich ihnen irgendwie verpflichtet fühle, werde ich ihm zwei verdammte Gehälter auszahlen. So ein Mist.

„Jimmy." Ich rufe nach ihm. Er kommt um den Wagen herumgejoggt und reicht mir zur Begrüßung die Hand, doch ich ziehe ihn in eine Umarmung. „Was zum Teufel, Mann?"

Er hustet. „Sie wird uns helfen und ihren Beitrag leisten. Ich schwöre es."

„Das lasse ich nicht zu."

Als wir uns voneinander lösen, bleibt es zunächst still. Ich schüttle den Kopf und sehe ihn fragend an. „Was wird es diesmal?" Mit dem Kopf deute ich auf ihren Bauch, um das Thema zu wechseln. Ich bin immer noch angepisst und werde mit Jimmy sprechen, sobald sie nicht mehr in der Nähe ist. So viel steht fest.

Ericas Lächeln wird breiter. Es ist sogar so verdammt breit, dass ich nicht anders kann, als es zu erwidern. „Endlich ein Mädchen", quietscht sie.

„Drei Jungs und ein Mädchen. Die arme Kleine

wird nie auf Dates gehen“, sage ich lachend.

„Verdammt richtig“, stimmt Jimmy mir zu und legt einen Arm um die Schultern seiner Frau.

Beim Anblick der beiden verpufft meine ganze Verärgerung. Sie sind glücklich miteinander, wirklich glücklich. Ich weiß, dass sie nicht viel haben, nie wirklich viel hatten, aber sie haben einander und ihre Kinder, und das ist alles, was sie brauchen. Ich bin verdammt neidisch.

„Kommt rein, ich habe eine Rinderbrust im Smoker. Erica, kannst du mir bei den Beilagen behilflich sein? Darin bin ich echt eine Niete“, stöhne ich.

„Natürlich, Ford. Ich weiß es wirklich zu schätzen, dass du uns erlaubt hast, herzukommen. Das verschafft uns eine kleine Auszeit und hilft uns dabei, sicherzustellen, dass die Kinder dieses Jahr ein schönes Weihnachtsfest bekommen. Du bist unsere Rettung“, gesteht sie mir. „Ich weiß, dass ich nicht so tatkräftig mitarbeiten kann wie Bubba, aber ich bin gekommen, um zu helfen.“

Mein Herz zieht sich zusammen. Ich sollte unbedingt mehr Zeit mit der Familie verbringen. Ich sollte Weihnachtsgeschenke für die Kinder meiner Cousins und Cousinen kaufen. Ich sollte mehr für sie tun, anstatt mich in meinem Haus zu verschanzen, auf meiner Ranch, weit weg von allen.

Nachdem wir reingegangen sind, macht Erica sich sofort an die Arbeit. Sie bereitet viel zu viel vor, aber ich sage ihr nicht, dass sie aufhören soll, da sie voll in ihrem Element ist. Jimmy und ich gehen zum Smoker, und ich hole jedem von uns ein Bier.

„Es tut mir leid, Cousin“, sagt er.

„Nicht doch, ist schon okay. Ich habe ein paar Snacks und Getränke im Haus für euch bereitgestellt", murmle ich. „Der Arbeitstag beginnt morgens um sechs."

„Wir werden pünktlich im Stall sein. Was Erica vorhin gesagt hat … wir wissen das wirklich zu schätzen. Ich weiß, dass ich ein Versager bin, aber ich versuche, mich zu bessern. Für meine Kinder."

„Du bist einer von den Guten, Jimmy."

Beide schweigen wir einen Moment lang, dann hebt Jimmy seine Hand, legt sie auf meine Schulter und drückt zu. „Du bist das beste Familienmitglied, das ein Mann sich wünschen kann, Ford. Wann wirst du dein eigenes Glück suchen, Cousin?"

Seine Worte verursachen einen Schmerz in meiner Brust. Glücklich sein. Was zum Teufel soll das bedeuten? An diesem Punkt in meinem Leben hoffe ich nur noch auf Zufriedenheit. Mein Glück ist mir davongelaufen – gleich zweimal. Ich antworte ihm nicht auf seine Frage, denn ich finde keine passenden Worte. Nicht ein einziges verdammtes Wort.

# Kapitel 19



Mein zweites Aufeinandertreffen mit dem russischen Mafiaboss ist nicht weniger beängstigend als das erste. Ich glaube sogar, dass dieses Treffen noch angsteinflößender ist. Ich kaue auf meiner Unterlippe und betrachte das Haus, das sich vor mir erstreckt. Warum er mich gebeten hat, allein zu ihm nach Hause zu kommen, weiß ich nicht.

Tief einatmend öffne ich meine Autotür und steige aus. So selbstbewusst wie möglich. Langsam bewege ich mich auf die Haustür zu. Ich hebe die Hand, strecke den Zeigefinger aus und berühre die Türklingel. Ich hoffe irgendwie darauf, dass niemand das Klingeln oder mich hört.

Ich sehe mich auf seinem Grundstück um, und es überrascht mich nicht, dass er ein Haus oben auf einem Hügel mit einem unbezahlbaren Blick auf das Tal besitzt. Es ist wunderschön hier. Ehrlich gesagt weiß ich nicht einmal, ob ich mir ein solches Anwesen leisten könnte. Es ist phänomenal.

Langsam öffnet sich die Haustür. Vor mir steht eine umwerfend schöne Blondine. Sie lächelt und ihre Augen mustern mein Gesicht, bevor sie einen Schritt zur Seite tritt.

„Du musst Stephanie sein."

Es überrascht mich, dass ihre Aussprache akzentfrei ist. Sie klingt wie eine Frau, die in Kalifornien geboren worden und aufgewachsen ist.

„Das bin ich." Nickend mache ich einen Schritt auf sie zu, dann noch einen.

„Komm rein, Kirill erwartet dich bereits. Die Kinder kommen in etwa einer Stunde von der Schule, und er ist nicht gern abwesend, wenn sie heimkommen“, sagt sie und rollt dabei mit den Augen.

„Ach ja?“

Sie schüttelt den Kopf. „Da er bei unserer ersten Tochter viel verpasst hat, will er es bei den anderen anders machen. Er ist ein hingebungsvoller Familienmensch.“

Das Wissen, dass dieser Mann, der seine Frau abgöttisch liebt, auch ein absoluter Familienmensch ist, lässt mich erschauern. In diesem Moment frage ich mich mal wieder, ob Beaumont recht haben könnte. Könnte ich all das hinter mir lassen, meine Karriere beenden und nach Hause zu Ford zurückkehren, wo ich mich zugehörig fühle, wo mein Herz hingehört?

„Das ist schön“, sage ich.

Sie nickt und blickt anschließend hinter sich, wo vermutlich ihr Mann wartet. „Mehr, als du ahnst.“ Sie atmet aus. „Er wartet draußen auf dich. Einfach geradeaus durch.“

„Danke“, erwidere ich.

„Stephanie?“, ruft sie mir hinterher, als ich schon ein paar Schritte von ihr entfernt bin. Ich bleibe stehen und drehe mich zu ihr um. Ihr Gesicht ist nun eine Spur weicher, als sie mich ansieht. „Folge immer deinem Herzen, denn es wird sich am Ende auszahlen. Egal, wie der Weg auch aussehen mag.“

„Das habe ich schon einmal getan“, flüstere ich.

„Und? Es hat sich gelohnt, oder?“

Ich nicke. „Das hat es.“

„Dann mach es auch ein zweites Mal. Manchmal gelangen wir an einen Punkt, an dem sich unsere Sehnsüchte ändern. Es ist in Ordnung, an den Ort zurückzukehren, von dem man weiß, dass man dorthin gehört, auch wenn man eine völlig andere Richtung eingeschlagen hat."

Es ist, als könnte sie meine Gedanken lesen. Ich nicke, meine Augen füllen sich mit Tränen, doch ich versuche, sie zurückzudrängen, denn ich will nicht, dass sie mir über die Wangen kullern. Ich gehe nicht auf ihre Worte ein, zumindest nicht verbal. Stattdessen halte ich kurz ihrem Blick stand, dann wende ich mich ab und begebe mich zu der doppelflügeligen Glastür, die nach draußen führt.

Kirill steht mit dem Rücken zu mir, sein Körper versperrt mir die herrliche Aussicht. Er sagt nichts, weshalb ich denke, dass er mein Kommen nicht mitbekommen hat. Doch schließlich beginnt er zu sprechen, ohne sich zu mir umzudrehen.

„Du hast meine Tati kennengelernt?"

„Sie hat sich mir nicht mit Namen vorgestellt", entgegne ich.

Er lacht. „Sie weiß, dass wir miteinander Geschäfte machen. Wahrscheinlich hat sie ihn nicht absichtlich verschwiegen, aber sie kennt deinen Namen, nicht wahr?"

„Ja", erwidere ich mit einem Lächeln.

Er brummt. „Sie ist eine gute Frau. Eine tolle Partnerin."

„Hast du ein Angebot für mich?", erkundige ich mich.

Als ich mich ihm nähere und mich an seine Seite stelle, tritt er räuspernd einen Schritt zurück. Erst dreht er den Kopf in meine Richtung, dann folgt der Rest seines Körpers.

„Sebastian ist für sich selbst verantwortlich. Warum hast du dich dazu entschieden, seine Schulden zu tilgen? Wegen der Videos? Für deine Karriere?"

„Zu Beginn ja."

„Aber du liebst ihn nicht?"

Ich muss daran denken, wie Sebastian versucht hat, mich im Restaurant sitzen zu lassen, wie er Bilder meiner nackten Brüste an die Paparazzi verkauft hat. Dann kommt mir in den Sinn, wie er mir gedroht hat, Videos an die Medien zu verscherbeln, von denen ich noch nicht einmal wusste, dass sie existieren.

„Ich glaube nicht, dass ich ihn je geliebt habe", gestehe ich. „Er war ebenfalls Schauspieler, es war einfach."

„Der Mann, den du liebst, ist also kein Schauspieler?"

Leise lachend stelle ich mir Ford an einem Filmset vor, was das absolute Chaos wäre. „Nein, ist er nicht. Er ist weit davon entfernt, ein Schauspieler zu sein. Er züchtet Vieh auf einer Ranch."

Kirill hebt die Augenbrauen in die Höhe. Offensichtlich überrascht ihn Fords Werdegang.

„Wir waren verlobt und wollten heiraten", lasse ich ihn wissen und beschließe, ihm meine Lebensgeschichte zu erzählen. „Ich ließ ihn vor dem Altar stehen und kam hierher, um meinen Traum zu verfolgen."

„Er hat auf dich gewartet?"

Kopfschüttelnd drehe ich mich um und blicke aufs wunderschöne L.A., das sich unter mir erstreckt. „Nein, aber ja. Wir haben uns nie wieder an jemand anderes gebunden. Keiner von uns beiden. Vor ein paar Wochen haben wir uns wiedergetroffen und es war wunderbar."

„Aber dann hat Sebastian dich angerufen."

„Ja, was auch besser so war. Ford könnte dieses

Leben hier nicht ausstehen.“

„Wie stehst du zu diesem Leben?“, will er wissen.

Ich schaue wieder zu ihm und schüttle den Kopf. „Ich bin dem Leben hier gegenüber nicht mehr ganz so optimistisch eingestellt wie früher, nicht mehr.“

„Dann hast du deine Antwort, *krasavitsa*. Geh zu ihm und sei dort, wo du glücklich bist.“

„Aber ich will nicht, dass Sebastian verletzt wird. Ich mag ihn nicht sonderlich, aber ich wünsche ihm nichts Böses.“

Kirills Augen bleiben auf mein Gesicht gerichtet. Während er mich anstarrt, kann ich nicht deuten, was in ihm vorgeht. „Ich kann dir nichts versprechen. Was jedoch logisch ist, ist, dass Tote keine Schulden begleichen können. Also kannst du dir sicher sein, dass er nicht sterben wird, solange ich das Sagen habe.“

„Kannst du mir erzählen, was du vorhast?“

Seine Lippen verziehen sich zu einem Lächeln. „Das kann ich nicht. Alles, was du wissen musst, ist, dass du unter meinem Schutz stehst. Dir wird nichts passieren.“

„Wenn ich ihm nicht helfe, wird er die Videos von mir zum Verkauf anbieten“, wispere ich.

Kirill lacht laut auf. „Ich habe sie vernichtet. Das Filmmaterial, von dem du sprichst, gibt es nicht mehr. Ich habe nicht nur die Kopien, die er besaß, sondern auch die Originale zerstört. Er weiß, dass ich ihn dafür zur Rechenschaft ziehen werde, sollte jemals ein derartiges Video von dir auftauchen.“

„Warum tust du das?“

Er hebt die Hand und streckt sie aus, um meine Wange zu berühren. Eine Gänsehaut bildet sich auf meinem ganzen Körper wegen dieser überraschend warmen Berührung. „Weil, *krasavitsa*, keine Frau in Angst leben und auf solch eine Weise manipuliert werden sollte. Geh nach Hause.“

„Okay.“ Erleichtert atme ich aus.

Er schüttelt den Kopf. „Nein, geh nach Hause zu deinem Cowboy. Genau dort solltest du sein. Nicht hier. Du bist nicht Sterling LaRue, du bist Stephanie. Jetzt geh und finde dein Glück. Ich denke, ihr habt es euch verdient, oder?“

„Ja.“

Ich wende mich von ihm ab, um zu meinem Auto zu gehen. Ich spreche Kirills Frau nicht wieder an, da sie von ihren Kindern umgeben ist. Sie beäugen mich, stellen mir aber keine Fragen.

Ich höre Kirills Stimme hinter mir dröhnen, kann aber nicht verstehen, was er sagt, da er Russisch spricht.

Ich will all das.

Ich wünsche mir einen Ehemann.

Ich möchte Kinder.

Ich will, dass mein Mann zu Hause ist und auf unsere Kinder wartet, wenn sie täglich von der Schule heimkommen.

Ich starte den Motor, lege den Rückwärtsgang ein und fahre Kirills steile Auffahrt hinunter. Ich mache mich sofort auf den Weg nach Hause, da ich nur noch an meinen Plan denken kann: meinen Kram zusammenpacken, mein Haus verkaufen, alle Verträge auflösen und Hollywood hinter mir lassen.

Ich weiß, was ich mir für mein Leben wünsche. Ich will Ford.

***

Jimmy hat sich wirklich weiterentwickelt. Sobald der letzte Bulle verladen ist, verschließe ich den Anhänger und schaue zu ihm und Erica. Sie trägt eine Schürze, die ich sofort erkenne, und ich schwöre, dass mir das Herz in die Hose rutscht. Sie hat meiner Mutter gehört.

„Ich kümmere mich ums Kochen, während ihr weg seid. Ist das okay?“, will sie wissen. „Sowohl in deiner Vorratskammer als auch in deinem Gefrierschrank herrscht gähnende Leere, Ford Matthews.“

Ich schüttle den Kopf, da sie wie eine Mutter klingt, genauer gesagt, wie meine Mom. „Ja, Ma’am.“

„Ich bereite ein paar Gemüseeintöpfe und Aufläufe zum Einfrieren vor. Willst du auch Essiggurken und Gemüsekonserven?“

Ich bringe es nicht übers Herz, ihr zu sagen, dass ich kein Gemüse esse, es sei denn, eine der Frauen meiner Jungs zwingt mich dazu.

„Stell nicht so viele Fragen, tu es einfach“, murmelt Jimmy neben mir.

Ich bin darum bemüht, nicht loszulachen. „Ja, das wäre nett.“ Ich lächle.

„Ihr Jungs seid doch nur ein paar Tage weg, oder?“

„Ja, fünf Tage, oder vielleicht sechs“, bestätige ich ihr.

Sie nickt. „Dann mache ich mich wohl besser an die Arbeit.“

„Ich lasse dir etwas Geld da.“ Sie schüttelt den Kopf, doch ich lasse sie gar nicht erst zu Wort kommen. Ich halte ihr ein Bündel Geldscheine hin und bin froh, dass sie sie annimmt, ohne sich dagegen zu sträuben. „Da die Küche im Haupthaus größer ist, kannst du sie benutzen, während wir weg sind. Ich würde mich besser fühlen, wenn du es tust."

Erica nickt. Ich hole meine Schlüssel aus der Tasche und reiche ihr den Schlüssel für den alten Pick-up meines Vaters. „Wenn du in die Stadt fahren willst, kannst du ihn gern nehmen."

„Ich kann mit unserem fahren", sagt sie und deutet mit dem Daumen auf den Pick-up hinter ihr.

„Ich würde mich besser fühlen, wenn du einen Ersatzwagen hättest." Ich lächle.

Sie nimmt mir die Schlüssel ab, und ich sehe dabei zu, wie Jimmy auf sie zugeht. Ich kehre ihnen den Rücken zu, gehe zu meinem Wagen und setze mich auf den Fahrersitz, denn ich will ihnen bei ihrem Abschied nicht zusehen.

Jimmy und Erica in den letzten Tagen um mich herum gehabt zu haben, hat den Fakt bestätigt, dass ich verdammt allein bin. Seitdem all meine Freunde ihre festen Partnerinnen gefunden haben, fühle ich mich so, als wäre ich stehen geblieben. Aber als Stephanie wieder in mein Leben geplatzt ist, hat mir das aufgezeigt, was ich haben könnte. Und nachdem sie wieder abgehauen ist, hat mich das völlig fertiggemacht.

Jimmy steigt ein paar Minuten später zu mir in den Pick-up, woraufhin wir uns auf den Weg nach Fort Worth machen. Eine Zeit lang fahren wir schweigend, dann räuspert er sich, was für mich ein eindeutiges Signal ist, dass er reden will.

„Du bist nicht verheiratet, hast keine Frau. Du hast so viele Zimmer, das Haus und einen gut laufenden Viehhandel. Was ist los?"

Ich habe gehofft, wir würden dieses Gespräch nicht führen, aber es scheint so, als würde dieses endlose verdammte Thema von meinen Freunden, meiner Familie oder mir selbst immer wieder angesprochen werden.

„Ich arbeite dran", murmle ich.

Ab da herrscht Schweigen zwischen uns, ich habe das Thema praktisch abgehakt. Als mein Handy klingelt, hole ich es aus der Mittelkonsole und streiche mit dem Daumen über das Display. Ich schaue nicht nach, wer mich zu erreichen versucht, denn ich muss mich auf die Straße konzentrieren.

„Ich habe sie gefunden und mit ihr gesprochen", verkündet Beaumont.

Ich habe nie daran gezweifelt, dass er sie finden wird, aber die Art und Weise, wie er es mir mitteilt, beunruhigt mich. Obwohl ich nicht weiß, warum es mich besorgt.

Ich ziehe doch gerade weiter, oder?

Warum zum Teufel sollte es mich dann überhaupt noch interessieren?

Aber das tut es, und zwar sehr.

„Keine Ahnung, wie die Sache ausgeht, aber ich denke, du solltest zu ihr fahren. Sei für sie da."

„Sobald ich erledigt habe, was ich vorhabe, werde ich genau das tun."

„Gut", gibt er zurück. „Sie hat mir nicht die ganze Geschichte erzählt, aber dieser Wichser wollte ein Sexvideo von ihr veröffentlichen, von dem sie nicht einmal wusste, dass er es aufgenommen hat. Er hat ihr gedroht, und sie hatte Angst, dass es ihre Karriere, ihr Leben ruinieren wird. Deswegen ist sie nach L.A. zurückgekehrt, um zu sehen, was noch zu retten ist."

„Ich bringe ihn um", knurre ich und umklammere das Lenkrad fester. Ich wusste, dass er ihr mit irgendetwas droht. Genauso wie ich zweifellos weiß, dass noch viel mehr dahintersteckt.

Er räuspert sich. „Ich glaube, er steckt in Schwierigkeiten. Ich habe mich ein wenig umgehört und man hat ihn zusammen mit einigen zwielichtigen Leuten gesehen. Ich vermute, dass es da einen Zusammenhang gibt.“

„Ich fahre zu ihr und nehme sie mit nach Hause. Eine Wahl lasse ich ihr nicht.“

„Von mir wirst du keinen Einwand hören. Ihr zwei wart schon füreinander bestimmt, seit ihr fünf Jahre alt wart, Ford.“

Seine Worte bereiten mir Bauchschmerzen, weil er recht hat. Ich habe Stephanie immer auf die eine oder andere Weise geliebt, seit wir Kinder waren. Sie gehörte immer an meine Seite, war immer etwas Besonderes für mich. Ich habe sie immer geliebt und nie damit aufgehört.

„Ich hoffe bloß, dass sie sich nicht dagegen wehren wird“, murmle ich.

„Das wird sie nicht. Sie sah ziemlich beschissen aus, als ich sie besucht habe.“

Wir quatschen noch ein paar Minuten miteinander, dann beende ich das Telefonat und konzentriere mich wieder auf den Straßenverkehr, bis Jimmy sich neben mir zu Wort meldet.

„Klopft dein großes Glück an, Cousin?“

„Verdammt richtig.“

„Wirst du es dir schnappen?“

„Oja“, belle ich.

„Braver Junge.“

Meine Lippen verziehen sich zu einem Lächeln, und ich spüre, wie dieses Braver-Junge-Gefühl durch meinen ganzen Körper strömt. Verdammt richtig. Ich werde nach Kalifornien fahren, aber diesmal werde ich ganz bestimmt nicht mit leeren Händen nach Hause zurückkommen. Ich hole sie heim, dorthin, wo sie immer hingehört hat. An meine Seite.

~ 209 ~

# Kapitel 20

*Stephanie*

Als es an der Haustür klopft, zucke ich zusammen. Ich kaue auf meiner Unterlippe und stelle mich auf die Zehenspitzen, um durch den Türspion schauen zu können. Damion steht auf der anderen Seite, und obwohl ich erleichtert aufseufze, überkommt mich sofort ein Gefühl der Angst.

Trotzdem öffne ich die Tür, trete zur Seite und lassen ihn an mir vorbeiziehen. Er hält zwei Kaffeebecher in der einen Hand und seinen Hammitt-Aktenkoffer in der anderen. Ich habe ihm die Tasche zum Geburtstag geschenkt, nachdem ich ihn in einer Boutique danach schmachten sah.

„Mit Mandelmilch", sagt er und hält mir einen Becher hin.

Ich nehme ihm diesen ab, führe ihn an meine Lippen und nehme einen Schluck, während er in mein Wohnzimmer marschiert. Ich schließe die Haustür und vergewissere mich, dass sie auch wirklich zugeschlossen ist, bevor ich mich ebenfalls ins Wohnzimmer begebe.

„Okay, du bist mir lange genug aus dem Weg gegangen", mosert er, als ich mich auf dem Stuhl ihm gegenüber niederlasse.

Ich schaue zu Boden, lasse die Schultern hängen und schweige. Ich will nicht, dass er in diesen Scheiß mit hineingezogen wird. Ich will nicht, dass ihm wehgetan wird. Nicht, dass ich glaube, dass Kirill ihm etwas antun würde, aber er ist und bleibt nun mal ein verdammt gefährlicher Kerl.

„Du hast ein verdammtes Interview ohne deinen Assistenten gegeben. Was soll der Scheiß?"

Meine Augen weiten sich, und ich hebe den Blick, um ihn anzusehen. Er ist stinksauer. Wirklich angepisst. „Es ist etwas passiert", sage ich verhalten.

„Ach ja? Ich dachte, alles läuft verdammt normal", schnaubt er.

„Damion."

„Nein", schreit er. „Nein. Du kannst mich nicht einfach von dir stoßen, nicht so. Ich weiß, dass gewisse Dinge privat bleiben müssen, Süße, ich verstehe das. Aber Sterling, du musst mir sagen, was zur Hölle hier los ist. Du fährst zurück in deine Heimatstadt, triffst dich mit deinem Cowboy, diese dämlichen Fotos werden veröffentlicht und was dann?"

„Nenn mich bitte Stephanie. Sebastian droht mir damit, ein Video zu veröffentlichen."

„Wieso?"

Mein Blick schweift durch den Raum, um seinem auszuweichen, doch Damion lässt das nicht zu. Er schnippt mit den Fingern, woraufhin ich wieder zu ihm schaue. Er wirkt extrem ungeduldig, und ich weiß, dass er alle Einzelheiten hören will.

„Stephanie, sag mir, was los ist. Du machst mir Angst."

Ich schüttle den Kopf. Ich will ihn einfach nicht mit in die Sache hineinziehen. Auch wenn ich im Grunde genommen nicht wirklich seine Freundin bin, ist er für mich der einzige Freund, den ich habe.

„Stephanie, als dein Freund verlange ich, es zu wissen."

„Mein Freund?", flüstere ich.

Erst runzelt er die Stirn, dann schüttelt er den Kopf. „Dein Freund."

„Du musst nur wissen, dass alles, was im Moment passiert, keinen Einfluss auf deinen Job oder dein Gehalt haben wird. Nicht, wenn ich es verhindern kann.“

Als hätte ich ihn geohrfeigt, wirft er den Kopf zurück. „Was in aller Welt redest du da? Warum sollte mich das interessieren? Süße, nichts für ungut, aber ich bin der Beste in der Branche und könnte überall einen neuen Job bekommen. Ich habe mich aber dafür entschieden, für meine beste Freundin zu arbeiten.“

„Beste Freundin?“

„Was soll der Scheiß, Steph?“, knurrt er.

Ich schaue ihm in die Augen. „Ich habe nur … Ich hätte nur nie gedacht …“

Er schüttelt den Kopf. „Du denkst ja wohl bitte nicht über solche Dinge nach. Für mich bist du meine beste Freundin. Ich weiß nicht, was daran so schwer zu begreifen ist. Du bist freundlich, großzügig, loyal, süß und verdammt witzig. Außerdem hast du jede meiner Trennungen mit mir zusammen durchgestanden, meine Hand gehalten und mich betrunken gemacht, als ich es gebraucht habe. Natürlich bist du meine beste Freundin.“

„Damion“, hauche ich.

Er grinst, greift nach meiner Hand, nimmt sie in seine und drückt leicht zu. Dann steht er auf und stapft auf mich zu. Schnell rutsche ich kichernd etwas zur Seite, damit er sich auf den Stuhl neben mir setzen kann. Abermals nimmt er meine Hand in seine. Mein Lachen erstirbt, als sich seine Finger mit meinen verflechten.

„Was zum Teufel ist hier los?“, verlangt er, zu wissen.

„Sebastian hat sich mit der Russenmafia eingelassen", gestehe ich ihm.

Es entsteht ein Moment der Stille zwischen uns, und ich erwarte, dass Damion genauso wie ich, als ich das erste Mal davon gehört habe, am Rad dreht, aber er tut es nicht. Stattdessen wirft er den Kopf in den Nacken und beginnt, lauthals zu lachen.

„Dieses dumme Arschloch", keucht er.

„Das ist nicht lustig. Er hatte vor, Sexvideos zu verkaufen. Eins von ihm und mir, und ein weiteres, das er von einem Privatdetektiv von Ford und mir hat machen lassen. Ich wusste nicht einmal, dass diese Aufnahmen existieren."

„Er ist ein dummes Arschloch", wiederholt Damion. „Lass mich raten, er hat dich dazu gebracht, dich mit ihnen zu treffen, und er hat versucht, dich in die Sache mit reinzuziehen, richtig?"

„Woher weißt du das?"

Er schüttelt seinen Kopf. „Ich habe Fotos von dir und einem verdammt sexy Typen in einem russischen Restaurant in West-Hollywood gesehen. Ich dachte, du hättest vielleicht ein Date mit einem heißen Daddy, aber jetzt weiß ich, dass der verdammte Sebastian der Grund war." Damion kräuselt die Lippen und rümpft die Nase.

Ich neige den Kopf und lehne ihn gegen seine Schulter. „Kirill ist sehr nett und glücklich verheiratet mit einer blonden Sexbombe. Er hat mir versprochen, dass er mir keinen Ärger machen wird. Außerdem meinte er, ich solle mir keine Sorgen um die Videos machen, da er sie alle vernichtet hätte."

Da er nicht direkt etwas auf meine Worte erwidert, hoffe ich darauf, dass er die Sache nun auf sich beruhen lässt, aber das tut er natürlich nicht.

„Ich bin sicher, dass er nett zu dir war, weil du eine wunderschöne Frau bist, aber du hast es nicht nötig, dich mit ihm einzulassen. Die Mafia hat einen Haufen Dreck am Stecken, Mädchen. Sie handelt mit Drogen und ist in zwielichtige Dinge verstrickt. Du solltest mit keinem von ihnen befreundet sein."

„Bin ich auch nicht", halte ich dagegen.

„Gut, dann lass uns jetzt über deinen Cowboy sprechen. Wann wirst du zu ihm nach Texas fahren?"

„Gar nicht", sage ich. Ein Geräusch verlässt seine Kehle. „Was denn?"

Er antwortet mir nicht sofort. Erst drückt er meine Hand, dann entschließt er sich dazu, zu sprechen. „Ich habe dich noch nie so aufgeregt erlebt, so nervös, so glücklich, wie du es warst, als du dort gewesen bist. Denkst du nicht, dass du das vielleicht tiefer erforschen solltest?"

„Das ist nicht möglich", flüstere ich.

„Wie war der Sex?", will er wissen.

„Er war der Beste, den ich je hatte", gestehe ich ihm, ohne zu zögern.

***

*Ford*

Das Flugzeug setzt auf, und ich halte den Atem an, während es über die Rollbahn holpert. Verdammte Scheiße, ich hasse das Fliegen. Es ist das zweite Mal, dass ich hierher fliege, und ich habe nicht vor, es noch ein weiteres Mal zu tun. Es sei denn, ich werde aus irgendeinem Grund dazu gezwungen, aber das Jetset-Leben ist einfach nichts für mich.

Ich bevorzuge meinen Pick-up, eine Landstraße

und die Kontrolle über meine Fahrt. Wie verdammte Schafe warten wir darauf, dass wir endlich die Erlaubnis erhalten, das Flugzeug zu verlassen. Ich mache mich sofort auf den Weg zur Gepäckausgabe, finde schnell meinen Koffer und schaue mich nach der Autovermietung um.

„Die Mühe kannst du dir sparen", höre ich eine Stimme hinter mir sagen.

Als ich mich umdrehe, verziehen sich meine Lippen beim Anblick des Mannes, der mit gespreizten Beinen und vor der Brust verschränkten Arme dasteht, zu einem Lächeln.

„Beaumont", brumme ich und mache einen Schritt auf ihn zu. Ich lege beide Arme um seine Schultern und klopfe ihm mit einer freundschaftlichen Umarmung auf den Rücken.

„Ich kann dich doch nicht allein durch den dichten Straßenverkehr von L.A. fahren lassen", sagt er lachend.

„Wie? Ist er noch schlimmer als in Dallas, Houston oder Austin?"

Er snickt knapp. „Jepp, ist er." Er lacht. „Mein Auto steht da hinten. Hutton und das Baby warten auf uns. Lass uns gehen."

Kopfschüttelnd folge ich meinem Freund.

„Woher wusstest du, welchen Flug ich gebucht habe?", will ich wissen.

„Ich habe Wyatt gefragt."

Freunde. Nein. Familie. Das ist es, was sie für mich sind, und ich bin ein Glückspilz, sie zu haben. Ohne etwas darauf zu sagen, machen wir uns auf den Weg in Richtung des Abholbereichs. Dort steht ein großer schwarzer SUV geparkt, dessen Motor läuft. Zweifelsfrei weiß ich, dass er Beau gehört.

Ich höre, wie jemand seinen Namen kreischt. Er stöhnt auf und läuft ein bisschen schneller. Dann erscheint ein Mann, der ihm die Tür öffnet. Ich beobachte, wie mein Freund regelrecht auf den Rücksitz hechtet. Wortlos nimmt der Mann mir mein Gepäck ab, woraufhin ich Beau folge und ebenfalls auf den Rücksitz des Wagens klettere.

„Hey, Ford“, höre ich eine süße Stimme hinter mir säuseln.

Als ich mich umdrehe, sehe ich Hutton, die neben einem Maxi-Cosi sitzt. „Hey, Hutt.“ Ich lächle.

In ihren Augen kann ich deutlich den Schalk aufblitzen sehen, weshalb ich mich frage, was sie wohl im Schilde führt. Zum Glück lässt sie mich nicht lange zappeln. Sie lächelt mir zu und ihr Blick wandert von Beaumont zu mir.

„Lust auf ein gemeinsames Abendessen heute Abend?“, will sie wissen. „Wo kommst du unter?“

Ich weiß nicht, wieso sie so tut, als wäre ein Dinner etwas Besonderes. Ich esse doch ständig mit den beiden zu Abend.

„Er wohnt bei uns“, antwortet Beaumont schnippisch.

„Ich schlafe im *Surfrider*“, teile ich ihnen mit.

„So ein Bullshit“, schnauzt Beau. „Die Zimmer dort sind zu teuer, und ich habe das Gefühl, dass du sowieso nur eine Übernachtungsmöglichkeit für eine Nacht brauchst, danach kommst du bei deiner Frau unter.“

Am liebsten würde ich ihm ins Gesicht lachen, tue es aber nicht. Ehrlich gesagt habe ich kein Gespür dafür, was passieren wird. Ich weiß, dass ich mir selbst geschworen habe, kein Nein als Antwort zu akzeptieren, aber ich weiß nicht, was auf mich zukommt. Ich bin nicht die Sorte Mann, die eine Frau zu irgendetwas zwingt. Das ist wahrscheinlich der Grund, wieso ich sie nicht halten konnte.

Anstatt mit ihnen zu diskutieren, bedanke ich mich einfach fürs Angebot. Hutton kichert, weshalb ich weiß, dass sie noch etwas anderes im Schilde führt. Allerdings weiß ich nicht, was zum Teufel es ist.

Ich lehne mich in meinem Sitz zurück und schließe für einen Moment die Augen. Ich denke über all das nach, was in den letzten Monaten passiert ist, und frage mich, ob dieser ganze Scheiß, den ich hier veranstalte, vielleicht nicht völlig umsonst ist. Stephanie könnte wollen, dass ich mich wieder verpisse. Das könnte passieren.

Der Gedanke, nie wieder mit ihr zusammen zu sein, nachdem sie in Gallup gewesen ist, wir Zeit miteinander verbracht haben und sie mir einen Vorgeschmack auf das gegeben hat, was ich in den letzten siebzehn Jahre vermisst habe, macht mich echt fertig. Wieder und wieder frage ich mich, ob ich mir das, was zwischen uns ist, bloß einbilde, ob ich vielleicht in die Erinnerungen an die Vergangenheit oder in das Was-wäre-Wenn verliebt bin anstatt in sie als Person.

„Du denkst zu viel nach, Bruder", meldet sich Beaumont.

Als ich mich ihm zuwende, stelle ich überrascht fest, dass er bereits neben der geöffneten Wagentür steht. Ich blicke hinter mich und blinzle, da der Rücksitz ebenfalls leer ist. Ich habe überhaupt nicht mitbekommen, dass wir angehalten haben, geschweige denn, dass alle bereits das Auto verlassen haben.

„Tue ich das?", frage ich ihn.

Er nickt. „Ja, und jetzt komm mit rein. Mach dich frisch und danach hängen wir bis zum Abendessen noch eine Runde ab.“

„Kochst du?“, will ich wissen.

„Ich habe ein paar verdammt geile Steaks auf dem Markt gekauft“, antwortet er mir.

Ich ziehe eine Augenbraue hoch, da ich weiß, dass er eine Menge Kohle dafür hingeblättert hat, denn aktuell sind die Preise viel zu überteuert.

„Ach ja?“

Seine Lippen verziehen sich zu einem schiefen Grinsen. „Jepp, von irgendwelchen Rindern aus Texas, die ausschließlich mit Gras gefüttert werden. Auf einer Bio-Ranch oder so einem Scheiß.“

„Was?“

Er lacht. „Das ist der absolute Renner hier, wusstest du das nicht? Deine Steaks sind hier sozusagen eine Berühmtheit.“

„Nein, wusste ich nicht“, brumme ich.

Er nickt. „Jepp. Du hast dir hier einen Namen gemacht, Ford.“

„Und das sagst du mir, weil?“

Er neigt den Kopf zur Seite. „Es gibt keinen Grund. Einfach nur so.“

Ich ziehe eine Augenbraue in die Höhe, lasse den Blödsinn jedoch unkommentiert zwischen uns stehen. Stattdessen steige ich aus dem SUV und gehe mit Beau zusammen auf den Vordereingang des Hauses zu. Gemeinsam gehen wir hinein. Währenddessen denke ich nach über Stephanie, meine Rinderzucht und über all das, was Beaumont nicht ausgesprochen hat.

Über alles eben.

Ich kann es fühlen, bis tief in meine Knochen. Diese Reise wird mein ganzes Leben verändern. Ich weiß nur nicht, wie sie ausgehen wird, und das macht mir

Angst. Es ist aber an der Zeit, dass ich etwas verändere, egal wie die Zukunft auch aussehen mag. Ich habe es satt, nur ein Zuschauer in meinem eigenen Leben zu sein.

# Kapitel 21



*Stephanie*

Ich stehe in Beaumonts Garten und frage mich, ob ich das Richtige tue.

„Du bekommst das schon hin", verkündet Damion und bringt damit meinen inneren Zwiespalt vorerst in Vergessenheit.

„Werde ich das?", hake ich nach.

Schnaubend nimmt er einen Schluck von seinem Mimosa-Cocktail. Er legt sich auf Beaus Liege, nimmt die Sonnenbrille ab und beobachtet den Sonnenuntergang. Der Swimmingpool schimmert glitzernd in der Ferne, und ich frage mich, wie ich von all dieser Schönheit umgeben sein kann, während ich mich innerlich absolut elend fühle.

„Hast du noch mal was von dem Idioten gehört?"

Ich schüttle den Kopf, da ich weiß, dass er von Sebastian spricht. Ich habe seit meinem letzten Treffen in Kirills Haus nichts mehr von ihm gehört. Keine Ahnung, ob Sebastian am Leben oder tot ist, und größtenteils interessiert es mich auch nicht.

„Vielleicht sollte ich zu ihm fahren und mich vergewissern, dass es ihm gut geht", murmle ich.

„Vergiss es", schnauzt Damion.

Als ich mich zu ihm umdrehe, weiten sich meine Augen. Ich schüttle den Kopf. „Er ist immer noch ein Mensch."

Knurrend nimmt er einen weiteren Schluck von seinem Mimosa. „Das mag wohl so sein, aber er hat Bilder von deinen Titten an den Höchstbietenden verkauft. Das macht ihn in meinen Augen zu Abschaum, der deine Fürsorglichkeit nicht verdient hat."

„Ich denke, du hast für heute genügend Cocktails gehabt", wispere ich und greife nach seinem Glas.

Er schiebt meine Hand beiseite und schüttelt den Kopf. „Erstens: Nehme niemals einem Mann seinen Mimosa weg. Zweitens: Man kann nie zu viele Cocktails trinken."

„Wieso trinkst du überhaupt schon Alkohol? Es ist erst sechs Uhr am Abend."

Er zuckt mit einer Schulter. „Die Uhrzeit spielt, wenn es um einen Mimosa geht, keine Rolle."

Ich öffne den Mund, um ihm zu widersprechen, aber ich kann es nicht. Immerhin hat er nicht unrecht. Mimosas sind immer eine gute Idee. Anstatt mich mit ihm über einen Cocktail zu streiten, lenke ich das Gespräch wieder auf Sebastian. Dabei kaue ich auf meiner Unterlippe und hole mein Handy aus der Tasche.

„Vielleicht sollte ich ihn anrufen."

„Stephanie", bellt Damion.

Ich hebe den Blick, um ihn anzuschauen. „Was denn?"

Er verdreht die Augen. „Ernsthaft, der Russe hat keinen verdammten Scheiß erzählt, als er meinte, man könne kein Geld von einem toten Mann eintreiben", erinnert mich Damion an eine Tatsache. „Ihm geht es gut. Dieser große, böse Mann hat Sebastian wahrscheinlich zu verstehen gegeben, dass er sich von dir fernhalten soll. Dir ist hoffentlich klar, dass du diesem Mafioso absolut nichts schuldest, oder?"

Nickend lasse ich den Blick zur untergehenden Sonne schweifen. „Ja, weiß ich. Aber es ist schwer. Ich will nicht mit ihm zusammen sein, ich mag ihn ja nicht einmal, aber er ist mir trotzdem irgendwie wichtig."

„Weil du ein guter Mensch bist, Babe. Du würdest nie im Leben auf die Idee kommen, Fotos von seinem winzigen Schniedel zu verkaufen, aber er hatte kein Problem damit, das mit deinem umwerfenden Vorbau zu tun."

„Er ist nicht winzig", nuschle ich.

„Er hat aber auch keine riesige Anakonda."

Ich kann nicht anders, als zu lachen. Es ist ein heftiges Lachen aus dem Bauch heraus, das meinen ganzen Körper in Besitz nimmt. Ich pruste mehrfach, bevor ich mich wieder beruhigen kann.

„Nein, hat er nicht", gebe ich zu.

„Aber dieser Cowboy schon, oder?"

Ich presse meine Lippen fest aufeinander und schüttle den Kopf. „Das werde ich dir auf keinen Fall verraten."

„Du hast doch nur Angst, dass ich einen Proberitt machen will. Das verstehe ich", sagt er achselzuckend.

Leise lachend stecke ich mein Handy wieder in die Hosentasche, bevor ich etwas Dummes mache, wie Sebastian zu schreiben, um mich zu erkundigen, ob es ihm gut geht. Ich sollte nicht einmal mehr an ihn denken. Auf nichts anderes als meine Karriere und Ford sollte ich mich konzentrieren.

„Hast du eine Entscheidung getroffen?", fragt Damion mich.

Er weiß mittlerweile alles. Ich habe ihm an dem Abend, an dem er stinksauer bei mir vorbeikam, weil ich ihm aus dem Weg gegangen war, von dem ganzen Drama erzählt. Wir haben uns vom Boss-Angestellten-Verhältnis zu Freunden weiterentwickelt.

Vielleicht hat unsere Beziehung auch gar keine Wandlung vollzogen, sondern ich bin aufgewacht und habe erkannt, was immer direkt vor meiner Nase war. Eine echte Freundschaft, die sich über die Jahre hinweg angebahnt und weiterentwickelt hat. Wenn hierbei nichts weiter herauskommt, dann bleibt mir wenigstens noch meine Freundschaft mit Damion.

In einer perfekten Welt, in der ich leider nicht lebe, wäre Ford an meiner Seite. Aber ich habe Ford zweimal verlassen. Ich weiß nicht, ob ich ihm noch eine Chance geben würde, wenn er das Gleiche mit mir gemacht hätte.

Wie kann ich also darauf hoffen, dass er mich zurücknimmt?

Wie kann sein Herz noch nicht völlig erkaltet, verhärtet und wütend auf mich sein?

Ich habe ihn wie ein Stück Scheiße behandelt, als ob er nichts wert wäre, und ihm den Rücken zugekehrt. Ich weiß nicht, wie ich das wiedergutmachen soll, aber ich habe vor, es zu versuchen. Vorausgesetzt, dass er mich lässt. Ich will ihn – will uns. Ich war so verdammt dumm und egoistisch. Ich verdiene diesen Mann überhaupt nicht. Nicht im Geringsten.

*„Heilige Scheiße"*, haucht Damion.

Ich drehe mich gar nicht erst um, denn ich weiß genau, was er hinter mir sieht. Er sieht einen großen, breitschultrigen, gut gebauten Cowboy.

Ich schließe meine Augen und atme tief ein, ehe ich sie wieder öffne. Noch bevor ich die Chance habe, mich zu ihm umzudrehen, erklingt auch schon seine Stimme und jagt mir einen Schauer der Erregung über meinen Rücken.

„Hey, Honey", grummelt er.

***

„Heilige Scheiße", keucht der Mann, der neben Stephanie auf einer Liege liegt, erneut.

Er hält ein Cocktailglas in seiner Hand, trägt eine Sonnenbrille und mustert mich. Wenn ich mich nicht irre, hat er einen rosafarbenen Lippenstift aufgetragen. Allerdings achte ich nicht wirklich auf ihn, denn es gibt nur eine Sache, die ich mir in dieser Stadt genauer ansehen will, und die steht mit dem Rücken zu mir.

Als sie sich endlich zu mir umdreht, kann ich sie näher betrachten. Sie ist ein wahrer Hingucker, insbesondere für mein geschundenes Herz, genau das ist sie. Während ich sie mir ansehe, sie einfach nur anschaue und mir den Moment einpräge, verziehen sich meine Lippen zu einem Lächeln. Das hier könnte das Ende sein. Verdammt, wenn ich es doch nur wüsste. Ihre Gedanken kann ich nicht lesen; nicht, dass ich es jemals gekonnt hätte.

„Cowboy", haucht sie mir zu.

„Kannst du mir verraten, warum du diesmal abgehauen bist?", frage ich sie direkt, weil ich unfähig dazu bin, taktvoll zu ihr zu sein.

Der Kerl auf der Liege verschluckt sich an seinem Getränk, doch auch diesmal gilt ihm nicht meine Aufmerksamkeit. Ich beobachte stattdessen sie und warte auf eine Antwort.

„Wir haben eine ganze Menge zu besprechen", flüstert sie.

„Meinst du?"

Sie runzelt die Stirn und zieht die Augenbrauen zusammen, bevor sie einen tiefen Atemzug nimmt. „Lass uns bitte nach dem Abendessen miteinander sprechen. Vorher würde ich dir gern einen meiner besten Freunde vorstellen", sagt sie und deutet mit der Hand auf den Mann an ihrer Seite.

„Ich bin Damion", mischt er sich ein und streckt seinen Arm nach mir aus.

Ich gehe auf ihn zu, ergreife seine Hand und gebe ihm einen kräftigen Händedruck. „Howdy."

„Oh mein Gott, kannst du das bitte noch einmal sagen? Ich meine, zwar habe ich Stephanies Dialekt schon das eine oder andere Mal erlebt, wenn sie extrem gut oder schlecht drauf war, aber ihre Einfärbung ist so gut wie gar nicht mehr vorhanden. Bitte, *bitte*", bettelt er.

Ich lache auf. „Howdy", sage ich mit meinem besten Näseln.

Er schnappt nach Luft, legt sich eine Hand aufs Herz und lässt sich dramatisch auf die Liege zurückfallen. „Wenn du ihn nicht mit in dein Bett nimmst und ihn für immer behältst, schnappe ich ihn mir, Liebes", richtet er das Wort an Stephanie.

Ich lasse meinen Blick zu ihr wandern und kann beobachten, wie sich ihr Mund öffnet und ihre Augen weiten. Einen Moment lang starrt sie zurück, dann schüttelt sie ihre Benommenheit ab und runzelt die Stirn. „Sei still, Damion", schnauzt sie ihn an. „Können wir nach dem Essen miteinander sprechen?"

Ich nicke, um ihre Frage zu beantworten, bleibe jedoch stumm. Augenblicke später gesellen sich Beaumont, Hutton und Fender zu uns, die es offensichtlich satthaben, uns allein zu lassen.

„Ich schmeiße den Grill an", verkündet Beaumont.

„Ich liebe es, Männern bei der Arbeit zuzusehen", seufzt Damion.

Ich kann nicht anders, als über seine Worte und die

offensichtliche Schwärmerei für Beaumont und mich zu lachen. Er könnte ein echter Selbstbewusstseinsverstärker sein, falls diese Reise zu einem Desaster wird.

Wir halten uns den Rest des Abends über draußen auf und grillen, während die Frauen drinnen mit dem Baby beschäftigt sind. Damion pendelt zwischen den Gruppen hin und her, um so viele Informationen wie möglich zu sammeln und Klatschgeschichten zu hören.

„Lass hören", sage ich zu Damion, als wir zwei allein sind.

„Alles, was du willst, Cowboy", schnurrt er.

Ich lache leise auf und schüttle den Kopf, dann führe ich die Bierflasche an meine Lippen. Da ich weiß, dass Beaumont das Bier extra für mich gekauft hat, werde ich es auch trinken. Soweit ich weiß, hat er seit seiner Entlassung aus der Entzugsklinik keinen Tropfen Alkohol mehr angerührt. Ich glaube, es würde vermutlich in Ordnung gehen, wenn er jetzt ein Bier trinken würde. Allerdings werde ich ihm keins anbieten. Auch werde ich keine Flasche übriglassen, um ihn nicht in Versuchung zu führen.

„Geht es ihr gut, also … wirklich?"

„Definiere gut", erwidert er leise.

„Ist sie noch mit diesem Idioten zusammen? Ich habe Bilder von den beiden gesehen."

Er schnaubt. „Ich werde nicht auf die Details eingehen, aber ich kann dir sagen, dass sie nicht mehr mit ihm zusammen ist und es auch damals nie wirklich war. Sie denkt nur an einen einzigen heterosexuellen Mann, und das bist du."

Ich nicke. „Sie hat eine komische Art, das zu zeigen."

Er zuckt mit der Schulter. „Gib ihr eine Chance, sich zu erklären."

„Wahrscheinlich bekomme ich nur Bullshit zu hören."

Er lacht. „Ist das nicht immer so?"

„Vermutlich."

Wir essen die Steaks und sprechen den Rest des Abends nicht wieder über Beziehungen oder darüber, wieso Stephanie abgehauen ist. Damion bekommt einen umfassenden Einblick in die Vergangenheit und wie es für uns war, im ländlichsten Teil von Texas aufgewachsen zu sein. Am Ende des Abends sind wir alle am Lachen und amüsieren uns prächtig.

Nachdem Fender ins Bett gebracht wurde, sitzen wir draußen um Beaumonts Feuerstelle herum und quatschen miteinander. Ich halte bewusst Abstand zu Stephanie, weil ich Angst davor habe, sie zu berühren. Nicht, weil ich glaube, dass sie mich von sich stoßen könnte, sondern weil ich befürchte, dass ich nicht mehr damit aufhören kann, sie anzufassen.

Als es etwa zehn Uhr ist, gähnt Damion und Stephanie schaut auf ihre Uhr. „Verdammt, ich habe morgen früh einen Interviewtermin. Bist du morgen noch hier?", fragt sie und schaut mich das erste Mal seit meiner Ankunft bewusst an.

„Ich bin hergekommen, um mit dir zu reden. Also ja, ich bin noch hier."

„Jesus", zischt Damion.

Stephanie lacht leise auf, ohne mich dabei aus den Augen zu lassen. „Ich komme her, sobald ich den Termin hinter mich gebracht habe. Es sollte nicht lange dauern."

„Ich bin hier, Honey."

Weiter sagt sie nichts. Ich sehe dabei zu, wie sie und Damion sich verabschieden und gehen. Wieder einmal fühle ich mich wie ein Volltrottel, weil sie mich allein zurücklässt. Noch nie habe ich mich wie ein größerer Schlappschwanz gefühlt.

„Die Dinge entwickeln sich doch ganz gut", meint Hutton.

Schnaubend sehe ich sie an. „Echt? Inwiefern? Sie konnte mich nicht einmal anschauen."

„Oh, sie hat dich angeguckt und in der Küche sogar über dich gesprochen", erwidert sie grinsend.

„Lass hören."

Hutton schüttelt den Kopf. „Sorry, Mädelskodex. Wenn ich du wäre, würde ich die Frauen informieren, damit sie ihre Verkupplungsversuche abblasen, denn ich glaube nicht, dass Stephanie LaRue diesmal ihren Mann entkommen lässt."

„Ich bin nicht derjenige, der ständig abhaut", murmle ich.

Sie brummt. „Ich weiß, aber hab Erbarmen, Ford. Wir haben alle schon mal Dummheiten gemacht, als wir jung waren."

„Jepp." Ich seufze. „Ich wusste immer, was ich an ihr habe. Ich wünschte nur, sie würde es andersherum genauso erkennen."

Beaumont räuspert sich. „Ich glaube, sie weiß es, denn genau aus diesem Grund wollte sie, dass du ein Mädchen für dich findest, das die gleichen Dinge will wie du selbst. Sie hat nur nicht erkennen können, dass sie im Grunde genommen genau dieses Mädchen immer selbst war. Manchmal müssen wir erst fortgehen, um zu begreifen, was uns wirklich wichtig ist und was wir direkt vor der Nase hatten."

Ich kommentiere seine Worte nicht, denn ich weiß,

dass er recht hat. Trotzdem fühlt sich das mit uns wie ein einziges Durcheinander an. Mein ganzes Leben ist das reinste Chaos, und das hasse ich.

Ich bin irgendwie total ruhe- und rastlos, weil ich das Gefühl nicht loswerde, dass irgendetwas nicht stimmt. Ich kann es nicht genauer beschreiben, sondern habe lediglich die leise Vorahnung, dass uns die Kacke jeden Moment um die Ohren fliegen könnte.

# Kapitel 22



*Stephanie*

Ich sitze hier zusammen mit Sterling LaRue für ein persönliches, bekennendes und unzensiertes Interview", sagt Nicole Ashley, deren Lächeln ebenso strahlend ist wie ihre Zähne. Ich sitze ihr mit geschminktem Gesicht und gemachten Haaren gegenüber, während die Kameras um uns herumschwirren.

Ich verabscheue es, Interviews zu geben. Das Letzte, das ich vor ein paar Wochen gegeben habe, war nicht echt. Die Antworten sind mir von meinem Team, meinem Pressesprecher und meinem Agenten diktiert worden. Von Menschen, die ich seitdem meide und die nicht einmal wissen, dass ich in diesem Augenblick ein Interview gebe.

Damion ist die einzige Person, die weiß, dass ich hier bin. Er sitzt an meiner Seite, hält sein Telefon in der einen, seinen Kaffeebecher in der anderen Hand und beobachtet mich. Seine Lippen verziehen sich zu einem kleinen, ermutigenden Lächeln. Er nickt mir zu, als wollte er mir die Erlaubnis dafür geben, mutig zu sein, meine Wahrheit mit der Welt zu teilen, meine Seite der Dinge zu erzählen.

Ich weiß, dass ich nicht alle Details herausposaunen kann. Ich werde nicht darüber sprechen können, dass Sebastian sich zu einem lächerlichen Zinssatz Geld von der Russenmafia geliehen hat. Aber das bedeutet nicht zwangsläufig, dass ich nicht alles andere sagen kann, was passiert ist, dass ich nicht offen und ehrlich über meine Sicht der Dinge reden kann.

„Es ist so schön, heute hier bei dir zu sein, Nicole",

sage ich und lächle ihr strahlend und breit zu. Mein Gesicht tut deswegen schon ganz weh, aber für die Kameras werde ich eine Show abziehen.

In ein paar Stunden werde ich auf Ford treffen, um ihm alles zu erzählen. Um ihm zu erklären, wieso ich abgehauen bin, und um hoffentlich einen Weg zu finden, um wieder mit ihm zusammenzukommen.

Wenn er mich nicht mehr will, dann muss ich mit seiner Entscheidung leben, aber ich muss es wenigstens versuchen. Ich kann so nicht weiterleben, und ich weiß, dass es ihm ähnlich geht. Er ist bereit für eine Veränderung in seinem Leben, und ich hoffe, dass ich dabei an seiner Seite sein darf.

„Du hattest in den letzten Monaten offensichtlich eine turbulente Zeit. Die Trennung von deinem Verlobten, der Tod deines Vaters und jetzt vielleicht eine mögliche Wiedervereinigung?"

Ich lache leise und halte meine Stimme dabei bewusst locker-leicht. Am liebsten würde ich sagen, dass Sebastian ein Stück Scheiße ist, aber das lasse ich natürlich bleiben. Das Letzte, was ich von ihm gebrauchen kann, ist eine Anzeige wegen Verleumdung.

Er hat bereits bewiesen, dass er sich einen Dreck um mich oder meinen Ruf schert. Dementsprechend würde er mich vermutlich auch ertränken, vor einen Bus schubsen oder tun, was auch immer nötig ist, um seine eigene Haut zu retten.

„Ich denke, dass ich in den letzten Monaten zwar einige Herausforderungen zu meistern hatte, aber ich konnte auch gewissenhafte Selbstreflexion betreiben und bin heute in einer viel gestärkteren Position als vor diesen ganzen Ereignissen."

„Oh, dann erzähl doch mal", säuselt sie und beugt

sich leicht vor.

Ich mache mir keine Illusionen darüber, dass es sie wirklich interessiert, aber für ihre Fangemeinde muss sie so tun, als wäre sie begeistert von dem, was ich ihr gleich erzählen werde.

Meine Lippen verziehen sich zu einem Lächeln und ich nicke. „Als ich Los Angeles nach dem Tod meines Vaters verlassen habe, hatte ich nicht die geringste Vorstellung davon, dass sich mein Leben derart ändern würde, wie es heute der Fall ist", beginne ich mit meiner Erklärung.

Ich erzähle Nicole von meinem Zerwürfnis mit Sebastian, davon, wie ich zu meinen Wurzeln zurückgekehrt bin und mich daran erinnert habe, wer ich war, bevor ich zu *Sterling LaRue* wurde. Dann spreche ich über den Jungen, den ich verlassen hatte und in den ich mich, jetzt, wo er ein Mann ist, wieder verliebt habe.

„Wirst du uns verlassen, Sterling?"

Über ihre Frage grüble ich selbst schon seit Tagen. Könnte ich noch länger hierblieben, selbst wenn Ford mich nicht mehr will? Gehört mein Herz noch Hollywood? Ist die Schauspielerei noch meine Leidenschaft? Eins kann ich mit Gewissheit sagen: Nein, meine Leidenschaft für die Schauspielerei ist erloschen. Ich weiß nicht, ob ich einfach nur ausgebrannt bin oder ob ich komplett mit ihr abgeschlossen habe.

„Verlassen? Kann man dieser Branche jemals wirklich entkommen?", frage ich sie.

Sie neigt ihren Kopf zur Seite, ihr Blick sucht den meinen – oder zumindest scheint es so. „Du bist Amerikas Liebling. Die Filmindustrie wird ohne dich nicht mehr dieselbe sein", schmollt sie. „Wie kann man von dem Leben in Saus und Braus Abstand nehmen wollen, um stattdessen in einer Kleinstadt zu leben?“

Ich denke über ihre Frage nach und lächle. „Das ist ganz einfach“, lasse ich sie wissen.

Ihre Augen weiten sich, und ich sehe, dass sie leicht zurückweicht, nicht viel, nur so weit, dass ich mitbekomme, wie sehr meine Antwort sie überrascht.

„Mein Herz hat mich schon immer geführt, und jetzt ruft es mir zu, endlich nach Hause zu gehen.“

„Nach Hause?“

„Mein Herz hat mich vor siebzehn Jahren dazu gebracht, hierherzukommen und alles, was ich liebte, und jeden, den ich liebte, und alles, was ich kannte, hinter mir zu lassen. Jetzt führt es mich dorthin zurück, wo ich hingehöre. Ich habe mich ausprobiert und ich liebe all meine Fans sowie das Leben hier, aber es ist für mich an der Zeit, ein neues Kapitel aufzuschlagen. Eines, das mehr für mich bereithält, als ich hier je haben könnte.“

„Mehr als das, was ganz Hollywood zu bieten hat?“, zieht sie meine Antwort ins Lächerliche.

Ich nicke. „Ja. Liebe, eine Familie und Freunde. Vor alledem hätte ich nie flüchten dürfen. All diese Dinge werde ich hier nicht finden. Ich war jung, als ich Texas den Rücken kehrte. Ich dachte, ich müsste die Schauspielerei ausprobieren, meinen Traum leben, aber ich habe dabei einfach nicht bedacht, was ich dafür aufgebe.“

„Was genau hast du aufgegeben?“

Ich atme tief ein und lasse den Atem langsam wieder entweichen. Ganz bewusst blicke ich in die Kamera. „Die Liebe meines Lebens“, wispere ich.

Nicole kündigt eine Werbepause an, und als diese beginnt, lehne ich mich stöhnend in meinem Stuhl zurück.

„Du willst wirklich weg? Ich kann mir nicht vorstellen, dass du in einer Kleinstadt am Arsch der Welt glücklicher sein wirst als hier. Du lebst in Malibu. Ich habe dich über jeden bedeutungsvollen roten Teppich schreiten sehen. Du bist eine feste Größe im Showbusiness.“

Lachend schüttle ich ein paarmal den Kopf. „Ich lege meine Hand dafür ins Feuer, dass in weniger als sechs Monaten jemand anderes meinen Platz einnehmen wird. Und damit habe ich überhaupt kein Problem. Ich hatte meine Zeit im Rampenlicht und bin jetzt nur noch müde. Ich bin bereit, es ruhiger angehen zu lassen.“

Sie hat mir nicht mehr viel zu sagen. Das Interview endet mit ein paar Fragen über Sebastian und seine Pläne, auf die ich ihr jedoch keine detaillierten Antworten geben kann. Ehrlich gesagt weiß ich nicht, wo Sebastian ist, und ich will es auch gar nicht mehr wissen. Klar, ich frage mich, ob es ihm gut geht, aber ansonsten möchte ich nichts mehr mit ihm zu tun haben – nicht mehr.

Als ich das Studio verlasse, ist Damion an meiner Seite. Während wir auf den Wagen zugehen, schweigen wir. Ich drücke Damion die Schlüssel in die Hand, weil ich nicht fahren möchte. Ich setze mich auf den Beifahrersitz, schließe die Augen und atme tief durch.

„Das hast du gerade nicht wirklich getan, oder?“
Meine Lippen verziehen sich zu einem Lächeln. „Doch.“

„Grace wird toben vor Wut.“

„Ja, aber darauf scheiße ich. Ich werde noch eine Weile deine Dienste in Anspruch nehmen müssen, aber danach stelle ich dir die beste Empfehlung deines Lebens aus. Falls du dich lieber früher als später nach einem neuen Job umsehen willst, werde ich dir keine Steine in den Weg legen.“

Grinsend schüttelt Damion den Kopf. „Süße, ich habe dich verstanden.“

Weiter sagt er nichts, und ich bitte ihn auch nicht darum, seine Worte genauer zu erklären. Ehrlich gesprochen, ist es mir egal. Meine Gedanken sind bereits in Texas, alles andere ist zu diesem Zeitpunkt irrelevant.

Es überrascht mich nicht, dass mein Telefon klingelt und Grace mich zu erreichen versucht. Ich habe sie seit Wochen ignoriert. Sie ist sicher wütend auf mich und wird ihren Job bei mir kündigen, was die Sache für mich bloß erleichtern würde.

„Hallo“, begrüße ich sie, nachdem ich den Anruf mittels Freisprechanlage angenommen habe.

Damions Augen weiten sich, als er ihre Stimme hört. Mir fällt auf, wie er seine Kiefer aufeinanderpresst, vermutlich, um uns nicht ins Wort zu fallen. Grace hat keine Ahnung davon, was in den letzten Monaten passiert ist, weil ich es ihr verschwiegen habe. Wenn sie sauer auf mich ist, dann hat sie jedes Recht dazu.

„Ich habe gerade gesehen, wie du deine ganze Karriere im Fernsehen weggeworfen hast.“

Ich nicke, obwohl sie mich nicht sehen kann. „Das habe ich“, stimme ich ihr nun auch verbal zu.

„Wir haben wochenlang nicht miteinander gesprochen und jetzt das? Was ist los mit dir, Sterling?“

Ich atme tief ein und schaue durch die Windschutzscheibe, während wir die Straße entlangfahren. Ich drehe den Kopf zur Seite, betrachte die hohen

Betonmauern um mich herum und frage mich, warum ich geglaubt habe, dass dieser Ort mein Zuhause wäre. Das ist er nicht und ist es auch nie gewesen.

Trotzdem werde ich meine Zeit in Hollywood nie bereuen. Ich werde mich immer gern an die Menschen, die ich kennengelernt habe, die Dinge, die ich getan habe, und die Orte, die ich besucht habe, zurückerinnern. Doch nun bin ich bereit für eine große Veränderung. Ford gestern Abend zu sehen, mit ihm, Beaumont und Hutton Zeit zu verbringen, hat die Gefühle nur noch einmal bestätigt, die ich in Gallup gefühlt habe.

Vielleicht brauchte ich diese Auszeit, um wirklich darüber nachdenken zu können, was ich will. Nicht darüber, was Ford von mir will oder womit Sebastian mir gedroht hat. Am Ende des Tages ist nichts wichtig außer dem, was mich glücklich macht, was ich mir wünsche.

Ich will nach Hause gehen. Ich möchte dort sein, wo ich hingehöre.

„Sterling?", fragt sie mit Nachdruck.

Ich erzähle ihr so viel ich kann. Die Sache mit der Russenmafia verschweige ich ihr, denn ich will niemanden in das Drama mit hineinziehen. Das alles könnte ein großer Fehler sein, aber es fühlt sich für mich nicht so an. Nicht im Geringsten.

***

*Ford*

Während des Frühstücks und auch noch lange danach beobachtet Beaumont mich. Lachend schüttelt er den Kopf. „Willst du bei ihr zu Hause auf sie warten oder hier?"

„Keine Ahnung", entgegne ich. Ich wippe mit dem Knie, während ich durch mein Handy scrolle. Keine verpassten Anrufe, keine ungelesenen Nachrichten – absolut nichts.

Er schweigt einen Moment lang, dann hebt er den Kopf und lehnt sich in seinem Stuhl zurück. „Du hast noch nicht ausgepackt, oder?"

„Nein."

„Hol deine Sachen. Ich bringe dich jetzt zu deinem Mädchen."

Schnaubend schüttle ich den Kopf, während meine Knie weiter unkontrolliert wackeln. „Ist sie das?"

„Gestern Abend wirkte es auf mich so, als könnte sie die Augen nicht von dir lassen, und sie sah viel nervöser aus, als du es momentan tust."

„Was ist, wenn wir nur eine Art Fantasie leben? Was, wenn das alles überhaupt nicht real ist?"

„Und wenn doch?"

Ich lasse den Kopf sinken und schaue kurz zu Boden, bevor ich ihn wieder hebe, um Beaumont anzugucken. „Und wenn es nicht so ist? Was zum Teufel soll ich dann tun, Beau?"

Seine Lippen verziehen sich zu einem Lächeln, anschließend lacht er leise und steht auf. „Ich kann dir nicht sagen, was die Zukunft bereithält, Ford. Was ich jedoch weiß, ist, dass du schon viel zu lange allein bist. Du lebst in der Vergangenheit. Stephanie war schon immer deine Heimat, ihr gehörte dein Herz. Kehre ihr nicht wegen der Was-wäre-wenn-Frage den Rücken. Die Konsequenzen wären das nicht wert. Sei in zwanzig Minuten abfahrbereit."

Damit dreht er sich um und geht. Ich bin mir sicher, dass er sich auf den Weg zu seiner Frau und seinem

Baby macht, denn ich habe die beiden heute Morgen noch nicht gesehen. Das überrascht mich nicht. Beaumont ist ein wahrer Frühaufsteher beziehungsweise ein Nie-schlafen-Geher. Ich vermute, dass er Hutton und Fender so lange wie möglich ausschlafen lässt.

Genau das will ich auch.

Alles.

Und sollte ich das bekommen, werde ich es nie als selbstverständlich ansehen. Nicht eine einzige verdammte Minute lang.

Ich entscheide mich dazu, mich von ihm zu Stephanie fahren zu lassen. Deshalb stehe ich ebenfalls auf und mache mich auf den Weg ins Gästezimmer, um mein Gepäck zu holen. Selbst wenn wir das mit uns nicht wieder auf die Reihe bekommen, müssen wir zumindest die Dinge zwischen uns klären.

Wir beide müssen verdammt noch mal weitermachen.

Ich bin nicht den ganzen weiten Weg hierhergeflogen, um in Beaumonts Haus rumzuhängen und auf den Swimmingpool zu starren.

Es gibt Dinge, die besprochen werden müssen.

Wenn das bedeutet, dass ich als Single nach Gallup zurückkehre, ohne sie, dann ist das eben so. Aber siebzehn Jahre lang mit dem Gefühl leben zu müssen, dass es nie einen Abschluss gegeben hat, dass unser letztes Kapitel nie zu Ende geschrieben worden ist, ist keine Option.

Ich nehme den Griff meines Koffers in die Hand und ziehe ihn hinter mir her, um mich auf den Weg zur Haustür zu machen. Ich stelle ihn vor der Wand ab und drehe mich um, da ich Hutton und Fender in der Küchentür stehen sehe.

„Du fährst zu ihr“, stellt Hutton das Offensichtliche fest.

Brummend nicke ich. „Ich weiß nicht, was passieren wird. Aber wir müssen miteinander sprechen. Das ist längst überfällig.“

„Ihr habt nicht miteinander gesprochen, als sie in Gallup war?“, will Hutton wissen, deren Lippen sich zu einem Lächeln verziehen.

Ich grinse ebenfalls, während ich den Kopf schüttle. „Wir haben es ein paarmal versucht, sind aber nicht wirklich dazu gekommen.“

Leise lachend geht Hutton auf mich zu. Sie streckt ihre Hand aus und legt sie auf meinen Unterarm, um ihn sanft zu drücken. „Es wird schon alles gut werden, Ford. Vertraue mir.“

„Meinst du?“

Sie schaut mir geradewegs in die Augen. „Ich habe jahrelang darauf gewartet, dass Beaumont zu mir zurückkommt. Mir war selbst nicht bewusst, dass ich auf ihn warte, aber meinem Herzen war das klar. Es gibt einen Grund, warum niemand von euch sesshaft geworden ist. Ich weiß, ich habe das schon mal zu dir gesagt, jeder hat es dich wissen lassen, aber lass es dir noch mal von jemandem sagen, der das Gleiche durchgemacht hat. Ihr seid ruhelos, eure Seelen sind rastlos, weil ihr wisst, wo ihr hingehört.“

Ich nicke, da ich unfähig bin, etwas auf ihre Worte zu entgegnen. Sie hat nicht ganz unrecht, überhaupt nicht. Es ergibt sogar mehr Sinn als alles andere. Sie hat eine ähnliche Erfahrung mit Beaumont gemacht, weshalb sie nicht lange um den heißen Brei herumredet.

Wenn sie mir sagt, dass wir mehr sein können als eine Erinnerung an die Vergangenheit, dann muss ich es zumindest versuchen.

Nicht nur für Stephanie, sondern auch für mich selbst.

Wie Hutton ebenfalls gesagt hat, muss es einen Grund dafür geben, wieso keiner von uns weitergezogen ist. Und das kann nicht bloß daran liegen, dass wir keinen vernünftigen Abschluss hatten. Ich will nicht glauben, dass ein fehlender Abschluss der Grund dafür ist, dass sich zwei Menschen siebzehn verdammt lange Jahre über in der Schwebe befunden haben.

# Kapitel 23



*Stephanie*

Damion parkt den Wagen vor meinem Haus. Ich sehe es nicht sofort, doch er tut es. Ich höre ihn keuchen, woraufhin ich meinen Blick aus dem Fenster richte. Ich reiße die Augen auf, als ich einen Mann an meinem Haus lehnen sehe, direkt neben der Haustür.

Ich will mit ihm reden, bin aber noch nicht bereit dazu. Es ist noch zu früh. Ich wollte den Moment bestimmen, wollte ihn anrufen, wollte zu ihm fahren. Wieder einmal ist er mir zuvorgekommen, und das hasse ich. Das war schon immer so, er war immer plötzlich da, auch wenn ich noch nicht für ihn bereit war.

„Süße, selbst bei Tageslicht ist er unheimlich sexy. Ein grüblerischer und aufgewühlter Typ."

„Ich bin noch nicht bereit", hauche ich ihm zu.

Er pfeift. „Ich glaube nicht, dass ihn das stört, denn er hat seinen Koffer dabei."

Mein Herz beginnt zu rasen. Ich schaue mich schnell um, um zu überprüfen, ob irgendwelche Paparazzi-Kameras in der Nähe lauern. Ich weiß nicht, wie ich reagieren würde, wenn sie Wind von Ford bekämen. Es würde eine riesige Aufregung herrschen.

Er steht genau da, wie Damion es beschrieben hat: sexy und verdammt grüblerisch. Die Branche würde sich auf ihn stürzen, woraufhin er in sämtlichen Zeitschriften und auf Klatschwebseiten zu sehen wäre. Ich weiß, dass er sehr fotogen ist, viel zu fotogen.

„Er sieht zu mir herüber", wispere ich.

Damion lacht und stellt den Motor ab. „Das tut er,

und er sieht verdammt hungrig aus, Süße.“

„Scheiße“, fluche ich.

„Das kannst du laut sagen. Ohhhh, er kommt zu uns rüber.“

Ich schaue Damion an und kneife die Augen zusammen. „Sei still, ich kann es selbst sehen“, schnauze ich.

Damions Lippen verziehen sich zu einem Lächeln. „Kleines, er sieht so verdammt gut aus. Gibt es in Texas auch schwule Cowboys? Wenn ja, dann will ich einen.“

Kaum dass er die Worte ausgesprochen hat, öffnet sich die Wagentür und ich purzle fast aus dem Auto heraus, weil ich mich mit dem Rücken gegen die Tür gelehnt habe. Zum Glück bin ich angeschnallt. Ich spüre Fords Anwesenheit deutlich. Er befindet sich hinter mir, und ich weiß, dass er in die Hocke gegangen sein muss.

Damion lächelt, woraufhin seine perfekt geraden Zähne entblößt werden. Ich hingegen presse meine Lippen aufeinander und wünschte mir, ich hätte etwas zur Hand, was ich nach ihm werfen kann. Ich entspanne meine Gesichtsmuskeln und drehe mich langsam zu Ford um.

Seine Lippen verziehen sich ebenfalls zu einem Lächeln, sein Blick sucht den meinen. Er trägt eine alte, schmutzige Baseballkappe, und sein Hemd ist halb geöffnet, sodass ich den oberen Teil seiner Narbe sehen kann.

„Ford“, sage ich kühl.

Er beugt sich vor und streicht mir eine Haarsträhne hinter das Ohr. „Hey, Honey, ich möchte mit dir reden.“

Ich nicke, presse die Lippen noch fester aufeinander

und beiße mir auf die Innenseite meiner Wange, während ich ihn betrachte. Er wartet auf eine Reaktion meinerseits, doch ich gebe sie ihm nicht. Ich lasse ihn nicht erahnen, wie sehr ich ihn begehre. Er soll nicht sehen, dass seine bloße Anwesenheit mir weiche Knie beschert und wie sehr ich mich nach einer Berührung von ihm verzehre.

„Also, Kinder, ich bin dann mal weg. Wenn du mich brauchst, weißt du, wo du mich findest, Stephanie“, ruft Damion mir laut zu.

Weder Ford noch ich wechseln ein Wort miteinander, während wir uns gegenseitig anstarren. Wir sollten miteinander reden. Nachdem ich den ganzen gestrigen Abend mit ihm zusammen verbracht habe, ohne mich mit ihm zu unterhalten, ohne ihn berührt zu haben, weiß ich nicht, wie ich heute Abend ein Gespräch mit ihm führen soll.

Alles, was ich mir wünsche, ist, sein Hemd zu packen und die Knöpfe aufzureißen.

Als Ford eine Hand hebt, rechne ich damit, dass er mein Gesicht berühren wird, doch er macht es nicht. Stattdessen öffnet er meinen Gurt. Er lässt ihn über meine Brust gleiten, woraufhin er locker an meiner Seite herunterhängt.

„Komm jetzt“, murmelt er. Seine Stimme ist tief, rau und ungemein sexy.

„Wir werden reden“, entgegne ich.

Er lacht. „Genau, danach.“

„Danach?“

Brummend erhebt er sich aus der Hocke und hält mir seine Hand entgegen. Ich lasse meine Finger in seine gleiten, schwinge meine Beine aus dem Wagen und setze beide Füße auf dem Betonboden auf, ehe ich aufstehe.

Ich trage ein Kleid, das ich mir extra für das Interview besorgt habe. Es stammt nicht aus meinem Kleiderschrank. Es ist mit einem Leopardenmuster bedruckt und nicht zu tief ausgeschnitten. Es sitzt locker und fällt fließend, sodass die Kamera niemals auch nur die winzigste Wölbung meines Bauchs hätte einfangen können, nicht mal im Sitzen.

Die schwarzen High Heels, die ich heute an den Füßen trage, klacken auf dem Beton, als Ford mich zur Haustür führt. Nun halte ich nicht mehr nach Paparazzi Ausschau. Es spielt keine Rolle, ob sie auf der Lauer liegen oder nicht. Sollen sie sich doch an Ford Matthews sattsehen.

Als ich in meiner Handtasche nach dem Schlüssel suche, zittert meine Hand. Schließlich finde ich ihn und versuche, ihn ins Schloss zu stecken. Ford erlaubt es mir nicht, die Haustür allein zu öffnen, nicht, nachdem ich dreimal hintereinander das Schlüsselloch nicht getroffen habe. Er greift nach dem Schlüssel, legt seine Finger um meine, führt meine Hand zum Schloss und schließt gemeinsam mit mir die Tür auf, um sie anschließend aufzustoßen. Im Haus herrscht Stille, nur die Geräusche unserer Schuhe und seines Rollkoffers erfüllen den Raum.

Bevor ich dazu komme, mich zu ihm umzudrehen und ihn zu fragen, ob er etwas trinken möchte oder etwas braucht, spüre ich, wie sich seine Hände von hinten um meine Taille legen und sein Mund die Seite meines Halses berührt.

„Ford?"

„Scheiß auf Reden, Stephanie", knurrt er gegen meine Haut.

Ich schüttle den Kopf und schließe die Augen, als ich seinen Mund erneut an meinem Hals fühle.

Stöhnend lasse ich den Kopf so weit nach hinten fallen, bis er auf seiner Schulter liegt. Er lässt eine Hand meinen Bauch hinauf gleiten, bis sie den Ausschnitt meines Kleides erreicht hat.

Seine Finger schlüpfen unter den Stoff und umfassen meine Brust durch den BH hindurch. Seine andere Hand wandert langsam zu meiner Hüfte, greift nach dem Kleid und zieht es mir an den Oberschenkeln hoch.

„Ford", keuche ich.

Scheinbar bin ich nur noch dazu fähig, seinen Namen zu sagen. Er brummt gegen meine Haut, seine Zunge liebkost mich. Dann beißt er zu, woraufhin sich eine Gänsehaut auf meinem Körper ausbreitet.

„Wir müssen wirklich miteinander reden", stöhne ich.

„Danach", erwidert er und schiebt das Körbchen meines BHs zur Seite, um sich meiner Brustwarze zu widmen.

Er rollt meinen bereits steifen Nippel zwischen seinen Fingern, bevor er sanft an meinem Piercing zupft. Ich stöhne auf, meine Schenkel zittern. In meinem Bauch macht sich ein warmes Gefühl breit, während sich gleichzeitig meine Pussy zusammenzieht.

„Einverstanden", seufze ich. „Danach."

***

*Ford*

Ich könnte wegen ihrer offensichtlichen Frustration und Verärgerung lachen, aber das tue ich nicht. Es ist verdammt sexy, genauso wie sie. Ich weiß nicht, was bei ihr los war, nachdem sie Gallup verlassen hat. Es wäre wahrscheinlich besser, sie zu fragen, ob sie wieder mit diesem Wichser zusammen ist, ich beschließe aber, dass ich die Antwort nicht hören will. Zumindest noch nicht.

Alles, was ich im Moment möchte, ist, in ihr zu sein, sie so lange zu ficken, bis sie nicht mehr atmen kann. Ich will sie als mein Eigentum kennzeichnen, zumindest für den Moment.

„Ford, bitte“, wimmert sie.

Wenn sie mich anfleht, klingt es für mich wie das schönste Geräusch auf dieser Welt. Meine Lippen finden ihr Ohrläppchen und saugen sanft daran. Sie wölbt ihren Rücken und reibt ihren Hintern an meinem harten Schwanz, der sich gegen den Reißverschluss meiner Jeans drückt.

Als ich ein weiteres Mal an ihrem Piercing ziehe, schreit sie auf. Ihre Hand fliegt nach oben, legt sich um meinen Nacken und drückt zu. Ich bewege die Hüften vor und reibe mich an ihrem Arsch. Insgeheim wünsche ich mir, mich sofort in ihrem süßen Körper zu versenken.

Doch ich reize sie weiter. Ich ziehe ihr das Kleid über ihre Oberschenkel und dann über ihre Taille. Meine Hand lasse ich zu ihrem Bauch gleiten. Als ich meine Finger in Richtung ihres Slips tänzeln lasse, spannen sich ihre Bauchmuskeln unter meinen Fingern an. Sofort taucht meine Hand in ihr Höschen ein und legt sich auf ihre Pussy.

Sie schiebt die Hüften vor, sucht nach meiner Berührung. Ich kann mich nicht länger beherrschen, da wir seit Wochen nicht mehr zusammen waren. Als ich meine Finger durch ihre Spalte gleiten lasse, stelle ich fest, dass sie bereits feucht ist. Ohne Zeit zu verlieren, dringe ich in sie ein und reibe meine

Handfläche an ihrer Klitoris.

„Jesus“, keucht sie und dreht dabei ihren Kopf.

Ihre Lippen streifen die Unterseite meines Kiefers. Ich spüre, wie ihre Zunge mich liebkost. Sie ist genauso warm und feucht wie der süße Rest von ihr.

„Hast du mich vermisst?“, will ich wissen.

Sie summt zustimmend. „Ja, das habe ich. Und jetzt fick mich, Ford“, fordert sie mich auf.

Ich lache laut auf. Meine Finger bereiten sie vor. Ich lasse sie in sie hineingleiten und ziehe sie wieder heraus. An einer bestimmten Stelle, die sie ganz besonders verrückt macht, krümme ich sie. Gleichzeitig reibt meine Handfläche ihre Lustperle in einem Rhythmus, von dem ich ganz genau weiß, dass sie ihn liebt.

Ihr Körper ist leicht zu lesen. Zwar ist er nicht mehr derselbe wie vor siebzehn Jahren, aber ich kann nicht leugnen, dass das, was wir miteinander teilen, so viel besser ist, als ich es mir je hätte vorstellen können.

Stephanie ist mutiger geworden, sie steht zu ihrer Weiblichkeit und Sexualität. Sie weiß jetzt, was ihr gefällt, und hat keine Angst, es zu zeigen. Das ist verdammt heiß. Sie steht auf die Art, wie ich sie ficke, was bei anderen Frauen, mit denen ich im Bett war, ein großes Problem gewesen ist. Allein dafür lohnt es sich, an uns zu arbeiten.

„Komm auf meinen Fingern“, flüstere ich gegen ihren Hals.

Sie schüttelt den Kopf. Ihre Hüften zucken, was für mich das Zeichen ist, dass sie ihrem Höhepunkt immer näherkommt. „Ich will dich dabei in mir spüren.“

Lachend fahre ich damit fort, sie mit einem Finger zu ficken, und schiebe noch einen weiteren in sie hinein. „Ich *bin* doch in dir, Honey. Ich kann deine feuchte Pussy fühlen. Sie ist warm und zieht sich um mich herum zusammen, während du deinem Orgasmus immer näherkommst.“

„Ford“, stöhnt sie.

Als ich meine Handfläche fester gegen ihre Klitoris presse, keucht sie laut auf. Erst glaube ich, dass es ein wenig zu fest für sie war, doch ihre Hüften beginnen, sich schneller zu bewegen, kommen meinen Stößen entgegen. Sie reibt sich so lange an mir, bis ich höre, wie sie aufschreit. Ihre Pussy umschließt dabei meine Finger.

Ich höre nicht damit auf, mich in ihr zu bewegen, und genieße das Gefühl ihrer Nässe, die an meinen Fingern und meiner Hand entlang rinnt. Als die Nachbeben ihres Höhepunkts abgeklungen sind, ziehe ich mich aus ihrer Pussy zurück und nehme die Hand von ihrer Brust. Ich drehe sie zu mir um, lächle auf sie herab, lege eine Hand auf ihre Schulter und drücke sie leicht.

„Darf ich deinen Schwanz lutschen?“

Ich lecke mir über die Lippen und neige meinen Kopf, um sie ansehen zu können. Dann hebe ich die Hand und streichle ihr über die Wange. Mit dem Daumen zeichne ich die Kontur ihrer Unterlippe nach.

„Meinen Schwanz lutschen? Nein“, raune ich. Sie runzelt die Stirn, woraufhin meine Lippen zucken. „Werde ich deinen Mund ficken? Auf jeden Fall.“

Voller Ehrfurcht teilen sich ihre Lippen und sie sinkt wortlos vor mir auf die Knie. Eine Brust hängt ihr noch aus ihrem Kleid. Ihre Lider sind gesenkt, während sie mich durch ihre Wimpern hindurch ansieht. Verdammt noch mal, sie hat noch nie so sexy ausgesehen. Sie sieht so wild aus, so wunderschön wild.

Stephanie greift nach meiner Gürtelschnalle und öffnet sie. Anschließend widmet sie sich meinem Reißverschluss. Langsam zieht sie ihn herunter, dann schiebt sie mir Jeans und Boxershorts über die Hüften, bis zu meinen Oberschenkeln.

Wortlos greift sie nach meinem Schwanz. Sie legt ihre Finger um ihn herum und streichelt ihn ein paarmal sanft. Ich brauche kein Vorspiel, weil ich schon bereit für diesen Blowjob bin. Ihre Lippen verziehen sich erst zu einem Grinsen, dann öffnet sie sie.

Ich vergrabe meine Finger in ihren Haaren, während ich mir langsam meinen Weg in ihre Kehle bahne. Mein Blick ist konstant auf sie gerichtet, während ich ihren Mund ficke. Sie saugt und leckt an mir, sofern sie es kann. Ich will kommen, reiße mich aber noch zusammen. Ich hebe mir meinen Orgasmus für den Moment auf, wenn ich tief in ihre Pussy eingedrungen bin.

Ich ziehe mich aus ihrem Mund zurück und schüttle den Kopf, als sie sich sofort darauf wieder nach vorn lehnt. „Ich brauche dich, muss dich schmecken", stelle ich klar.

„Ford, ich will dich", wispert sie.

„Du hast mich doch schon, Honey."

„Du weißt, was ich meine."

Lachend beuge ich mich zu ihr herunter und schiebe meine Hände unter ihre Achseln, um ihr aufzuhelfen. Ich gehe langsam und behutsam dabei vor, um nicht auf mein verdammtes Gesicht zu fallen. Dann führe ich sie zum Sofa, um sie auf der Kante abzusetzen.

„Zieh deinen Slip aus und dann spreiz die Beine für

mich", befehle ich ihr, während ich mir die Boots von den Füßen streife und dann meine Jeans und Boxershorts ausziehe. „Behalte das Kleid an, es ist verdammt heiß."

„Du bist so versaut." Sie lacht.

„Oja, verdammt, das bin ich."

Stephanie tut genau das, was ich von ihr verlangt habe. Sie schiebt das Kleid ein Stück weit hoch, macht es sich auf dem Rand der Couch bequem und spreizt ihre Schenkel für mich. Sie zeigt mir jeden Zentimeter ihrer Mitte, während ich vor ihr auf die Knie gehe. Dann verschlinge ich sie, denn ich bin ein Mann, der auf Pussys steht.

# Kapitel 24



*Stephanie*

Ford befindet sich hinter mir, ich bin über die Armlehne des Sofas gebeugt. Meine Brüste sind aus meinem Kleid gefallen, das mir immer noch um die Taille liegt, während er von hinten in mich eindringt. Seine Hand hat sich ein Büschel meiner Haare gegriffen und zwingt mich dazu, den Rücken für ihn zu krümmen, während er immer härter zustößt.

Wir haben noch nicht miteinander gesprochen.

Es sei denn, man betrachtet es als *Gespräch*, wenn er mich zu etwas auffordert, mich in Position bringt, um zu kommen. Und ich tue alles, was er von mir verlangt.

Wenn ich seinen Befehlen entspreche, werde ich wieder und wieder belohnt. Nicht nur mit Orgasmen, sondern auch mit lobenden Worten und einem Gefühl, das meine Brust auf eine Weise erfüllt, wie ich es noch nie zuvor erlebt habe.

Bei Ford komme ich mir ganz besonders vor.

Ich kann mich nicht mehr daran erinnern, wann ich mich das letzte Mal so besonders gefühlt habe. Nicht wegen dem, was ich zu geben habe oder für jemanden tun kann, sondern einfach dafür, dass ich ich bin.

Ich befeuchte meine Lippen mit der Zunge und schließe die Augen, da ich immer höher steige, um erneut abzuheben. Ähnlich wie in der ersten Nacht vor ein paar Wochen kann ich nicht mehr zählen, wie oft ich schon gekommen bin.

Seine Hand zieht etwas fester an meinen Haaren, während ich aufstöhne, mich ihm entgegenstemme und seine Stöße erwidere. Als ich am Rand des Gipfels taumle und kurz davor bin, ihn vollends zu erklimmen, schießen Leidenschaft, Verlangen und pures Bedürfnis durch meinen ganzen Körper.

„Bitte“, flehe ich ihn an.

„Noch nicht“, krächzt er und bestraft mich mit seinem Körper.

Ich nehme es hin und genieße die rohe Kraft, die er ausübt.

Um meinen Orgasmus noch etwas hinauszuzögern, beiße ich mir auf die Innenseite meiner Wange. Allerdings gelingt es mir nicht. Stöhnend ziehe ich meine Hüften zurück, halte seinen schneller und schneller werdenden Bewegungen stand, bis mich mein Höhepunkt durchströmt. Seufzend genieße ich das Gefühl, das er in mir auslöst.

„Verdammt“, knurrt er und zieht fester an meinen Haaren. Nun kann auch er sich nicht zurückhalten, er lässt jede Hemmung fallen.

Mein Körper beginnt, sich zu entspannen. Ich atme durch meinen Höhepunkt hindurch und genieße die Intensität, die auf mich einprasselt, während er mich weiter nimmt. Ich weiß bereits, dass er mir ohne Zweifel genau das geben wird, was ich brauche und von dem ich selbst nicht einmal weiß, dass ich es will.

Nie habe ich mir vorstellen können, multiple Orgasmen in einer Nacht zu erleben, bis Ford wieder in mein Leben getreten ist. Jetzt freue ich mich darauf, so viele Höhepunkt zu erleben, dass es fast schmerzt. Seine freie Hand verlässt meine Taille, legt sich um meinen Körper und umfasst meine Brust, um meinen Oberkörper etwas aufzurichten.

Ich spüre den Schweiß auf seiner Brust an meiner Haut. Meinen Rücken halte ich noch immer gekrümmt, mein Hals wird in einem unnatürlichen Winkel gehalten. Ein Schauer durchzuckt meinen Körper, eine Gänsehaut legt sich auf meine Haut.

Bei jedem Stoß seiner Hüften, wenn sein Becken gegen meinen Hintern klatscht, gleitet sein Schwanz in mich hinein und wieder heraus. Er wird nicht müder oder ändert das Tempo, woraufhin ich mich frage, wie lange er diesen halsbrecherischen Rhythmus noch beibehalten kann. Ich bin schon sehr erschöpft, und dabei leiste ich nicht einmal den Hauptanteil der Arbeit.

„Stephanie", keucht er.

Ich weiß nicht, ob ihm klar ist, dass er meinen Namen laut ausgesprochen hat, aber es spielt auch keine Rolle, denn es war das sexyste Geräusch, das ich je gehört habe. Ich zwinge mich dazu, mich zu entspannen, während er mich unermüdlich fickt, und lasse mich von den Gefühlen leiten, die er in mir auslöst.

Seine Finger zupfen an meiner Brustwarze, spielen dann mit dem Metallstäbchen, bevor er seine Aufmerksamkeit wieder meinem Nippel widmet. Mein Körper fängt abermals zu zittern an, das Verlangen durchströmt von Neuem meinen Unterleib. Ich drehe den Kopf zur Seite, um mit meinem Mund seinen Hals berühren zu können.

„Ich kann nicht. Nicht schon wieder", stöhne ich.

Sein Lachen vibriert von seiner Brust an meinen Rücken. Ich atme aus und lecke ihm über die Unterseite des Kiefers. Er brummt und hört nicht damit auf, mich hart zu nehmen. Genau das scheint etwas zu sein, das ich liebe, denn ich spüre, wie ich mich sofort wieder einer weiteren Erlösung nähere.

„Ford", flüstere ich.

„Nur noch ein Mal, Honey", sagt er und seine

Stimme schallt durch mein leeres Haus.

„Oh, okay."

Er lacht leise auf. „Das ist das Mindeste."

Es herrscht ein Moment der Stille. Das Einzige, was ich höre, ist das Aufeinanderklatschen unserer Haut sowie die schweren Atemzüge, die in ein Keuchen und schließlich in ein Knurren übergehen, als Ford endlich den Punkt erreicht, an dem es kein Zurück mehr gibt.

Seine Finger geben meinen Nippel frei und gleiten über meinen Bauch, um meine Klitoris zu finden. Ich wimmere, da ich so empfindlich bin. Alles scheint viel zu viel zu sein. Ich versuche, zu protestieren, bekomme aber keinen Ton heraus. Lediglich ein langes Stöhnen verlässt meine Lippen.

Ich spüre, wie sein Schwanz noch weiter in mir anschwillt, dann zuckt er in mir und vergräbt sich mit einem Brüllen tief in mir. Ford kneift in meine Lustperle, anschließend reibt er sie.

Ich presse meine Lippen fest aufeinander und schließe langsam die Augen, als ein weiterer Orgasmus mich flutet und meinen Körper abermals zum Beben bringt. Ich zucke, bebe nicht nur, sondern ich zittere verdammt noch mal am ganzen Leib.

„Scheiße", keucht Ford.

Als er sich aus mir zurückzieht, mich in seine starken Arme schließt und zu den Stühlen trägt, fühle ich mich schwerelos. Er wiegt mich in seinen Armen, drückt mein Gesicht gegen seinen Hals. Seine Wärme hüllt mich ein, während er mich fest an seine Brust gedrückt hält.

„Ich hätte aufhören sollen, als du mich das erste Mal darum gebeten hast", stöhnt er.

Ich nehme das Gesicht von seinem Hals und

schüttle den Kopf. Mein Körper zittert noch immer in seinen Armen, obwohl ich mich schon etwas beruhigt habe.

„Es war … war … un… unglaublich“, lasse ich ihn wissen.

Auch er schüttelt nun den Kopf, hebt eine Hand und streichelt mir über den Hinterkopf. „Damit hätte ich nie gerechnet.“

„Womit?“

Seine Lippen verziehen sich zu einem kleinen Grinsen. „Ich hätte nie damit gerechnet, dass es eine Frau gibt, die bei allem mitmacht, worauf ich im Bett stehe.“

„Und du glaubst, dass ich es tue?“

Ford lacht auf und lässt seine Nase an meiner entlanggleiten. Sein Atem kitzelt mein Gesicht, und ich atme erleichtert aus, während ich die Schultern sinken lasse.

„Ich weiß, dass es so ist, Honey. Verdammt, ist dir eigentlich klar, was du mich fühlen lässt, wenn wir so zusammen sind wie in diesem Moment?“

Ich schüttle den Kopf, meine Haare umwehen mein Gesicht. Fords Lippen zucken, als er sie den meinen näher bringt, um mich zu küssen. „Du gibst mir das Gefühl, unbesiegbar zu sein, Stephanie. Du gibst mir das Gefühl, der größte Mann auf diesem Planeten zu sein.“

„Der bist du auch für mich“, gestehe ich ihm.

Augenblicklich neigt er den Kopf zur Seite und presst seinen Mund auf meinen. Seine Zunge gleitet über meine Lippen. Ich wimmere, mein Zittern hat sich in ein Beben verwandelt, und ich öffne mich ihm.

***

*Ford*

Nachdem Stephanie all ihre Klamotten losgeworden ist, bringe ich sie ins Bett, wo sie erschöpft einschläft. Leider kann ich, obwohl ich ebenfalls verdammt müde bin, nicht in den Schlaf finden. Es ist noch viel zu früh am Tag, und gestern sowie auch heute ist mir zu viel durch den Kopf gegangen.

Ich ziehe meine Jeans wieder an und mache mich auf den Weg nach unten. Barfuß und ohne ein Hemd. Ich begebe mich auf eine Tour durch Stephanies verdammt schickes Haus. Wenn es irgendetwas gibt, was einen Kerl dazu bringt, das genaue Gegenteil von dem zu empfinden, worüber wir vorhin gesprochen haben, dann ist es dieses verdammte Haus.

Ich bin kein Mann, der Luxus braucht. Ich habe mich noch nie weniger wert als Beaumont oder Louis gefühlt, die eine Menge Kohle und einen Haufen schöner Sachen besitzen, die ich mir nicht leisten kann. Aber im Moment kann ich nicht leugnen, dass ich mir ein wenig schäbig vorkomme.

Ich kann Stephanie nichts dergleichen bieten. Ich habe zwar eine schöne Rinderfarm, die gut läuft, und finanziell bin ich recht gut aufgestellt, aber so weit werde ich es nie bringen. Ich kann ihr niemals etwas geben, was auch nur annähernd dem hier ähnelt.

Ich begebe mich zur hinteren Terrassentür, öffne sie und trete hinaus in die Sonne. Es ist später Nachmittag, fast früher Abend, und ich sehe mich in ihrem Garten um. Er ist nicht riesig. Es gibt einen Pool und einen kleinen Terrassenbereich, der von Gras umgeben ist, und ich weiß, dass das Tor am Ende ihres

Gartens zum verdammten Strand führt. Ich kann den Sand und das Meer in unmittelbarer Nähe sehen.

Bevor ich nach draußen gegangen bin, habe ich mir mein Handy geschnappt. Ich hatte die Absicht, jemanden anzurufen, aber niemand weiß, was ich gerade durchzustehen habe. Beaumont und Hutton haben wieder zueinandergefunden, aber Beau ist derjenige, der das Geld hat. Genau wie Louis.

Ich gehe auf das gläserne Geländer zu, stütze die Unterarme auf der Kante ab und beuge mich vor, um den Wind zu spüren, der über mein Gesicht streicht. Er riecht und schmeckt nach Salz, fühlt sich gut an und bestärkt dennoch den Gedanken, dass ich ihr so etwas niemals bieten kann.

Stephanie hat Gallup verlassen, um etwas aus sich zu machen, und, verdammte Scheiße, genau das hat sie geschafft. Sie wird nie als Frau eines Viehzüchters ihr Glück finden. Sie wird nie damit zufrieden sein, zu mir zu gehören. Meine Kinder zu bekommen, sie auf dem Land großzuziehen. Eier aus dem Hühnerstall zu holen, Gemüse im Garten zu ernten und grüne Bohnen und Essiggurken einzumachen, so wie Erica es getan hat, während Jimmy und ich unterwegs waren.

Das wusste ich bereits an dem Tag, an dem sie mich verlassen hat. Ich habe mir nur etwas vorgemacht, als ich glaubte, dass sich daran etwas geändert haben könnte. Vielleicht scheint sie im Moment Spaß daran zu haben, weil es eine Art Abwechslung ist, aber das wird sich legen. Irgendwann wird es nicht mehr spaßig und aufregend sein.

Eher früher als später wird es echt Schwerstarbeit für sie sein. Nämlich dann, wenn es nicht nur ums Ficken und Orgasmen geht. Es wird keine Partys und

Filmpremieren mehr geben. Die Paparazzi werden fernbleiben, und sie wird keine Kostümierung mehr brauchen, um durch die Stadt zu laufen.

Ich hole mein Handy aus der Hosentasche und entscheide mich dazu, mir ein Uber zu bestellen. Sie hat mich zweimal verlassen, und vielleicht ist es nun an der Zeit, dass ich derjenige bin, der geht. Ich bitte den Fahrer, mich in zwei Stunden abzuholen, damit ihr noch ausreichend Zeit bleibt, um sich auszuruhen. Und natürlich, um unser ausstehendes Gespräch zu führen. Ich werde weg sein, bevor die Scheiße noch unangenehmer wird, als sie ohnehin schon ist.

Ich verstaue das Telefon wieder in meiner Tasche und stoße einen schweren Seufzer aus. Als ich ein Geräusch links von mir vernehme, zucke ich zusammen. Meine Augen weiten sich, da ich einen Mann auf ihrem Grundstück stehen sehe. Er mustert mich mit einem undeutbaren Gesichtsausdruck.

„Kann ich Ihnen helfen?“, knurre ich.

Er zuckt zusammen, als hätte ich ihn geschlagen. „Du bist also derjenige, für den sich mich verlassen hat?“

Fast lache ich los wegen des großen, dünnen und fast schon *hübschen* Mannes. Mir ist zweifelsfrei klar, dass es sich bei ihm um diesen Sebastian handelt. Ich verschränke die Arme vor der Brust, wende mich ihm zu und atme tief ein, damit er sieht, wie viel größer ich bin als er.

„Kann ich dir helfen, Kumpel?“

„Gott, wenn du nicht der Inbegriff eines männlichen Patriarchen bist, dann weiß ich nicht, wer es ist“, entgegnet er schnippisch und reckt die Nase in die Höhe.

Ich schnaube. „Sagt ausgerechnet der Mann, der

seine Verlobte mit jeder betrügt, die ihm über den Weg läuft?“

Er öffnet den Mund, schließt ihn aber sofort wieder, ohne auf meine Bemerkung einzugehen. Er kann über mich sagen, was immer er will, aber ich habe weder Stephanie noch sonst wen betrogen. Nicht, dass ich je eine Beziehung mit jemandem außer ihr gehabt hätte, denn das hatte ich nicht.

„Was machst du hier?“, frage ich ihn seufzend.

Er dreht den Kopf zur Seite, was für mich ein Indiz ist, dass er es mir nicht verraten will, aber er sollte wissen, dass ich ihm keine Wahl lasse. Schließlich richtet er seinen Blick wieder auf mich.

„Habe gehört, dass sie sich Sorgen um mich macht. Sie hat mich angerufen, aber es war nicht sicher für mich, am Telefon mit ihr zu sprechen. Ich bin vorbeigekommen, um mit ihr zu reden.“

„Warum zum Teufel sollte es für sie nicht sicher sein, mit dir zu telefonieren?“

Er starrt auf seine Füße, dann wieder mich an. „Ich habe nicht davon gesprochen, dass es für sie nicht sicher wäre. Ich habe gesagt, dass es für *mich* nicht sicher ist“, entgegnet er und betont dabei das Wort *mich* ganz besonders.

„Sprich mit mir, du verdammtes Stück Scheiße, oder ich bringe dich zum Reden.“

Er schnaubt und weicht einen Schritt nach hinten, als ich einen auf ihn zu mache. Ich überrage ihn um mindestens fünf Zentimeter und habe schätzungsweise zwanzig Kilogramm mehr Muskelmasse zu bieten. Ich war schon in etliche Faustkämpfe und Kneipenschlägereien verwickelt. Ich schätze, er hingegen hat in seinem ganzen Leben noch nicht einen Schlag ins Gesicht einstecken müssen.

„Ich habe ein paar finanzielle Schwierigkeiten, und Sterling *sollte* mir da raushelfen. Anscheinend hat sie einen Deal mit dem Kreditgeber ausgehandelt und jetzt bin ich ihm schonungslos ausgeliefert und es interessiert sie einen Scheißdreck.“

„Warum sollte sie das tun?“, will ich von ihm wissen. „Das ist allein dein Scheiß, wieso hast du sie überhaupt involviert?“

Er bleibt einen Moment lang still, denkt über meine Worte nach. Oder vielleicht sind sie ihm auch vollkommen egal und er tut bloß so. Irgendwann dreht er sich um und starrt auf die Wellen, die vom Meer an den Strand rollen.

„Sie ist die einzige Möglichkeit, da wieder rauszukommen. Der einzige Weg, meine Verpflichtungen loszuwerden. Ich kann leider nicht selbst aus dem Loch herausklettern, das ich mir gegraben habe.“

„Hört sich an, als wäre das allein deine Scheiße, Mann, die du ihr nicht aufbürden solltest.“

Er dreht sich um und sieht zu mir herüber. „Sie gehört mir, und du weißt, dass hier ihr Platz ist und nicht auf einer Farm *am Arsch der Welt*, mitten im *Nirgendwo*. Sie ist für dieses Leben geschaffen. Weißt du eigentlich, wie viele hübsche Frauen ihr Glück versuchen, eine Rolle in einem Film zu ergattern, und es nicht schaffen? Und jetzt sieh dir an, was sie alles erreicht hat.“

„Wie wäre es, wenn du damit aufhörst, mir zu sagen, wo sie hingehört und wohin nicht, wenn du nur gekommen bist, um sie auszunutzen?“

Er lacht. Es klingt humorlos. „Ich weiß ja nicht, was für ein Leben du so führst, Cowboy, aber in der realen Welt benutzt jeder jemanden für seine Zwecke. So ist das nun mal. Wenn du sie siehst, richte ihr aus, dass ich morgen früh wieder vorbeikomme.“

„Sie will dich nicht sehen“, erwidere ich.

Lachend springt er über das Glasgeländer und entfernt sich ganz cool über den Strand von ihrem Haus.

„Sie wird mich aber sehen müssen und bis dahin bist du längst weg“, ruft er mir zu, bevor er um die Ecke biegt und verschwunden ist.

Dieser verdammte Scheißkerl hat recht. Er liegt richtig. Ich werde bis dahin weg sein.

# Kapitel 25



*Stephanie*

Ich strecke mich, stöhne auf und spüre den Schmerz in jedem einzelnen Muskel. Ich bin vollkommen nackt und wieder einmal ganz allein. Ich weiß nicht, wieso Ford nie neben mir schläft, aber ich werde es noch herausfinden.

Ich gehe ins Bad und vollrichte mein Geschäft. Anschließend betrachte ich mich im Spiegel und schreie aufgrund meines Anblicks leise auf. Schnell kämme ich mir die Haare und wasche mir das Gesicht, dann ich gehe zu meinem Kleiderschrank und hole meinen Seidenkimono heraus, bevor ich in ein Paar Sandalen schlüpfe und mich auf die Suche nach meinem Mann mache.

Es dauert nicht lange, bis ich ihn gefunden habe. Ford lehnt am Glasgeländer und schaut aufs Meer hinaus. Das Meer ist der Grund, wieso ich dieses Haus gekauft und viel zu viel dafür bezahlt habe, aber ich habe es von der ersten Sekunde an geliebt.

Ford trägt kein Hemd, sein breiter Rücken ist nur für meine Augen bestimmt. Er hat nur eine Jeans auf den Hüften sitzen und ist barfuß. Warum um alles in der Welt sieht er nur so verdammt sexy aus? Ich weiß es nicht, aber es ist so.

Er ist zum Anbeißen.

Er scheint meine Anwesenheit zu spüren, denn er dreht den Kopf und schaut mich über seine Schulter hinweg an. Seine Lippen verziehen sich zu einem Lächeln, bevor er den Kopf wieder dreht, um den Ozean zu beobachten. Meine Füße tragen mich zu ihm, viel zu schnell und gleichzeitig doch zu langsam.

„Warum hast du mich nicht geweckt?“, frage ich
ihn.

Er entgegnet nichts. Auch nicht, als ich mich neben
ihn stelle. Stattdessen legt er einen Arm um meine
Schultern. Er zieht mich an seine Seite, ohne mich
dabei anzusehen. Sein Blick ist auf die untergehende
Sonne gerichtet.

„Du brauchtest deine Ruhe. Außerdem war ich zu
grob zu dir“, sagt er mit kühler, ruhiger Stimme.

Ich brumme und lege meinen Arm um seine Taille.
„Warst du nicht. Es war wunderbar. Der beste Sex,
den ich je hatte, Ford.“

Er erwidert nichts und die Stille fühlt sich … seltsam an. Beinahe hätte ich ihn gefragt, was los ist, was
sich zwischen dem Moment, als wir uns geliebt haben, und jetzt passiert ist, aber mir bleiben die Worte
im Halse stecken. Ich bin mir nicht wirklich sicher,
ob das, was wir miteinander gemacht haben, etwas
mit Liebe zu tun hatte, aber ich habe mich dazu entschlossen, es so zu nennen. Vor allem, weil es mir so
sehr gefallen hat.

„Wir müssen reden, Honey“, murmelt er.

Seine Worte lassen mich zusammenzucken. Das ist
es, was ich hätte zu ihm sagen sollen, und nicht andersherum. Räuspernd löse ich mich von ihm und
kehre ihm den Rücken zu.

„Das stimmt“, antworte ich und mache mich auf
den Weg ins Haus zurück.

„Können wir dabei hier draußen sitzen? Es ist ein
so schöner Abend“, ruft er mir hinterher.

Ich drehe mich um und gehe zu meinen hölzernen
Terrassenmöbeln. Während ich darauf warte, dass er
sich zu mir gesellt, nehme ich schon mal in der Ecke
des Sofas Platz und klemme mir die Füße unter den

Hintern.

Da ich mich weigere, ihn anzusehen, kann ich seinen prächtigen Körper auch nicht bewundern, während er sich auf mich zubewegt. Ich weiß, dass dies unser Ende ist. Ich habe es an seiner Stimme gehört, spüre es daran, wie er sich mir gegenüber verhält – so distanziert und nachdenklich. Genauso habe ich mich ihm gegenüber verhalten, bevor ich vor ein paar Wochen Gallup verlassen habe.

Er setzt sich auf die Sofakante, stützt seine Unterarme auf den Oberschenkeln ab und senkt den Kopf. Das Herz beginnt in meiner Brust zu rasen. Das war's. Ich habe es zu weit getrieben, viel zu lange. Ich kann den Kloß in meinem Hals nicht hinunterschlucken. Er sitzt fest und droht, mich zu ersticken.

Schweigend warte ich auf das, was kommen wird.

Das Unvermeidliche.

Das Ende.

Er dreht den Kopf zur Seite und hebt den Blick, um mich anzuschauen. Seine Lippen bilden eine gerade Linie. Er sieht mich an und mustert mich in dieser verdammt ohrenbetäubenden Stille.

„Du bist ein Arschloch", zische ich.

Ford setzt sich aufrechter hin, seine Augenbrauen heben sich, seine Augen weiten sich. „Was?"

„Du bist den ganzen verdammten Weg hierhergeflogen, hast mich gefickt und verlässt mich jetzt wieder, stimmt's?"

Er schaut mich an, und da sehe ich, dass ich recht habe. Die Traurigkeit, die seinen Blick erfüllt, lässt mein Herz zusammenkrampfen. Ich verdiene jede Sekunde hiervon, jedes bisschen Schmerz. All das verdiene ich. Ich hätte nur nie gedacht, dass Ford derjenige sein würde, der mir das antut.

Ich habe immer geglaubt, er wäre meine Konstante, dachte immer, ich könnte jederzeit zu ihm zurückkehren und er würde mich mit offenen Armen empfangen. Niemals hätte ich damit gerechnet, dass er mich abservieren wird. Vor allem nicht, nachdem wir wieder eine körperliche Verbindung geschaffen haben.

„Du bist ein Arschloch.“

„Bin ich das?“

Ich zucke mit den Schultern. „Ja, das bist du. Du bist hergekommen, hast mich gefickt und gehst dann wieder. In meinen Augen ist so jemand ein Arschloch“, schnauze ich.

Er schüttelt den Kopf und fährt sich anschließend mit den Fingern durch die Haare. „Was auch immer du und dieser Sebastian am Laufen habt, ich denke, dass ihr euch gegenseitig verdient habt“, entgegnet er. „Er hatte ein paar gute Argumente parat, als er mir vorhin einen kleinen Besuch abgestattet hat.“

„Sebastian war hier? Geht es ihm gut?“, frage ich und bereue die Fragen sofort, da sich Fords Gesicht vor Schmerz verzerrt.

Ich greife nach ihm, schlinge meine Finger um seinen Unterarm und drücke zu. „Du verstehst das nicht, lass es mich erklären.“

„Ich weiß nicht, ob es mich noch interessiert.“

„Bitte“, flehe ich.

Ford schüttelt den Kopf. „Ich weiß nicht mehr, was ich noch glauben soll, was real ist und was nicht. Ich bin mir jedoch sicher, dass du in Texas nicht glücklich sein wirst. Ich habe mir selbst etwas vorgemacht, als ich gedacht habe, du könntest es werden.“

„Warum sagst du das? Ich bin bereit, mein Leben hier hinter mir zu lassen. Den Ball habe ich bereits ins Rollen gebracht. Ich komme zurück nach Gallup."

„Für wie lange diesmal?", will er wissen.

„Wie meinst du das?"

Es herrscht ein Moment lang Schweigen zwischen uns, dann endlich erklärt er es mir. „Honey, du bist größer als Gallup, das warst du schon immer. Du wirst nie damit zufrieden sein, meine Frau zu sein, meine Kinder zu bekommen und auf dem Land zu leben, wie ich es tue. Ich möchte, dass meine Familie auf dem Land lebt, mit frischem Obst und Gemüse, mit Eiern von meinen Hühnern, mit Rindfleisch, Wild, Truthahn und Schweinen aus meiner Zucht. In Gallup gibt es keine roten Teppiche, Partys oder Preisverleihungen. Das Farmerleben ist nicht mehr aufregend, wenn man es tagtäglich lebt. Das wusstest du bereits, als du mit achtzehn abgehauen bist. Was ist in fünf Jahren, wenn die Scheiße dir keinen Spaß mehr macht? Wirst du mich dann wieder verlassen und versuchen, mir meine Kinder wegzunehmen? Ich spreche es geradeheraus aus, das kann und will ich nicht."

„Du sabotierst unsere Beziehung, bevor sie überhaupt beginnt, Ford", flüstere ich.

Er zuckt mit einer Schulter, der Rest seines Körpers bleibt starr. „Vielleicht. Vielleicht bin ich aber auch bloß realistisch, so wie du es bis vor Kurzem noch warst."

Ich presse meine zitternden Lippen zusammen, um ihm nicht zu zeigen, wie sehr mich seine Worte getroffen haben. Ich habe ihm noch nicht einmal von den Russen erzählen können, kein bisschen. Er will gehen, und ich werde nicht versuchen, ihn aufzuhalten.

„Vielleicht bist du das. Vielleicht bin ich eine Träumerin und Närrin. Das war ich sowieso schon immer“, sage ich und blicke auf meinen Schoß.

Ein Geräusch entweicht seiner Kehle, woraufhin ich aufsehe, um ihn anzuschauen. „Ich weiß nicht, was ich hier noch soll, Stephanie.“

„Mit mir zusammen sein. Mich lieben.“

„Ich habe nie gesagt, dass ich das nicht tue.“

Tränen schießen mir in die Augen. Ich habe diesen Mann über all die Jahre hinweg zerstört, ich kann es tief in seinem Inneren sehen. Er zeigt mir, wie sehr er leidet, und ich weiß sicher, dass ich diejenige bin, die ihm das angetan hat.

Ich gerate in Panik.

„Ich bin nur nach L.A. zurückgekehrt, weil Sebastian mir mit einem Sexvideo von ihm und mir und mit einem von mir und dir gedroht hat. Das von uns hat ein Privatdetektiv aufgenommen, den Sebastian angeheuert hat, um mich in Gallup zu beschatten. Er wollte es der Öffentlichkeit zugänglich machen“, erzähle ich ihm schnell.

Ford schließt mit einem schweren Seufzer die Augen. „Es geht nicht nur um ihn, sondern auch um den ganzen anderen Scheiß. Willst du mir glaubhaft versichern, dass du das hier aufgeben kannst? Deine Karriere beenden willst für ein Leben mit mir auf einer Ranch? Ich kann dir nicht einmal ein Viertel von dem hier bieten.“

„Ich habe mein eigenes Geld, wenn es das ist, worüber du dir Sorgen machst, Ford. Ich habe gut investiert.“

Das ist das absolut Falscheste, was ich sagen konnte. Sobald die Worte meine Lippen verlassen haben, weiß ich es. Ford steht auf, marschiert von mir weg und geht zum hinteren Teil des Gartens, um sich vor die Glaswand zu stellen. Ich betrachte seinen breiten Rücken, und mein Magen zieht sich zusammen.

Ford ist ein waschechter Mann, so echt, wie es nur geht, und so sehr ein Alpha, wie es nur geht. Er ist knallhart, genau wie sein Vater und Großvater es waren, aber er ist auch stolz und stur, genau wie ich. Dass ich die Tatsache erwähnt habe, dass ich mehr Geld besitze als er, dass ich für mich und ihn sorgen kann, hat ihn wütend gemacht.

Scheiße.

***

*Ford*

Es ist nicht der Fakt, dass sie reicher ist als ich. Ich weiß, dass dem so ist, ich weiß es seit Jahren. Es ist die Tatsache, dass sie mich nicht braucht, dass sie mich nie gebraucht hat. Ich kann nicht anders, egal wie es sich auch anhören mag, aber ich bin ein Mann, der von seiner Frau gebraucht werden will.

Ich spüre, wie ihre kühlen Finger meinen Rücken berühren. Meine Muskeln spannen sich an und mein Schwanz zuckt. Mit einem schweren Seufzer drehe ich mich zu ihr um und lege den Kopf leicht schief, um sie zu betrachten.

„Es geht mir nicht ums Geld, sondern darum, dass du mich nicht brauchst und mich nie gebraucht hast", gestehe ich ihr. „Du wirst meiner müde werden, wenn sich die Dinge zwischen uns verändern. Wenn dir die Arbeit zu viel wird, wirst du in dieses Leben hier zurückkehren wollen. In ein Leben, für das du so hart gekämpft hast. Und ich werde dich nicht aufhalten können, würde es gar nicht wollen.“

„Du stellst eine Menge Vermutungen an, Ford.“

„Ganz genau.“

Ein Blick in ihre Augen genügt, um zu wissen, dass ich mit meinen Annahmen nicht ganz falschlag. Sie ist auf der Suche, und ehrlich gesagt glaube ich nicht, dass sie weiß, wonach sie sucht. Eine Sache ist dabei besonders beschissen: Ich habe mir Hoffnungen gemacht. Ich habe mir selbst geschworen, das nicht zu tun, aber ich habe es trotzdem getan. Und nun sind wir hier. Verdammt.

„Versprich es mir, Stephanie. Sieh mir in die Augen und sag mir, dass du dir das Leben, das ich vorhin beschrieben habe, wünschst.“

Sie zögert. Ihr Blick wandert zum Meer, und sie sieht dabei zu, wie die Wellen auf den Strand treffen, wie sich die Flut nähert, während die Sonne untertaucht. Sie spricht kein Wort, sie ist völlig still, und dieses Schweigen drückt mehr aus als jedes Wort, das sie gesprochen hat, seit sie bei mir in Gallup war.

„So ein Versprechen kann ich dir nicht geben, Ford. Ich habe solch ein Leben noch nie gelebt. Dementsprechend weiß ich nicht, ob ich es lieben oder hassen werde, aber was ich weiß, ist, dass ich es versuchen möchte. Ich will an deiner Seite sein, ich will mehr als das, was ich im Moment habe.“

Das ist ein Risiko. Es fühlt sich für mich viel zu groß an, um es einzugehen. Dennoch will ich sie, brauche ich sie. Sie gehört zu mir. Aber sie muss auch die meine sein wollen. Ich könnte sie für mich beanspruchen, indem ich sie zurück ins Bett trage, sie wieder und wieder ficke, aber das wird sie auch nicht dazu bringen, bei mir bleiben zu wollen.

Nickend ringe ich mich dazu durch, ihr eine Chance zu geben. Eine, die ich ihr vor einer Stunde auf keinen Fall eingeräumt hätte. Ich räuspere mich und warte darauf, dass sie mich wieder ansieht. Als sie es endlich tut, sehe ich, dass ihre Augen in Tränen schwimmen, was wiederum meinem ganzen verdammten Körper Schmerzen bereitet.

„Ich werde dir die Entscheidung nicht abnehmen, Honey. Du bist eine starke und kompetente Frau. Du triffst die Entscheidung für dich allein. Wenn du auf einer Ranch leben möchtest, die Ehefrau eines Farmers sein und all das hier aufgeben willst, dann sei morgen früh um sechs Uhr am Flughafen, um mit mir nach Texas zurückzufliegen."

„Ist das deine Art, mir ein Ultimatum zu stellen?"

Lachend schüttle ich den Kopf. „Nein, ich lasse dir die Wahl. Die hast du mir nie gelassen. Vielleicht ist es blöd, das anzusprechen, aber es ist wahr."

„Es war bescheuert, das zu sagen", murmelt sie.

Schmunzelnd strecke ich eine Hand aus und streiche ihr ein paar Haare hinter das Ohr. „Wenn du hierbleiben willst, um die Scheiße aus der Welt zu schaffen, in die Sebastian sich selbst reingeritten hat, dann war's das mit uns. Dann werden wir wohl versuchen müssen, das Leben ohne den jeweils anderen zu meistern. Aber ich kann nicht länger zulassen, dass du dich von mir abwendest und davonläufst. Nie wieder."

Sie presst die Lippen aufeinander, ihr Blick sucht den meinen. Sie scheint etwas in meinen Augen zu suchen, von dem ich mir nicht sicher bin, ob sie es finden wird. Ich habe keine Antworten für sie parat, hatte ich nie. Genauso wie vor ein paar Wochen, genauso wie vor siebzehn Jahren wird sie ihre

Entscheidung ganz allein treffen müssen.

„Sebastian hat sich mit der Russenmafia eingelassen. Ich konnte einfach nicht zulassen, dass ihm etwas zustößt.“

# Kapitel 26

*Ford*

Stephanies Worte lassen meinen Körper völlig erstarren, aber ich schüttle das ab und beschließe, mich später mit diesem Scheiß zu beschäftigen. Im Moment soll das nicht meine Angelegenheit sein. Nichts außer Stephanie interessiert mich, und wenn dieser Wichser von der Mafia geschnappt und getötet wird, ist das sein Problem, nicht meins.

„Bist du in Sicherheit?"

„Bin ich. Der Mann, der das Sagen hat, hat mir versichert, dass Sebastians Schulden nichts mit mir zu tun haben. Sebastian drohte mir, die Sexvideos an die Presse zu verkaufen, um einen Teil seiner Schulden tilgen zu können. Das war der einzige Punkt, an dem ich jemals in die Sache involviert war."

Ich nicke und bin ein wenig beruhigter, aber nur ein bisschen. „Du hast dich mit Mitgliedern der Mafia getroffen?", schreie ich sie regelrecht an.

Sie zuckt zusammen, dann weiten sich ihre Augen. Sie tut so, als wäre es keine große Sache. *Keine. Große. Sache.* Zähneknirschend schüttle ich den Kopf und versuche, den Sinn dieses Gesprächs zu eruieren.

So etwas habe ich noch nie zuvor erlebt. Die Mafia war etwas, was für mich nur in Filmen existierte, und ich hätte nie gedacht, dass sie so real ist.

„Nun, ja. Ich wollte herausfinden, was in Wahrheit passiert ist. Was sie von ihm als Bezahlung wollten."

Ich fahre mir mit den Fingern durch die Haare, damit ich Stephanie nicht jetzt und hier, in ihrem schicken Wohnzimmer in Kalifornien, erwürge. Ich kann das Gehörte noch nicht so wirklich begreifen. Weder ihre Worte noch ihre Gelassenheit.

„Stephanie", knurre ich. „Was zur Hölle?"

„Er wollte ein Sexvideo von mir verkaufen, Ford, von uns. Ich weiß nicht, wie viel von uns beiden auf dem Video zu sehen ist, aber willst du, dass die ganze Welt sieht, wie wir miteinander Sex haben?"

„Wenn es um Leben und Tod geht, wen kümmert es dann?"

Sie schüttelt den Kopf und scheint offensichtlich genauso frustriert wegen mir zu sein wie ich wegen ihr. „Mich kümmert es, Ford."

Ich trete einen Schritt zurück und drehe mich um. Ich kann sie nicht ansehen. Ich habe Angst. Um ihre Sicherheit, um ihre Zukunft. Das jagt mir wirklich eine Heidenangst ein. Sie ist in mafiöse Geschäfte verstrickt und hat sich selbst auf deren Radar gebracht, obwohl sie das nicht hätte tun müssen.

Ich spüre ihre Hand auf meinem Rücken, dann neigt sie den Kopf und lehnt ihn gegen meinen Arm. „Sei nicht wütend. Er hat mir versprochen, dass er mich nicht wegen Sebastians Schulden zur Rechenschaft ziehen wird. Er hat ebenso gesagt, dass er Kopien des Sexvideos erhalten und sie vernichtet hätte."

Rein gar nichts von dem, was sie soeben zu mir gesagt hat, beruhigt mich. In keinster Weise. Nicht einmal ansatzweise.

„Ich kann dich nicht vor der Mafia beschützen, Stephanie", flüstere ich regelrecht. Beim Aussprechen dieser Worte wird mir schlecht. Mein Magen krampft sich zusammen und ich schaue auf meine Füße hinunter.

„Ich habe dich nie darum gebeten", entgegnet sie.

Mein Kopf fliegt zur Seite, damit ich sie anschauen

kann. „Ach nein? Wolltest du nicht, dass ich dein Mann bin?“

Ihre Augen werden groß und sie tritt einen Schritt zurück. Wahrscheinlich, weil sie spürt, wie meine Wut immer größer wird und den Raum um uns herum erfüllt. Am liebsten würde ich ihr freien Lauf lassen, doch ich werde sie so lange kontrollieren, bis ich hier weg bin. Ich habe meine Wut noch nie an ihr ausgelassen und habe nicht vor, jetzt damit anzufangen.

„Ford“, haucht sie.

„Ich weiß nicht, was du willst, Stephanie. Mal bist du heiß, dann wieder kalt. Du kommst zu mir, dann läufst du wieder weg. Seit siebzehn Jahren warte ich darauf, meinen Abschluss mit dir zu bekommen. Und wenn ich denke, dass wir vielleicht überhaupt keinen Schlussstrich brauchen, weil wir es doch schaffen können, dann trittst du auf die Bremse.“

„Du verstehst das nicht. Ich will dich, Ford. Ich will uns. Aber ich habe ein Leben hier, und das kann ich nicht einfach von heute auf morgen hinter mir lassen.“

„Also was? Wie lange soll ich mich auf meiner Ranch zurücklehnen, meine Eier schaukeln und darauf warten, dass du mich mit deiner Anwesenheit beehrst? Weitere siebzehn Jahre?“

„Das ist nicht fair“, wispert sie.

„Ist es nicht?“

Es entsteht ein langer Moment der Stille, in dem wir uns gegenseitig anstarren. Mein Entschluss stand eigentlich schon fest, bevor wir dieses Gespräch überhaupt geführt haben. Es ist für mich an der Zeit, zu gehen, ein paar schwierige Entscheidungen zu treffen. Wenn sie mich nicht will, dann braucht sie das bloß zu sagen. Ich habe es satt, auf sie zu warten. Ich habe es satt, zu wissen, dass mir etwas in meinem Leben fehlt.

Ich bin damit fertig.

Ich bin müde.

Tief einatmend warte ich auf ihre Antwort. Ihr Blick sucht den meinen, dann schüttelt sie leicht den Kopf. „Nein, Ford, es ist nicht fair. Ich habe dir nie gesagt, dass du dein Leben nicht weiterleben sollst. Ich habe das nie von dir erwartet. Vielleicht sind wir füreinander bestimmt. Ich denke, das war der Grund, wieso niemand von uns einen anderen Partner gefunden hat. Es gab immer nur dich für mich.“

Ich presse meine Lippen zu einer geraden Linie zusammen, beobachte sie und denke nach. Ich sollte die nächsten Worte nicht laut aussprechen, tue es aber trotzdem. „Ist dem so? Oder war vielleicht deine Karriere deine oberste Priorität, während du meine warst?“

Die Bitterkeit, von der ich dachte, ich hätte sie überwunden, kommt wieder an die Oberfläche, und sie ist verdammt hässlich. Stephanie weicht einen Schritt zurück und stolpert, ehe sie sich wieder fängt.

Ich hätte nie sagen sollen, was ich soeben gesagt habe, aber *scheiße*, genau diese Gedanken sind mir eine verdammt lange Zeit durch den Kopf gegangen. Die Worte sind einfach so aus mir herausgesprudelt und nun kann ich sie nicht wieder zurücknehmen. Sie sind ausgesprochen worden, sie sind verdammt real.

„Das ist nicht fair, ganz und gar nicht“, wispert sie. „Du weißt, dass das nicht stimmt. Ich hätte es mein ganzes Leben lang bereut, wenn ich nicht hierhergekommen wäre.“

Nickend atme ich tief ein. „Ich weiß. Trotzdem hast

du mir nie die Möglichkeit gelassen, meine Entscheidung zu treffen. Du hast sie mir abgenommen, indem du weggelaufen bist. Und neulich hast du es wieder getan und ich musste meinen Stolz herunterschlucken. Ich komme dir hinterher und muss herausfinden, dass du dich für dieses Stück Scheiße mit der Mafia eingelassen hast! Alles nur, damit Fremde nicht sehen, wie du von ihm, wie du von mir gefickt wirst? Musstest du jemals eine Sexszene für einen Film spielen?"

Ich weiß die Antwort bereits. Sie mag Amerikas Liebling sein, aber sie hat ein paar Sexszenen gedreht, auch wenn sie dabei nicht viel von sich gezeigt hat außer der Seite ihrer Brust, einer Arschbacke und ihrem Orgasmusgesicht.

Aber das ist nicht der Punkt.

Es geht darum, dass die Welt bereits ein Nacktfoto von ihr in Aktion gesehen hat. In den Filmen, in denen sie bislang mitgewirkt hat, waren die intimeren Szenen so harmlos dargestellt, dass lediglich Spielraum für Fantasie gegeben war.

„Das ist nicht das Gleiche, und das weißt du."

„Stephanie", flüstere ich. „Du hast deine Wahl doch schon getroffen, oder etwa nicht?"

„Das habe ich." Sie nickt. „Ich beende meine Karriere und komme zurück nach Texas."

Ihre Worte überraschen mich, aber sie fühlen sich nicht richtig an, denn sie stimmen nicht mit ihrem Handeln überein. Sie sagt die richtigen Dinge, aber agiert nicht entsprechend.

„Gib mir Bescheid, wenn du so weit bist, Honey", erwidere ich und gehe einen Schritt auf sie zu. Ich strecke die Hand aus und streichle ihr über die Wange.

„Ford, nicht", haucht sie mir zu und legt ihre Finger um mein Handgelenk.

Ich schüttle den Kopf. „Ich kann nicht. Nicht mehr. Ich dachte, mir würde es gut gehen. Dass ich es schaffen kann, aber das kann ich nicht."

Ich trete einen Schritt zurück, woraufhin meine Hand von ihrem Gesicht fällt und sie die Finger von mir löst. Draußen ertönt ein lautes Hupen. Mein Uber. Ihr Blick wandert zur Tür, als hätte sie meinen Abgang schon vorausgeahnt. Ich wende mich von ihr ab und gehe zu meinem Koffer, der neben der Tür steht.

Ich steige in meine Stiefel und ziehe mir ein Hemd über. All das geschieht schweigend. Als ich fertig angezogen bin, drehe ich mich zu ihr um, um sie noch ein letztes Mal anzuschauen. Ich bin mir absolut sicher, dass dies meine letzte Gelegenheit sein wird, sie so nahe vor mir stehen zu sehen.

„Du bist ein Feigling, Ford Matthews", ruft sie aus.

Ich nicke und lächle. „Ja, wahrscheinlich. Aber du weißt doch selbst am besten, was es bedeutet, ein Feigling zu sein, nicht wahr?", sage ich, wohl wissend, dass dieser Spruch einem Schlag ins Gesicht gleichkommt. „Ich bin so verdammt müde. Du weißt, wo du mich findest. Wenn du uns willst, brauchst du mich nur anzulächeln und ich bin Wachs in deinen hübschen kleinen Händen. Wenn du ein richtiges Leben, ein Leben auf einer Ranch, ein bescheidendes Leben willst, dann kannst du es haben. Aber es wird diesem Leben hier in keiner Weise ähneln", schiebe ich hinterher und deute mit der Hand auf die Umgebung. „Ich werde nie in der Lage sein, dir so was wie das hier zu bieten. Damit wirst du wohl klarkommen müssen."

„Also geht es jetzt doch ums Geld?“

„Es geht um alles, um das Gesamtpaket.“

Als Stephanie mir den Rücken zukehrt, schnappe ich mir meinen Koffer. Ich räuspere mich, öffne die Haustür, bleibe kurz stehen und warte darauf, dass sie sich wieder zu mir umdreht, doch sie tut es nicht.

„Wenn du mich brauchst, bin ich für dich da. Auch wenn du nicht mit mir zusammen sein willst, werde ich dir immer helfen. Geh zur Polizei wegen dieser Mafia-Scheiße. Gib dich nicht mit ihnen ab. Ihr Schutz vor was auch immer ist nicht kostenlos.“

***

*Stephanie*

Ich drehe mich gerade noch rechtzeitig zu ihm um, um zu sehen, wie er die Tür hinter sich schließt. Er hat sich ein Uber bestellt. Er hatte von vornherein vor, mich zu verlassen, und ich weiß nicht, ob das die Sache noch schlimmer macht oder nicht. Was ich allerdings weiß, ist, dass ich mich dabei total beschissen fühle.

Tränen fließen aus meinen Augenwinkeln, laufen mir über die Wangen und tropfen auf den Morgenmantel. Mein Haar ist ein einziges Chaos, aber das ist mir egal. Nichts davon ist wichtig. Ford ist weg. Und es fühlt sich so anders an als die Male, die ich ihn verlassen habe.

Mein Magen krampft sich zusammen, und ich gehe zum Sofa hinüber, lasse mich auf die Kissen sinken, während der Schmerz über mich hereinbricht. Meine Schultern zittern, mein Körper bebt. Ich verspüre den unheimlichen Drang, ihm nachzulaufen.

Das kann doch nicht das Ende unserer Liebesgeschichte sein. Ich werde das nicht zulassen. Aber er hat recht. Ich bin noch nicht dazu bereit, dieses Leben hinter mir zu lassen, denn ich habe noch ein paar Dinge zu klären. Auch hatte er recht mit der Annahme, dass ich nicht weiß, ob ich dazu imstande bin, das Leben einer Farmersfrau zu führen. Ich weiß nicht, ob ich jemals dazu bereit war.

Mein Handy, das auf dem Couchtisch liegt, klingelt, und ich denke darüber nach, es einfach bimmeln zu lassen, bis ich sehe, wer mich zu erreichen versucht. Es ist mein Freund, mein vermeintlicher Freund. Ich schätze, nun ist der Moment gekommen, zu prüfen, ob unsere Freundschaft echt ist.

„Kannst du vorbeikommen?", frage ich ihn wimmernd.

„Oh Scheiße, ich bin schon auf dem Weg."
Ich bleibe auf den Kissen sitzen und starre ins Leere, während mir in völliger Stille die Tränen über das Gesicht strömen. Ich habe mir das selbst angetan. Wie immer schiebe ich das Schlechte, das mir widerfährt, ganz allein mir in die Schuhe.

Ford mag durch meine Haustür gegangen sein, aber vorher habe ich ihn zweimal verlassen. Er kam zu mir zurück, um um uns zu kämpfen, doch ich ging diesem Kampf aus dem Weg. Kann ich ihm wirklich einen Vorwurf machen? Ich bin mir nicht sicher, ob ich das sollte.

Alles, was er je wollte, war ein bescheidenes Leben auf seiner Ranch zu führen. Alles, was ich je wollte, war das glitzernde Rampenlicht. Wir sind so verschieden, und doch ist er der einzige Mann, der jemals einen Sinn für mich ergeben hat.

„Süße", höre ich Damions Stimme in gedämpftem

Ton.

Ich drehe mich zu ihm um und versuche, ihm ein kleines Lächeln zu schenken, doch er schüttelt bloß den Kopf und kommt zu mir.

„Er ist weg“, lasse ich ihn wissen.

„Endgültig?“

Kopfschüttelnd ziehe ich die Knie an und erzähle ihm alles, was passiert ist. Ich weiß, dass er teilweise hinter Ford steht wegen des Umstands, wie die Dinge zwischen uns endeten und irgendwie auch nicht endeten.

„Was denkst du?“, fragt er schlicht.

„Ich weiß es nicht.“

„Was willst du?“

Ich zucke mit den Schultern.

„Heute Vormittag wolltest du noch deine Sachen packen und auf diese Farm ziehen. Entweder entscheidest du dich dafür, den Arsch dieses Bauernjungen für immer zu behalten, oder du hast nur mit ihm gespielt, um seinen Schwanz für eine Weile zu genießen. Egal was es ist, ich werde dich nicht verurteilen, aber du kannst nicht beides haben, und er hat das sehr deutlich gemacht.“

„Ich will ihn. Ich will ein einfaches Leben, aber von hier fortzugehen, war vielleicht ein etwas zu voreiliger Entschluss?“

„Du bist doch hierher zurückgekommen, weil du Schiss hattest, dass die Videos an die Öffentlichkeit gelangen, und nicht, weil du nicht mit ihm zusammen sein willst, richtig? Oder bist du abgehauen, weil du dich wieder in ihn verliebt hast?“

Ich hasse seine Fragen, zumal sie verdammt gut sind. Warum bin ich wieder einmal geflohen? Ich weiß, wieso ich gegangen bin, wegen der Videos, aber war das wirklich der einzige Grund? Das bezweifle ich.

Ich habe mich erneut in den grüblerischen Cowboy verliebt.

Das war total leicht, denn er ist klug und sexy und schert sich einen Dreck darum, wer ich bin oder was ich zu bieten habe. Außerdem war das, was wir im Bett miteinander erlebt haben, etwas Unbeschreibliches. Jeder Teil von ihm ist einmalig und ich habe ihn einfach kampflos ziehen lassen.

Er hat sich nicht geirrt. Ich habe alles stehen und liegen lassen und bin hierher zurückgerannt, und wozu? Um Sebastian aus der Patsche zu helfen? Ich habe mich wegen eines Sexvideos mit der Russenmafia eingelassen? Was zum Teufel ist eigentlich mit mir los?

„Damion?" Ich schnaufe. Er dreht sich um und sieht mich an. Er blickt mir in die Augen, seine Stirn kräuselt sich fragend. „Ich habe soeben Ford gehen lassen."

Seine Lippen verziehen sich zu einem Lächeln. „Und was wirst du dagegen tun?"

Ich schüttle den Kopf. „Ich werde so schnell wie möglich meinen Scheiß regeln und von hier verschwinden."

„Willst du eine Bäuerin werden?", fragt er lachend.

Nickend muss nun auch ich lachen. „Das will ich. Ich werde auf mein Bauchgefühl, mein Herz und meinen Kopf hören und diesen Mann zurückgewinnen."

„Auf einen neuen Versuch." Er grinst.

„Das kannst du laut sagen."

# Kapitel 27

*Ford*

Ich weiß nicht, wieso, aber ich habe gehofft, dass sie mir hinterherkommen würde. Als ich in den Flieger gestiegen bin, der auf dem Flughafen in Austin landen würde, konnte ich nicht anders, als das Gefühl der Traurigkeit über mich ergehen zu lassen. Ich war viel zu emotional, seit Stephanie wieder in der Stadt war.

Jetzt, da das mit uns vorbei ist, muss ich zu mir selbst zurückfinden, den Scheiß verdrängen und mein Leben weiterleben, so wie ich mir das geschworen habe. Ich räuspere mich und stehe auf, dankbar, dass ich mich nicht mit einem Handgepäckstück abmühen muss.

Sobald ich die Hektik des Flughafens hinter mir gelassen habe und ins Freie getreten bin, atme ich die dicke texanische Luft ein. Es tut gut, wieder zu Hause zu sein, auch wenn die dunkle Wolke, die wegen Stephanie über mir schwebt, sich noch nicht vollständig verzogen hat. Aber das wird sie wahrscheinlich nie.

Es überrascht mich nicht, dass Louis draußen in der Ankunftszone auf mich wartet. Lachend mache ich mich auf den Weg zu ihm.

Ich steige auf den Beifahrersitz. Keiner von uns verliert auch nur ein Wort, während er sich in den dichten Verkehr einfädelt. Ich bin sehr dankbar für die Stille, weiß aber auch, dass sie nicht von Dauer sein wird. Wäre der Scheiß andersherum gelaufen, würde ich ihn auch nicht totschweigen.

„Das war ja mal ein kurzer Trip", beginnt er.

„Ganz genau", stimme ich ihm zu.

Es herrscht abermals einen Moment lang Stille, doch der dauert nicht lange an. Das macht mir nichts aus. Ich muss darüber reden, was vorgefallen ist. Ich bin nicht einmal zu Beaumont gefahren, um mich von ihm zu verabschieden. Wie ein verdammtes Weichei habe ich ihm eine Nachricht geschrieben, als ich am Flughafenterminal eingecheckt hatte.

„Ford.“

Seufzend lasse ich mich tiefer in den Sitz sinken und richte den Blick aus dem Fenster vor mir. Louis fährt entspannt und ohne zu fluchen über den Highway. Ich weiß nicht, wie es möglich ist, in Austin Auto zu fahren, ohne die Beherrschung zu verlieren.

„Ihr Ex hat sich mit der Russenmafia eingelassen. Sie hat sich mit ihm getroffen, um ihm aus der Klemme zu helfen, weil er im Besitz von Sextapes ist, die sowohl sie und ihn als auch sie und mich in Aktion zeigen. Er hat ihr damit gedroht, die Videos zu veröffentlichen.“

„Das sind eine Menge Informationen in nur drei Sätzen“, brummt Louis.

Nickend stoße ich einen schweren Seufzer aus. „Das stimmt. Ich wollte sie nicht zurücklassen. Sie behauptet, dass das Mafiaoberhaupt, mit dem sie persönlich gesprochen hat, sie für nichts zur Verantwortung ziehen wird, aber die Tatsache, dass sie in diese Situation gebracht wurde, kotzt mich an. Und für was? Für einen Drecksack?“

„Und ihren Ruf.“

„Sie hat behauptet, mit der Schauspielerei Schluss zu machen, weil sie mit mir auf meiner Ranch leben will. Also was schert sie sich dann noch um ihren Ruf, wenn das wirklich der Fall ist?“

„Du bist also sauer, weil sie verhindern wollte, dass

die ganze Welt Sexvideos von ihr zu sehen bekommt? Wenn sie zu dir gehört, willst du, dass jeder sieht, wie sie mit einem anderen Kerl vögelt? Ich will nicht mal an einen anderen Kerl denken, geschweige denn Tulip mit ihm zusammen sehen. Willst du, dass die Welt sieht, wie auch du sie fickst?"

Räuspernd schüttle ich den Kopf. „Das ist mir vollkommen egal, ich will sie einfach nur für mich. Das ist alles. Als ich mich in ihrem Haus in Malibu umgesehen habe, ist mir ein Licht aufgegangen. Unsere Leben sind zu verschieden. Sie wird nicht ewig auf der Ranch glücklich sein. Eine Zeit lang vielleicht, aber was passiert, wenn der Reiz des Neuen nachlässt?"

„Du greifst zu weit vor."

„Tue ich das? Ich bin nicht mehr achtzehn, Bruder."

Lachend fährt er weiter. „Ja, das weiß ich. Aber, Ford, du musst dem Ganzen auch eine Chance geben."

„Ich bin zu müde dazu", gebe ich zu.

Er nickt. „Das verstehe ich. Ihr habt alle viel durchgemacht und vielleicht solltest du ihre Situation berücksichtigen."

„Anstatt mit mir zu reden, ist sie abgehauen, schon wieder. Ich weiß nicht, ob ich noch länger ein Leben führen will, in dem ich darauf warte, dass sie bei dem kleinsten Hindernis davonläuft."

Louis räuspert sich. „Dann ist es vielleicht besser so."

„Und wieso fühlt es sich so verdammt beschissen an?"

„Weil es das ist, was die verdammte Liebe manchmal anrichtet. Sie fühlt sich scheiße an. Aber irgendwann wird es wieder besser, bevor es verdammt unglaublich wird. Nicht unbedingt mit der gleichen

Frau. Vielleicht ist Stephanie nicht der Mensch, mit dem du alt und grau wirst, vielleicht war sie diejenige, von der du lernen konntest, damit du weißt, was du bei der nächsten Frau besser machen kannst."

Zum Glück sagt er nichts weiter, was mir die Zeit gibt, mich von meinen Gedanken treiben zu lassen. Ich kann nicht aufhören, über die Mafia-Sache nachzudenken. Ich hätte nicht gehen sollen. Um Beaumont anzurufen, hole ich mein Handy aus der Hosentasche.

„Bist du zu Hause angekommen?", fragt er mich nach dem zweiten Klingeln.

Lachend nicke ich, obwohl er es nicht sehen kann. „Louis hat mich abgeholt", entgegne ich. „Ich wollte mit dir sprechen."

„Ich passe auf sie auf, Bruder, du brauchst mich gar nicht erst danach zu fragen."

„Ich hätte nicht gehen, ich hätte bleiben sollen."

„Vielleicht. Aber das spielt jetzt keine Rolle mehr. Ich passe auf sie auf, kümmere du dich einfach um dich. Ich halte dich auf dem Laufenden."

Ich beende das Telefonat, weil ich nicht weiß, was ich dem noch hinzufügen soll. Ich will nach L.A. zurück, aber ich kann nicht. Es war richtig, zu gehen. Sie weiß, dass sie zu mir kommen kann, und ehrlich gesagt hoffe ich darauf, dass sie es tut.

Allerdings habe ich keine Ahnung, wie ich sie vor der Mafia, Sebastian und allem anderen beschützen kann, was in Malibu abgeht. Das ist allein ihre Scheiße, und ich denke, sie muss für sich entscheiden, was sie will. Ob ich derjenige bin, den sie an ihrer Seite haben möchte, und ob sie dieses Leben will, das ich ihr bieten kann. Vielleicht wählt sie stattdessen auch lieber das Leben, das sie sich dort aufgebaut hat.

Ich wäre nicht einmal sauer, wenn sie in L.A. bleiben würde. Sie hat hart für das Leben gearbeitet, das sie sich dort erschaffen hat. Es ist ein gutes Leben voller Partys, teurem Zeug, schönen Häusern und Luxus, den ich mir nicht einmal vorstellen, geschweige denn leisten könnte.

Louis hält vor meinem Haus an, woraufhin ich mich bei ihm für die Fahrt bedanke. Dann springe ich aus seinem Wagen und schnappe mir meinen Koffer vom Rücksitz. Ohne ein weiteres Wort zu verlieren oder einen Blick zurückzuwerfen, mache ich mich auf den Weg zu meiner Veranda.

Jimmy und Erica sind bereits weg, worüber ich froh bin. Auf meinem Küchentisch liegt ein Zettel. Auf diesem steht, dass sie abreisen mussten, weil eins ihrer Kinder erkrankt ist. Als ich meinen Kühlschrank öffne, lache ich, da er prall gefüllt ist.

Erica hat die gähnende Leere in meinem Kühlschrank, im Gefrierschrank und in meiner Vorratskammer offensichtlich nicht gefallen, denn sie sind plötzlich allesamt zum Bersten gefüllt. Es fühlt sich gut an, einen weiblichen Touch im alten Bauernhaus meiner Eltern zu spüren, auch wenn er nur einen kleinen Einfluss genommen hat. Ich glaube nicht, dass die Küche jemals so gut bestückt war, seit meine Mom verstorben ist.

Ich vernehme ein lautes Donnern, woraufhin ich zusammenzucke. Ich renne zur Scheune, um nachzusehen, ob Starlight sich erschreckt hat. Als ich die Scheune erreiche, höre ich zwar ihr Wiehern, stelle aber fest, dass sie gesund und munter ist.

Da ich nicht in das leere Haus zurückkehren will, setze ich mich auf den alten Stuhl, der neben ihrer

Box steht. Dort verbringe ich den Rest des Abends mit meinem Pferd. Es ist das einzige verdammte weibliche Wesen auf dieser Welt, das mich gern in seiner Nähe zu haben scheint.

***

*Stephanie*

Kirill sitzt mir gegenüber, im selben Restaurant wie vor ein paar Tagen. Er hält einen Wodka in der Hand und ich ein Wasserglas.

Lächelnd legt er den Kopf schief und deutet mit dem Kinn auf mein Glas. „Nur ein Wasser? Möchtest du einen Wein oder einen Champagner?"

Ich schüttle den Kopf und versuche, nicht auf meinem Stuhl herumzurutschen, aber ich muss feststellen, dass mir das in Gegenwart dieses gutaussehenden Mannes sehr schwerfällt. Er ist nervtötend, und das nicht nur, weil er gefährlich gut aussieht, sondern auch, weil er so ist, wie er ist, und wegen dem, wofür er steht.

„Nein, danke", wispere ich.

Er brummt. „Du bist nicht gegangen. Er war hier, oder?"

„Wer?"

Seine Lippen verziehen sich zu einem Grinsen. „Dein Cowboy."

„Woher weißt du das?"

Ich weiß nicht, wieso ich ihn das frage. Wahrscheinlich sollte ich das nicht tun, denn ich bin mir nicht sicher, ob ich die Antwort überhaupt hören möchte. Und mir wurde beigebracht, keine Fragen zu stellen, deren Antworten man nicht wissen will.

„Ich habe einen Mann auf dich angesetzt, nur um sicherzugehen."

„Sicherzugehen?"

„Du weißt doch, wie so was läuft. Du könntest dich an die Paparazzi oder die Bullen wenden. Das könnte schlimm ausgehen."

Scheiße. Ford hatte recht. Das bedeutet Ärger, großen Ärger. Ich versuche, ruhig zu bleiben, obwohl mein Herz mindestens eine Million Schläge pro Minute tut und das Blut durch meinen ganzen Körper rauscht.

„Ich weiß außerdem, dass Sebastian probiert hat, in dein Haus zu gelangen, aber der Cowboy war zur Stelle, hat mit ihm geredet und ihn vertrieben."

Stirnrunzelnd neige ich den Kopf zur Seite. Seine Worte schockieren mich. Mir muss entfallen sein, dass Sebastian Ford einen Besuch abgestattet hat. Ich weiß nicht, was zum Teufel hier los ist und warum dieser Mann mehr über mein Leben weiß als ich selbst.

„Ich möchte weder dir noch sonst irgendwem etwas schuldig sein. Was kann ich tun?"

Er grinst. „Wenn du mich das fragst, stehst du in meiner Schuld, *krasavitsa*."

„Ich stecke bis zum Hals mit drin", flüstere ich.

Kirill lacht auf und wirft seinen Körper nach hinten, bevor er sich wieder aufrichtet. Sein Lächeln ist diesmal noch breiter als zuvor. Er schüttelt ein paarmal den Kopf, dann verstummt sein Lachen.

„Das tust du. Ich dachte, du wolltest die Stadt verlassen?"

„Es hat nicht geklappt."

Er zuckt zusammen. „Aber das könnte es. Die Liebe findet immer einen Weg, und manchmal muss man sich ihr in den Weg stellen. Das kannst du mir glauben.“

„Es ist zu viel Zeit vergangen. Wir waren siebzehn Jahre getrennt, ein ganzes Leben lang. Es ist einfach zu viel Zeit verstrichen.“

Bevor ich begreife, was passiert, spüre ich, dass er seine Hand über den Tisch hinweg ausgestreckt hat und meine Schulter berührt. Ich hebe den Blick, um ihn anzusehen, und erschrecke wegen des Ausdrucks in seinen Augen. „Es ist noch nicht zu spät. Es ist *nie* zu viel Zeit vergangen. Ein Mensch kann stur sein, aber nicht auf Dauer.“

„Ich weiß nicht, was ich tun soll“, gestehe ich ihm. „Diese Situation macht mir Angst, und ich habe mich selbst in diese Lage gebracht.“

„Das hast du. Aber du wolltest dich bloß schützen, was ich verstehe. Sebastian ist kein Thema mehr. Ich habe mich um ihn gekümmert. Dein Haus wird nicht mehr überwacht, es sei denn, ich finde einen Grund, wieso ich es wieder tun sollte. Du bist frei, *krasavitsa*.“

„Niemand ist jemals wirklich frei“, erwidere ich.

Er lacht, doch diesmal klingt es eher sanft als rau. „Du hast recht. Aber in diesem speziellen Fall *bist* du frei von Sebastians Schuld. Du bist ebenfalls die Bratva und mich los, es sei denn, du brauchst mich.“

„Und falls ich dich brauche, hat das seinen Preis, oder? Wie hoch ist er?“

Kirill hält meinem Blick eine Weile stand. „Für dich ist es kostenlos, Stephanie.“

„Wieso?“

Seine Lippen zucken. „Weil du mich sehr an meine Tati erinnerst. Ich habe eine Schwäche für meine Frau, wahrscheinlich eine viel zu große.“

„Sie ist sehr hübsch“, betone ich.

Grinsend starrt er einen Augenblick lang in die
Ferne, als würde er über seine wunderschöne Ehefrau nachdenken.

„Das ist sie. Sehr sogar", antwortet er. „Aber das ist
nicht der einzige Grund, warum du mich an sie erinnerst. Du bist stark, genau wie sie. Du hast überlebt,
aber du liebst diesen Cowboy. Schon seit vielen Jahren fliehst du vor ihm, so wie meine Tati vor mir geflohen ist, als wir noch jung waren. Natürlich aus anderen Gründen, aber mit dem gleichen Ergebnis.
Viele Jahre der Einsamkeit und des Schmerzes."

„So viele Jahre", wispere ich.

Er nickt kurz, dann sieht er mich wieder an. „Es
braucht einen starken Mann, um sich für eine Frau
zu erniedrigen. Und einen noch viel stärken Mann,
um sie gehen zu lassen, weil man glaubt, dass sie es
so will."

„Denkt er so?"

Kirill steht auf und streicht seine teure Anzughose
glatt. „Ich habe ihn beobachtet. Er ist kein Schwäch-
ling. Er ist ein Mann ähnlich wie ich, ein sehr stolzer
Mann. Sagen wir einfach, ich war nie so stark wie er.
Ich habe Tati dazu gezwungen, zu mir zurückzukommen, schreiend und tretend, gespickt mit einer
Menge Drohungen. Ich hätte sie nie gehen lassen,
obwohl ich wusste, dass sie ohne mich glücklicher geworden wäre."

Aufgrund seiner Worte erschaudere ich. Meine Lippen spalten sich vor Ehrfurcht, da er so offen zu mir
war. Ich habe das Gefühl, dass dieser Mann nicht oft
über sein Privatleben plaudert.

„So, alles ist gesagt. Du, *krasavitsa*, bist nicht länger
auf meinem Radar. Sebastian stellt kein Problem
mehr für dich dar. Lebe das Leben, das du immer

wolltest, Stephanie."

„Er ist doch nicht …"

Kirill lacht. „Ich bleibe bei meiner Aussage: Tote zahlen nicht. Aber er wird nicht länger frei herumlaufen und Probleme machen. Nicht, bevor er seine Schulden nicht beglichen hat." Ohne das weiter auszuführen, dreht der große Russe sich um und schlendert aus dem Restaurant. Die Augen aller Gäste verfolgen ihn, genauso wie meine. Ich komme nicht umhin, mich zu fragen, was für eine Art von Leben er wohl führt. Es muss sehr aufreibend sein.

Bei dem Gedanken zieht sich mir der Magen zusammen. Das will ich nicht für mich. Es ist, als läge die Antwort plötzlich direkt vor mir. Sie war die ganze Zeit schon zum Greifen nah, doch ich habe den Prozess erst vor ein paar Tagen durchlaufen. Und es war noch nie so offensichtlich, dass ich die richtige Entscheidung treffen werde.

Ich will nichts Aufreibendes mehr.

Ich will es langweilig.

Ich will es einfach.

Ich will Ford.

# Kapitel 28

*Stephanie*

Damion legt die Stirn in Falten, während der Anwalt die Verträge mit dem Studio durchgeht. Die Sachlage ist eindeutig. Ich muss meine Verpflichtungen erfüllen, was bedeutet, dass ich den letzten Film aus der Serie, in der ich letztes Jahr mitgewirkt habe, abdrehen muss. Und noch einen weiteren, dessen Titel und Drehbeginn noch nicht feststehen.

Ich gehöre ihnen. Bis ein Startdatum feststeht, bis die Dreharbeiten beginnen. Beides kann sich Jahre hinziehen. Ich könnte zwar alles verkaufen und nach Texas ziehen, aber ich müsste für die Dreharbeiten zurückkommen, und zwar für mehrere Monate am Stück.

Ich weiß nicht, wie Ford darüber denken wird, ob er damit einverstanden wäre, und ehrlich gesagt weiß ich selbst nicht, ob es für mich in Ordnung geht. Ich denke, dass ich die Serie beenden sollte, aber den letzten Film, für den ich unterschrieben habe, will ich nicht abdrehen.

„Was ist, wenn ich ihnen verspreche, die Serie zu Ende zu bringen? Besteht eine Chance, den anderen Film nicht mehr drehen zu müssen?"

Der Anwalt lehnt sich zurück und neigt den Kopf zur Seite, während er mich betrachtet. „Warum sollten Sie das wollen? Der Film garantiert Ihnen einen Gehaltsscheck."

Ich nicke und beiße mir dabei auf die Innenseite meiner Wange, um ihm nicht zu sagen, dass er sich verpissen soll. Ihn trifft keine Schuld und er weiß nichts über meine momentane Situation. Wir stehen in einem hundertprozentigen Klienten-Anwalt-Verhältnis. Ich kenne nicht einmal seinen Vornamen.

„Ich steige aus dem Business aus“, teile ich ihm mit.

Er blinzelt und zieht danach die Augenbrauen in die Höhe. „Sie wollen aussteigen?“

Ich nicke. „Ich bin damit fertig. Ich will ein ruhigeres Leben. Ich möchte nach Hause zurückkehren und sesshaft werden.“

„Aber Sie haben doch bereits hier Wurzeln geschlagen.“

Schulterzuckend schüttle ich den Kopf. „Ich besitze hier zwar ein Haus, aber deswegen habe ich noch lange keine Wurzeln geschlagen. Ich bin bereit, wieder heimzukehren.“

Er scheint von meiner Antwort unbeeindruckt zu sein. „Ich denke, ich kann Sie aus dem Vertrag mit dem Film herausboxen, wenn Sie zusichern, die Serie zu beenden. Darf ich die Produzenten darauf hinweisen, dass es Ihr großes Finale sein wird?“

Ich denke über seine Worte nach. Finale klingt so … endgültig. Allerdings vertraue ich darauf, dass Ford mich bei sich haben will. Ich erhoffe es mir zumindest. Selbst wenn ich nur ein Stückchen Glück für mich finden würde, wäre es mehr als erwartet. Wir hätten nämlich schon vor siebzehn Jahren miteinander glücklich sein sollen.

Auch wenn Ford und ich scheitern, habe ich genug Geld angespart, um mir um den Rest meines Lebens keine Sorgen mehr machen zu müssen, ohne je wieder arbeiten zu müssen. Wenn diese Serie also meine letzte sein sollte, dann geht das für mich in Ordnung. Es ist ein bittersüßes Gefühl, das mitschwingt, als ich auf seinen Vorschlag eingehe, aber ich kann nicht

leugnen, dass es sich auch irgendwie befreiend anfühlt.

„Sie können die Serie als meine letzte vermarkten“,
bestätige ich ihm.

Er nickt mir zu. „Ich werde das Studio kontaktieren
und sehen, was ich für Sie tun kann. Soll ich außerdem für Sie herausfinden, ob es bereits einen Start-
termin für den Dreh der Serie gibt?“

„Bitte.“

Er grinst mir zu. „Ich melde mich bei Ihnen, sobald
ich genauere Informationen habe. Nehmen Sie den
Anruf bitte entgegen“, fordert er.

Damit ist die Besprechung vorbei. So ist er nun mal.
Er hatte das letzte Wort und neigt nun den Kopf
nach unten, um sich Notizen auf einem gelben Block
zu machen. Ich stehe auf, Damion folgt mir, und wir
verlassen gemeinsam das Büro, um zum Aufzug zu
gehen.

„Das klang doch vielversprechend“, meint er, nachdem sich die Lifttüren geschlossen haben.

Ich wende mich ihm zu und meine Lippen verziehen sich zu einem kleinen Lächeln. „Nicht wirklich.“

„Ich meine, das Studio könnte auf den Zug auf-
springen mit deinem Karriereende. Das könnte gute
Werbung für sie bedeuten.“

„Das könnte es“, stimme ich ihm zu und wende
mich der geschlossenen Tür zu.

Damion bleibt still, greift dann nach meiner Hand
und drückt sie. „Das ist eine große Veränderung,
Süße. Eine gigantische.“

„Ich weiß.“

Er verstummt wieder, als sich die Türen öffnen und
wir gemeinsam aus dem Fahrstuhl steigen, um
schweigend zum Wagen zu gehen. Ich bin dankbar

für die Stille. Ich muss ein wenig darüber nachdenken, warum es mir so schwerfällt, eine Entscheidung zu treffen beziehungsweise diese durchzuziehen?

Ich werde das Gefühl nicht los, dass ich meine Entscheidung schon vor einiger Zeit getroffen habe, sozusagen in dem Moment, als ich in Gallup eintraf und nicht nur von den Erinnerungen, sondern auch von unbeschreiblichen Empfindungen übermannt worden bin.

In der Sekunde, in der ich das Ortsschild passierte, fühlte ich mich wieder wie zu Hause. Die Last der Welt, die ich so lange mit mir herumgetragen hatte, fiel völlig von mir ab. Das ist der Ort, an dem ich sein sollte, wo ich schon immer hätte sein sollen.

„Ich brauche dich noch während der Dreharbeiten, aber im Anschluss … Ich bin nicht sauer, falls du vorher gehen möchtest", flüstere ich ihm zu.

Damion schnaubt. „Ich werde nirgendwo hingehen, bevor du nicht sicher und wohlbehalten in der kleinen Stadt angekommen bist und dich wieder mit deinem Cowboy versöhnt hast."

„Und wenn er mich gar nicht mehr will?"

Abermals schnaubt er. „Er will dich. Er weiß vielleicht nicht, was er momentan empfindet, aber er will dich auf jeden Fall. Ganz sicher. Warum bist du so unsicher? Du bist keins dieser Mädchen."

„Das stimmt. So bin ich eigentlich nicht, aber wenn es um ihn geht …"

„Hast du einen Plan, wie du ihn zurückgewinnen willst?"

Grinsend wende ich mich ihm zu. „Ich hoffe sehr darauf, dass er mich zurücknimmt, aber ja, notfalls habe ich einen Plan."

Damion lacht, während er auf die Zufahrt zu

meinem Haus einbiegt. „Ich kann es kaum erwarten, zu hören, wie sich die Dinge zwischen euch entwickeln. Wäre es seltsam, wenn ich dich auf dieser Reise begleite, nur um mitzubekommen, wie es läuft?“

„Du willst mit nach Gallup kommen?“, frage ich.

Ich denke an die Stadt und die damit verbundene Kleinstadtmentalität. Es gab einen Grund, wieso ich Damion nicht eingeladen habe, mich zu begleiten, als ich das letzte Mal zu Besuch war. Gallup ist nicht annähernd wie L.A., und ich will nicht, dass seine Gefühle verletzt werden, weil irgendjemand ihm einen dummen Spruch reinwürgt.

„Zögerst du, weil du nicht willst, dass ich dich begleite, oder weil du befürchtest, dass irgendein Hinterwäldler meine zarten Gefühle verletzen könnte?“

Ich schnaube, als er meine Einfahrt hochfährt.

„Süße, denkst du wirklich, dass ich nicht mitbekomme, was die Leute so über mich sagen? Ich bekomme einiges mit. Aber ich bin ein großer Junge und möchte deine Heimatstadt sehen.“

„Einverstanden. Wir brechen in einer Woche auf.“

„In einer Woche?“

Nickend schaue ich ihn an und lege meine Hand dabei auf den Türgriff. „Ich mache keine halben Sachen. Wenn ich zu lange warte, wird er glauben, dass er mir egal ist.“

„Ich liebe dich. Übe, genau das zu sagen, denn er wird es von dir hören müssen.“

„Das habe ich seit siebzehn Jahren zu niemand anderem außer meinen Eltern gesagt.“

Damion lacht auf. „Dann solltest du es besser üben, Süße, denn dieser Mann, dem du so oft den Rücken zugekehrt hast, muss es aus deinem Munde hören.“

„Wie furchtbar“, sage ich und rümpfe die Nase.

„Die Liebe ist irgendwie schrecklich, aber ich hätte nichts dagegen, einem sexy Cowboy zu gestehen, dass ich ihn liebe.“

Lächelnd neige ich den Kopf und lege ihn auf seine Schulter. „Ja, wenn man bedenkt, dass er der einzige Mann ist, zu dem ich je diese Worte gesagt habe, bin ich wohl einfach bloß aus der Übung.“

Schweigend sitzen wir ein paar Augenblicke da. „Okay. Wir fahren also in einer Woche los. Brauche ich Chaps? Die ohne Arsch?“

Ich kneife die Augen zusammen und lache laut wegen seiner Frage. Sofort ziehen mir die Bilder durch den Kopf, wie er besagte Chaps trägt. Chaps sind lederne Hosen ohne Gesäß, die über die Jeans geschnallt und von Cowboys beim Reiten getragen werden. Da grundsätzlich alle Chaps am Hintern offen sind, vermute ich, dass er Chaps ohne eine Jeans darunter meint.

Ich bin froh, dass er mich begleitet, denn so habe ich wenigstens jemanden, der mich zum Lachen bringen und mir vielleicht etwas die Anspannung nehmen wird, die ich im Hinblick auf meine Zukunft habe.

Ich weiß aktuell nur, dass ich Ford will, und alles andere ist mir im Moment ziemlich egal.

✳✳✳

*Ford*

Ich kann nicht schlafen. Nicht essen. Es scheint, als hätte die Normalität wieder Einzug gehalten, nachdem alles den Bach runtergegangen ist. Das einzig Gute, was mir in den letzten Monaten widerfahren ist, ist, dass Erica mich mit Vorräten ausgestattet hat, sodass ich etwas in meiner Speisekammer finden werde, falls ich etwas essen möchte. Außerdem ist der Verkauf meiner Rinder deutlich besser gelaufen als erwartet. Also werde ich nicht völlig pleite sein, nachdem ich all meine offenen Rechnungen bezahlt habe.

„Du solltest den Frauen nicht länger aus dem Weg gehen. Exeter fängt an, es persönlich zu nehmen", ruft mir eine Stimme zu.

Ich halte inne, hebe den Kopf, nehme den Strohhut ab, um mir den Schweiß von der Stirn wischen zu können, und sehe Wyatt und Rylan an, die ein paar Meter von mir entfernt stehen.

„Ich gehe niemandem aus dem Weg. Ich habe den Mädels eine Aufgabe gegeben, haben sie schon ein Date für mich klargemacht?"

„Eine Ehefrau zu finden, meinst du wohl, oder?", fragt Wyatt lachend.

„Das ist doch dasselbe", erwidere ich achselzuckend.

Rylan schüttelt den Kopf, er mustert mein Gesicht. Ich finde, dass er viel zu aufmerksam ist. Ich sage nichts weiter, sondern beobachte sie nur und warte darauf, dass sie endlich loswerden, was ihnen unter den Nägeln brennt. Ich kenne sie, und daher weiß ich, dass zumindest Wyatt etwas auf dem Herzen hat.

„Du musst uns erzählen, was zum Teufel passiert ist", sagt Wyatt schließlich mit einem Seufzer.

Brummend deute ich mit dem Kinn auf meine Kühlbox, die mit Wasser, Bier und Gatorade befüllt ist. Ich öffne sie und sehe dabei zu, wie sich die Jungs ein Wasser schnappen. Ich tue es ihnen gleich, auch wenn eigentlich das Bier nach mir schreit. Allerdings ist es noch viel zu früh am Tag, um sich ein kaltes

Bier zu gönnen, auch wenn es sich so verdammt gut anhört.

„Ich war bei ihr, sie hat immer noch etwas mit ihrem Ex zu schaffen, der sie in irgendeinen schlimmen Scheiß mit hineingezogen hat. Also bin ich wieder gegangen."

„Du hast sie alleingelassen, obwohl sie in Schwierigkeiten steckt?" Rylan stöhnt auf.

Ich setze mich auf den Deckel der Kühlbox, stütze die Unterarme auf meinen Knien ab und hebe den Kopf, um sie anzusehen.

„Ich bin gegangen, weil sie sich dieses Schlamassel selbst eingebrockt hat. Bin ich deswegen ein Arschloch? Wahrscheinlich. Gott weiß, dass ich mich wie eins fühle, und die Schuldgefühle nagen jeden Tag an mir."

„Warum hast du es dann getan?", will Wyatt wissen. Seine Stimme klingt ruhig und gleichmäßig.

Den Kopf schüttelnd schließe ich für einen Moment die Augen. „Ich hätte bleiben und den Kampf mit ihr gemeinsam ausfechten können, aber schließlich kann ich sie doch nicht dazu zwingen, sich für mich zu entscheiden. Sie ist vor mir geflohen, um zu ihm zu rennen, um ihn zu retten. Ich glaube, ihr Motiv war der Selbsterhaltungstrieb. Was sie hingegen nicht getan hat, war, vorher noch einmal das Gespräch mit mir zu suchen. *Wieder einmal.*"

„Ich verstehe", entgegnet Wyatt. „Sie trifft ständig die Entscheidungen für dich mit."

Ich brumme. Er weiß genau, wie sich das anfühlt und was man dabei fühlt. Hilflosigkeit. Man ist völlig hilflos, und für einen Mann, besonders für Männer wie uns, ist das einfach verdammt noch mal zu viel.

„Wie geht es jetzt weiter?", erkundigt sich Rylan.

Ich stehe auf und lege meine Finger um meinen Nacken, während ich meine beiden Freunde einzeln betrachte. Ich kenne sie schon mein ganzes Leben lang, genauso wie Beaumont und Louis. Louis ist der beste Kerl, den ich kenne. Ich vertraue ihnen und schätze ihre Meinungen, aber ich will keinen Rat von ihnen. Nicht in dieser speziellen Angelegenheit.

„Wollt ihr und die Mädels Freitagabend hierherkommen, um eine kleine Party zu feiern? Das wäre doch eine gute Idee. Erica hat mir eine Menge Essen hiergelassen und meine Vorratskammer reichlich bestückt. Ich kann das niemals allein aufessen. Lasst uns ein Grillfest steigen lassen.“

„Okay, aber was ist mit dir und Stephanie?“ Rylan lässt nicht locker.

„Ich habe ihr gesagt, dass sie weiß, wo sie mich findet. Ich werde nicht länger auf sie warten, das kann ich einfach nicht. Sie hat ihre Wahl getroffen. Es ist scheiße, dass es so gekommen ist, aber ich kann es nicht ändern.“

„Du willst sie also der Gefahr überlassen? Das klingt nicht nach dem Ford, den ich kenne“, sagt Wyatt.

„Dieser Wichser hat sie der Mafia ausgeliefert“, zische ich. „Sie denkt, sie wären freundlich. Abgesehen davon, hat sie ziemlich deutlich gemacht, dass sie vor Ort noch etwas zu regeln hat. Und vergesst bitte nicht, dass sie zu ihm gerannt ist.“

„Geht es um deinen Stolz?“, will Rylan wissen.

Ich schnaube. „Ich bin ihr doch nachgelaufen, oder?“

„Aber hast du dich für sie erniedrigt?“, fragt Wyatt.

„Ich war mein ganzes Leben lang demütig, wenn es um sie ging. Für mich gab es immer nur Stephanie.

Keine andere Frau ist an sie herangekommen, und ich habe gehofft, dass sie genauso empfindet, aber das war ein Irrglaube. Es ist besser so. Ich will eine Familie, will jemanden haben, an den ich meine Ranch weitervererben kann. Ich will wenigstens probieren, glücklich zu sein."

„Das ist nicht unvernünftig", pflichtet Rylan mir bei.

„Also, am Freitag steigt bei mir eine Party. Beaumont ist leider noch in Kalifornien."

Ich wende mich von ihnen ab, was sicher unhöflich ist, aber ich tue es trotzdem. Ich gehe in die Scheune, um Starlight zu satteln. Ich schwinge mich auf mein Pferd und reite drauflos. Weg von alledem. Ich muss das Vieh zum Wasser treiben. Vor allem aber brauche ich Luft und Raum, um einfach durchzuatmen.

# Kapitel 29

*Ford*

Die drei Pick-ups, die meine Einfahrt hochfahren, hupen, während sie den Schlaglöchern ausweichen, um die ich mich nie gekümmert habe. Ich bin mir sicher, dass die Achsen total im Arsch sind, wenn sie das Haus erreicht haben.

„Wir sind da", ruft Channing.

Ich beobachte, wie die Frauen aus den Pick-ups steigen und ihre Kinder von den Rücksitzen holen. Ich sehe sein blondes Haar in der Sonne schimmern, als Reese auf mich zugesprintet kommt.

Ich hebe ihn auf meine Arme und drehe mich lachend im Kreis.

„Ist der Teich startklar für mich, Onkel Ford?", fragt er mich.

„Ich habe deine Ausrüstung schon bereitgestellt." Ich lache leise auf.

„Ich schätze, wir gehen dann wohl angeln", sagt Rylan.

„Nachdem wir gegessen haben?", schlage ich vor und schaue zu Reese.

Er neigt den Kopf zur Seite und überlegt, als hätte er eine Wahl. „Okay, dann sollten die Fische zumindest hungrig auf ein Abendessen sein, oder?"

Lächelnd nicke ich. „Ganz genau."

Als er in meinen Armen zappelt, lasse ich ihn runter. Er rennt los, um Starlight zu begrüßen, während ich den Rest der Gruppe in Empfang nehme. Ich umarme die Frauen, kitzle die Babys und schüttle die Hände meiner Freunde.

Stephanie erwähne ich mit keinem Wort. Ich brauche einen Abend, an dem ich nicht an sie denke, an dem ich mich nicht volllaufen lasse und ins Saufkoma falle. Heute Abend geht es um Freundschaften, gutes Essen und vielleicht um ein Date.

„Lasst uns draußen am Picknicktisch essen. Ist er sauber?", ruft Exeter aus der Küche heraus.

Ich blicke vom Grill zum Tisch und zucke zusammen. „Klar", flunkere ich.

Louis, Rylan und Wyatt lachen, beginnen aber sofort damit, mir beim Saubermachen zu helfen. Ich rufe Reese zu mir und bitte ihn, den Wasserschlauch mitzubringen, denn die ganze Menge an Staub und Schmutz auf diesem Scheißteil lässt sich nicht mit Spülmittel und ein paar Papiertüchern entfernen.

Es ist eine gemeinschaftlich ausgeführte Aktion, die nicht viel Zeit in Anspruch nimmt. Als die Mädchen die Beilagen rausbringen, ist das Fleisch auch schon fertig und meine Terrasse erstrahlt in neuem Glanz. Sie stellen das Essen auf dem Tisch ab. Die Teller haben wir am Ende des Tisches gestapelt. Jeder schnappt sich einen und lädt ihn sich voll, bevor wir uns hinsetzen.

Reese wird immer unruhiger auf seinem Platz, sein Blick ist auf den Angelteich gerichtet. Er ist total aufgeregt, weil er hofft, einen großen Fisch an Land zu ziehen. Alle unterhalten sich ausgelassen, doch ich höre nur mit einem Ohr zu, da ich nicht viel beizutragen habe. Ich habe weder Kinder noch eine Frau oder Arbeitskollegen.

Ich bin allein, und da ich immerzu allein bin, vergesse ich hin und wieder, wie sehr ich die Gesellschaft anderer vermisse – bis ich sehe, was ich haben könnte. So wie jetzt.

Nachdem wir aufgegessen haben, lehnen wir uns zurück und setzen die Unterhaltungen fort, während Rylan, Wyatt und Louis mit Reese an den Teich gehen und mich bei den Frauen zurücklassen.

Ich bin ein wenig angepisst, dass ich hierbleiben muss, denn ich spüre, wie die Stimmung kippt, nachdem die kleinen Ohren dem Tisch fern sind.

„Was ist in L.A. passiert, Ford?“, will Tulip wissen.

Ich schüttle den Kopf. „Spielt keine Rolle mehr. Hast du nach einer Freundin für mich Ausschau gehalten?“, komme ich direkt zum Punkt.

Ich bin mir sicher, dass ihr das nicht gefällt, aber auch das ist mir egal. Ich brauche etwas Neues, um weiterzuziehen oder um es zumindest zu versuchen.

„Ford“, wispert Exeter.

Ich schließe kurz die Augen, öffne sie wieder und sehe dann die drei Frauen an, die ich wie Schwestern liebe. Sie sorgen sich um mich, das sehe ich an dem besorgten Ausdruck in ihren Augen. Es ist nur so, dass ich wirklich verdammt müde bin. Ich will das, was sie haben, selbst wenn ich mir dafür bis an mein Lebensende etwas vormachen muss. Das geht für mich in Ordnung, das kann ich tun.

Ich werde es tun.

„Wir haben eine Kandidatin gefunden. Wie passt es dir an diesem Wochenende? Abendessen in Marble Falls, in diesem süßen, kleinen italienischen Lokal direkt am Highway?“

Meine Augen weiten sich aufgrund von Channings Aussage.

„Jetzt echt?“

Sie nickt. „Ja. Sie wird dich dort um neunzehn Uhr treffen. Ich reserviere für euch, damit du nicht vorab erfährst, wer sie ist. Okay?“

Mit zusammengekniffenen Augen starre ich sie an und frage mich, was zum Teufel hier los ist. Mein Blick huscht ebenfalls zu den anderen Frauen, von denen ich weiß, dass sie mit ihr unter einer Decke stecken.

„Sie ist doch nicht potthässlich, oder? Ihr wollt mich doch nicht verarschen?", frage ich.

„Ford Matthews, wie kannst du es wagen, uns so etwas zu unterstellen?", fragt Channing keuchend und versucht, beleidigt zu klingen.

Ich lehne mich in meinem Stuhl zurück. „Wie ich so etwas wagen kann, hm? Ihr drei steckt doch unter einer Decke, und solltet ihr euch mit Hutton und ihrer durchgeknallten Freundin Laurie unterhalten haben, will ich mir gar nicht vorstellen, was dabei rumkommt. Also, ich will euch rein gar nichts unterstellen, aber ich vertraue euch auch nicht blindlings."

„Über dich und Laurie wissen wir schon lange Bescheid, und glaube mir, sie war nicht in die Gespräche rund um dein Liebesleben involviert", erwidert Tulip.

Meine Lippen verziehen sich zu einem Grinsen, wenn ich an Laurie denke. Die verdammt heiße Laurie, die nicht auf denselben Scheiß im Bett abgefahren ist wie ich. Nicht, dass ich sie auf Dauer hätte daten wollen. Sie ist ein bisschen zu wild für mich, doch sie hat ihren Partner fürs Leben in Beaumonts Bandkollegen gefunden, und ich freue mich wirklich für sie.

„Hör auf damit, an den Sex mit Laurie zu denken", mault Exeter.

„Das geht nicht." Ich lache auf.

„Du hast ein Date, auf das du dich vorbereiten musst", sagt Channing.

„Kann ich wenigstens ein Foto von ihr sehen oder

ihr Facebook-Profil oder Ähnliches?“

Alle drei Frauen pressen die Lippen aufeinander und schütteln den Kopf. Als ich sie mit zusammengekniffenen Augen ansehe, weiß ich sofort, dass sie mir etwas verheimlichen. Und sie werden mir nichts verraten. Na toll. Sie wird wahrscheinlich ultrahässlich sein.

„Gut. Aber wenn ich sie abservieren muss, weil mir nicht gefällt, was ich sehe, dann ist das eure Schuld“, schnauze ich.

„Sei nicht so oberflächlich“, schimpft Tulip.

Ich zucke mit einer Schulter. „Sorry, Süße, aber wenn ich den Rest meines Lebens mit jemandem verbringen soll, muss ich mich zumindest zu ihr hingezogen fühlen.“

„Das wirst du“, verspricht Channing.

Lachend schüttle ich den Kopf, weil es mir Spaß macht, sie zu veräppeln. Das geht viel zu einfach.

„Lasst uns aufräumen“, wirft Exeter ein, die sich weigert, den Schlagabtausch fortzusetzen.

„Ihr Mädels habt genug getan, ich räume ab. Wenn ihr wollt, helft mir einfach dabei, den Kram in die Spüle zu stellen.“

„Das ist viel zu viel Arbeit, Ford“, erwidert Channing und legt die Stirn in Falten, während sie den Tisch inspiziert.

Kopfschüttelnd greife ich nach einem Stück Brot und stecke es mir in den Mund. „Ach Quatsch. Ich kann sowieso nicht so gut schlafen, dann habe ich wenigstens etwas zu tun.“

Ich stehe auf, wende mich von ihnen ab und gehe zu den Männern rüber. Sie unterhalten sich und helfen Reese beim Angeln. Ich verbringe den Rest des Abends mit meinen Freunden, ohne weitere

Gespräche über Frauen zu führen, und das finde ich verdammt erfrischend.

Ich hätte nie gedacht, dass ich mir jemals auch nur ansatzweise vorstellen könnte, genug vom anderen Geschlecht zu haben – aber so ist es.

***

*Stephanie*

„Es ist exakt so, wie ich es mir vorgestellt habe", sagt Damion, der auf dem Beifahrersitz sitzt.

„Ach ja? Und wie genau?" Ich lache auf und fahre weiter in Richtung Supermarkt, da wir Lebensmittel brauchen.

Ich schaue mich um, ob ich Fords Pick-up sehe. Den neuen oder den alten. Ich fühle mich, als wäre ich in geheimer Mission unterwegs. Ich will nicht, dass er mich sieht, dass er weiß, dass ich hier bin. Zumindest jetzt noch nicht. Nicht bis morgen Abend.

„Klein, staubig, voller Menschen mit Jeanshosen und T-Shirts und winzig *klein*."

„Das fasst Gallup in wenigen Worten zusammen."

Als Damion lacht, beginnt sein Handy zu bimmeln. Ich sehe ihm dabei zu, wie er den Anrufer wegdrückt. „Wer war es?"

„Der Rest deines Teams. Sie sind angepisst wegen deiner Vereinbarung und wegen der Ankündigung, die heute veröffentlicht wurde."

Ich brumme, weil ich weiß, dass mein Handy sicherlich auch mit Anrufen und Nachrichten geflutet wird. Bevor wir in den Flieger gestiegen sind, habe ich es ausgeschaltet und bis jetzt nicht wieder eingeschaltet.

„Grace ist richtig sauer", wispere ich. „Genau wie

all die anderen.“

„Das sind sie, aber es ist wohl nicht das erste Mal, dass jemand wütend auf dich ist, oder?“

„Absolut nicht.“

„Und was hast du dagegen unternommen?“

„Mein Leben weitergelebt, wie ich das wollte. Aber das heißt nicht, dass ich auf meinem Weg die Menschen um mich herum verletzen wollte“, lasse ich ihn wissen.

Er nickt, geht aber nicht sofort darauf ein. Ich denke, dass er dem vielleicht auch überhaupt nichts hinzuzufügen hat.

„Weißt du, vielleicht hast du ein paar Leuten wehgetan, aber ich kenne dich, Stephanie. Ich bin mir absolut sicher, dass du nie etwas böswillig gemacht hast. Wenn du sie verletzt hast, dann nicht, weil du gemein sein wolltest.“

„Nein, das stimmt. Aber ich war egoistisch. Das bin ich noch immer.“

„Das gehört zur menschlichen Natur. Sogar jemand, der behauptet, selbstlos zu sein, ist es nicht. Niemand von uns ist das.“

Einen Moment lang hüllen wir uns in Schweigen. Ich schnappe mir meine Handtasche und schultere sie, bevor ich die Wagentür öffne.

„Vielleicht liegt das in der menschlichen Natur, aber es fühlt sich trotzdem schrecklich an.“

„Ja, das kann gut sein. Aber jetzt bist du doch dabei, es wiedergutzumachen, oder nicht?“

„Wenn er es zulässt.“

Damion und ich gehen einkaufen. Ich muss jedes Mal lachen, wenn er etwas entdeckt, was er zuvor noch nie gesehen hat. Die frischen Tortillas, der Kuchen in der Auslage und alles, was texanisch ist, sind seine Favoriten. Er lädt den Einkaufswagen mit allem Möglichen voll.

„Wer soll denn das alles essen?“, frage ich ihn.

„Ist doch vollkommen egal. Ich will es haben“, entgegnet er und drückt die warmen Tortillas an seine Brust, als befürchte er, dass ich sie ihm wegnehme.

Kapitulierend hebe ich die Hände in die Höhe und schüttle den Kopf. „Du darfst sie alle allein verdrücken, aber lass mich dir einen Tipp geben: Mit etwas Butter, Zimt und Zucker schmecken sie noch tausendmal besser.“

„Oh mein Gott. Zeig mir, wo ich die Sachen finde, während du schon mal zur Kasse gehst.“

Ich hebe die Hand, strecke den Zeigefinger aus und sage ihm, wo er die Zutaten finden kann. Unterdessen beginne ich schon mal damit, meine Sachen auf das Förderband der Kasse zu legen. Ich beeile mich damit, weil ich nicht möchte, dass mich jemand hier erwischt. Vor allem Ford nicht. Er soll nicht wissen, dass ich schon in der Stadt bin.

Zum Glück dauert es nicht lange, bis unsere Einkäufe abkassiert sind. Damion und ich eilen aus dem Laden, verstauen die Lebensmittel schnell im Auto und fahren dann zum Hotel.

Es überrascht mich nicht im Geringsten, dass das größte Zimmer noch frei ist, als wir dort einchecken. Wir tragen unsere Taschen ins Hotelzimmer und packen die Lebensmittel aus, bevor ich mich aufs Bett werfe.

„Auf diese Bettdecke würde ich mich nicht legen“, warnt Damion mich schnaubend.

„Ich weiß, sie ist ekelig. Aber ich bin hundemüde und ich werde mich wegen des Fluges sowieso gleich desinfizieren. Ich brauche nur fünf Minuten.“

Ich schließe die Augen und nehme einen tiefen Atemzug, ehe ich ihn mit einem Seufzer wieder rauslasse. Ich kann hören, wie Damion durch den Raum schlurft, aber ich ignoriere ihn, ignoriere einfach alles. Ich brauche einen Moment zum Durchatmen und zum Nachdenken. Ich muss mir überlegen, wie ich Ford zurückgewinnen und davon überzeugen kann, dass ich hier bin und bleibe – für immer.

„Das ist der Oberkracher", stöhnt Damion.

Ich öffne kichernd ein Auge und sehe, wie er eine Tortilla verputzt, die er mit Butter bestrichen und mit Zimt und Zucker garniert hat.

„Mach mir bitte auch eine."

Er zieht eine Augenbraue in die Höhe und hält seinen Snack schützend an seine Brust.

„In der Packung befinden sich fünfzig Tortillas, da kannst du doch wohl eine abgeben", sage ich.

Er knurrt, macht mir aber letztlich doch eine fertig und wirft sie mir zu.

„Danke." Ich lache.

Den Rest des Abends sitzen wir auf unserem Hotelzimmer, reden und verdrücken Tortillas. Es ist reinigend. Das ist genau das, was ich brauche, bevor ich mich völlig verletzlich mache. Ich werde mich entschuldigen und mich Ford gegenüber gänzlich entblößen.

Ich werde ihm sagen, dass ich ihn immer geliebt habe, dass ich nie damit aufgehört habe, ihn zu lieben. Dass ich es noch einmal mit ihm versuchen möchte und dass ich mein Haus in Malibu zum Verkauf angeboten habe. Dass ich nur noch einen Film drehen und mich danach ganz aus dem Business zurückziehen werde.

Dass ich mir eine Zukunft mit ihm wünsche, eine

Familie, die wir eigentlich schon lange hätten haben
sollten. Ein Leben, das wir eigentlich schon immer
führen sollten. Ein Leben, von dem ich weiß, dass es
mir tief im Inneren fehlt.

Er könnte mir ins Gesicht lachen. Er könnte mir
sagen, dass es dafür zu spät ist. Allerdings könnte er
mich auch küssen und akzeptieren, was ich zu sagen
habe. Die Tatsache, dass ich absolut keine Ahnung
habe, wie das Ganze ausgehen wird, macht mir Angst
und erfüllt mich gleichzeitig mit Hoffnung.

Ich will ihn.

Ich möchte dieses Leben.

Ich will all das.

# Kapitel 30

*Ford*

Ich steige aus dem Wagen, fahre mir mit der Hand durch die Haare und frage mich unweigerlich, wie verdammt lächerlich ich wohl aussehe. Ich kann mich nicht mehr daran erinnern, wann ich das letzte Mal das Haus ohne eine Baseballkappe oder einen Strohhut verlassen habe. Ich habe allerdings gedacht, beide Kopfbedeckungen wären für ein Blind Date in einem Restaurant nicht passend.

Ich räuspere mich, schließe das Auto ab und mache mich auf den Weg ins Innere des italienischen Lokals. Für einen Freitagabend ist es ziemlich ruhig im Inneren, aber wie sollte es in einer Stadt, in der hauptsächlich Rentner leben, um sieben Uhr am Abend auch anders sein.

Ich gehe zur Platzanweiserin und teile ihr mit, dass ich eine Reservierung auf Matthews habe. Ich bin zwar ein bisschen früh dran, aber ich konnte nicht zulassen, dass mein Date vor mir hier ist. Es wäre einfach nicht gentlemanlike, eine Frau warten zu lassen, selbst wenn sie eine Fremde für mich ist.

Die Platzanweiserin ist ein junges Ding, wahrscheinlich hat sie gerade erst die Highschool abgeschlossen. Ihre Lippen verziehen sich zu einem Lächeln. Nickend greift sie nach zwei Speisekarten. „Ihre Verabredung ist noch nicht hier. Möchten Sie an der Bar warten?"

Kopfschüttelnd lehne ich ab. Sosehr ich mir auch ein paar Flaschen Bier zur Beruhigung meiner Nerven wünsche, werde ich mir keins bestellen. Ich will nicht, dass mein Date denkt, ich wäre jemand, der sich bei der ersten Verabredung volllaufen lässt. Ich will einen guten Eindruck machen oder es zumindest versuchen.

Ich setze mich auf einen Stuhl, der vor einer Wand steht, mit Blick auf die Eingangstür, damit ich sehen kann, wer das Lokal betritt. Die Platzanweiserin fragt, ob sie mir etwas zu trinken bringen kann, während sie die Speisekarten vor mir ablegt.

„Ein Glas Wasser und einen gesüßten Tee, bitte."

Sie nickt, wendet sich ab und verschwindet nach hinten. Ich wippe mit dem Knie, während ich nervös darauf warte, dass mein Date auftaucht. Die Mädels haben sich geweigert, mir zu erzählen, wie sie aussieht oder wie alt sie ist. Ich habe nicht einen verdammten Anhaltspunkt.

Es ist nervenaufreibend, völlig und total nervenaufreibend. Ich weiß nicht, was ich erwarten darf. Ob sie jemanden gefunden haben, der wirklich meine Zukunft sein könnte oder eben nicht. Heute geht es nicht darum, jemanden in einer Bar aufzureißen oder um einen schnellen Fick. Das hier ist etwas völlig anderes. Ich habe ein Date, und mein letztes liegt weit über zehn Jahre zurück. Und es war eine verdammte Katastrophe. Meine Erfolgsbilanz ist absolut beschissen.

Die Bedienung bringt meine Getränke. Ich bedanke mich und atme tief ein und wieder aus. Ich neige den Kopf und starre auf die Tischplatte, meine Knie sind immer noch am Wippen. Ich frage mich, wann zum Teufel sie endlich kommt, um mich von meiner Neugier zu erlösen.

„Ford", höre ich eine mir vertraute Stimme flüstern.

Ich hebe den Kopf und grinse wegen des Anblicks, der sich mir bietet. Ein Anblick, von dem ich ehrlich gesagt nie gedacht hätte, dass ich ihn je wieder zu sehen bekommen würde. Ich bin mir nicht sicher, was für ein Gefühl mich in dem Moment durchflutet, als ich verinnerliche, dass sie wirklich hier ist, dass sie wirklich vor mir steht.

Ihre Lippen verziehen sich ebenfalls zu einem Lächeln. Ich mustere sie. Sie trägt ein kurzes Kleid, das sich wie eine zweite Haut an ihren Körper schmiegt. Ihre Absätze sind mörderisch. Heute hat sie auf Make-up verzichtet, das Haar trägt sie offen und gewellt.

Sie sieht verdammt gut aus.

„Wie?“, frage ich verdutzt.

„Darf ich mich setzen?“

Ich denke darüber nach, abzulehnen, aber ich kann es nicht, erst recht nicht, wenn sie direkt vor mir steht. Ich erhebe mich von meinem Stuhl und gehe zu ihr hinüber. Ich ziehe ihr einen Stuhl zurück und sehe ihr dabei zu, wie sie sich setzt.

Sie neigt den Kopf und sieht zu mir auf, während ich ihr den Stuhl zurechtrücke. „Danke“, haucht sie mir zu.

Nachdem sie an ihrem Platz sitzt, gehe ich zu meinem Stuhl zurück und setze mich hin. Ich sehe sie an, mein Blick ruht auf ihrem umwerfenden Gesicht.

„Was machst du hier?“

Ihre Lippen zucken und formen ein kleines, trauriges Lächeln. „Hast du gedacht, du könntest einfach abhauen und es beenden?“

Schnaubend lehne ich mich zurück, als ein Kellner uns einen Korb mit Brot an den Tisch bringt. Er nimmt ihre Bestellung entgegen, ein Glas Wasser und irgendeinen Rotwein, dessen Namen ich nicht aussprechen kann.

„Das habe ich“, gebe ich zu, nachdem der Kellner uns wieder allein gelassen hat.

„Ich weiß, dass du das geglaubt hast, Ford. Ich meinte es ernst, als ich zu dir sagte, dass ich die Schauspielerei aufgebe. Ich habe nur noch einen Film abzudrehen. Mein Haus steht bereits zum Verkauf und ich werde hierher nach Gallup ziehen. Ich bin bereit dazu, ein anderes Leben zu führen. Ich bin dazu bereit, es langsamer anzugehen.“

„Und was passiert, wenn du dich dazu entschließt, dass du keine Bäuerin mehr sein willst? Wirst du dann wieder abhauen?“, verlange ich mit ruhiger Stimme zu wissen. Ich kann nicht verbergen, dass ich verletzt bin, kann meinen Schmerz nicht für mich behalten. Er ist da, und das weiß sie auch.

Stephanie schüttelt den Kopf. „Nein. Ich habe diese Entscheidung nicht leichtfertig getroffen. Das ist genau das, was ich will. All die Jahre hat mir etwas gefehlt, und das warst du, Ford. Ich habe das Leben, das wir geplant hatten, vermisst. Das einfache Leben. Ich habe nie begriffen, was mir gefehlt hat, warum ich nie glücklich war, obwohl ich doch so viele Erfolge feierte.“

„Ach ja? Du bist dir also ganz sicher? Auch wenn ich dir nicht bieten kann, was du in deinem jetzigen Leben hast, Stephanie?“

Sie greift über den Tisch, legt ihre Finger um meine Hand und drückt sie. „Hast du mir nicht zugehört? Ich will das Leben, das ich hatte, nicht mehr, Ford. Ich will das, was du mir geben kannst.“

„Auch wenn du dann auf abgefahrene Partys, Diamanten und teure Urlaube verzichten müsstest?“

Ihre Hand gleitet zu meinem Handgelenk, und ihre Finger legen sich darum, während sie mich anlächelt.

Es ist ein echtes Lachen. Ihre Lippen sind leicht geöffnet und entblößen einen Teil ihrer Zähne. Fuck. Wie kann diese Frau, diese wunderschöne Frau, mir nur gegenübersitzen? Geschweige denn, für uns kämpfen?

„Ich hatte all diese Dinge, Ford, und war nicht glücklich. Nicht wirklich. Aber mit dir …“

„Ich bin nicht mehr derselbe Junge, der ich mit achtzehn war.“

„Und ich bin nicht das gleiche Mädchen“, erwidert sie. „Ich mag den Mann, der du heute bist. Du bist mürrisch, nach außen hin hart, aber in deinem Inneren steckt noch immer der weiche, süße Junge von damals. Und ich werde an dieser Stelle nicht erwähnen, wie es im Bett zwischen uns läuft.“

Lachend schüttle ich den Kopf. „Oja, der Teil ist gut, oder?“

„Der Beste“, flüstert sie.

„Du ziehst dann also zu mir ins Bauernhaus.“

***

*Stephanie*

Meine Augen weiten sich aufgrund seiner Worte. „*Was?*“

Er lacht, seine Gesichtszüge werden weicher. „Wenn du das Gesamtpaket willst, dann ziehen wir es voll durch. Ich will dich in meinem Haus und in meinem Bett. Wir sollten keine Zeit verschwenden, Honey.“

„Dafür ist es noch zu früh, was ist, wenn …“

Er hebt die Hand, um mich zu unterbrechen. „Ich scheiß auf Was-wäre-Wenn. Ich bin fünfunddreißig

Jahre alt und bereit dazu, mein Leben zu beginnen. Wenn du das doch offensichtlich auch möchtest, wieso fängst du dann nicht jetzt damit an?“

Ich presse die Lippen aufeinander, während ich erst die Wand anstarre und dann wieder ihn. „Ich habe Angst“, gebe ich zu.

Er grinst. „Ja, das habe ich schon verstanden, Honey. Es ist ja auch eine beängstigende Sache. Allerdings aber auch genau das, was ich will. Du musst mir schon zeigen, dass du voll dabei bist.“

„Ich muss mich also beweisen?“, flachse ich.

Er zuckt mit den Schultern und nimmt sich ein Stück Brot. „Ich weiß nicht, wie ich es nennen soll, aber ich muss wissen, dass du dabei bist, voll dabei.“

„Ich habe eine miese Erfolgsbilanz, das ist mir schon klar“, murmle ich. „Aber ich will es einfach nicht vermasseln, indem ich es überstürze.“

Ford nimmt ein weiteres Stück Brot und reißt sich etwas davon ab. Ich schaue ihm zu und bin fasziniert von der Art und Weise, wie sich sein starker Kiefer bewegt, während er kaut.

Ich presse die Schenkel zusammen und frage mich, warum es mich antörnt, wenn er isst, denn das tut es. Zumindest im Moment. Es ist geradezu ablenkend.

„Es geht nicht zu schnell, Stephanie. Ich habe ein ganzes Leben lang darauf hingearbeitet. Ich kenne dich schon mein ganzes verdammtes Leben“, sagt er. „Zugegeben, wir müssen viel Neues übereinander lernen, aber ich werde dir nicht noch einmal den Hof machen, denn wir sind keine Kinder mehr.“

„Und wenn ich Nein sage?“

Er zuckt mit der Schulter. „Das wäre wirklich verdammt schade, weil ich verdammt viel arbeite und wir uns somit nicht oft sehen würden.“

Ich lasse den Kopf sinken und schaue auf meinen Schoß. Dann hebe ich meinen Blick langsam wieder, um ihn anzusehen. „Ich bin voll dabei, Ford. Wenn du nicht findest, dass es zu schnell geht, dann lass es uns tun."

Er zeigt keinerlei Reaktion auf meine Worte. Ich warte darauf, dass er lächelt oder so, aber es passiert nichts. Stattdessen starrt er mich einfach nur an. Dann befeuchtet er seine Unterlippe, was eine äußerst erotische Geste ist und mich abermals aus dem Konzept bringt.

„Wie wäre es mit einem Kompromiss?"

Ich muss lächeln. *Ein Kompromiss.* Er ist ein Alphamännchen, das gern das Sagen hat, und dafür liebe ich ihn. Er erkennt die Vorteile eines guten Kompromisses, und das ist einer der Gründe, warum ich ihn liebe und jeden anderen Mann mit ihm verglichen habe.

Kein anderer war je auch nur annähernd so wie er. Eine perfekte Mischung aus weich und hart zugleich. Nur Ford ist dazu fähig und schafft es, dafür zu sorgen, dass ich ihn jedes Mal begehre.

„Du kannst im Haupthaus wohnen, während ich in das Kleine ziehe. So sind wir nah beieinander, aber es fühlt sich dennoch nicht so an, als würden wir etwas überstürzen."

Ich lasse mir seine Worte durch den Kopf gehen. Ich mag seine Idee, ich liebe sie. Das ist genau das, was ich brauche, vor allem nach dem, was passiert ist, und diesem ganzen Hin und Her, das wir in den letzten Wochen hatten. Nickend streiche ich mir eine Haarsträhne hinters Ohr.

„Ich werde ins kleine Haus ziehen, denn ich habe nur ein paar Klamotten in einem Koffer dabei. Der

Rest meiner Sachen wird erst eingepackt und umgezogen, wenn das Haus verkauft ist.“

„Ich kann dich nicht ins Häuschen ziehen lassen, denn es ist viel zu klein.“

Lachend schüttle ich den Kopf. „Ich bin einverstanden mit deinem Kompromiss, aber nur, wenn du auch meinen Bedingungen zustimmst.“

Er hebt die Hand, weshalb ich mir nicht sicher bin, was er als Nächstes vorhat. Dass er dem Kellner ein Zeichen gibt, war definitiv nicht das, was ich erwartet habe.

„Wir würden gern bestellen“, sagt er, als der Kellner an unseren Tisch herantritt. Seinen Blick wendet er dabei nicht von mir ab.

Ich habe noch nicht einmal in die Speisekarte geschaut, aber das brauche ich auch nicht. Wir befinden uns bei einem Italiener, und obwohl ich mich für den Film, den ich in ein paar Monaten drehen werde, in Form halten muss, muss ich nicht auf jeden Bissen achten, den ich heute Abend zu mir nehme. Also gibt es Pasta.

Ford bestellt mehr als reichlich für uns beide, was mich nicht im Geringsten überrascht. Es ist offensichtlich, dass er hart auf einer Ranch arbeitet, allerdings auch, dass er gern isst. Er ist ein echter, hart schuftender Mann. Von Kopf bis Fuß.

Erst nachdem wir bestellt haben, knüpft Ford wieder an unser Gespräch an. „Okay, du hast gewonnen.“

„Gewonnen?“

„Du bekommst das kleine Haus. Vorerst.“

Lächelnd schüttle ich den Kopf, mein Blick hält den seinen fest. „Ich bin bereit für die Zukunft.“

„Vor uns liegt harte Arbeit.“

Nickend greife ich über den Tisch nach seiner Hand. Diesmal verschränkt er seine Finger mit meinen. Wir halten einander einen Moment lang fest, bis ich das Wort ergreife.

„Du hast recht. Ich habe mich aber noch nie so sehr auf harte Arbeit gefreut wie bei diesem Lebensabschnitt mit dir."

„Diesmal kannst du mir nicht einfach den Rücken zukehren und verschwinden. Nicht, wenn wir uns ein Leben, eine Familie und eine gemeinsame Zukunft aufbauen wollen."

„Kein Weglaufen mehr", erwidere ich flüsternd.

Seine Lippen verziehen sich zu einem Lächeln. „Gott sei Dank. Es wurde auch Zeit, dass du zur Vernunft und nach Hause kommst. Auf die Matthews-Ranch, wo du schon immer hingehört hast."

„Das stimmt, oder?"

Er senkt den Kopf, sein Blick hält meinen gefangen. „Ja, Honey. Es ist dein Zuhause. Dort hast du immer hingehört."

Meine Augen füllen sich mit Tränen, aber ich weine nicht drauflos, sondern versuche, sie wegzublinzeln, da das Essen kommt. Während des Dinners sprechen wir nicht weiter über die Vergangenheit. Stattdessen erzähle ich ihm von meiner letzten Unterhaltung mit dem russischen Mafiaboss und versuche, ihn zu beruhigen.

Ich kann an der Art und Weise, wie er seinen Kiefer anspannt, erkennen, dass er alles andere als entspannt ist. Ich erinnere ihn daran, dass ich hier bin, bei ihm, und mit ihm auf seiner Ranch leben werde. Das beruhigt ihn jedoch nur geringfügig.

# Kapitel 31

*Ford*

Normalerweise würde ich an diesem Teil des Abends versuchen, mein *Date* dazu zu bringen, mit zu mir nach Hause zu kommen oder hinter dem Gebäude zu verschwinden, um eine Nummer zu schieben. Beides kommt nicht infrage. Stattdessen halte ich ihre Hand und bringe sie zu ihrem Mietwagen. Diesmal hat sie sich für einen roten Sportwagen entschieden anstatt für einen schwarzen.

„Du scheinst eine Vorliebe für teure, schnelle Autos zu haben, Honey", merke ich an, als wir uns dem Fahrzeug nähern.

„Damion hat ihn ausgesucht."

Ich ziehe eine Augenbraue hoch und mein Herz krampft sich zusammen, da sie den Namen eines anderen Mannes erwähnt hat. Und das, obwohl ich genau weiß, dass er nicht auf Stephanie steht.

„Er ist mein Assistent, der noch nie in Texas war und unbedingt mitkommen wollte. Nur für den Fall …"

Meine Finger drücken die ihren. „Nur für den Fall, dass ich ein riesiges Arschloch bin, das dich zum Teufel jagt?", frage ich.

Stephanie lacht leise auf. „So in etwa, ja."

Brummend schiebe ich sie so vor mich, dass ihr Hintern die Fahrerseite des Wagens berührt. Ich senke den Kopf und blicke in ihre hübschen blauen Augen. Dann hebe ich meine Hand und streiche ihr ein paar Haarsträhnen hinter das Ohr, bevor meine Finger über ihr Gesicht streicheln und ihr Kinn umfassen.

„Ich folge dir bis zum Hotel, um sicherzugehen, dass du dort sicher ankommst. Morgen kannst du Damion zur Ranch mitbringen und einziehen. Er kann im Haupthaus wohnen, es verfügt über ausreichend Schlafzimmer.“

„Das geht nicht, Ford. Ich glaube nicht, dass du dich mit dieser Situation wohlfühlen wirst.“

„Wieso? Weil du ihn gefickt hast?“, frage ich, obwohl ich die Antwort bereits kenne.

Sie rückt etwas von mir ab oder probiert es zumindest, was ich aber nicht zulasse. „Um Himmels willen, nein. Ich bin überhaupt nicht sein Typ. Aber du bist es.“

Erst verziehen sich meine Lippen zu einem Lächeln, dann lache ich lauthals drauflos. „Ja, diesen Eindruck hatte ich auch schon, als ich bei Beaumont war. Du glaubst also, weil ich in einer Kleinstadt aufgewachsen bin, lebe ich die Kleinstadt-Mentalität voll aus, wie? Ist es das, worauf du hinauswillst? Als ich in L.A. zu Besuch war, habe ich ihn da schlecht behandelt?“

„Nein, so habe ich das gar nicht gemeint, Ford“, windet sie sich.

„Sorry, Honey, aber du solltest mich besser kennen. Meine Eltern waren anständige Menschen, die mich dazu erzogen haben, alle Menschen zu lieben. Natürlich gibt es hier ein paar sehr konservative Leute, aber die gibt es auch überall sonst wo. Wenn du erst mal angekommen bist, wird Gallup dich positiv überraschen.“

„Ich weiß, dass du anders bist, aber ich habe nur …“

„Gedacht, dass ich ein Problem mit deinem Freund habe, weil er schwul ist, richtig?“

Aufgrund meiner Offenheit weiten sich ihre Augen.

Genau das ist ihr durch den Kopf gegangen. Wahrscheinlich hat sie ihn deshalb auch zu Hause gelassen, als sie vor ein paar Wochen das erste Mal wieder in die Stadt gekommen ist.

„Die Leute werden lästern, Stephanie. Sie reden immer. Du musst bloß herausfinden, ob sie sich das Maul zerreißen, weil sie wissen wollen, wer er ist, oder ob sie einfach nur gemein sind. Ein paar Leute waren vor einigen Jahren richtig fies zu Channing, aber die meisten haben nur gelabert, weil sie Langeweile hatten, weil hier einfach nichts abgeht. Das wird auch bei deinem Freund und dir so sein, denn du warst schon lange nicht mehr hier und bist eine Berühmtheit. Wird dich das nerven? Dich traurig stimmen? Du bist aus einem härteren Holz geschnitzt als Sterling LaRue."

„Okay, ich hab's kapiert", entgegnet sie.

„Hast du das?"

„Wir sind morgen früh bei dir."

„Und am Abend kommen all unsere Freunde zum Grillen und Chillen vorbei."

„Ford", seufzt sie.

„Sie wollen dich sehen und ihn kennenlernen."

„Das werden sie", sagt sie nickend.

Ich senke den Kopf, um sie zu küssen. „Wir sehen uns morgen, Honey."

„Okay."

Ich intensiviere den Kuss nicht, sondern halte ihn stattdessen unschuldig, leicht und weich. Dann ziehe ich mich von ihr zurück und trete einen Schritt nach hinten. Langsam öffnen sich ihre Augen wieder und sie leckt sich über die Lippen. Sie sind ein wenig geschwollen und sehen verdammt sexy aus. Ich sehe ihr dabei zu, wie sie die Autotür öffnet und sich auf den

Fahrersitz setzt.

Ich steige ebenfalls in meinen Pick-up, starte den Motor und folge ihr vom Parkplatz hinunter. Während sie in Richtung Hotel fährt, bleibe ich ihr dicht auf den Fersen. Als sie ihren Wagen auf dem Hotelparkplatz abgestellt hat, parke ich meinen Wagen hinter ihrem und beobachte sie dabei, wie sie sich auf den Weg ins Hotel macht.

Ich denke kurz darüber nach, sie zu ihrem Zimmer zu begleiten, entscheide mich dann aber dagegen. Ich verlasse den Parkplatz und mache mich auf den Weg nach Hause. Kurz darauf ändere ich die Richtung, weil ich noch einen kurzen Boxenstopp bei Rylan einlegen möchte. Ich weiß, dass Channing diejenige war, die diesen verdammten Plan ausgeheckt hat.

Ich bin mir nicht sicher, ob ich sauer auf sie sein soll, weil sie mich nicht vorgewarnt hat, oder ob ich sie fest umarmen soll, weil sie mir Stephanie zurückgebracht hat.

Als ich in Rylans Straße einbiege, fahre ich fast an dem kleinen Haus vorbei, in dessen Vorgarten ein Zu-verkaufen-Schild steht. Ich halte an, springe aus dem Wagen und gehe zur Veranda. Mein Blick fixiert die Verandaschaukel, und ich tue etwas, wovon ich weiß, dass ich es wahrscheinlich lieber lassen sollte.

Als ich damit fertig bin, das Gesetz zu brechen, fahre ich zu Rylan. Er steht in seinem Vorgarten und wässert mit einem Schlauch den Rasen, da die Sonne bereits untergegangen ist. Ich bin überrascht, ihn hier draußen vorzufinden. Ich schalte den Motor aus, springe aus dem Pick-up und gehe auf ihn zu.

„Ich habe nicht damit gerechnet, dich vor heute Nacht oder vielleicht morgen wiederzusehen. Ist es nicht gut gelaufen?", will er wissen.

„Du wusstest Bescheid?“

Er schnaubt. „Bis heute hatte ich keine Ahnung. Channing konnte es nicht länger für sich behalten, als sie eine Nachricht von Stephanie bekam.“

„Fuck“, zische ich. „Ist deine Frau da?“

„Nicht, wenn du sie ankacken willst. Brooks zahnt gerade, weshalb sie kaum Schlaf bekommt. Ich will nicht, dass du sie mit irgendeinem Scheiß belastest.“

Stirnrunzelnd blicke ich zu Boden, dann schaue ich wieder hoch, um ihn anzusehen. „Ich würde sie nie anfahren, niemals. Sie ist einfach zu süß, um angemeckert zu werden. Ich habe vor, mich bei ihr zu bedanken.“

„Es *ist* also gut gelaufen, oder?“, hakt er nach. Seine Lippen verziehen sich zu einem Grinsen. „Seid ihr beide wieder zusammen?“

Nickend lache ich. „Das kann man wohl so sagen. Sie will es langsam angehen lassen, aber sie zieht morgen in das kleine Haus. Ich wollte euch alle zum Grillen einladen, damit wir euch Damion, ihren Assistenten, vorstellen können.“

Rylan nickt mehrmals. „In das kleine Haus?“, fragt er schließlich.

„Ich kann es selbst nicht fassen.“

„Das glaube ich dir.“ Er lacht.

„Heilige Scheiße.“

# Kapitel 32



Damion verdreht die Augen und ist offensichtlich genauso verärgert wegen mir wie Ford, als ich fallen ließ, dass es ihm vermutlich nicht gefallen würde, mit Damion unter einem Dach zu schlafen.

„Süße, es gibt überhaupt keinen Grund dafür, sich aufzuregen, sich Sorgen zu machen oder Angst zu haben. Ich bin kein Alphamännchen, aber ein Mann. Ich komme schon klar. Ich freue mich darauf, deine Leute von früher zu treffen. Das wird bestimmt lustig." Er grinst.

„Er macht Nägel mit Köpfen", wispere ich und lasse mich dabei aufs Bett fallen.

Damion legt sich neben mich. Er sucht meine Hand und verschränkt seine Finger mit meinen. „Ich freue mich für dich, wirklich. Sebastian war ein Mistkerl, und nun, da ich dich und deinen Cowboy zusammen erlebt habe, weiß ich, dass das, was du mit Sebastian hattest, nur etwas Oberflächliches war. Das mit Ford hingegen ist echt. Er ist echt, und du wirkst total entspannt in seiner Nähe, selbst wenn du nervös oder hibbelig bist."

Den Rest des Abends verbringen wir mit Quatschen. Ich merke, dass ich melancholisch werde, während ich mit ihm rede, denn ich weiß, dass dies eins der letzten Male sein wird, und ich werde es vermissen.

Heute Nacht schlafe ich sehr unruhig, nicht wegen der vor mir liegenden Zukunft, sondern weil ich die Tür zur Vergangenheit schließe und sich diese nie wieder öffnen lässt. Eigentlich sollte ich nicht so ruhelos sein, bin es aber. Ich bin extrem nervös wegen dem, was auf mich zukommt. Ich will Damion nicht verlieren, aber ich weiß, dass es irgendwann so weit kommen wird.

Am nächsten Morgen packe ich die wenigen Dinge, die ich aus meinem Koffer ausgepackt habe, wieder ein. Damion verstaut seine gesamten Lebensmittel in Plastiktüten. Ich lache, weil er mehr Essen bei sich hat als Gepäck. Bevor wir auschecken, tragen wir unsere Sachen aus dem Hotel.

Als wir endlich alles im Wagen verstaut haben, atme ich tief ein und mache mich auf den Weg.

„Er wohnt wirklich am Arsch der Welt", stellt Damion fest, als wir uns etwa zwanzig Minuten außerhalb der Stadt befinden und die Landstraße entlangfahren, die zu Ford führt.

„Er lebt auf einer Rinderfarm, das hatte ich doch erwähnt, oder?"

Während wir an Wyatts und Beaumonts Häusern vorbeifahren, herrscht ein Moment des Schweigens zwischen uns. Dann halte ich vor Fords Tor.

„Das hast du, aber ich konnte es mir nie so wirklich vorstellen."

Lachend schüttle ich den Kopf, während ich den Wagen parke. Als ich meine Tür öffne, höre ich Damion stöhnen. Ich hebe den Kopf, schaue zu ihm und sehe Ford auf Starlight sitzen. Er steigt vom Pferd und geht zum Tor, um die Kette zu entfernen. Dann öffnet er es.

„Wieso kam er mir plötzlich noch heißer vor, als ich ihn auf seinem Pferd sitzen sah?", flüstert Damion.

„Du solltest ihm mal dabei zusehen, wenn er die Rinder treibt", stöhne ich.

„Das kann ich mir nicht ansehen. Mein Körper und mein Herz würden das nicht verkraften.“

Ford winkt uns durch. Langsam fahre ich seinen Schotterweg entlang, wohl wissend, dass er eine Schlaglochmine ist. Ich bekomme mit, wann Damion das Farmhaus zum ersten Mal erblickt. Ich höre sein lautes Einatmen und weiß sofort, dass er es genauso majestätisch findet, wie ich es immer fand.

Als ich ein Teenager war, also bevor ich darüber nachdachte, nach Hollywood zu gehen, träumte ich immerzu von diesem alten Farmhaus. Davon, wie ich es einrichten und mit Fords Kindern füllen würde. Wie ich ein Leben voller Lachen und Liebe mit dem Mann führen würde, den ich liebe.

„Ich habe es wirklich vermasselt, als ich ihn vor all den Jahren verlassen habe, nicht wahr?“, frage ich ihn.

„Ganz und gar nicht“, entgegnet Damion. Er nimmt meine Hand in seine und starrt weiterhin das alte weiße Haus an. „Du hattest einen Traum, den du dir erfüllen musstest. Du musstest diesen Umweg einlegen, aber jetzt bist du wieder hier und es wird dir gut gehen – euch beiden.“

„Das hoffe ich. Ich möchte, dass es perfekt wird.“

Damion lacht. „Nichts ist jemals perfekt, also wird das hier diesen Status auch nie erreichen.“

„Ich weiß, trotzdem möchte ich, dass es für *uns* perfekt ist.“

Als sich die Tür öffnet, grinse ich, da Ford mit gesenktem Kopf dasteht. Er hat den Cowboyhut abgesetzt und ein Lächeln umspielt seine Lippen. Sofort löse ich meinen Sicherheitsgurt, steige aus dem Wagen und lege meine Arme um seinen Hals.

„Fuck“, keucht er und vergräbt sein Gesicht an

meinem Hals. Dann drückt er mich an sich und hebt mich hoch, um mich im Kreis zu drehen. Nachdem er mich wieder heruntergelassen hat, legt er einen Arm um mich und presst mich gegen seine Brust. „Du bist der schönste Anblick, den ich je zu Gesicht bekommen habe", haucht er mir zu.

„Du hast mich doch erst gestern Abend gesehen." Ich lache auf, als er mich loslässt und einen Schritt zurücktritt.

Ford brummt, sein Blick sucht den meinen. „Ja, aber jetzt bist du hier bei mir. Dein Zeug ist hinten im Wagen und du bleibst hier, für immer."

„Das werde ich", stimme ich ihm zu. „Du wirst mich nie wieder los, Ford Matthews."

„Darauf verlasse ich mich, Honey."

„Okay, ihr zwei seid einfach zu süß. Ich brauche jetzt einen Drink oder so. Ich kann nicht mehr", ruft Damion.

Wir lachen beide auf und mein Lächeln verwandelt sich in ein Kichern, als ich mich umdrehe und Damion über die Schulter hinweg ansehe. „Wie wär's, wenn wir dich ein wenig herumführen?", frage ich ihn.

„Ich brauche einen Platz für meine Babys."

„Deine Babys?", hakt Ford nach.

Ich wende mich ihm zu, mein Lachen versiegt nicht. „Seine Supermarkt-Tortillas. Er hat ein Problem."

„Die sind aber auch verdammt gut." Ford grinst. „Komm rein, du hast uneingeschränkten Zugang zur Küche. Ich benutze sie sowieso nie."

„Ach nein?", frage ich.

Ford geht noch einen Schritt, dann bleibt er stehen. „Du brauchst nicht zu kochen, Honey. Ich benutze den Grill und habe eine Mikrowelle."

Ich gehe nicht darauf ein, da ich nicht weiß, was ich darauf erwidern soll. Was ich jedoch weiß, ist, dass sich das ab jetzt ändern wird. Ich bin zwar keine Spitzenköchin, aber ich kann uns zumindest ein paar einfache Dinge zubereiten. Und ich habe vor, das in naher Zukunft für uns zu tun.

Wir brauchen nicht lange, um Damions Sachen auszuladen und ihn in eins der Gästezimmer zu führen. Ford informiert uns, dass er heute Morgen frische Handtücher bereitgelegt und die Bettbezüge gewechselt hat.

„Dieses Haus muss modernisiert werden“, sagt Damion zu mir, nachdem Ford uns allein gelassen hat, damit er sich bis zum Abendessen in die Arbeit stürzen kann.

„Ich weiß“, stimme ich ihm zu.

„Das bedeutet eine Menge Arbeit“, murmelt er.

„Nach dem Tod seiner Eltern hat er nichts verändert. Alles ist noch genau so, wie ich es in Erinnerung habe. Und um ehrlich zu sein, glaube ich nicht, dass seine Mom nach dem Tod seiner Großmutter viel verändert hat.“

„Gott, das ist ja drei Generationen her. Glaubst du, er wird dich das Haus renovieren lassen?“

Ich zucke mit den Schultern, weil ich nicht weiß, wie Ford über dieses alte Haus denkt. Es gehörte einst seinen Großeltern, wurde für deren Familie erbaut und weitervererbt. Jeder Mann, der diese Ranch betreibt, lebt mit seiner Familie in diesem Haus.

„Ich hoffe, dass er es tut, denn es muss dringend renoviert werden, und es ist viel zu schön, um es so verkommen zu lassen.“

„Finde ich auch.“ Ich nicke.

Den restlichen Vormittag und Nachmittag

verbringen wir mit einer Erkundungstour rund um die Ranch. Ich zeige Damion all meine Kindheitserinnerungen an dieses Anwesen. Wir gehen zum Teich sowie zu den schattenspendenden Bäumen, unter denen Ford und ich öfters gepicknickt haben, als ich zählen kann.

Dann zeige ich ihm das kleine Häuschen. Jenes Haus, das Ford für uns umgebaut hat und von dem ich nicht wusste, dass es überhaupt existiert.

„Oh Mann, er muss das Haupthaus für dich so was von renovieren", seufzt Damion.

Ich sehe zu ihm rüber und lache. „Das wird er, oder etwa nicht?"

„Und ob er das wird."

***

*Ford*

Als meine Freunde eintrudeln, kann ich nicht anders, als vor Stolz zu platzen, da ich sie nun endlich zum Abendessen hier habe und nicht der einzige Single sein werde, sozusagen das fünfte Rad am Wagen. Ich weiß, dass erst neulich alle hier waren, aber heute fühlt es sich bedeutungsvoller an als vor Kurzem.

„Ford", wispert Tulip.

Ich lege meine Arme um sie. „Danke für deine Hilfe."

Die einzige Person, der ich bis jetzt gedankt habe, ist Channing, aber ich weiß, dass auch Exeter und Tulip ihren Teil beigetragen haben. Ohne sie wäre der gestrige Abend nie zustande gekommen – oder der heutige Morgen, als Stephanie hier angekommen ist.

„Du hast dir ein glückliches Leben verdient, Ford, und wir alle wissen, dass Stephanie dich glücklich macht.“

„Danke“, erwidere ich verlegen, nachdem ich mich geräuspert habe. Ich trete einen Schritt zurück und deute mit dem Kinn auf ihren wachsenden Bauch. „Bist du bereit?“

Lächelnd legt sie eine Hand auf ihren Bauch. „Dieses Baby ist riesig. Der Arzt meinte, dass die Geburt vielleicht etwas eher eingeleitet werden muss.“

Meine Augen werden groß. „Du bist doch noch gar nicht so weit“, sage ich, denn ich weiß, dass der errechnete Termin noch mindestens einen Monat in der Zukunft liegt. Wenn nicht sogar noch länger.

„Vermutlich in zwei Wochen.“ Sie seufzt.

„Weiß du schon, was es wird?“

Tulip beißt sich auf ihre Unterlippe, während sie den Kopf schüttelt. „Ich will es nicht wissen, es soll eine Überraschung bleiben. Eine große.“

Grinsend strecke ich die Hand aus und berühre ihren Bauch. Ich zucke zusammen, als ich spüre, wie das Kind sich in ihr bewegt.

„Heilige Scheiße“, zische ich.

Tulip kichert, ihr Lachen steckt an und muss für Aufsehen gesorgt haben, denn plötzlich versammeln sich alle um uns herum. Stephanie stiehlt sich neben mich. Ich hebe einen Arm, lege ihn um ihre Schultern und drücke sie an meine Seite, woraufhin sie einen Arm um meine Mitte schlingt.

„Was ist passiert?“, will Exeter wissen, die ihr strampelndes Baby auf den Armen hält.

„Das Kind hat sich bewegt und er ist total ausgeflippt.“ Tulip lacht.

Die Männer lachen ebenfalls. Kurz darauf ergreift

Rylan das Wort. „Das ist total abgefahrener Scheiß, oder?“

„Absolut“, pflichte ich ihm bei.

„Und auch irgendwie magisch“, sagt er.

Dem habe ich nichts hinzuzufügen. Es ist magisch, nur nicht meine verdammte Magie, aber ich hoffe darauf, dass ich das auch bald mit Stephanie erleben werde.

„Kommt, lasst uns Stephanie und Damion in der Küche verhören, während wir Vorbereitungen treffen“, sagt Tulip.

Ich senke den Kopf und blicke in Stephanies Augen. Ich weiß nicht, was das zu bedeuten hat, aber ich weiß, dass es für sie in Ordnung geht. Wir haben uns heute nicht lange gesehen, und plötzlich bereue ich, dass das Haus voller Menschen ist, da ich am liebsten in ihrem warmen Körper versinken würde.

Ich küsse sie und ihr stockt der Atem. Kurz darauf beendet sie den Kuss und tritt einen Schritt zurück. Beim Anblick ihrer rot gefärbten Wangen verziehen sich meine Lippen zu einem Lächeln.

„Ich habe jede Menge Rippchen besorgt. Lasst uns den Grill anschmeißen“, rufe ich den Jungs zu.

„Kann ich Brooks in dein Zimmer bringen, Ford? Sie ist todmüde“, beklagt Channing sich.

Ich drehe mich zu ihr um und lächle das kleine Mädchen an, das ihren Kopf auf Channings Schulter gelegt hat und an ihrem Daumen lutscht. „Ja, kannst du.“

Lächelnd dreht sie sich um und geht zügig davon.

„Hast du meine Angelsachen?“, fragt mich eine kindliche Stimme zu meinen Knien.

Ich blicke auf Reese hinab. Seine Augen strahlen vor Aufregung und Hoffnung. „Na klar, Kumpel. Es steht alles bereit, aber erst nach dem Abendessen, so wie letztes Wochenende, ja?“

„Okay“, entgegnet er achselzuckend.

„Willst du dir den Sandhaufen ansehen, den ich zusammengefahren habe? Er sieht viel zu gut aus, um ihn nur von Weitem anzugucken“, sage ich zu ihm und deute mit dem Kinn auf den Haufen, den ich errichtet habe.

Eigentlich brauche ich aktuell keinen Sand, aber da ich wusste, dass er heute herkommt und ihm an diesem langen Abend sicherlich langweilig werden wird, habe ich ihn für ihn aufgehäuft.

„Du machst immer viel zu viel, verdammt“, grunzt Rylan.

Lachend beobachte ich, wie er den Sandhaufen erklimmt, sich auf den Hintern fallen lässt und ihn hinunterrutscht. Ich bin mir sicher, dass Channing es hassen wird, dass er sich schmutzig macht, aber wenn sie will, kann sie ihn nachher unter meine Dusche stellen. Alle Kinder, ganz egal ob Junge oder Mädchen, sollten einen Sandhaufen haben, auf dem sie spielen können.

Wir gehen auf die rückseitige Terrasse und beobachten ihn ein paar Minuten lang. Wir genießen, wie sein Lachen den sonst so ruhigen Abend um uns herum erfüllt.

Ich habe ihm ein paar Spielzeugautos, Traktoren und Lastwagen hingestellt. Sie haben mir und meinen Cousins gehört, als wir noch Kinder waren. Und da wir mit ihnen bis zum Umfallen gespielt haben, weiß ich, dass sie ihn nicht verletzen werden.

Dann werfe ich den Grill an und spüre dabei die Blicke der anderen Männer auf mir, die auf Antworten warten. Alle bis auf Rylan, dem ich schon letzte

Nacht ausführlich berichtet habe. Ich atme tief ein und beginne damit, ihnen zu erzählen, was zwischen Stephanie und mir passiert ist und wie es zu diesem Moment gekommen ist.

# Kapitel 33

*Ford*

Damion abreisen zu sehen, fühlt sich endgültig an. Wirklich, wirklich endgültig. Wir winken ihm zu, als er durch die Sicherheitskontrolle geht. Ich lege einen Arm um Stephanies Schultern und ziehe sie dicht an mich heran.

Der Grillabend mit unseren Freunden liegt eine Woche zurück. Seit sieben Tagen wohnt sie nun schon in dem kleinen Häuschen, und ich habe mich jede Nacht zu ihr geschlichen und bin vor dem Morgengrauen wieder verschwunden.

„Du ziehst zu mir ins Haupthaus, Honey", murmle ich, während ich Damion dabei beobachte, wie er sich seinen Weg durch die Schlange bahnt.

Stephanie kommentiert die Anweisung nicht prompt, was sich für mich wie ein Ausweichmanöver anfühlt und mir nicht sonderlich gefällt. Wir sind beide keine Kinder mehr. Wir sind erwachsene Menschen, und selbst wenn das Tempo, das wir an den Tag legen, etwas schnell ist, wen kümmert es?

„Okay."

„Echt?"

Sie legt den Kopf in den Nacken und schaut mir in die Augen. „Ja. Ich möchte unser gemeinsames Leben starten. Ich habe das Gefühl, dass wir lange genug gewartet haben, und du warst sowieso jede Nacht bei mir."

Ich lächle wegen ihrer Worte. „Ich kann mich von der besten Frau, die ich je hatte, eben einfach nicht fernhalten."

Sie brummt, stellt sich auf die Zehenspitzen und

küsst mich. „Ich kann mich deiner Nähe auch nicht entziehen, Cowboy“, haucht sie gegen meine Lippen, bevor sie sich wieder von mir zurückzieht und ihren Blick auf die Sicherheitskontrolle richtet.

Damion passiert den Körperscanner, dann dreht er sich noch einmal zu uns um und winkt uns zu. Ich hebe die Hand und winke ihm so lange zurück, bis er um die Ecke biegt, um zu seinem Terminal zu gehen.

„Ich kann nicht glauben, dass er nun weg ist“, sagt sie.

„Willst du ihn begleiten?“, frage ich sie.

Ich bin nicht sauer, ich bin nur neugierig, ob sie an dem Leben, das sie mit mir gewählt hat, zweifelt.

Sie schüttelt den Kopf. „Nicht einmal ansatzweise. Ich gehöre hierher, zu dir.“

Wir wenden uns ab und verlassen Hand in Hand den Flughafen. Meine Brust wird von Stolz geflutet, weil Stephanie sich für mich entschieden hat. Weil sie bei mir sein will und nicht davonlaufen möchte.

Es gibt nicht das kleinste Anzeichen von Zweifel oder, dass sie mich verlassen will, deshalb versuche ich auch nicht, das Haar in der Suppe zu finden. Wenn ich das täte, würde ich mich bloß selbst verrückt machen.

Ich möchte diesen Neuanfang wirklich für uns. Ich möchte den Schmerz der Vergangenheit begraben und von vorn beginnen. Keiner von uns beiden kehrt dem anderen den Rücken zu, keiner läuft weg. Aus was für Gründen auch immer.

Kommunikation ist der einzige Weg, wie wir bestehen können, der einzige Weg, um zu wachsen.

Es ertönt ein lauter Schrei, dann sind wir auch schon von einer Menschentraube umzingelt.

„Oh nein“, flucht Stephanie neben mir.

Ich packe sie mir und ziehe sie dichter an meinen Körper heran, während uns Handys vor die Gesichter gehalten werden und ich den Namen *Sterling* höre, der uns aus allen Richtungen entgegenschallt. *Scheiße.* Ich versuche, uns vorwärtszubewegen, halte sie dabei eng an meiner Seite und hebe eine Hand, um mein Gesicht vor den Handykameras zu schützen.

„Einfach weitergehen", instruiert Stephanie leise, oder vielleicht klingt es auch bloß für mich leise, weil wir von so vielen verdammten Menschen umgeben sind.

Zum Glück ertönt die Trillerpfeife eines Wachmanns, der mit dem Kinn auf einen Streifenwagen deutet. Unsere Füße bewegen sich schneller durch die Menge in Richtung des Autos. Er öffnet die hintere Fahrzeugtür für uns, woraufhin ich Stephanie in den Wagen hineinschiebe, bevor ich selbst einsteige und die Tür hinter mir zuschlage.

„Sie hätten uns kontaktieren sollen, bevor Sie hierherkommen", bellt der Sicherheitsmann, sobald er auf dem Fahrersitz sitzt.

Stephanie zittert nicht einmal, sie wirkt völlig cool. Ich weiß, dass ihr das nicht zum ersten Mal passiert ist, was echt beschissen ist, denn ich fand den Scheiß ziemlich gruselig. Ich versuche, darüber nachzudenken, wie wir zum Parkhaus kommen sollen, ohne von den Leuten platt getrampelt zu werden.

„Ich dachte, niemand wüsste, dass ich hier bin", brummt sie.

„Das war wohl ein Irrglaube, die Menschenmenge war riesig", schießt der Mann zurück, ehe er uns fragt, wo wir geparkt haben.

Ich teile es ihm mit, nachdem ich ihre Hand ergriffen und meine Finger mit ihren verschränkt habe.

Stephanie wendet sich mir zu und lehnt den Kopf zurück, um mir in die Augen schauen zu können.

Ihr steht eine Entschuldigung förmlich ins Gesicht geschrieben, weshalb ich den Kopf schüttle. Ich brauche keine. Das ist ihr Leben … Es war ihr Leben und ist eben ein Teil des Gesamtpakets. Damit habe ich kein Problem, zumal sie sich dazu entschieden hat, bei mir zu bleiben.

Als der Wachmann uns an unserem Auto absetzt, bedanke ich mich bei ihm, bevor ich Stephanie beim Aussteigen helfe, um ihr anschließend in den Pick-up hineinzuhelfen. Danach umrunde ich das Fahrzeug und steige auf der Fahrerseite ein. Ich starte den Motor und atme tief durch, ehe ich den Blinker setze.

Stephanie starrt mit nichts weiter als einem leeren Gesichtsausdruck durch die Windschutzscheibe.

„Alles okay?“, will ich wissen und breche damit das Schweigen.

Sie brummt. „Ja, ich denke bloß … nach.“

Ich lege den Rückwärtsgang ein und fahre aus der Parklücke. Ich bin mir nicht sicher, was ich als Nächstes sagen soll, aber ich werde sie danach fragen, was sie auf dem Herzen hat. Denn wir haben beschlossen, dass Kommunikation ein wichtiger Faktor ist, an dem wir arbeiten wollen.

„Worüber?“, hake ich nach, als ich von der Flughafenstraße auf den Highway biege.

Sie schweigt einen Moment lang, dann räuspert sie sich. „Darüber, was da drinnen passiert ist. Ehrlich gesagt dachte ich, dass es mir fehlen würde.“

„Es?“

„Die Fans, die Aufmerksamkeit. Ich meine, nicht die Paparazzi und so, aber die wahren Fans können so unglaublich wunderbar sein. Ich werde nicht so

tun, als hätte es mein Ego nicht jedes Mal gebauch-
pinselt, wenn sie mich entdeckt haben."

„Aber?"

„Dieses Mal hat es mir nicht gefallen. Ich habe mir
Sorgen um dich gemacht, war besorgt darüber, wie
wir da wieder herauskommen. Es war ja nicht so,
dass die Fans beängstigend waren, denn das waren sie
nicht, aber ich habe nicht mit einem solchen Auflauf
gerechnet. Und als sie damit begannen, uns einzukes-
seln, wollte ich einfach nur noch weg."

Sie streckt eine Hand aus und legt sie auf der Mittelkonsole in meine. Irgendwie wünschte ich mir, ich
hätte den alten Pick-up genommen, da er im Führerhaus eine durchgehende Sitzbank hat. So hätten wir
direkt nebeneinandersitzen können. Das wäre viel
bequemer gewesen als mit diesem blöden Plastikkas-
ten zwischen uns.

„Ich glaube, ich verstehe das", sage ich.

Sie drückt meine Finger, dann bringt sie unsere
Hände an ihren Mund und berührt mit ihren Lippen
meine Fingerknöchel. „Ich bin glücklich, Ford. Wirklich glücklich wegen der Reise, die wir zusammen an-
treten werden. Ich will alles, was sie mit sich bringen
wird, und ich kann es kaum erwarten, jede Sekunde
von ihr zu erleben."

Ich brumme, weil ich nicht weiß, was ich dazu sagen
soll, und frage mich, ob Worte überhaupt nötig sind.
Ich habe ihren jedenfalls nichts hinzuzufügen, nur
dass ich sie liebe, aber dieses Geständnis scheint mir
ein wenig verfrüht zu sein. Ich weiß, dass ich die Stephanie, die sie jetzt ist, kennenlernen muss, doch
trotzdem kann ich nichts dafür, dass mein Herz sie
noch immer liebt. Egal, was passiert ist.

***



Tief einatmend starre ich mein Spiegelbild an. Das ganze Bad muss dringend renoviert werden, ebenso müsste das Glas dieses Spiegels ausgetauscht werden, aber das ist mir im Moment egal. Ich bin nervös, und ich weiß nicht, wieso.

Letzte Nacht hatte ich Sex mit Ford, aber warum kommt mir das so gigantisch vor? Vielleicht, weil ich nun offiziell mit ihm zusammenlebe. Wir haben meinen Koffer in sein Schlafzimmer gebracht, nachdem wir vom Flughafen zurück waren. Er hatte bereits für meine Sachen Platz geschaffen.

Vielleicht liegt es aber auch bloß daran, dass wir im Hauptschlafzimmer schlafen. Es ist nämlich das Schlafzimmer, das sich nicht nur seine Großeltern geteilt haben, sondern auch seine Eltern.

Es fühlt sich verboten an, hier drin zu sein, als würde Mrs. Matthews jeden Moment um die Ecke biegen und uns für unser gottloses Verhalten in ihrem Haus ausschimpfen. Jedes Mal, wenn wir in Fords Jugendzimmer miteinander herumgemacht haben, konnte ich regelrecht ihre Präsenz spüren.

Mrs. Matthews hat mich nie sonderlich gemocht. Sie war nett zu mir, doch ich fühlte, dass ich nicht ihre erste Wahl für ihren perfekten Jungen war. Meine Familie ging für ihren Geschmack nicht oft genug in die Kirche, und leider war ich auch nie eine Cheerleaderin, woran sie mich sehr oft erinnerte.

„Honey", ruft Ford und klopft an die Badezimmertür. „Ist alles in Ordnung da drin?"

Ich schüttle den Kopf und versuche, die Gedanken

an Mrs. Ford sowie an ihre Abneigung gegen mich loszuwerden. Damals spielte all das keine Rolle, da Ford mich liebte, und für mich war das alles, was zählte – alles, was heute immer noch zählt.

„Ich komme", erwidere ich.

Ich presse eine Hand auf meinen Bauch, um die sich darin herumtummelnden Schmetterlinge zu beruhigen. Ich weiß nicht, wieso ich beschlossen habe, heute Abend etwas Aufreizendes zu tragen. Ich habe das Outfit in L.A. gekauft. Damion hat mir regelrecht aufgeschwatzt, es für Ford zu kaufen.

Jetzt, wo ich es anhabe, in diesem kleinen, altmodischen Bad, fühlt es sich irgendwie nicht mehr richtig an, es zu tragen. Während ich mir auf die Unterlippe beiße, betrachte ich mein Spiegelbild. Letztlich schüttle ich den Kopf und beschließe, es einfach anzulassen.

Es ist ein unanständiges Football-Trikot mit einem kleinen weißen Baumwollhöschen. Der einzige Grund, warum es mir ins Auge gestochen ist, war, weil das kurze Crop-Top die Nummer von Fords Trikot aus der Highschool auf dem Rücken aufgedruckt hat.

Ich habe Damion gegenüber ein paar Witze gerissen, doch er bestand darauf, dass es Schicksal sei und ich es kaufen müsse. Zusammen mit gestreiften Kniestrümpfen.

Meine Haare habe ich zu zwei Zöpfen geflochten. Irgendwie komme ich mir dumm vor und es fühlt sich falsch an. Vielleicht sollte ich die Sachen einfach wieder ausziehen und nackt ins Schlafzimmer gehen?

Tief einatmend schüttle ich meine verqueren Gedanken ab, drehe mich um und lege eine Hand auf die Türklinke. Bevor ich die Tür öffne und das

Badezimmerlicht ausschalte, atme ich noch einmal tief durch.

Das Schlafzimmer ist in ein sanftes, strahlendes Licht getaucht, das vom Schrank ausgeht. Ich mache einen Schritt in den Raum hinein und nehme mir einen Moment Zeit, damit sich meine Augen an die Dunkelheit gewöhnen können. Dann entdecke ich Ford. Er sitzt aufrecht im Bett, sein Rücken lehnt am Kopfteil, sein Blick ist auf mich gerichtet.

„Das ist dämlich, ich ziehe es wieder aus“, schimpfe ich, da er nicht sofort auf meinen Auftritt reagiert.

Langsam schüttelt er den Kopf, verlagert seinen Körper und dreht sich so hin, dass seine Beine über der Bettkante baumeln. Sein Blick ist noch immer allein auf mich konzentriert.

„Das wirst du nicht“, entgegnet er streng. „Das Höschen kannst du loswerden, bevor du zu mir kommst, aber der Rest bleibt an.“

„Ford“, hauche ich, während meine Füße mich zu ihm tragen.

„Was?“

„In dem Moment, als ich deine Trikotnummer sah, fühlte es sich irgendwie richtig an. Jetzt komme ich mir total dumm vor.“

Er schüttelt den Kopf, legt seine Hände auf meine Hüften, bevor er seine Beine spreizt und mich zwischen sie zieht. Eine Hand gleitet an meiner Seite nach oben, die andere wandert zwischen meine Beine, um mein Höschen zur Seite zu schieben.

„Ford“, keuche ich.

Als seine Finger durch meine Spalte gleiten und meine Klitoris berühren, grinst er. Dann zieht er sie von meiner Lustperle zurück und dringt in mich ein.

Ich hebe meine Arme und umfasse seine Schultern.

Gleichzeitig spreize ich meine Beine etwas weiter für ihn, um ihm mehr Raum zu verschaffen.

„Du bist die heißeste Frau auf diesem verdammten Planeten, Honey", raunt er.

„Und das nur für dich, Cowboy", entgegne ich flüsternd.

Er schnaubt. „Verdammt richtig."

# Kapitel 34

*Ford*

Stephanie steht zwischen meinen Schenkeln und ihr Mund steht vor Ehrfurcht offen, während ein Schauer ihren Körper erschüttert. Das ist verdammt großartig, genau wie sie selbst. Ihre Fingernägel sind in meinen Schultern vergraben, doch sie löst ihren Griff etwas, als sie den Kopf senkt und auf mich herabschaut.

Ihre Wangen sind stark gerötet. Sie leckt sich über die Lippen, um sie zu befeuchten, bevor sie sich auf die Unterlippe beißt. Ich schlüpfe mit einer fließenden Handbewegung unter den Bund dieser knappen Shorts und ziehe sie nach unten.

Stephanie legt ihre Finger an den Saum ihres Tops, doch ich schüttle den Kopf. „Behalt das Oberteil und die Kniestrümpfe an."

Ich bin mir nicht sicher, ob sie sich bewusst ist, dass sie in diesem niedlichen Outfit, das sie trägt, der heißeste Anblick ist, den ich je zu Gesicht bekommen habe. Es ist verdammt sexy, ganz zu schweigen von meiner alten Rückennummer.

Als wir noch jünger waren, trug sie an den Spieltagen mein Trikot, doch das hier ist etwas völlig anderes. Es ist knapp und gibt einen Hauch von der Unterseite ihrer Brust preis, es ist verdammt perfekt.

Als sie auf meinem Schoß Platz nimmt und ihre Beine dafür spreizt, verziehen sich ihre Lippen zu einem Lächeln. Ich knurre und spüre ihre feuchte Pussy an meinem harten Schwanz. Ich lege den Kopf etwas in den Nacken, woraufhin sie mich küsst. Ihre Lippen berühren meine, während sie ihre Hüften auf meinen Schwanz zubewegt.

Meine Hände legen sich automatisch um ihre Hüften, dann packe ich mir ihren Arsch und spreize ihre Pobacken. Da sie aufkeucht, öffnet sich ihr Mund, sodass ich mit der Zunge in ihn hineingleiten kann.

Ich schmecke sie, umkreise mit meiner Zunge die ihre. Ich stöhne auf, als der Kuss immer intensiver wird. Sie schweigt, lässt ihre Hand zwischen unsere Körper wandern und sie legt die Finger um meinen Schwanz. Anschließend hebt sie die Hüften an, bringt ihre Mitte über meiner Länge in Stellung und lässt sich langsam auf mich herabsinken, um mich ganz in sich aufzunehmen.

Während ich mit einer Hand ihren Hintern festhalte, gleitet die andere ihre Wirbelsäule hinauf, um ihre Zöpfe zu umfassen, die auf ihrem Rücken liegen. Ich bilde eine Faust um ihre Haare und ziehe an ihnen, um Stephanie dazu zu zwingen, den Kopf in den Nacken zu legen. Sie krümmt den Rücken für mich, ihre Titten kommen meinem Gesicht dadurch näher.

„Beweg dich nicht", befehle ich ihr.

Sie harrt still aus, ihr Atem geht immer schwerer, während sie sich darauf konzentriert, sich nicht zu bewegen, obwohl sich ihr Körper vermutlich danach sehnt, mich zu reiten wie die verdammte Göttin, die sie nun mal ist.

Ich beuge mich vor und berühre mit meinen Lippen ihren Hals. Meine Hand nehme ich von ihrem Hintern, verlagere mein Gewicht nach hinten und schiebe ihr meine Finger in den Mund, damit sie sie schön befeuchten kann. Ihr Körper bebt, da sie mit sich selbst kämpft, meinem Befehl Folge zu leisten. Als meine Finger mit ausreichend Speichel benetzt sind, bringe ich sie zwischen ihre Pobacken.

Sie versucht, ihren Kopf zu bewegen, doch das lasse ich nicht zu. Ich habe ihre Zöpfe fest im Griff und lege meine Lippen wieder auf ihren Hals, während ich die Zunge hervorschnellen lasse, um ihre Haut zu kosten, an ihr zu saugen und hineinzubeißen. Meine Finger malen kleine Kreise an ihrem Hintereingang, doch ich dringe noch nicht in sie ein.

„Ich muss mich jetzt bewegen", keucht sie.

„Noch nicht", knurre ich zurück.

Stephanie überrascht mich, indem sie mit dem Rücken noch mehr ins Hohlkreuz geht, um mir mehr von ihrem Hintern zu geben. Ihr Atem geht immer heftiger. Als ich endlich mit einem Finger in ihren Hintern eindringe, explodiere ich fast in ihr, da sie eine Mischung aus Stöhnen und leisem Wimmern ausstößt.

„Beweg dich, Honey", rasple ich und liebkose mit meinen Lippen ihren Hals.

Ich rechne damit, dass sie sich hochstemmen wird und gleich darauf wieder auf mich herabsinken lässt, doch dem ist nicht so. Stattdessen lässt sie die Hüften kreisen, wodurch mein Schwanz noch tiefer in sie hineingleitet.

„Ja", haucht sie.

Ich bewerte dieses gehauchte Wort als Erlaubnis, das Spiel fortzusetzen. Die Zurückhaltung lege ich ab und beginne damit, meinen Finger in ihr süßes, enges Loch hinein und wieder heraus gleiten zu lassen. Sie kommentiert dies nicht und ich ebenso wenig. Während ich ihren Hintern mit meinem Finger ficke, reitet sie mich. Ich stehe ganz kurz davor, in ihr zu kommen.

Es dauert nicht lange, bis sie ebenfalls ihrem

Höhepunkt nahe ist. Ihre Oberschenkel fangen zu zittern an, ihre Pussy zieht sich um mich herum zusammen. Ich stöhne, weil ich weiß, dass sie kurz davor ist. Ich höre nicht damit auf, ihren Hintern zu bearbeiten, und schiebe sogar noch einen weiteren Finger in sie hinein, was sie erst keuchen und dann laut aufstöhnen lässt.

„Ich bin so nah dran", teilt sie mir überflüssigerweise mit.

„Komm auf meinem Schwanz, Stephanie. Drück ihn zusammen, Honey", erwidere ich.

Meine Worte sind alles, was sie braucht, um zu kommen. Sie schreit auf und gräbt ihre Zähne dann in meine Schulter. Ich sauge an ihrem Hals, was mit Sicherheit Spuren hinterlassen wird. Sie zittert, ihr Hintern zieht sich um meine Finger herum zusammen und ihre Pussy pulsiert um meinen Schwanz.

Das ist zu viel, ich spüre das alles, und es ist verdammt phänomenal. So unglaublich, dass ich auf der Stelle komme.

„Fuck", schreie ich, als mein Schwanz zuckt und ihre Pussy mit meinem Sperma füllt.

Ihre Lippen berühren mit einem müden Seufzer meinen Hals. Erst als sich ihr Körper von dem Orgasmus erholt hat, hebt sie den Kopf und sieht mich an. Die Finger meiner einen Hand streicheln ihren Rücken, während die der anderen noch immer in ihrem süßen Hintern stecken.

„So etwas habe ich noch nie gemacht. Das war wow", haucht sie mir zu.

„Noch nie? Keiner war vor mir je in deinem Arsch?"

Sie schüttelt den Kopf. „Nein, noch nie. Ich wusste nicht, dass du so ein Junge bist, Ford Matthews."

Ich lache auf, schaue ihr tief in die Augen und frage mich, wann ich zu so einem glücklichen Mistkerl geworden bin. „Ich war nie diese Art von Junge, Stephanie, aber nun bin ich diese Sorte Mann", entgegne ich lachend.

Sie beugt sich vor und küsst mich. „Du bist sehr unartig, Cowboy."

„Verdammt unartig", knurre ich.

***

*Stephanie*

Ich strecke mich und frage mich, warum mein Körper so wund ist. Wir hatten letzte Nacht doch nur ein Mal Sex, was nicht mehr als üblich ist. Ford hat einen Hunger, von dem ich nicht wusste, dass fünfunddreißigjährige Männer ihn noch verspüren.

Stöhnend ziehe ich mir das Laken über die nackten Brüste und öffne die Augen. Das Sonnenlicht dringt durch die Fenster in den Raum, und es wundert mich nicht, dass ich allein bin.

Ford ist ein Frühaufsteher, was er auch sein muss. Er hat viele Aufgaben zu erledigen, und ich weiß, dass er sie nur aus dem Grund ganz allein bewerkstelligt, weil das schon immer so gemacht wurde. Aber nicht nur deswegen, sondern auch, weil er stolz darauf ist, diese Ranch allein zu führen.

Allerdings ist mir noch im Gedächtnis, dass er hin und wieder saisonale Hilfsarbeiter einstellt, wie seinen Cousin, der sich ein bisschen Geld dazuverdienen will.

Seufzend zwinge ich mich, aufzustehen. Eigentlich habe ich keine Aufgaben, aber ich möchte mich nützlich machen. Ich will nicht, dass Ford denkt, ich wäre nach meinem Umzug nach Hollywood ein Weichei geworden, auch wenn mein Muskelkater mir gerade das Gegenteil beweist.

Bei jedem Schritt, den ich in Richtung Badezimmer tue, stöhne ich auf. Nachdem ich das Wasser in der Dusche angestellt habe, betrachte ich kurz mein Spiegelbild. Meine Haare sind ein einziges Chaos, aber was ich auf meinem Hals sehe, überrascht mit etwas.

Einen Knutschfleck.

Ich kann mich nicht mehr daran erinnern, wann mir das letzte Mal jemand einen Knutschfleck verpasst hat. Und je länger ich darüber nachdenke, desto sicherer bin ich mir, dass es wahrscheinlich Ford gewesen ist. Den violetten Bluterguss betrachtend, lege ich eine Hand an meinen Hals und grinse.

Ich dusche, wasche und rasiere mich schnell. Dann schnappe ich mir meine Klamotten und ziehe sie sowie ein Paar Schuhe an und eile anschließend die Treppe herunter. Mein Ziel ist die Kanne mit Kaffee, der, wie nicht anders zu erwarten, bereits kalt ist.

Ich sehe mich um und beschließe, dass ich mir einen Kaffeevollautomaten zulegen muss, denn ich weiß nicht, ob ich so lange abwarten kann, bis meiner verpackt ist. Ich bin mir
nämlich nicht so sicher, ob ich monatelang ohne mein Lieblingsgetränk auskomme.

Ich befülle eine Tasse, stelle sie in die Mikrowelle und schalte sie ein, um mich dann auf die Suche nach der Kaffeesahne zu machen, die ich mitgebracht habe, als Damion und ich hier eingezogen sind. Ich hole sie aus dem Kühlschrank und kippe einen Schuss in meine jetzt dampfende Tasse, danach werde ich Ford suchen.

Nachdem ich meine Gummistiefel umgedreht habe, schüttle ich sie aus, da ich Angst vor Skorpionen habe. Keins der Tierchen hält sich in meinen Stiefeln auf, also ziehe ich sie mir an und stoße die Hintertür auf. Weil Ford nirgends zu sehen ist, runzle ich die Stirn. Ich habe irgendwie darauf gehofft, dass er Arbeit in der Nähe erledigen würde, bis ich zu ihm stoße. Zumindest hat er das letzte Woche so gehandhabt.

Ich hole mein Handy aus der Gesäßtasche und schreibe ihm eine WhatsApp-Nachricht. Ich weiß, dass es auf der Ranch den einen oder anderen Ort gibt, an dem man keinen Empfang hat. Allerdings hält Ford sich nie in besagten Funklöchern auf, ohne es mir vorher zu sagen. Deshalb überrascht es mich umso mehr, dass meine Nachricht schon seit einigen Minuten ungelesen ist.

Ich klicke auf das Hörer-Icon neben seinem Namen, um ihn anzurufen. Es klingelt zweimal, dann springt die Mailbox an. Stirnrunzelnd schaue ich mich um, um zu sehen, ob er vielleicht doch irgendwo in der Nähe ist und ich ihn vielleicht nicht sofort entdeckt habe. Aber ich kann ihn nicht ausfindig machen und um mich herum herrscht nichts weiter als Stille.

Ich setze mich mit meinem Kaffee in einen der Schaukelstühle auf der Veranda und beschließe, mich zu entspannen und meinen Morgenkaffee zu genießen.

Er ist sicher irgendwo, hart arbeitend, und ich mache mich hier bloß lächerlich. Wir können nicht rund um die Uhr zusammen sein, auch wenn ich das gern so hätte.

Ich versuche, ruhig und relaxt zu bleiben, während

ich meinen Kaffee trinke und darauf hoffe, Ford auf seinem Pferd heranreiten zu sehen oder seinen Pick-up auf der Zufahrtsstraße zu entdecken. Doch bis ich den Kaffee ausgetrunken habe, passiert nichts dergleichen.

Die Lippen aufeinanderpressend, beschließe ich, nachzusehen, ob die beiden Pick-ups da sind. Dementsprechend mache ich mich auf den Weg zur Garage, reiße die Tür auf und runzle abermals die Stirn, da beide Pick-ups sowie sein Traktor und sein Aufsitzrasenmäher an ihren Plätzen stehen.

Ich schließe die Tür wieder, drehe mich um und gehe zur Scheune. Dort angekommen, erstarre ich. Starlight liegt auf der Seite, ihr Bauch bewegt sich nicht, sie atmet nicht. Neben ihr liegt ein alter Stuhl, der zerbrochen ist.

Meine Augen suchen die Scheune verzweifelt nach Ford ab, und ich rufe seinen Namen, bekomme aber keine Antwort. Er taucht nicht auf, kein Laut erklingt. Ich taumle nach hinten und falle auf meinen Hintern.

Vor Schmerz stoße ich einen markerschütternden Laut aus, doch weiterhin herrscht nur Stille.

Als ich nach meinem Telefon greife, zittert meine Hand. Ich starre es an, das Display ist völlig verschwommen, da mir Tränen über das Gesicht laufen. Ich weiß nicht, wen ich anrufen soll. Den Tierarzt? Die Polizei? Ich weiß nicht, was ich tun soll.

„Hey, alles klar, Stephanie?“, fragt mich die Stimme am anderen Ende der Leitung, nachdem ich Minuten damit zugebracht habe, nach seiner Nummer zu suchen und das Anrufsymbol zu drücken.

„Ich brauche Hilfe“, stottere ich.

„Wo ist Ford?“, bellt er.

„Hilf mir, bitte. Ich bin in Fords Scheune.“

Ich beende das Telefonat, da ich nicht dazu in der Lage bin, zu sprechen. Außerdem kann ich nichts hören, ich will nichts hören. Außer der Stimme von Ford will ich nichts hören, nichts von alledem. Im Dreck bleibe ich auf meinem Hintern sitzen, mitten in der Scheune, direkt neben Starlight, und Gott weiß für wie lange.

„Oh Fuck“, höre ich eine Stimme hinter mir fluchen.

Ich drehe mich um und schaue in die wütenden grünen Augen von Louis.

„Ich weiß nicht, was ich tun soll“, wimmere ich, während die Tränen sich weiterhin ihren Weg über meine Wangen bahnen.

Er geht neben mir auf die Knie, greift unter meinen Armen durch und zieht mich auf die Beine. Dann schiebt er wortlos einen Arm unter meine Knie, den anderen legt er um meinen Rücken. Er hebt mich hoch und trägt mich ins Wohnzimmer, wo er mich auf der Couch absetzt.

„Lass uns den Sheriff anrufen, okay?“, sagt er leise.

„Einverstanden.“

„Wir rufen auch Wyatt und Rylan an, ja?“

„Ja.“ Ich nicke, meine Sicht ist noch immer verschwommen. Ich habe es aufgegeben, die Tränen wegzuwischen, denn sie fallen einfach weiter, immer und immer weiter.

Irgendwas stimmt hier wirklich, überhaupt nicht.

Etwas ist absolut falsch.

Ich konnte es mit meinen eigenen Augen sehen, aber es ist nicht nur das. Ich fühle es auch in meinem Bauch.

Irgendetwas ist falsch, und ich weiß, dass er weg ist.

Er wurde mir genommen, ich weiß nur nicht, wer es getan hat oder warum.

Aber ich spüre es. Er kommt nicht wieder zu mir zurück nach Hause. Er wird nicht zu mir zurückkehren.

# Kapitel 35

*Ford*

Ein Stöhnen verlässt meine Lippen. Es klingt nach Schmerzen, es klingt nicht nach meiner Stimme, aber sie muss es sein, denn alles tut so verdammt weh. Mein Körper fühlt sich schwer an. Ich versuche, die Arme zu heben, aber sie rühren sich keinen Millimeter.

Ächzend zwinge ich mich dazu, meine Augen zu öffnen. Es kostet mich jedes Quäntchen Kraft sowie schiere Entschlossenheit, sie zu öffnen. Das helle Licht lässt mich zusammenzucken, aber ich zwinge mich dennoch dazu, meine Umgebung wahrzunehmen.

Ich weiß nicht, wie ich hierhergekommen bin, wo ich überhaupt bin, aber was ich weiß, ist, dass ich nicht freiwillig hier bin. Auf keinen Fall würde ich meine Ranch oder Stephanie verlassen. Sobald ich an sie denke, krampft sich mein Magen zusammen. Scheiße, ich hoffe, ihr geht es gut.

„Guten Morgen, Sonnenschein. Der Scheiß muss echt stark gewesen sein", höre ich eine Stimme hinter mir sagen.

Ich kann mich nicht umdrehen, um zu sehen, wer da zu mir spricht. Ich liege auf der Seite und kann meinen Körper nicht bewegen. Ich höre Schritte auf dem Boden und plötzlich erscheint ein Paar Schuhe in meinem Blickfeld.

Ich schlucke den Kloß hinunter, der sich in meinem Hals gebildet hat, und versuche, angesichts der völligen Hilflosigkeit nicht in Panik zu verfallen. Das letzte Mal, dass ich mich so gefühlt habe, so vollkommen hilflos, war, als Stephanie mich vor all den Jahren verlassen hat.

Ich habe es mir verdammt noch mal auf die Fahne geschrieben, mich nie wieder so verletzlich zu fühlen, aber aus irgendeinem Grund, komme ich mir in ihrer Gegenwart immer so vor. Und in diesem Moment fühle ich mich ganz besonders schwach und erbärmlich. Dass ich mich nicht bewegen kann, macht mich geradezu verrückt.

Der Mann, von dem ich bis jetzt nur die Schuhe sehen konnte, geht in die Knie und senkt den Kopf, um mir in die Augen zu blicken. Ich blinzle wegen des Gesichts, das mein Blickfeld einnimmt.

„Sebastian?", frage ich.

Ich habe ihn erst ein Mal getroffen. Ich hätte ihn nie für jemanden gehalten, der so etwas durchzieht, eine Entführung und was auch immer sonst noch passiert ist, woran ich mich nicht erinnern kann. Er grinst. Es ist ein verdammt böses Grinsen, und ich frage mich, ob Stephanie diese Seite von ihm kennt.

Er zeigt mir die Seite von sich, die sich Geld von der Russenmafia leiht. Die Seite, die Stephanie erpresst hat, um seine Schulden zurückzahlen oder zumindest, um sie zu benutzen, sodass sie für ihn zurückzahlen würde.Er hat nicht bekommen, was er wollte, also ist er nun hinter mir her, hinter seinem Feind. Damit habe ich kein Problem. Solange er sich nur an mir vergeht, ist es mir scheißegal, was er macht.

Ich räuspere mich und warte darauf, dass er endlich redet. Ich bin mir nicht einmal sicher, ob ich im Moment mehr sagen könnte als seinen Namen.

Er neigt den Kopf zur Seite, sein Blick sucht den meinen. „Weißt du, was die Russen von mir verlangt haben, um meinen Kredit zu tilgen?", will er wissen.

Ich beiße mir auf die Innenseite meiner Wange und warte darauf, dass er fortfährt, obwohl er, wenn es nach mir ginge, überhaupt nichts zu sagen bräuchte. Er ist ein egoistischer Scheißkerl, der gern seine eigene Stimme hört. Er gibt mir recht, indem er ein bellendes Lachen ausstößt und sich näher zu meinem Gesicht herunterbeugt.

„Sie haben mich Pornos drehen lassen. Ohne Grenzen. Hat dir schon mal ein Kerl seinen steinharten Schwanz in den Arsch gerammt?", fragt er lachend. „Das war etwas, was ich nicht ansatzweise beschreiben kann. Aber du wirst bald selbst herausfinden, wie sich das anfühlt. Du, mein Cowboy-Freund, wirst ein Star", zischt er.

Mir dreht sich der Magen um.

„Aber keine Sorge, du musst da nicht allein durch. Ich werde dafür sorgen, dass Sterling herkommt, um dabei zuzusehen, um dabei mitzumachen. Denn warum sollte die Welt Sterling LaRue nicht in einem Porno mitwirken sehen wollen? Ich werde damit mehr Kohle machen, als du dir vorstellen kannst. In einer Woche bin ich schuldenfrei."

„Damit kommst du nie durch", zische ich.

„Hey, warum stehst du nicht auf? Wieso bewegst du dich nicht? Halte mich doch davon ab."

Ich versuche es, aber es ist zwecklos. Ich bin zwar nicht gefesselt, kann mich aber nicht rühren. Vermutlich wurde mir nicht nur auf den Kopf geschlagen, sondern man hat mich auch unter Drogen gesetzt, und ich konnte nichts dagegen tun. Ich bin diesem kranken Wichser völlig ausgeliefert.

Ich entscheide mich dazu, diesen verbalen Schlagabtausch nicht weiter fortzusetzen, was ihn vermutlich langweilen wird. Er steht auf, dreht sich um und bewegt sich auf die Tür zu. Kurz vorher bleibt er stehen und dreht den Kopf über seine Schulter.

„Du bist hier eingesperrt und kommst auch nicht mehr raus. Die erste Filmcrew wird morgen eintreffen und es so aussehen lassen, als ob du dich an allem erfreust, was dir widerfahren wird. Finde dich besser schnell damit ab, denn es gibt keinen Ausweg für dich."

Mir bleibt nichts anderes übrig, als ihm dabei zuzusehen, wie er die Tür öffnet, den Raum verlässt und die Tür hinter sich zuknallt. Ich schließe die Augen und frage mich, wie zum Teufel mein Leben so aus den Fugen geraten konnte. Wie konnte das nur passieren?

Ich könnte Stephanie dafür die Schuld in die Schuhe schieben, aber das würde ich nie tun. Sie hat in keinster Weise die Kontrolle über diesen verwöhnten, egoistischen Psychopathen. Teilweise gebe ich allerdings den Russen die Schuld, aber auch sie tragen nicht die volle Last. Sebastian ist sein eigener Herr und für sein Handeln völlig allein verantwortlich.

Ich hoffe, dass die Russen nichts dagegen haben, sollte ich einen Weg finden, diesen verrückten Wichser zu erledigen. Denn genau das werde ich tun. Ich bin ganz bestimmt nicht sein Spielball, und ganz gleich, was er plant, ich werde mich nicht benutzen lassen – weder für Sex noch für Sonstiges.

Stephanie wird weder von ihm noch von seinen Pornostar-Freunden angefasst werden. Das werde ich verdammt noch mal nicht zulassen. Um sie zu beschützen, würde ich sterben. Ich würde mein Leben für ihre Sicherheit geben, ohne darüber nachzudenken.

Ich weiß nicht, wie viele Minuten oder Stunden verstreichen, bis ich mich schließlich wieder bewegen kann. Ich schaffe es, mich aufzusetzen, auch wenn es mich jedes Quäntchen Kraft kostet, das ich in mir habe.

Keuchend lehne ich mich mit dem Rücken gegen die Wand und suche die Umgebung nach einem Fluchtweg ab. Sebastian hat nicht zu viel versprochen, als er meinte, es gäbe keinen Ausweg. Ich weiß nicht, wo ich bin, aber ich habe das Gefühl, dass ich mich in einem Keller oder Bunker befinde.

Nicht viele Häuser in der Gegend verfügen über einen Keller. Vielleicht gibt es welche, die speziell mit Unterkellerung gebaut worden oder schon sehr alt sind, aber wie gesagt, eigentlich ist das in dieser Gegend nicht üblich. Ich ziehe meine Knie an, schlinge meine Arme um meine Beine und stoße ein frustriertes Knurren aus.

Die einzige Hoffnung, die ich im Moment habe, ist, ihn zu überwältigen, wenn er zurückkommt. Wann auch immer das sein wird. Der dunkle Raum hat keine Fenster, nur zwei Türen: eine Badezimmertür und eine Ausgangstür.

Es gibt nicht mal ein verdammtes Bett hier drin. Ich befinde mich in einem leeren quadratischen Zimmer.

Fuck.

***


*Stephanie*


Der Mann mir gegenüber senkt den Kopf und lässt sich auf einen Stuhl nieder. Er sucht die ganze Zeit über Blickkontakt zu mir, womit ich kein Problem habe, denn er hat sehr freundliche Augen. Eben solche, in deren Nähe man sich einfach wohlfühlen muss.

„Gibt es jemanden, den Sie kennen oder den Ford kennt, der etwas mit seinem Verschwinden zu tun haben könnte?", fragt er mich.

Ich beiße mir auf die Lippen und frage mich, ob die Russen dahinterstecken oder ob es Sebastian sein könnte. Ich möchte dem Polizisten meine Vermutung mitteilen, kann es aber nicht. Nicht, bevor ich nicht mit Kirill gesprochen habe. Die ganze Sache ist total verrückt. Völlig irre, aber ich habe das Gefühl, dass Sebastian verantwortlich ist.

„Die Art und Weise, wie Starlight getötet wurde, gilt als Straftat", lässt er mich sanft wissen, als ob ich nicht selbst wüsste, dass Tierquälerei eine große Sache ist, ganz besonders in Texas.

Ich nicke, schaue ihn an und atme tief durch die Nase ein. „Ich weiß, Officer."

„Ich habe den Tatort untersucht und das Tier entfernen lassen. Wenn Ihnen noch etwas einfällt, dann rufen Sie mich bitte an, ja?", sagt er.

„Das werde ich."

Der Polizist lässt uns allein, woraufhin ich die Männer ansehe, die mich stillschweigend beobachten. Männer, die Ford vermutlich mehr lieben, als ich es tue. Sie wissen genau, dass ich dem Ordnungshüter Blödsinn erzählt habe.

„Ruf den Russen an", blafft Wyatt. „Und stell auf Lautsprecher."

Ich presse meine Lippen aufeinander und greife nickend nach meinem Handy. Ich brauche nicht lange, um seinen Kontakt zu finden. Ich rufe ihn an und stelle auf Lautsprecher, als es zu klingeln beginnt. Keiner der Männer um mich herum bewegt sich, sie stehen mit gespreizten Beinen und vor der Brust verschränkten Armen da.

„Miss LaRue, ich dachte, ich würde Ihre Stimme nie wieder hören“, säuselt Kirill.

„Weißt du, wo er ist?“, verlange ich zu wissen, wobei meine Stimme viel zittriger klingt als beabsichtigt, aber ich habe große Angst.

Ein Moment lang bleibt es still, doch es kommt mir wie eine Ewigkeit vor. Mein Blick gleitet zu den Jungs, die um mich herumstehen und die alle den gleichen Ausdruck von Wut auf ihren Gesichtern tragen.

„Wer?“, fragt Kirill. Wegen der Art und Weise, wie er mich gefragt hat, weiß ich, dass er herausfinden will, wie viel ich weiß.

„Ford“, schnauze ich. „Wo ist er?“

„Ford?“

Ich knurre, denn ich bin dieses Hin und Her leid. Ich will Antworten, und zwar sofort. „Ich weiß nicht, was du getan hast und was du weißt. Was ich jedoch weiß, ist, dass du mir versprochen hast, mich von deinem Radar zu löschen. Ich habe L.A. gerade mal vor einer Woche verlassen. Mein Freund wird vermisst und sein Pferd wurde in seiner Scheune abgeschlachtet. *Also, wo zum Teufel ist Ford?*“ Mein Satz endet mit einem Schrei. Mein Atem kommt in schweren Zügen.

Kirill brummt, erwidert aber nicht sofort etwas auf meine Worte. Ich will ihn anschreien, auf ihn einbrüllen, aber ich reiße mich zusammen.

„Ich bin morgen früh mit meinen Männern bei dir“, sagt er schließlich.

„Und was dann? Weißt du, wo er ist?“

„Nein“, entgegnet er schlicht. „Aber Sebastian hat sich lautstark darüber beschwert, dass ihm die Art und Weise, wie er seine Schulden an uns zurückzahlen muss, nicht gefällt. Ich habe das Gefühl, dass er im Begriff ist, etwas sehr Dummes zu tun. Wenn nicht er hinter Fords Verschwinden steckt, würde mich das sehr wundern. Wie auch immer, meine Männer und ich kommen und regeln die Sache.“

„Wie willst du ihn finden?“, will ich wissen.

Er lacht leise auf. „Mach dir nicht so viele Gedanken, *krasavitsa*. Ich habe Mittel und Wege.“

„Okay“, murmle ich.

„Schick mir deine Adresse zu. Wir werden uns bei dir treffen, um von dort aus mit der Jagd zu beginnen.“

Aufgrund seiner Worte werden meine Augen ganz weit und mein Blick wandert zu Wyatt. Seine Augenbrauen heben sich vor Überraschung, dann schleicht sich ein verhaltenes Lächeln auf seine Lippen, als würde ihm die Idee gefallen, Sebastian zu jagen. Ich kann nicht leugnen, dass mir das ebenfalls zusagt. Seit dem Tag, an dem er in mein Leben getreten ist, nervt er mich.

„Okay“, stimme ich zu.

Nachdem der Anruf beendet ist, schaue ich auf mein Handy, um ganz sicherzugehen, dass Kirill sich nicht mehr in der Leitung befindet. Als ich den Blick wieder hebe, schauen mich drei neugierige Augenpaare an. Ich muss zugeben, dass ich froh darüber bin, dass die Wut aus ihren Blicken verschwunden ist.

„Das war interessant“, sagt Louis.

„Er scheint also zu wissen, dass Sebastian verschwunden ist …“, stellt Rylan fest.

Ich nicke, da ich keine Ahnung habe, was ich darauf sagen soll. Ich fühle mich innerlich betäubt und bin mir sicher, dass das, was im Gange ist, nichts Gutes ist. Ich hoffe nur, dass Ford in Ordnung ist, wo auch immer er gerade ist. Tief im Inneren weiß ich jedoch, dass dem nicht so ist. Ich fühle mich unglaublich verloren und traurig. Aber ich spreche das nicht laut aus, da diese Männer es nicht hören wollen.

„Ford würde nicht wollen, dass er hierherkommt", wispere ich.

Louis zuckt. „Wieso?"

„Ich weiß, warum", antwortet Rylan. „Er will nicht, dass Stephanie oder gar er selbst bei der Mafia in der Schuld stehen. Ich meine, überlegt doch mal, würdet ihr das wollen?", fragt er Wyatt und Louis.

Louis räuspert sich, während Wyatt die Hand hebt und mit den Fingern durch seine Haare fährt. „Sie könnten überall sein. Derjenige, der ihn hat, könnte überall sein. Es gibt Tausende und Abertausende von Hektar um uns herum, wo er ihn versteckt halten könnte."

„Kirill, er hat da etwas fallen lassen", sagt Wyatt. „Er meinte, Sebastian würde es nicht gefallen, wie er seine Schulden abarbeiten muss. Vielleicht können wir herausfinden, was er dafür tun muss. Könnte das nicht eine Spur sein?"

„Seit wann sind wir wie Typen aus der Fernsehserie *Hardy Boys*?", fragt Louis.

„Seit dem Moment, als Channing entführt wurde und uns niemand helfen wollte", schnauzt Rylan.

„Das stimmt", murmelt er.

Ich nehme mein Handy vom Couchtisch, das ich dort nach dem Telefonat mit Kirill abgelegt habe, und öffne den Internetbrowser, um Sebastian zu googeln. Das erste Suchergebnis, das mir angezeigt wird, lässt meinen Magen zusammenkrampfen.

„Was ist?“, will Wyatt wissen.

Ich hebe den Blick, schaue ihn an, und verziehe das Gesicht. „Pornos. Er spielt in Pornos mit.“

„Und was bedeutet das genau?“, hakt Louis nach.

Ich schüttle den Kopf. „Ich bin mir nicht ganz sicher, aber vielleicht hat er Ford entführt, um mich zu erpressen? Ich meine, wie viel mehr würden seine Schmuddelfilme einbringen, wenn Sterling LaRue eine Hauptrolle darin übernehmen würde?“

„Scheiße“, zischt Wyatt. „Fuck.“

„Ford ist wunderschön. Ich weiß, ihr seht es nicht, aber er ist es. Er ist stark und männlich, und viele Leute würden dafür bezahlen, ihn in seiner ganzen Pracht zu Gesicht zu bekommen“, flüstere ich. „Es gibt Videos im Netz, die Sebastian mit anderen Männern zeigen.“

„Glaubst du, er würde Ford dazu nötigen, bei so etwas mitzumachen?“, will Wyatt wissen.

„Er würde sich nicht nötigen lassen, er würde gegen ihn ankämpfen“, entgegnet Louis.

Ich lecke mir über meine spröden Lippen und zucke mit den Schultern. „Er hat ihn ja auch irgendwie in seine Gewalt gebracht.“

„Indem er ihn unter Drogen gesetzt hat“, schnauzt Rylan. „Nur auf diese Art könnte jemand diesen großen Bastard von seinem Grund und Boden trennen, nur so konnte er sich an Starlight vergehen. Ford liebt dieses Pferd über alles.“

„Er ist mitten in einem heftigen Gewitter losgezogen, um nach ihr zu suchen“, betone ich.

Wyatt schnaubt. „Mehr als einmal hat er für dieses Pferd alles stehen und liegen gelassen. Wenn es richtig stürmisch war, saß er auf diesem Stuhl, der jetzt kaputt ist, neben ihrer Box, um sie zu beruhigen. Er hat dieses Tier verdammt noch mal geliebt."

„Er würde nie zulassen, dass ihr etwas zustößt", pflichtet Louis ihm bei.

„Ruf Beaumont an, er soll herkommen. Wir können jeden Mann gebrauchen, um Ford zurückzuholen", bellt Wyatt.

„Er ist schon im Flugzeug", erwidert Louis. „Ich habe ihn angerufen, gleich nachdem ich Deputy Hernandez kontaktiert habe."

Gott sei Dank. Wir können wirklich jede Hilfe gebrauchen, die wir bekommen können, denn mich beschleicht das Gefühl, dass das, was Sebastian geplant hat, meinen Cowboy brechen könnte.

# Kapitel 36

*Ford*

Als die Tür auffliegt, überrascht es mich nicht, Sebastian über die Schwelle treten zu sehen. Er hat einen Mann im Schlepptau, der groß und bedrohlich aussieht. Das muss sein Handlanger sein. Ich hätte wissen müssen, dass er Hilfe hatte. Es ist unmöglich, dass er mich allein zu Fall gebracht hat, denn er hätte mich nicht einmal aus der Scheune tragen können.

„Was passiert jetzt?", will ich wissen.

Grinsend neigt Sebastian den Kopf zur Seite. „Jetzt? Wir warten. Ich wollte nur sichergehen, dass du noch atmest. Und da ich weiß, dass du dich wieder bewegen kannst, habe ich Verstärkung mitgebracht. Nur für den Fall, dass du planst, mich zu überwältigen."

„Du glaubst, du kannst mich unter Drogen setzen und mich dazu zwingen, in deinen Pornos mitzuspielen? Das ist doch dein Plan, oder?"

Er nickt. Er sieht noch schlanker aus als vor ein paar Wochen, ja, er sieht regelrecht abgemagert aus. Wahrscheinlich hat er Drogen eingeschmissen, um damit fertig zu werden, nun ein beschissener Pornodarsteller, statt eines schlechten Schauspielers zu sein. Ich weigere mich, ihn einen Pornostar zu nennen, denn er ist verdammt noch mal kein Star.

„Ich glaube gar nichts", schnauzt er. „Denn ich weiß es."

„Dann hast du sicherlich bedacht, dass man dich erwischen könnte, oder?"

Er zuckt mit einer Schulter. „Ich habe dir doch gesagt, dass ich Sterling ebenfalls hierherholen werde, damit sie mitmacht. Sobald ich schuldenfrei bin, ist es mir scheißegal, was mit euch beiden passiert. Wahrscheinlich werde ich euch einfach entsorgen lassen."

Lachend schüttle ich den Kopf. „Dann wünsche ich dir verdammtes Glück bei der Umsetzung deines Plans."

Er beugt sich vor, schaut mir in die Augen und knurrt. „Ich brauche kein Glück."

Ohne dem noch etwas hinzuzufügen, wendet er sich von mir ab und geht. Sein Handlanger folgt ihm. Nachdem sie die Tür hinter sich zugeschlagen haben, höre ich, wie sie  abschließen. Ich kneife die Augen zusammen und frage mich, wie viel Zeit mir noch bleibt, bis ich für mich und für Stephanie kämpfen muss.

Ich versuche, mich nicht zu bewegen, um meinem Körper ausreichend Ruhe zu gönnen. Ich will so viel Kraft wie möglich sparen, um mit dem fertigzuwerden, was auf mich zukommt.

Ich habe nicht den geringsten Zweifel daran, dass mir der Kampf meines Lebens bevorsteht. Dafür muss ich ausgeruht und vorbereitet sein, denn er kann jede verdammte Minute losgehen.

***

*Stephanie*

Ich schlafe nicht. Ich versuche es, aber es geht nicht. Louis hat von mir verlangt, dass ich mit zu ihm nach Hause komme. Er hat mehr Platz als die anderen. Sein Baby ist auf dem Weg, jedoch noch nicht da. Deshalb ist es verdammt ruhig im Haus. Es ist aber egal, wie laut oder leise es ist, schlafen könnte ich ohnehin nicht.

Als Beaumont eintraf, ist er, noch bevor er nach Hause ging, zu Fords Ranch gefahren und auf den Stand der Dinge gebracht worden. Die Wut und der Schmerz in seinem Gesicht, als er herausfand, dass die Sache vermutlich hässlich werden würde, haben mich gebrochen.

Es klopft an meiner Zimmertür, woraufhin ich mich aufsetze und den Besucher hereinbitte. Es ist Tulip. Ihr dicker Bauch ist vor dem Rest ihres Körpers im Raum. Bei ihrem Anblick lächle ich. Sie sieht umwerfend aus. Wenn etwas an dem Gerücht dran ist, dass Schwangere von innen heraus strahlen, dann trifft es auf sie voll und ganz zu.

„Ich habe dir einen Kaffee gekocht, weil ich wusste, dass du bestimmt nicht schlafen kannst“, sagt sie leise und kommt auf das Bett zu.

Ich rutsche etwas zur Seite, um ihr Platz zu machen, und senke den Kopf. Dann strecke ich eine Hand aus und nehme ihr die Tassen ab, während sie zu mir ins Bett steigt.

„Für mich gibt es eine heiße Schokolade. Ich vermisse meinen Kaffee, aber das hier ist mein zweitliebstes Heißgetränk.“

Ich nehme einen Schluck und stöhne auf, als die köstliche Röstung meine Lippen berührt. „Ich habe ein bisschen Schokolade und Milch hineingemischt. Louis hasst Kaffeesahne, und ich habe schon ewig keine mehr gebraucht, sodass wir keine mehr im Haus hatten. Ich hoffe, das geht für dich in Ordnung?“

„Es schmeckt fantastisch“, wispere ich.

„Wie geht es dir? Ich meine, ich weiß, dass die Jungs

für dich da waren, aber wie geht es dir wirklich?"

Ich denke über ihre Frage nach. Wie fühle ich mich? Verängstigt? Unglücklich? Es gibt keine Worte, um meinen Gemütszustand zu beschreiben. Ich komme mir irgendwie egoistisch vor, weil ich in Sicherheit bin und Ford es nicht ist. Es ist alles meine Schuld, ganz allein meine.

„Ich fühle mich wie ein Miststück", gebe ich zu.

Sie runzelt die Stirn, drängt mich aber nicht dazu, es zu erläutern. Ich weiß, dass sie mehr von mir hören will, weshalb ich erst seufze und mich dann erkläre.

„Ich bin hier in Sicherheit, während er es nicht ist. Und das ist allein meine Schuld. Ich bin schuld an diesem Schlamassel, und er ist derjenige, der darunter zu leiden hat."

Sie erwidert nicht sofort etwas auf meine Worte, sondern nimmt erst meine Hand in ihre. „Du bist nicht egoistisch. Glaub mir, wenn ich dir sage, dass Ford es nicht anders gewollt hätte. Er würde nicht wollen, dass du diejenige bist, die in Gefahr ist. Niemals. Er würde sofort mit dir tauschen, um dich zu beschützen. Das musst du doch wissen."

„Ja", hauche ich, während mir Tränen in die Augen schießen. „Das weiß ich."

Tulip verschränkt ihre Finger mit meinen. Wir bleiben schweigend nebeneinandersitzen und trinken unsere Heißgetränke.

„Die Mädels werden bei dir sein wollen, während die Jungs losziehen. Und die Männer werden wollen, dass wir alle sicher und zusammen sind. Nur für den Fall."

„Okay." Ich nicke.

„Ich sage das nur, weil wir als Gruppe manchmal schon überwältigend sein können. Jeder will alle

Details wissen und alle werden verängstigt sein."

„Sie lieben Ford eben", murmle ich.

„Und dich."

Kopfschüttelnd neige ich den Kopf und blicke auf meine halb leere Tasse. „Nein, mich nicht. Ihn schon. Das verstehe ich. Ich habe dem wundervollsten Mann, den ich je kannte, den Rücken zugekehrt. Ich bin vor ihm weggelaufen, zweimal, und dieses Mal wurde er nur wegen mir entführt. Ich habe da so ein Bauchgefühl, dass etwas wirklich Schlimmes passieren wird."

„Du hast nur Angst", flüstert sie.

Wir sagen nichts weiter, sitzen weiterhin schweigend da, starren die Wand an und bewegen uns nur, um unsere Tassen an unsere Lippen zu führen. Ich weiß nicht, wie viel Zeit verstrichen ist, bis Louis uns so vorfindet.

Seine Lippen verziehen sich zu einem Lächeln. „Die Jungs sind in circa fünfzehn Minuten hier. Wollt ihr zwei aufstehen?", fragt er, während sein Blick von einer zur anderen huscht.

„Ja", seufzt Tulip.

Ungefragt eilt Louis an ihre Seite und hilft ihr aus dem Bett. „Ich bin bereit dazu, den Kleinen endlich kennenzulernen", stöhnt sie.

„Bald ist es so weit, richtig?", erkundige ich mich und starre dabei noch immer ins Leere.

„Nur noch ein paar Tage", bestätigt sie mir.

Ich erwidere nichts darauf, weshalb die beiden das Zimmer verlassen und die Tür hinter sich schließlich. In fünfzehn Minuten. Das scheint keine lange Zeitspanne zu sein, aber ehrlich gesagt fühlt sie sich für mich wie ein ganzes Leben ohne Ford an. Jede Minute, die verstreicht, kommt mir ewig vor.

Langsam rolle ich mich aus dem Bett und gehe anschließend ins Bad, um mich für den Tag fertig zu machen, obwohl ich nicht einmal weiß, für was ich mich fertig machen soll. Ich weiß bloß, dass die Jungs mir nie erlauben werden, mich ihnen anzuschließen.

Ich werde im Wohnzimmer auf und ab tigern und von den Frauen, die Ford lieben, beobachtet werden. Und obwohl sie es nie aussprechen würden, ist mir klar, dass sie mir die Schuld geben. Ich mache mir nicht die Mühe, mir etwas Schönes anzuziehen. Ich schnappe mir einfach die Shorts und das T-Shirt, die ich in meine Tasche geworfen habe, und ziehe die Klamotten an, ehe ich in ein Paar Schuhe schlüpfe. Mit einem schweren Seufzer fasse ich meine Haare zu einem unordentlichen Dutt zusammen und begebe mich zum ersten Mal seit wahrscheinlich einem Jahrzehnt ungeschminkt in einen Raum voller Menschen.

„Oh Stephanie“, wimmert Channing, sobald ich einen Fuß ins Wohnzimmer gesetzt habe.

Ohne Vorwarnung kommt sie auf mich zugestürzt, schlingt ihre Arme um meine Schultern und beginnt, zu weinen. Ich kneife die Augen zusammen und versuche, meine eigenen Tränen zurückzudrängen. Ich bin das Weinen so leid. Alles, was ich will, ist, Ford zurückzuhaben, und zwar in einem Stück.

Channing gibt mich wieder frei und tritt einen Schritt zurück. Anschließend wischt sie sich die Tränen aus dem Gesicht. „Es tut mir leid, ich bin nur … Immerhin geht es um Ford“, wispert sie.

„Ja“, stimme ich ihr zu.

„Wie geht es dir?“, möchte Exeter wissen.

Ich zucke mit den Schultern, da ich nicht weiß, was ich sagen soll. „Keine Ahnung, wie ich mich fühle.

Ich fühle mich irgendwie wie betäubt", gestehe ich.

Die Frauen verstummen, weshalb ich dankbar bin, dass die Männer zu uns stoßen. Die Türklingel ertönt und alle straffen die Schultern. Fast frage ich laut, wer das sein könnte, doch dann joggt Louis schon auf die Tür zu. Er schaut nicht einmal durch den Spion, sondern öffnet direkt.

Auf seiner Veranda steht ein ganzes Bataillon von gut angezogenen Russen.

„Oh Mann", haucht Hutton hinter mir.

*Oh Mann*, das trifft es.

„Wer hat hier das Sagen?", fragt eine mir vertraute Stimme.

Ich entferne mich von den Frauen und mache mich auf zur Tür, um mich neben Louis zu stellen.

„Ah, da ist sie ja", murmelt Kirill.

Er schiebt sich an Louis vorbei, oder besser gesagt, Louis lässt ihn gewähren. Ich habe das Gefühl, dass er Kirill und seine Männer aufhalten könnte, wenn er es denn wollte. Doch er lässt sie in sein Haus herein, denn er weiß, dass sie mithilfe dieser Kerle Ford viel schneller finden können als auf eigene Faust.

„Hast du was gehört?", will er wissen.

„Nein, nichts", entgegne ich.

Er nickt, dann hebt er den Kopf und sieht über mich hinweg zu den Männern. „Können wir irgendwo reden?"

Ich weiß, was er eigentlich damit fragen will. Nämlich: Gibt es einen Ort, an dem wir ungestört, ohne Frauen und Kinder, miteinander sprechen können? Ich mache mir keine Illusionen, aber dieser Mann ist kein offener und moderner Denker. Frauen werden nicht gleichberechtigt behandelt, ganz und gar nicht.

Ehrlich gesagt ist mir das scheißegal, solange er

Ford zu mir nach Hause holt. Er und seine Sicherheit sind das Einzige, was für mich zählt. Ich versuche, nicht ganz so morbide zu denken, positiv zu bleiben, aber ich kann nicht anders, als vom Schlimmsten auszugehen.

***

*Beaumont*

Während wir uns auf den Weg in Louis' Fitnessraum machen, sind die Russen still. Das ist das einzige Zimmer, in dem wir alle Platz finden, und man kann die Tür abschließen, damit die Frauen sich nicht dazugesellen können. Denn so, wie ich die Mädels kenne, wird mindestens eine versuchen, herausfinden, was hier Sache ist.

„Was weißt du?", frage ich Kirill und schaue ihn direkt an.

„Wie viel wisst ihr?", kontert er.

Ich verdrehe die Augen, seufze und beschließe, mich nicht auf eine Diskussion oder ein Wortgefecht mit diesem Kerl einzulassen. Ich gebe zwar einen Scheiß auf ihn, aber er verfügt über die Manpower und die Technologien, die wir nicht haben, ganz zu schweigen von seiner fragwürdigen Moral.

„Wir wissen, dass Sebastian Pornos dreht, dass er Fords Pferd getötet und Ford entführt hat. Das ist alles", sage ich und ziehe dabei eine Augenbraue in die Höhe.

Kirill schüttelt schnaubend den Kopf. „Wir haben daran gearbeitet, mehr herauszufinden. Er hat jemanden angeheuert, der ihm zur Seite steht. Keiner meiner Jungs, aber er scheint aus dem gleichen Holz geschnitzt zu sein."

„Einen Bodyguard?", fragt Wyatt.

Kirill nickt. „Ein Muskelpaket. Eine Art Security-Mann, aber kein ausgebildeter", entgegnet er.

„Fuck", fluche ich.

Während wir die Informationen sacken lassen, herrscht Schweigen. „Nur so konnte er Ford überwältigen", sage ich. „Sebastian wiegt locker zwanzig Kilogramm weniger als Ford. Außerdem ist er nicht so stark wie Ford, und das weiß er, weil er Ford bereits begegnet ist. Er hat versucht, in Stephanies Haus einzudringen, als Ford vor Ort war. Er hat alles geplant."

Nickend legt Kirill eine Hand in seinen Nacken. „Die gute Nachricht ist, dass sie noch nicht weit gekommen sein können. Ich habe ihn schon mal aufgespürt, als er mit seiner ersten Rückzahlung in Verzug war."

„Und wie?", will Rylan wissen.

Kirill schaut zu Rylan und lässt seinen Blick über sein tätowiertes Gesicht, seinen Hals, seine Arme und Hände gleiten. Erst grinst er, dann schüttelt er den Kopf, als wollte er einen Gedanken aus seinem Kopf loswerden.

„Ich habe die Ortungsfunktion auf seinem Handy aktiviert, aber ich weiß, dass sie leicht deaktiviert werden kann. Also ließ ich von einem meiner Männer eine versteckte Tracking-App auf seinem Handy installieren. Männer wie er sind nie ohne ihr Telefon unterwegs", informiert er uns.

Ich pfeife, weil ich weiß, dass sein Handeln illegal ist, aber ich bin dennoch beeindruckt, dass Kirill es getan hat, denn das wird uns eine Menge Zeit bei der Suche ersparen und möglicherweise das Leben von

Ford retten.

„Was passiert nun?", erkundige ich mich.

Er räuspert sich. „Ich kenne mich in dieser Gegend nicht aus. Ich brauche euch, um herauszufinden, wo er sich aufhält, und um mir dabei zu helfen, ihn, wo auch immer er gefangen gehalten wird, herauszuholen, ohne dass die Bullen sich einmischen. Könnt ihr das machen?"

Wyatt räuspert sich, weshalb ich vermute, dass er ablehnen wird, aber das tut er nicht. Stattdessen nickt er ihm zu. „Rylan wird uns nicht begleiten, er bleibt bei den Frauen, um sie zu beschützen. Wir brauchen ein paar deiner Männer, denen du vertraust."

Kirill grinst, als er Rylan betrachtet. „Bist du ein Verbrecher?"

„Jepp", erwidert Rylan.

„In meiner Kultur stellen die Tattoos die Geschichte unseres Lebens dar. Zeigen die Dinge, die wir für den richtigen Preis getan haben oder tun werden. Ich weiß, dass du deine Tätowierungen nicht aus den gleichen Gründen trägst, aber ich erkenne dich als den Mann, der du bist, Rylan Lindsay."

„Woher weißt du, wie ich heiße?", verlangt Rylan zu wissen.

Kirill lacht. „Ich habe auf dem Weg hierher ein komplettes Dossier über jeden von euch anfertigen lassen. Ich musste wissen, mit wem ich es zu tun habe. Ich weiß auch, dass du derjenige warst, der den Deputy, diesen Hernandez, angerufen hat. Er wird doch zu keinem Problem werden, oder?"

„Das wird er nicht. Es wird keine Probleme geben, solange wir Ford zurückbringen werden", verkündet Wyatt.

„Gut", entgegnet Kirill nickend.

Ich sehe ihm dabei zu, wie er die Hand ausstreckt. Er holt ein iPad hervor und geht zur Bar, die sich in diesem Raum befindet, um das Gerät abzustellen. Ich sehe einen blinkenden blauen Punkt auf dem Display, bei dem es sich um Sebastians Aufenthaltsort handeln muss.

„Euer Mann ist hier. Ich konnte nicht genug über den Ort herausfinden. Die Landschaft hier, die Karten ähneln einfach nicht denen in Kalifornien.“

Wyatt lacht auf. „Du befindest dich in keiner Großstadt“, sagt er an Kirill gerichtet. „Dieses Fleckchen Erde befindet sich in Privatbesitz. Ich weiß das, weil ich dort als Kind ab und an mit meinem Vater zum Jagen war. Ich weiß nicht, wie Sebastian auf diesen Ort aufmerksam geworden ist, aber er kann sich dort draußen nicht ewig verstecken. Es ist total abseits des Stromnetzes, und der Kerl, dem das Grundstück gehört, wird erst schießen und dann Fragen stellen, wenn er ihn dort findet.“

„Kannst du mit ihm in Kontakt treten? Vielleicht kannst du dir seine Erlaubnis einholen, dass wir uns dort umsehen können“, schlägt Wyatt vor.

Stirnrunzelnd schüttelt er den Kopf. „Ich kann zu seinem Haus fahren und persönlich mit ihm reden. Er hat nämlich kein Telefon, hatte nie eins. Ich kann von Glück sprechen, wenn er sich noch an mich erinnert. Er war nämlich schon sehr alt, als wir zum Jagen bei ihm waren.“

„Woher zum Teufel wusste dieser Sebastian, wohin er Ford verschleppen kann, wenn dieser Typ doch so ein Einsiedlerkrebs ist?“, gibt Louis zu bedenken.

Wyatt schüttelt ein paarmal den Kopf. „Keinen verdammten Schimmer. Aber er führt da draußen sicherlich nichts Gutes im Schilde. Das ist so sicher wie das Amen in der Kirche."

„Wir sind auf den schlimmsten aller Fälle eingestellt", sagt Kirill.

„Genau aus diesem Grund bleibt Rylan hier", bellt Wyatt.

Rylan wiederum verdreht die Augen, widerspricht seinem Cousin aber nicht. Es wäre ein sinnloser Kampf, der bloß noch mehr wertvolle Zeit verschwenden würde.

„Sind wir so weit?", erkundige ich mich.

Kirill grinst. „Nach dir", sagt er und streckt die Hand aus.

Ohne den Frauen etwas zu erklären, küssen wir sie zum Abschied und marschieren durch die Vordertür hinaus. Keine von ihnen fragt, was los ist, was mich sehr überrascht, aber meine Hauptsorge gilt Ford. Wir müssen ihn nach Hause holen, wo er in Sicherheit ist.

Es ist mir scheißegal, wie wir das hinbekommen, ich weiß nur, dass er das, was Sebastian und sein Lakai mit ihm anstellen, nicht verdient hat. Nicht ein klitzekleines bisschen. Wir steigen in Louis' Pick-up und fahren voraus. Fünf Geländewagen voller gruseliger Russen folgen uns.

# Kapitel 37



„Wach auf, verdammt", dröhnt eine Stimme. Langsam öffne ich meine Augen, und erschaudere, als ich mich daran erinnere, wo ich mich befinde. Als ich meinen Blick auf Sebastian richte, der über mich gebeugt steht, knurre ich den Wichser an.

Den Blick von ihm abwendend, bemerke ich, dass die Tür offen steht. Allerdings beobachtet sein Begleiter mich mit Argusaugen. *Fuck.*

Ich stoße einen Seufzer aus und frage mich, ob ich wohl je die Gelegenheit bekommen werde, von hier abzuhauen, oder ob ich für Gott weiß wie lange festsitzen werde.

„Iss etwas. Niemand steht auf dürre Cowboys", schnauzt er mich an und lässt eine Tüte mit Essen neben mich fallen.

Er bückt sich und stellt ein Dr. Pepper neben die Tüte, bevor er sich wieder aufrichtet und einen Schritt zurücktritt. Ich beobachte ihn und stelle mir die Frage, warum er das hier für eine gute Idee hält. Er muss doch wissen, dass Leute nach mir suchen werden. Leute, die niemals aufgeben.

„Wo sind wir eigentlich?", frage ich und versuche, so beiläufig wie möglich zu klingen. Ich weiß nicht, warum, aber etwas über meinen Aufenthaltsort herauszubekommen, halte ich für verdammt wichtig.

Sebastian blickt über seine Schulter zu seinem Lakaien, dann sieht er wieder mich an. „Ich schätze, ich kann es dir verraten, da du diesen Raum sowieso nie verlassen wirst. Wir befinden uns in einem Bunker auf dem Grundstück eines paranoiden alten Mannes."

Ohne dies weiter auszuführen, dreht er sich um und entfernt sich von mir. Seine Wache folgt ihm, und durch die Stille des Raumes höre ich, wie die Tür verschlossen wird.

Irgendetwas stimmt hier nicht.

Es existiert kein alter paranoider Mann, der es ihm gestatten würde, auf seinem Grundstück Pornos zu drehen oder jemanden aus Gallup als Geisel zu nehmen. Ich kenne nur wenige abgeschiedene Orte, die über echte Bunker verfügen wie den, in dem ich mich befinde.

Man wird mich nie finden, es sei denn, es geschieht ein Wunder. Ich wünschte, ich müsste nicht essen, was Sebastian mir gebracht hat, und trotzdem öffne ich die Tüte mit dem Fast Food. Es befinden sich ein Burger und Pommes drin. Sonst nichts. Unwillkürlich frage ich mich, ob er das Essen vergiftet oder Drogen untergemischt hat, aber ich glaube, das spielt keine Rolle. Ich brauche Nahrung, um zu überleben, ob Drogen enthalten sind oder nicht.

Ich nehme den Burger heraus, beiße einen großen Bissen ab und lasse meinen Kopf gegen die Wand fallen, während ich kaue. Meine Gedanken schweifen zu Stephanie, was ich in den Stunden, die ich hier festgehalten werde, nicht oft zugelassen habe.

Ich will jetzt nicht über ein Was-wäre-wenn-Szenario spekulieren. Das wäre verdammt deprimierend und ich muss meine Emotionen kontrollieren und meine Kräfte schonen. Ich verputze alles, aber mein Magen knurrt immer noch, als ich aufgegessen habe.

Der verflucht kleine Burger und die noch kleinere Portion Pommes waren gerade genug, um meinen

Appetit zu lindern. Ich trinke die Dr-Pepper-Cola, schließe die Augen und stoße ein Knurren aus, da ich merke, dass mein Körper verdammt schwer wird.

„Scheiße“, zische ich.

Ich versuche, meine Arme zu bewegen, doch es klappt nicht. Die Tür öffnet sich, und ich drehe den Kopf mit letzter Kraft zur Seite, um zu sehen, dass Sebastian, seine Leibwache und mir fremde Männer den Raum betreten.

Hilflosigkeit.

Dieses Gefühl habe ich noch nie in diesem Ausmaß verspürt. Und doch nimmt es von mir Besitz. Diesmal werde ich nicht bewusstlos, wie vor Kurzem, als Sebastian mich von der Ranch entführt hat. Jetzt bin ich wach und verdammt noch mal völlig außer Gefecht gesetzt.

Die beiden Fremden ziehen an Sebastian und seinem Beschützer vorbei, stellen sich neben mich und mustern mich wie ein Stück Vieh, das man kaufen kann. Und genau das bin ich für sie – ein Tier.

Ich habe mich noch nie in meinem Leben so schmutzig gefühlt. Das hier fühlt sich nicht real an, nichts davon. Es kommt mir so vor, als würde ich durch den Raum schweben und alles einfach bloß beobachten, was sich abspielt. Ich bin in diesem Moment so verwirrt und so schwach. Alles, was ich tun kann, ist, zuzusehen und darauf zu warten, was als Nächstes passiert.

„Er ist genauso, wie du ihn beschrieben hast. Er lässt sich ganz wunderbar mit der Kamera einfangen“, sagt einer der Männer.

„Aber können wir ihn wirklich in diesem Zustand filmen?“, fragt der andere Kerl.

Sebastian lacht auf, sein Lachen ist bitter. Sobald ich

dazu in der Lage bin, ganz gleich, ob hier eingesperrt oder nicht, werde ich das Arschloch fertigmachen. Und es ist mir egal, was sein Schoßhündchen danach mit mir anstellen wird. Ich werde diesen Wichser kaltmachen.

„Ich habe Ecstasy und Viagra für einen solchen Fall zur Hand. Er wird seiner Pflicht mit Freude nachkommen. Und mit *Eifer*.“

„Sind alle mit dem Ablauf einverstanden? Sind deine *Freunde* damit einverstanden?“, erkundigt sich einer der Fremden.

Keine Ahnung, von welchen Freunden er faselt, aber ich kann mir vorstellen, dass er die Russen meint.

Ich zweifle stark an, dass sie wissen, was hier abgeht. Oder vielleicht wissen sie es doch?

Ich meine, ich habe keine Ahnung. Ich weiß gar nichts mehr und die Gefühle brodeln in mir. Ich versuche mit allem, was ich habe, sie hinunterzuschlucken, aber sie gehen nicht weg. Sie bleiben direkt unter der Oberfläche und probieren, sich zu befreien.

Die beiden Kerle stellen das Mustern ein und wenden sich von mir ab.

„Die Filmcrew wird in einer Stunde eintreffen. Hast du ein Bett besorgt?“

Sebastian lacht auf. „Ich habe ein Bett und einen Sattel sowie einen Sattelständer. Ich glaube, wir verdienen uns ein goldenes Näschen“, säuselt er.

„Deine Vermittlungsprovision wird jedenfalls saftig ausfallen. Wir hätten in L.A. keinen besseren Mann für die Rolle aufspüren können. Das wird großartig, und wir haben mehrere Schauspieler mitgebracht, sodass wir allein heute genügend Szenen für mindestens drei Filme abdrehen können.“

„Ich bin bloß darum bemüht, meine Schulden schnellstmöglich loszuwerden, und da dies hier eine Möglichkeit ist, um sie zu minimieren, wollte ich dir den besten Mann präsentieren, den ich finden konnte.“

Die Fremden lachen. „Oh, er macht auf uns den Eindruck, als wäre er der perfekte Hengst .“

Als sie endlich gehen, krampft sich mein Magen zusammen, aber ich schaffe es nicht, mich zu übergeben. Mein ganzer Körper ist gelähmt. Die Vorstellung, nicht nur Pornos zu drehen, sondern zudem Ecstasy und Viagra verabreicht zu bekommen, macht mich krank.

Ich habe während meiner Highschoolzeit nie mehr als ein paar Joints geraucht. Keine Chance. So ein Typ bin ich nicht, ich habe nie herumexperimentiert. Ich war zu beschäftigt damit, auf der Ranch zu arbeiten, mit Stephanie auszugehen und Football zu spielen, als dass ich Zeit dafür gehabt hätte, in diese Art von Schwierigkeiten zu geraten.

Während mich eine überwältigende Trauer völlig in Besitz nimmt, beginnt mein ganzer Körper, unkontrolliert zu zittern.

***

*Stephanie*

Die Minuten vergehen. Rylan schaut alle paar Sekunden auf sein Handy. Die russischen Muskelpakete, die man hier zurückgelassen hat, halten sich draußen auf, und egal, wie oft ich sie frage, ob ich ihnen etwas zu trinken oder zu essen bringen kann, sie lehnen jedes Mal höflich ab.

Ich brauche etwas zu tun. Ich bin unruhig, nervös und die Schuldgefühle fressen mich ganz und gar auf.

„Alles wird wieder gut", sagt Exeter.

„Wie das?", frage ich sie. „Er könnte verletzt sein."

„Und wenn dem so ist, dann wird er wieder gesund werden. Ich werde ihm auf jede erdenkliche Weise dabei helfen, und wenn ich es nicht kann, dann schleppe ich ihn zu einem Arzt, der es kann."

Nickend kneife ich die Augen zusammen, dann öffne ich sie wieder. „Ich habe einfach nur große Angst. Wo könnte er sein und warum haben wir noch nichts gehört?"

Den Kopf schüttelnd, legt Exeter einen Arm um meine Schultern, ehe sie mich an ihre Seite zieht. Ihre Umarmung ist herzlich, aber auf keinen Fall mit einer von Ford zu vergleichen. Und ehrlich gesagt ist er im Moment die einzige Person, von der ich berührt werden möchte. Jetzt oder jemals wieder.

Ich mache mich von ihr los und gehe zu den Glastüren, die zur Veranda führen. Ich werde nicht nach draußen gehen, ich bin nämlich nicht so naiv, zu glauben, dass ich momentan völlig sicher bin. Wenn Sebastian es geschafft hat, an Ford heranzukommen, dann kann er sich auch mich schnappen.

„Du weißt, dass mit ihm alles in Ordnung ist", murmelt Rylan neben mir.

Ich schaue ihn an, aber er beachtet mich nicht, da sein Blick auf Louis' Garten gerichtet ist. Ich presse meine Lippen aufeinander und schaue ebenfalls durchs Fenster auf die Grünfläche.

„Ich hoffe es", wispere ich.

„Du musst nicht hoffen, Stevie. Ihm geht es gut."

„Ich hasse diesen Spitznamen", erwidere ich schärfer als beabsichtigt. Rylan lacht, geht aber nicht sofort darauf ein. Er atmet tief durch und entlässt den Atem mit einem langen Seufzer wieder.

„Ich weiß, dass du ihn hasst, aber so habe ich dich nun mal in Erinnerung. Als die sexy kleine Stevie La-Rue. Fords Mädchen. Jetzt bist du wieder seine Freundin, und der Kosename passt einfach zu dir."

„Fords Mädchen", wiederhole ich. „Es fühlt sich aber nicht mehr so an wie damals. Nur damit du das weißt."

„Ach nein?"

Brummend neige ich den Kopf zur Seite und lehne ihn an seine Schulter. „Es ist viel besser. Es war dumm von mir, zu gehen, und jetzt …"

„Jetzt weißt du alles viel mehr zu schätzen, was du mit ihm hast."

„Ja, woher weißt du das?"

Er lacht. „Süße, wenn man fünf Jahre lang eingesperrt ist, erkennt man, was im Leben wirklich wichtig ist."

„Und das wäre?"

Er legt einen Arm um meine Schultern und seufzt. „Deine Leute. Wer auch immer sie sind. Sie gehören nicht immer deiner Familie an, aber manchmal zählt man sie dazu. Familie sind die Menschen, die dich wirklich glücklich machen, die dir Lust aufs Leben bringen, die dir immer ein Lächeln auf dein verdammtes Gesicht zaubern."

„Ford schafft das. Genau wir ihr alle", flüstere ich.

Rylan lässt das unkommentiert. Stattdessen stehen wir beieinander, er hat einen Arm um mich gelegt, und unsere Blicke sind auf den Garten gerichtet, während wir uns in unseren Gedanken verlieren. Gedanken an die Vergangenheit, Gedanken an das Jetzt und die Zukunft.

Ich habe keine Idee, was ich noch sagen, was ich noch tun kann. Ich kann Ford nicht zurückholen. Ich kann nicht zu Sebastian rennen und ihn anflehen, ein guter Mensch zu sein. Er hat eine Grenze überschritten und es gibt kein Zurück mehr. Auf gar keinen Fall.

Als Rylans Telefon klingelt, schrecken wir beide auf und ich fahre praktisch aus der Haut. Ich beobachte, wie er mit dem Daumen das Display entsperrt, bevor er sich das Handy ans Ohr hält. Ich halte den Atem an, als er grunzt, dann schaut er kurz zu mir, wendet sich von mir ab und beginnt, leise zu sprechen.

„Geht es ihm gut? Was? Fuck. Krankenhaus. Wir treffen euch dort. Was ist mit den Russen?" Es ist einen Moment lang still, dann lacht er auf. „Schön."

Grinsend dreht Rylan sich zu mir um. Er senkt den Kopf, um mir in die Augen sehen zu können, während er leise spricht, damit die anderen ihn nicht hören können.

„Es geht ihm gut. Man hat ihm etwas verabreicht, keine Ahnung, was es war, daher bringen sie ihn in die Notaufnahme. Sie hoffen darauf, dass sie ihm den Magen auspumpen können oder so. Um Sebastian und seinen Begleiter kümmert man sich. Ich wollte keine Details hören, und du sicher auch nicht."

Meine Augen füllen sich mit Tränen, sie rinnen mir über die Wangen, und ich beginne, zu zittern.

„Reiß dich zusammen und brich mir jetzt nicht zusammen, denn er braucht dich."

„Okay", erwidere ich flüsternd und nicke, während ich tief einatme.

„Schwingt euch in die Autos, wir haben ihn", ruft Rylan den Frauen und Kindern zu.

Der ganze Raum wird von Jubelschreien erfüllt,

danach bricht das Chaos um mich herum aus, da alle ihre Sachen und Babys einsammeln. Ich kann nichts anderes tun, als vor lauter Erleichterung vor mich hinzugrinsen.

Es geht ihm gut.

Höchstwahrscheinlich wird er Zeit brauchen, um das Geschehene zu verarbeiten, aber er lebt, und das ist alles, was mir im Moment wichtig ist.

Das ist das Einzige, was zählt.

# Kapitel 38



Kirill grunzt, denn es scheint ihm nicht zu gefallen, dass ich allein zum alten Fuller gehe. Aber ich muss es tun. Wie ich ihn kenne, wird er, ohne zu fragen, auf den Haufen Fremder schießen, die bei ihm aufkreuzen. Wenn ich es umgehen könnte, zu ihm zu gehen, würde ich es tun, aber es geht nicht anders. Sebastians Spur hat uns genau hierhergeführt.

„Siehst du die lila Farbe?", frage ich und deute auf den Zaunpfahl neben uns, der mit lila Farbe beschmiert ist.

Kirills Blick huscht zu dem Pfosten, dann wieder zu mir, bevor er langsam nickt. „Ja."

„Mir ist entfallen, dass ihr alle nicht aus Texas kommt. Sie bedeutet, dass Fuller euch vorgewarnt hat. Er braucht euch noch nicht noch einmal ein Zeichen zu geben, bevor er auf euch schießt."

„Machst du Witze?", fragt Kirill.

Seinem Blick standhaltend, schüttle ich den Kopf. „Nein, kein Scherz."

Ich lasse die Männer bei den lila angestrichenen Zaunpfählen zurück, atme tief ein und fahre mit dem Wagen auf sein Haus zu, schleiche zum Eingang. Ich bin überrascht, dass er sein Haus nicht mit einem Drahtseil aus Rasierklingen gesichert hat, denn er scheint ein Mann zu sein, der so etwas normalerweise tut.

Ich nehme an, ihm reichen die lila Warnungen aus. Ich habe vergessen, dass nicht jeder weiß, was sie zu bedeuten haben. Der Gesichtsausdruck von Kirill, als ich ihn vor ein paar Minuten aufgeklärt habe, war unbezahlbar. Allerdings habe ich ihn nicht verarscht. Der alte Fuller könnte mich beim ersten Sichtkontakt erschießen und niemand würde auch nur ein verdammtes Wort dazu sagen.

Als ich vor seiner kleinen Hütte stehe, stelle ich den Motor des Pick-ups ab, öffne die Tür und steige aus. Ich horche, ob ich ein Anzeichen von Bewegungen höre. Außerdem halte ich nach Sebastian Ausschau oder sonst wem, der zwielichtig aussieht.

„Bleib sofort stehen", fordert mich eine schroffe Stimme auf.

Ich gehorche sofort, schaue zur Eingangstür und hebe kapitulierend die Hände in die Höhe.

„Ich bin es, Mr. Fuller, Wyatt Johnson", rufe ich laut und deutlich zurück.

„Harlans Sohn?", erwidert er.

„Ganz genau."

Er lacht laut auf. „Dann komm nur rein, Junge. Ich weiß nicht, was du hier draußen zu suchen hast, aber das Mindeste, was du tun kannst, ist, für einen Moment hereinzukommen."

Zu ihm reinzugehen und ihn zu besuchen, ist das Allerletzte, was ich will, aber wenn ich auf eine Chance hoffe, auf Mr. Fullers Grundstück an Informationen über Sebastian zu kommen, dann muss ich das in Kauf nehmen. Ich steige die knarrenden Stufen zu seiner Hütte hinauf und folge ihm ins Innere.

Hier stinkt es. Und wenn man bedenkt, wie es hier aussieht, nämlich wie in einem Saustall, überrascht mich der Geruch nicht im Geringsten.

„Wie geht es deinem Daddy? Habe ihn eine Weile nicht gesehen", murmelt Mr. Fuller, während er die Küche durchwühlt.

„Er ist mittlerweile im Ruhestand", lasse ich ihn wissen.

Fuller grunzt, dann höre ich ihn seine Kühlschranktür zuschlagen, woraufhin er mit zwei Wasserflaschen in meinem Sichtfeld erscheint. Ich bedanke mich, nehme ihm eine Flasche ab und erstarre. In der Flasche schwimmt irgendeine braune Suppe. Ich versuche, nicht das Gesicht zu verziehen, sondern halte die Flasche einfach bloß fest.

„Nun, du bist den ganzen weiten Weg hierhergefahren. Was ist der Grund dafür, dass du dich so weit raus wagst?"

„Ehrlich gesagt suche ich Ford Matthews", erkläre ich ihm.

Er neigt den Kopf zur Seite. Ich kann beobachten, wie sich die Verwirrung auf seinem Gesicht breitmacht. Er scheint nicht zu wissen, was hier vor sich geht. Ich räuspere mich und betrachte einen Moment lang meine Füße, bevor ich den Blick wieder hebe, um ihm die Wahrheit zu sagen. Oder zumindest einen Teil davon.

„Sein Pferd wurde getötet und man hat ihn entführt."

„Sein Pferd?", hakt Fuller nach. Der Schreck steht ihm ins Gesicht geschrieben.

Fuller ist ein Einzelgänger, ein Mann, der fernab der Zivilisation lebt, aber seine Tiere über alles liebt, da sie seine einzigen Gefährten hier draußen sind. Er versteht den Verlust eines Tieres besser als den Verlust eines Menschenlebens.

„Starlight wurde in ihrer Box getötet und Ford wurde entführt. Seine Frau befand sich zu der Zeit im Farmhaus, weshalb sie zum Glück nicht verletzt wurde."

Fuller zischt. „Warum bist du hier, Wyatt?“, hakt er nach und scheint endlich eins und eins zusammenzuzählen. Offensichtlich hat er verstanden, dass er mit Fords Verschwinden in Verbindung steht.

„Du hast einen Bunker, richtig?“

Er runzelt die Stirn und nickt mehrmals. „Du weißt, dass ich einen habe. Worauf willst du hinaus?“, erkundigt er sich leicht defensiv.

„Ist irgendwer da draußen?“

Erst nickt er, dann schüttelt er den Kopf. Seine blauen Augen starren mich an. „Ich habe ihn auf einer Webseite zur Vermietung angeboten. Der Sohn meines Cousins hat ihn online gestellt. Er kümmert sich hauptsächlich um alles. Er nimmt dafür eine kleine Gebühr. Ich werde älter und meine Medikamente sind teuer. Nur so komme ich über die Runden.“

„Wer auch immer Ford in seiner Gewalt hat, ist da draußen, Fuller. Zumindest nehme ich das an. Ich bin mit einer Gruppe von Männern hier, denn wir haben einen Suchtrupp zusammengestellt und hoffen, dass du uns dein Grundstück betreten lässt, damit wir nachsehen können, ob er dort ist.“

Fuller starrt mich einen Moment lang an, dann schüttelt er den Kopf. „Lass mich den Jungen meines Cousins anrufen. Mal sehen, was er weiß. Ich will keine schlechte Bewertung bekommen, denn er meinte, diese Vermietung sei wichtig.“

Ich weiß nicht, seit wann er im Besitz eines Telefons ist, um Anrufe zu tätigen, aber ich frage nicht weiter nach. Es geht mich nichts an.

„Sie könnten Ford töten. Ein Drogensüchtiger aus Kalifornien hält ihn gefangen, der nur hierhergekommen ist, um Fords Frau das Leben schwer zu machen. Er benutzt ihn, um an sie heranzukommen. Ich konnte sie in Sicherheit bringen, aber wir brauchen Ford zurück."

Ich bin nicht der Typ, der bettelt. Auch bin ich niemand, der diesen alten Mann fesselt und einfach tut, wonach ihm verdammt noch mal der Sinn steht. Doch letzten Endes würde ich alles tun, was in meiner Macht steht, um meinen Freund zu retten.

„Na, dann los. Raus hier. Aber wenn er nicht da ist, verzieh dich. Nimm den Weg links vom Haus abgehend, der führt dich hin. Wenn du einen kleinen Teich erreichst, bist du zu weit gegangen."

„Danke, Sir", entgegne ich und trete einen Schritt zurück.

„Ich lasse dich nur gewähren, weil du Harlan Johnsons Sohn bist", lässt er mich wissen.

Ich hebe die Hand und winke ihm zum Abschied zu. Eigentlich ist mir scheißegal, weshalb er mich gewähren lässt. Zum Bunker gegangen wäre ich sowieso. Ich hole mein Handy aus der Tasche und rufe Beaumont an, um ihm zu erzählen, was sich hier drinnen abgespielt hat. Dann warte ich mit meinem Wagen auf dem besagten Weg auf die Karawane der anderen Autos.

Wir rollen die unbefestigte Straße entlang. Nicht zu schnell, um nicht zu viel Aufmerksamkeit zu erregen. Bevor wir einen kleinen Hügel erreichen, halte ich kurz an, da ich ein paar Fahrzeuge entdecke, die in der Nähe eines kleinen runden Gebäudes geparkt sind.

Hier ist er also. Der Ort, an dem mein Freund festgehalten wird. Ich weiß nicht, auf wen wir dort unten treffen, was wir zu sehen bekommen oder in welchem Zustand wir ihn vorfinden werden. Aber all das spielt keine Rolle, solange er wieder sicher bei mir, sicher bei uns ist.

Ich steige aus meinem Pick-up und gehe auf Kirill und meine Freunde zu. Ich brauche nicht lange, um ihnen zu erzählen, was ich weiß. Denn ehrlich gesagt habe ich nicht viele Informationen.

Erst senkt Beaumont den Kopf, dann geht er zum hinteren Teil meines Pick-ups. Er reißt die Tür auf und holt mehrere Waffen heraus, die er an uns austeilt.

„Woher hast du die?“, will ich wissen.

Er zuckt mit den Schultern. „Ein paar stammen aus meinem Privatbesitz, die anderen habe ich aus Louis’ Waffenschrank mitgehen lassen, bevor wir losgefahren sind. Ich dachte, wir könnten etwas Unterstützung gebrauchen. Natürlich nur für den Fall der Fälle.“

„Danke, verdammt“, sage ich und entsichere die mir gereichte Schrotflinte.

„Lasst uns einen Plan schmieden, dann gehen wir rein“, schlägt Kirill grinsend vor.

„Fuck, ja“, stimmt Beaumont zu.

***

*Ford*

Die vier Kerle kehren zurück. Ich beobachte sie bloß, da ich unfähig bin, mich zu bewegen. Sie schleppen ein Doppelbett und eine Matratze herein. Als ich sehe, wie sie einen Sattel und einen Sattelständer hereinbringen, knurre ich. Beide gehören mir, und meine Gedanken driften zu Starlight.

Ich hoffe, ihr geht es gut. Weder habe ich die

Geräusche von Donner gehört noch Blitze gesehen, was hier unten aber rein gar nichts zu bedeuten hat.

„Der Schauspieler ist startklar. Ich bringe ihn rein, bring den Cowboy auf Touren", sagt einer der Fremden und schaut grinsend zu mir herüber.

Es überrascht mich nicht, dass es diesen Kerl einen Scheißdreck kümmert, dass ich das hier offensichtlich nicht freiwillig mache. Ich will nicht in seinem Film mitwirken, weder mit einem Mann noch mit einer Frau. Ganz und gar nicht, aber das scheint hier niemanden zu interessieren. Und Sebastian ist einfach bloß glücklich, weil er mit mir, mit dieser Sache Geld verdienen kann.

Sebastian erscheint in meinem Blickfeld und sinkt grinsend vor mir auf die Knie. Er berührt meinen Arm, woraufhin ich versuche, mich ihm zu entziehen, ich kann es aber nicht. Ich bin noch immer hilflos. Er schnürt mir mit einem Gummiband den Arm ab. Daraufhin weiß ich, was los ist. Er wird mir irgendeinen Scheiß injizieren.

„Nein", stöhne ich.

Sebastian lacht mir ins Gesicht. „Oh doch, Ford. Ich brauche Kohle, und du wirst mir dieses Geld einbringen, was ich nur passend finde. Du hast sie glauben lassen, dass sie mir nicht zu helfen braucht. Dass es nicht ihre Pflicht ist. Du hast mir alles versaut, Mann. Nun bin ich am Zug, dich zu ficken, und jeder einzelne Kerl, der hier hereinkommt, wird dich tatsächlich *ficken*."

Die Nadel bohrt sich in meinen Arm. Ich versuche, mich dagegen zu wehren, was aber nichts bringt. Die Drogen fluten meine Venen und schießen durch meinen Körper. Während ich meine Augen schließe, seufze ich auf. Man schiebt mir etwas in den Mund, doch ehe man mich dazu zwingt, es zu schlucken, höre ich Schreie.

Ich öffne die Augen, schaue auf und sehe Beaumont, den Russen und Wyatt vor mir stehen. Das Chaos bricht los, Männer rennen wild herum, es sind Rufe und Beleidigungen zu hören. Allerdings kann ich nur dabei zusehen. Es gibt absolut nichts, was ich tun kann.

„Das ist nicht das, was ich mir vorgestellt hatte", brüllt Kirill.

Er packt Sebastian am Hemd und schleudert ihn quer durch den Raum. Ich kann sehen, wie sein Körper gegen die Wand knallt, ehe Kirill ihn hochzieht und ein zweites Mal durch die Gegend wirft.

„Stephanie war tabu, und das schließt all ihre Freunde mit ein. Auch bedeutet es, dass du nicht ihren Mann entführen und unter Drogen setzen kannst. Es scheint, dass ich das, was du mir schuldig bist, abschreiben muss, denn du kannst oder willst meine Bedingungen nicht kapieren", knurrt er.

„Kirill", sagt Wyatt warnend.

Er hebt seine Hand. „Nichts an diesem Mann scheint je einen Ertrag zu bringen. Schnappt ihn euch und seine kleinen Freunde", befiehlt er.

Ich beobachte, wie all die Anzugträger Kirills Anweisung ausführen. Sie tun dies schweigend und gehen dann. Einer seiner Männer nimmt Sebastian mit, sodass nur ich, Beaumont, Louis, Wyatt und er im Raum zurückbleiben.

Kirill erscheint in meinem Sichtfeld und hockt sich neben mich. „Er scheint unter Drogen gesetzt worden zu sein. Womit genau, weiß ich nicht, aber er wird wahrscheinlich medizinische Hilfe brauchen. Um das Problem zu lösen, sollten sie ihm den Magen auspumpen." Er legt eine kurze Sprechpause ein. „Ford Matthews, du wirst dir wegen dieses Mannes nie wieder Sorgen machen müssen. Ich hätte mich gleich um ihn kümmern sollen, als Stephanie mir von seinen Plänen erzählte, das Video von ihnen und von euch an die Presse zu verkaufen."

Ich versuche, zu nicken, aber es klappt nicht, und auch meine Stimme scheint in diesem Augenblick nicht zu funktionieren. Kirill nickt, lächelt mir kurz zu, steht dann auf und verschwindet. Dann sehe ich meine Freunde, nein, meine Brüder über mir. Ich spüre, wie mein Körper angehoben wird, dann wird mit einem Mal alles schwarz. So friedlich. Endlich bin ich in Sicherheit, nicht mehr so hilflos ausgeliefert, wie ich es war, nicht länger schwach.

„Stephanie", murmle ich.

„Ihr geht es gut. Sie kommt zu dir ins Krankenhaus", verspricht Beaumont.

Im Führerhaus seines Pick-ups ist es still. Ich bin mir bewusst, was hier gerade vor sich geht, dennoch bin ich nicht dazu in der Lage, irgendeinen Teil meines Körpers zu bewegen. Ich stöhne, bin plötzlich überall hyperempfindlich und fühle mich euphorisch. Schweißperlen rinnen mir über den Körper, doch ich schaffe es nicht, sie wegzuwischen.

„Wir haben dich, Bruder. Du kommst wieder in Ordnung", beruhigt mich Louis.

„Starlight", wimmere ich.

„Mach dir keine Sorgen. Morgen sieht die Welt schon wieder besser aus", ruft Wyatt mir vom Beifahrersitz des Pick-ups aus zu.

Ich schließe die Augen und lasse die Gefühle, die mir die Drogen bescheren, auf meinen ganzen Körper einwirken. Ich kann nicht anders, als Ruhe und

Frieden zu verspüren. Das ist erstaunlich, so etwas habe ich noch nie erlebt. Ich hasse und mag es zur selben Zeit.

Als der Pick-up zum Stehen kommt, nehme ich die hellen Lichter des Krankenhauses wahr. Ich stöhne auf, als mein Körper auf eine Liege geschoben wird. Die rollbare Trage dreht sich im Kreis, dann wird alles wieder schwarz.

***

*Stephanie*

Als ich sehe, wie Ford durch die Notaufnahme geschoben wird, stoße ich einen Schrei aus. Rylan legt einen Arm um meine Brust, den anderen um meine Taille, um mich zu sich zu ziehen und gegen seine Brust zu drücken.

Ich zittere am ganzen Körper, als meine Augen die Szene wahrnehmen. Ford sieht blass, leblos und hilflos aus. Das hasse ich. Ich hasse jede verdammte Sekunde davon. Sebastian hat ihm das angetan. Dieser verdammte Bastard. Sollte er noch nicht tot sein, werde ich das erledigen.

„Er wird schon wieder, Stevie", flüstert mir Rylan ins Ohr. „Aber du musst die Ärzte ihre Arbeit tun lassen. Sei stark für ihn. Werde jetzt nicht hysterisch, Süße."

„Okay", wimmere ich. „Okay."

Ich fühle mich alles andere als okay. Ich bin absolut hysterisch, probiere jedoch, dieses Gefühl zu verdrängen und die Kontrolle über meinen Körper und Geist zurückzuerlangen.

Als Beaumont, Wyatt und Louis zu uns stoßen,

erreicht meine Hysterie das nächste Level. Ich schreie und verlange von ihnen, mir alles zu erzählen. Der Sicherheitsdienst kommt auf mich zugeeilt und teilt mir mit, dass ich mich beruhigen soll oder das Krankenhaus verlassen muss. Und das scheint Wirkung zu zeigen, denn es bringt mich zum Schweigen.

Ruhig und gelassen schildern die Männer mir alles, was passiert ist, alles, was sie wissen. Die meisten Details darüber, was Ford widerfahren ist, sind ihnen jedoch nicht bekannt. Alles, was sie wissen, ist, dass er unter Drogen gesetzt und in dem Mietbunker eines Verrückten festgehalten wurde, den Wyatt aus seiner Kindheit kennt.

„Sagt mir, dass er wieder gesund wird", flüstere ich. „Selbst wenn dem nicht so ist, sagt es einfach."

Wyatt ergreift meine Hand und drückt sie so lange, bis ich den Blick hebe, um ihn anzuschauen. „Er kommt wieder in Ordnung, Stephanie. Daran habe ich keinen Zweifel. Er war wach und unverletzt. Sie haben ihm zwar etwas verabreicht, aber er war ansprechbar und hat mir uns gesprochen."

„Okay", hauche ich zurück.

„Jetzt warten wir erst einmal ab, was die Ärzte zu sagen haben. Wir sollten jede Minute von ihnen hören", sagt Louis.

Es dauert tatsächlich mehrere Stunden, bis ein Doktor auftaucht. Und als er endlich da ist, ist es genauso, wie die Jungs gesagt haben: Ford wurden Drogen verabreicht.

Ihm geht es gut. Er wird sicherlich Schmerzen haben, weil ihm der Magen ausgepumpt wurde, aber körperlich ist er unversehrt.

Mein Körper entspannt sich aufgrund der Worte des Arztes.

„Wann kann ich ihn sehen? Ich bin seine Verlobte“, flunkere ich.

„Im Moment dürfen nur Familienangehörige zu ihm, Süße. Es tut mir leid.“

Den Kopf schüttelnd, mache ich einen Schritt auf den Arzt zu. Anstatt ihn anzuschreien oder von ihm zu verlangen, mich Ford sehen zu lassen, flehe ich ihn an.

„Ford hat keine lebenden Familienmitglieder in der Nähe. Seine Eltern sind verstorben, Geschwister hat er keine. Es gibt nur uns. Wir sind seine Familie und ich bin seine Verlobte. Ich wohne mit ihm unter einem Dach und teile das Bett mit ihm. Bitte, lassen Sie mich zu ihm.“

Nichts von dem, was ich gesagt habe, ist gelogen. Der Arzt weiß das wahrscheinlich auch. Wir befinden uns in einer kleinen Stadt. Er weiß, wer Ford Matthews ist und dass seine Eltern nicht mehr leben. Schließlich nickt er uns zu, hebt die Hand und deutet mir an, ihm zu folgen.

Ich zögere nicht eine Sekunde. Ich muss ihn sehen. Und zwar sofort.

# Kapitel 39

*Ford*

Bilder blitzen mir durch den Kopf. Ich sehe Standbilder von Stephanie, Wyatt, Beaumont, Louis und dem Russen. Ich weiß jedoch nicht, wie ich sie interpretieren soll. Es gibt helle Momente, dann wird alles wieder dunkel, bevor das Chaos in meinem Oberstübchen von vorn losgeht.

„Ford, wach auf", höre ich eine leise Stimme aus der Ferne sagen.

Mein Körper kämpft, denn ich weiß, dass die Frau mit besagter Stimme etwas ganz Besonderes ist, etwas Wichtiges. Vielleicht handelt es sich um Stephanies, doch dafür ist sie irgendwie zu leise, zu weit weg. Müsste sie mir nicht näher sein?

Ich bin total verwirrt.

Ich zwinge meinen Geist dazu, sich zu entspannen, und lasse zu, dass die Dunkelheit wieder die Oberhand gewinnt. Ich brauche Ruhe, denn mein Körper ist zu geschwächt, schmerzt zu sehr. Zudem scheint mein Verstand völlig durcheinander zu sein. Ich weiß nicht, ob ich mich jemals wieder ausgeruht fühlen werde. Aber ich werde es versuchen.

Ich brauche einfach nur etwas Schlaf.

Gefühlte Minuten später stöhne ich auf. Langsam öffne ich die Augen und blinzle angesichts der hellen Leuchtstoffröhren, die an der Decke montiert sind. Als ich mich zur Seite drehe, erblicke ich einen blonden Haarschopf auf Höhe meiner Hüfte. Ich spüre ihre warme Hand, die auf meiner liegt. Meine Finger zucken.

Der blonde Kopf ruckt in die Höhe und vor mir

sehe ich die schönste Frau, die ich je gesehen habe. Sie lächelt mir, den Tränen nahe, zu und ein Schluchzer entweicht ihrer Kehle.

„Ford", wispert sie, ihre blauen Augen sind geweitet und hell.

„Hey, Honey", murmle ich.

Ihre Lippen zittern, während ihr Tränen über die Wangen strömen. „Du wirst wieder gesund."

„Werde ich das?", frage ich sie.

Sie nickt, ihre Finger drücken meine. „Alles wird wieder gut."

„Was ist mit Starlight?", will ich wissen.

Ein Schatten legt sich über ihr Gesicht und sie schüttelt den Kopf. Ich schließe langsam wieder die Augen, weil ich genau weiß, was das zu bedeuten hat. Als ich die Lider wieder öffne, blicke ich ihr in die Augen, dann beginne ich, zu sprechen.

„Ich weiß nicht mehr, wie er mich überwältigt hat. Ich kann mich an nichts mehr erinnern, das passiert ist, bevor ich in diesem Bunker aufgewacht bin."

Stephanie setzt sich ein wenig aufrechter hin und beobachtet mich. Ich weiß nicht, ob sie abwägt, wie viel sie mir sagen soll, aber ich werde nichts anderes zulassen als die absolute und totale Wahrheit.

„Es tut mir so leid", flüstert sie.

Ich nicke, hebe die Hand und streichle ihr über die Wange. „Bist du okay?"

„Ich habe ihn nicht einmal gesehen. Ich bin nach draußen gegangen, um nach dir zu sehen, doch von dir hat jede Spur gefehlt. Niemand war da. Ich dachte, ich hätte dich für immer verloren", entgegnet sie.

Erst schnaube ich, dann stöhne ich. Mir tut mein Körper so verdammt weh.

„Sei vorsichtig. Der Arzt meinte, du wirst ein paar Tage lang Schmerzen haben. Sie mussten dir nämlich den Magen auspumpen“, erklärt sie mir.

Ich lege meine Daumen unter ihre Augen, sodass sie meinem Blick standhalten muss. „Ich würde all das noch einmal durchmachen, ich würde sogar noch mehr ertragen, solange du in Sicherheit bist.“

„Hör auf“, wimmert sie und schlingt ihre Finger um mein Handgelenk. „Lass es einfach gut sein. Der Scheiß hätte nie passieren dürfen. Es ist allein meine Schuld, und wage es ja nicht, mir zu sagen, dass dem nicht so ist.“

Ich schüttle den Kopf. „Ist es nicht und du würdest mir an meiner Stelle nichts anderes sagen. Wir befinden uns also in einer Pattsituation, und das ist vollkommen okay, solange du am Ende des Tages immer noch mit mir nach Hause gehst.“

„Jederzeit, Ford. Du wirst mich nicht mehr los. Niemals.“

„Gott sei Dank“, entgegne ich.

In diesem Augenblick fliegt die Tür zu meinem Zimmer auf, und der Raum füllt sich mit all den Menschen, die ich kenne. Beaumont und Hutton. Louis und Tulip. Wyatt und Exeter. Rylan und Channing. Sie sind alle hier, um mich zu sehen.

„Er ist wach“, grummelt Wyatt.

„Dachtet ihr, ihr könntet mich so einfach loswerden?“, frage ich mit rauer, schwacher Stimme.

„Niemals“, entgegnet Beaumont.

Alle um mich herum verfallen ins Plaudern. Ich beteilige mich aber nicht wirklich an den Unterhaltungen. Es geht mir zu schnell, und gleichzeitig gibt es nichts, worüber ich reden möchte. Ich will mich einfach nur ausruhen, aber da alle meinetwegen gekommen sind, werde ich sie nicht einfach rausschmeißen.

„Wir sollten Ford Ruhe gönnen", sagt Exeter. Sie schenkt mir ein zartes Lächeln und tritt einen Schritt zurück. Alle anderen, außer Stephanie, folgen ihrem Beispiel und verabschieden sich.

Ich sehe ihnen dabei zu und warte ab, bis die letzte Person durch die Tür geschritten und sie leise hinter sich geschlossen hat.

„Hast du Hunger? Oder Durst?", erkundigt sich Stephanie.

„Beides", murmle ich.

Nickend greift sie sich die Klingel und ruft die Schwestern. Ich könnte gerade echt einen Burger verdrücken, aber beim Gedanken daran krampft sich mein Magen zusammen, weil das die letzte Mahlzeit war, die ich gegessen habe. Einen Cheeseburger, eine Portion Pommes und eine abgestandene Dr.-Pepper-Cola. Vielleicht werde ich doch nicht so schnell wieder einen Burger anrühren.

„Eine Krankenschwester und der Arzt werden bald kommen, um mit dir alles Weitere zu besprechen", erklärt sie.

Sie starrt mich an und beobachtet mich, als würde ich mich jeden Moment in Luft auflösen. „Mir geht es gut", versichere ich ihr.

Sie nickt. „Ich weiß."

„Bist du dir sicher? Du schaust mich an, als hättest du Angst davor, dass ich mich direkt vor deinen Augen auflöse."

Stephanie schließt die Augen, leckt mit der Zunge über ihre Lippen und öffnet die Lider wieder, um meinem Blick zu begegnen. „Ich habe Angst davor, dass genau das passiert. Das wirst du wohl aushalten müssen, Ford.“

„Ich gehe nirgendwo hin. Nie wieder, Honey.“

„Ich weiß“, entgegnet sie, doch ich habe das Gefühl, dass sie ihren eigenen Worten nicht traut.

Ich greife nach ihrer Hand und verschränke meine Finger mit den ihren, als sie ihre Handfläche in meine legt. Ich mache ihr keine weiteren Versprechungen. Stattdessen halte ich einfach bloß ihre Hand und warte auf den Arzt und die Krankenschwester.

Hoffentlich bekomme ich bald was zu essen und darf wieder nach Hause gehen. Ich bin dazu bereit, mit meinem Leben weiterzumachen und zu vergessen, dass dieser ganze Scheiß jemals passiert ist.

***

*Stephanie*

Nach nur einer Nacht im Krankenhaus entlässt der Arzt Ford schon wieder, obwohl es mir lieber gewesen wäre, sie hätten ihn noch dabehalten. Ich möchte, dass er mindestens eine Woche dortbleibt, vielleicht sogar zwei, um ganz sicherzugehen, dass es ihm gut geht. Aber wenn ich ihn mir anschaue, wie unruhig er ist, bezweifle ich stark, dass er noch zwei Stunden, geschweige denn zwei Wochen durchhalten würde.

„Kannst du dich verdammt noch mal wieder hinlegen?“, fahre ich ihn an.

„Ich habe einen Arsch voll zu tun, Weib, ich kann nicht den ganzen Tag im Bett herumlungern. Mir geht es gut“, knurrt er.

Den Kopf schüttelnd verschränke ich die Arme vor der Brust, während ich ihm in die Augen schaue. „Vergiss es.“

Er zieht eine Augenbraue in die Höhe und presst die Lippen aufeinander. Es ist offensichtlich, dass er sich über meine Anweisung hinwegsetzen wird. Nicht, dass ich ihm jemals etwas vorschreiben könnte. Ich entscheide mich für einen Taktikwechsel und gehe auf ihn zu, um meine Hände auf seine Brust zu legen. Langsam lasse ich sie weiter nach oben gleiten und lege sie ihm um seinen Hals.

„Bitte", wispere ich, während ich mich auf die Zehenspitzen stelle und meine Lippen auf seine drücke.

Fords Hände legen sich sofort um meine Taille, woraufhin ich denke, dass er mich von sich schieben will, aber das tut er nicht. Stattdessen zieht er mich näher an sich heran. Als ich seine harte Brust an meiner spüre, presse ich mich ihm noch mehr entgegen und stoße dabei ein Wimmern aus.

„Ich weiß, was du da tust", murmelt er gegen meine Lippen.

„Oh ich bin mir sicher, dass du das weißt." Ich lache auf.

Mit den Zähnen knabbert er an meiner Unterlippe und lacht ebenfalls leise auf, als ich nach dem Saum seines Oberteils greife. „Ich werde dich gewähren lassen", sagt er, während er mir regelrecht mein Shirt vom Körper reißt und es irgendwo im Schlafzimmer auf den Boden pfeffert.

Ich greife hinter meinem Rücken nach dem Verschluss meines BHs, öffne ihn und schäle mir das Kleidungsstück vom Körper, ehe ich vor ihm auf die Knie gehe. Ich suche den Knopf seiner Jeans, öffne ihn, ziehe den Reißverschluss auf und schiebe ihm die Hose nebst Boxershorts über Hintern und Hüften bis zur Mitte seiner Oberschenkel.

Ich lecke mir über die Lippen, beuge mich vor und

berühre mit meinem Mund die Spitze seines harten Schwanzes. Ich hebe den Blick, um ihn durch meine Wimpern hindurch anzusehen. Während er auf mich herabschaut, ist sein Kiefer angespannt. Er streckt eine Hand aus, fährt mir durch die Haare und hält sie schließlich fest.

Ich möchte ihm eine Million Dinge sagen. Ich will sichergehen, dass er weiß, dass ich ihn liebe. Alles an ihm. Ich öffne den Mund und sauge ihn in mich ein. Mein Blick bleibt weiterhin auf ihn konzentriert und auf nichts anderes.

Er stöhnt auf, er zieht an meinen Haaren. „Halt still!", knurrt er.

Mit geteilten Lippen und weit geöffnetem Mund warte ich gespannt ab, was kommen wird. Ford wird mich nicht enttäuschen, das hat er noch nie getan. Er beginnt damit, in meinen Mund zu stoßen. Zunächst geht er sanft vor. Er zieht seinen Schwanz aus mir zurück und gleitet mit jedem Stoß etwas tiefer wieder hinein, sodass ich darauf vorbereitet werde, immer mehr von ihm aufzunehmen.

Als er mir seine Länge in die Kehle schiebt, stöhnt er laut auf und schließt die Augen. Wir atmen beide schwer durch unsere Nasenlöcher. Ich sehe ihm dabei zu, wie er den Moment genießt, ehe er langsam wieder die Lider öffnet und mir in die Augen sieht.

„Wieso bist du nur so verdammt perfekt?", will er wissen.

Seine Finger krallen sich noch fester in meinen Haaren fest, dann zieht er sich aus meinem Mund zurück, um sich wieder vollständig in ihm zu vergraben. Ich spüre seine Hoden an meinem Kinn, und das sollte mich nicht dazu bewegen, mehr von ihm zu wollen, aber so ist es. Ich schätze, weil es mit ihm einfach anders ist, mit seinem Körper und der Art und Weise, wie ich mich danach verzehre, von ihm berührt zu werden. Jedes Quäntchen an ihm ist erotisch, sogar seine verdammten Eier an meinem Kinn.

Ford zieht sich vollständig aus mir zurück und tritt ein paar Schritte nach hinten. Ich möchte aufstehen, ihm in die Arme springen und ihn dazu auffordern, dass er jede Stelle meiner empfindlichen Haut berührt, aber das lasse ich bleiben. Er ist körperlich noch immer etwas geschwächt, und daher möchte ich ihm nicht wehtun.

„Ich brauche dich", keucht er.

„Ja", seufze ich.

„Aber zuerst musst du dich berühren und für mich kommen", fordert er grinsend.

Ich werde es tun, weil er es so möchte, aber auch, weil ich kommen will. Und ehrlich gesagt ist es mir egal, wer von uns mich berührt.

Ich greife nach meiner Jeans und ziehe sie mir zusammen mit meinem Höschen aus. Und zwar so schnell wie noch nie in meinem Leben. Ohne ein Wort zu verlieren, setze ich mich auf die Bettkante, spreize meine Beine und stütze meine Fersen auf dem Gestell des Bettes ab.

Ich gebe mir keine Mühe, dabei sexy zu wirken. Meine Hand gleitet zwischen meine Schenkel, und ich seufze auf, als meine Finger meine Klitoris berühren. Zwei Finger lasse ich in meine Pussy gleiten und ich stöhne auf. Ich bewege meine Hüften und vergnüge mich direkt vor seinen Augen.

„Öffne die Lider", befiehlt er mir.

Ich tue es und lecke mir bei seinem Anblick über die Lippen, da er sich selbst streichelt. Ich beobachte ihn und kann nicht anders, als mich in der Schönheit des

Moments zu verlieren. Ich habe gedacht, ich würde das nie wieder erleben.

Als mich der Orgasmus mitreißt, der kurz und nicht besonders befriedigend ist, kneife ich die Augen zusammen. Ford keucht, woraufhin ich die Lider wieder öffne. Ich sehe ihm dabei zu, wie er seine Jeans loswird, sich komplett auszieht und dann auf mich stürzt.

Als er sich mir nähert, lache ich auf. Doch als die Spitze seines Schwanzes gegen meine Mitte drückt, verstumme ich sofort wieder. Ich hebe die Hände und lege meine Finger um seine Oberarme. Meine Fingernägel bohren sich in seine Haut, während ich die Hüften anhebe, damit er endlich in mich hineingleiten kann.

„Heirate mich", bittet er.

Meine Augen fliegen auf und ich sehe ihn an. „Ford?"

„Heirate mich, Stephanie. Ich will nicht einfach nur mit dir zusammen sein, mit dir zusammenleben. Ich will nicht länger warten. Ich will dich hierhaben, für immer. Werde meine Frau."

Seine Worte kommen einem Befehl gleich. Sie sind nicht als Frage formuliert, und ich stelle fest, dass mich das nicht im Geringsten stört. Meine Lippen spitzen sich vor Ehrfurcht, während sich die seinen zu einem Grinsen verziehen. Mit einem Stöhnen vergräbt er sich bis zum Anschlag in mir, sein Mund berührt meinen, aber er küsst mich nicht.

„Werde meine Frau, bekomme meine Kinder. Lebe hier draußen mit mir, mitten im Nirgendwo, und mache dir ein schönes Leben mit mir, Honey", murmelt er gegen meine Lippen.

„Ja", schreie ich und lasse meinen Kopf

zurückfallen. Er bewegt sich nicht in mir, sein Körper bleibt starr, bis wir beide wieder zu Atem gekommen sind. Ich hebe den Blick, um ihn mit seinem verschmelzen zu lassen, ehe ich wieder zu sprechen beginne. „Ja, Ford. Ich will, alles davon. Ich will dich."

„Verdammt", knurrt er.

Er zieht sich aus mir zurück und dringt mit einem Stöhnen wieder in mich ein.

„Härter, Ford. Ich will, dass es wehtut."

Er neigt den Kopf, seine Lippen verziehen sich zu einem langsamen Lächeln. Dann endlich fickt er mich. Hart. Ich bin nicht dazu fähig, Worte zu finden. Die einzigen Laute, die meine Lippen verlassen, sind Wimmern, Schreie und lustvolles Stöhnen.

Als ich komme, zittere ich am ganzen Körper. Mich durchströmt ein befriedigendes Gefühl. Meine Nägel bohren sich noch tiefer in seine Arme, woraufhin er sich brüllend in mir vergräbt und mich mit seinem Höhepunkt flutet.

Ich schlinge meine Arme um seinen Rücken und ziehe ihn enger gegen meine Brust. Er stößt ein gemurmeltes Grunzen aus und beugt sich weiter vor. Ich reiße ihn mit mir, als ich mich aufs Bett zurückfallen lasse. Meine Arme und Beine fest um ihn geschlungen.

„Ich liebe dich, Ford Buchannan Matthews", wispere ich gegen seine Lippen.

Er lacht auf. „Ich liebe dich ebenfalls, zukünftige Mrs. Ford Buchannan Matthews."

„Wer sagt, dass ich deinen Nachnamen annehme?"

Er knurrt gegen meinen Mund. Anschließend taucht seine Zunge zwischen meinen Lippen ein, um mich zu schmecken, um alles von mir zu kosten. Als er damit fertig ist, bin ich Wachs in seinen Armen.

„Ich, Honey, weil du durch und durch mein Mädchen bist.“

Ich seufze. „Ja, das klingt wirklich verdammt gut,
oder?“

„Das tut es.“

# Kapitel 40

*Stephanie*

Ich strecke mich aus und setze mich aufrecht auf, als ich das kalte Laken neben mir ertaste. Ohne zu zögern, rolle ich mich aus dem Bett und schnappe mir Fords weißes T-Shirt von gestern und ein Paar Flip-Flops.

Im Eiltempo spurte ich nach unten und reiße die Tür auf, die von der Küche auf die hintere Veranda hinausführt. Von dort aus kann ich ihn in der Scheune sehen. Ich bleibe nicht stehen, um ihn dabei zu beobachten, was er wohl macht. Er ist da, und das ist alles, was mich interessiert.

Meine Füße tragen mich zu ihm. Ford hört mich kommen, schaut mich über seine Schulter hinweg an, dreht sich dann gänzlich um und breitet seine Arme aus. Ich vergrabe mein Gesicht an seiner Brust, die Tränen fließen und ich zittere.

Es dauert ein paar Augenblicke, bis ich die Kontrolle über meine Gedanken zurückgewinne. Als dies geschehen ist, nehme ich den Kopf von seiner Brust und schaue ihm in die Augen.

„Ich wusste nicht, wo du bist", hauche ich ihm zu.

Er lächelt mir zu, allerdings ist es ein trauriges Lächeln. „Ich musste hierherkommen. Ich musste einfach mit eigenen Augen sehen, dass sie nicht mehr da ist."

„Und ich dachte, du wärst ebenfalls weg. Du kannst mich nicht allein im Bett zurücklassen. Das nächste Mal weckst du mich und sagst mir, dass du gehst. Es ist mir egal, zu welcher Tages- oder Nachtzeit du es tust", knurre ich.

Ford hebt seine Hand, legt sie mir auf den Hinterkopf und streicht mir langsam durch die Haare. Sein Blick ist weiterhin mit meinem verwoben und er nickt.

„Okay, Honey. Nie wieder.“

„Nie wieder.“

Seine Lippen verziehen sich zu einem Lächeln. „Nie wieder“, verspricht er mir noch mal, bevor er den Kopf senkt und mich küsst.

Nachdem er meinen Mund wieder freigegeben hat, dreht er sich um und betrachtet Starlights leere Box. „Ich muss mir wohl ein neues Pferd anschaffen.“

„Willst du nicht noch etwas damit warten?“, frage ich ihn.

Er schüttelt den Kopf, sein Blick sucht den meinen. „Ich brauche ein Pferd, um das Vieh zu treiben. Da führt kein Weg dran vorbei“, murmelt er. „Wenn ich mir ein Neues kaufe, möchtest du dann dein eigenes haben? Ein paar Boxen stehen leer und ich könnte etwas Hilfe gut gebrauchen.“

Ich zucke mit einer Schulter. „Ich sitze gern vor dir auf dem Pferd“, gebe ich zu.

Er lacht. „Das kannst du auch immer noch tun. Allerdings brauchst du dein eigenes, wenn du hier bei mir bleiben möchtest.“

„Ich bleibe, und das weißt du.“

„Du hast versprochen, mich zu heiraten, also ja, ich weiß, dass du bleibst.“

Ich schüttle den Kopf und kann nicht aufhören, zu grinsen.

„Lass uns reingehen. Vielleicht verspeise ich dich heute Morgen zum Frühstück.“ Er grinst ebenfalls.

Ein Schauer durchzuckt meinen ganzen Körper, und ich atme bei diesem verlockenden Gedanken tief aus.

***

*Ford*

Ich habe Stephanie wieder einmal bis zur Erschöpfung durchgevögelt. Sie braucht jetzt Ruhe, so wie ich wahrscheinlich auch, aber ich muss noch etwas erledigen.

Als sie zu mir in den Stall gekommen ist, habe ich nicht bloß auf Starlights leerstehende Box gestarrt. Ich habe auch Beaumont eine Nachricht geschrieben, um ihn um Hilfe zu bitten. Ich hatte keine Lust darauf, die Ranch zu verlassen, weshalb ich ihn brauchte, um mir etwas in der Stadt zu besorgen.

Ich höre seinen Pick-up meine Zufahrt entlangfahren, woraufhin ich eine Nachricht für Stephanie hinterlasse und mich leise aus dem Haus schleiche. Ich hätte sicherlich bis zum Abend warten können, wenn wir alle zu Beaumont zum Abendessen gehen, aber das wollte ich nicht. Er musste mir etwas besorgen, das ich sofort brauche.

Als er aus seinem Wagen springt und auf mich zukommt, lächelt Beaumont. „Darf ich sagen, dass ich verdammt froh darüber bin, dass es dir gut geht?“, ruft er mir zu.

„Danke, Bruder.“

Brummend greift er nach meiner Schulter, ehe er mich an sich zieht, um mich zu umarmen. Er räuspert sich und tritt dann einen Schritt zurück. Ich beobachte, wie er in seiner Tasche kramt und letztlich eine kleine blaue Schachtel herausholt. Er wirft sie mir zu. Ich fange sie auf und muss grinsen, als ich die

Box öffne.

Eingebettet in Samt liegt er da. Der Verlobungsring. Ich greife in meine Gesäßtasche und reiche Beaumont den Umschlag mit dem Bargeld, den ich aus meinem Safe genommen habe. Ich hatte vorher beim Juwelier in der Stadt angerufen, mich über die Angebote informiert und einen Preis ausgehandelt.

Beaumont hat sich bereit erklärt, den Ring abzuholen, ihn zu bezahlen und zu mir zu bringen.

Es ist ein einfacher Ring. Er besteht aus Gelbgold und verfügt über eine kleine Reihe an Diamanten. Der Diamant in der Mitte hat eineinhalb Karat und steht etwas hoch. Der Ring ist kleiner als das, was sie verdient, aber er ist dennoch wunderschön. Er ist nahezu lupenrein und einfach umwerfend, genau wie sie.

„Sie wird ihn lieben", versichert Beaumont.

Ich nicke, schaue meinen Freund an, schließe die Schachtel und verstaue sie in meiner Tasche. „Das glaube ich auch."

„Wie geht es dir?"

Schulterzuckend begebe ich mich zu einem der beiden Schaukelstühle und lasse mich nieder. Ich blicke nach links und grinse beim Anblick der verdammten alten Verandaschaukel, die ich soeben aufgebaut habe.

„Mir geht es gut. Hast du schon was gehört?"

„Du willst es wissen?", hakt er nach.

„Eigentlich nicht, aber ich muss es hören."

Er räuspert sich, dann nickt er. „Kirill hat mich gestern angerufen. Es hat sich erledigt, *vollständig.*"

„Was heißt das genau?"

Beaumont knurrt. Offensichtlich will er mir keine Details erzählen, aber ich brauche sie. Wenn ich jemals wieder Schlaf finden will, wenn ich jemals wieder versuchen möchte, mich normal zu fühlen, dann muss ich wissen, was mit diesem Wichser passiert ist.

„Sebastian und sein Handlanger sind tot. Ebenso wie die zwei Kerle, die mit dem Pornostudio in Verbindung standen. Kirill hat es wie eine schiefgelaufene Orgie und Drogenparty aussehen lassen. Darin ist er offenbar gut, denn die Cops haben nicht einmal ermittelt. Vor ein paar Tagen lief der Fall in den Nachrichten.“

Nickend lehne ich mich in meinem Stuhl zurück und schaue auf die Veranda. „Ich sollte mich nicht so sehr darüber freuen, wie ich es tue.“

„Da liegst du vollkommen falsch, Ford.“

„Ach ja?“

Er nickt kurz, dann lehnt er sich in seinem Stuhl zurück und schaut nach oben. „Dieser Scheißkerl war Abschaum. Was er dir angetan hat und was er vorhatte, mit dir zu tun, war schlimm. Er ist kein Mann, der es verdient hat, frei zu atmen.“

„Aber verdient er es nicht trotzdem, zu leben?“

Beaumont grunzt. „Nein. Verdammt, nein. Ich hätte ihn selbst umgebracht, wenn ich es gekonnt hätte. Er hat nicht weniger als den Tod verdient. Was er dir angetan hat, ist unverzeihlich und verdient, was er bekommen hat.“

„Ich finde, ich sollte mich schuldig fühlen wegen dem, was die Russen mit ihm gemacht haben. Aber das tue ich nicht.“

„Gut, denn das musst du auch nicht.“

Ich stoße einen schweren Seufzer aus und schüttle ein paarmal den Kopf. „Ich sollte es Stephanie vermutlich erzählen.“

„Lass ihr diesen Tag. Gib ihr den Ring, schenk ihr

das niedliche Pony, das auf dem Weg hierher ist. Gönn ihr einen entspannten Abend mit ihren Freunden. Sag es ihr morgen.“

„Ja“, stimme ich ihm zu.

Beau bleibt noch ein paar Minuten neben mir sitzen, dann lässt er mich mit meinen Gedanken und dem Ring allein. Ich sehe ihm dabei zu, wie er in seinen Wagen steigt. Ich weiß nicht, wie lange ich in dem Schaukelstuhl sitzen bleibe, meine Augen sind auf alles und irgendwie nichts gerichtet.

Mein Leben nimmt genau die Form an, wie ich es mir immer gewünscht habe, und trotzdem fühle ich mich verdammt kaputt. Ich weiß nicht, wie lange dieser Zustand noch andauern wird, aber mir bleibt ausreichend Zeit zum Verdauen. Noch vor wenigen Tagen dachte ich, dass mir diese Zeit nicht mehr bleibt.

„Ford?“ Stephanies Stimme durchbricht die Stille.

„Hier draußen.“

Ich höre, wie die Fliegenschutztür hinter ihr zufällt, als sie zu mir herüberkommt. Sie trägt mein T-Shirt, was mich nicht im Geringsten stört. Sie könnte es meinetwegen den ganzen Tag lang, jeden Tag, tragen und ich wäre damit einverstanden.

Ich rechne damit, dass sie zu dem freien Stuhl geht, bin jedoch froh, dass sie es nicht tut. Stattdessen setzt sie sich auf meinen Schoß. Sie schwingt ihre Beine über meine Oberschenkel und legt ihre Arme um meinen Hals. Sie blickt mir geradewegs in die Augen und ihre Lippen verziehen sich zu einem Lächeln.

„Hey, zukünftiger Ehemann“, säuselt sie.

Leise vor mich hin lachend, beuge ich mich vor und küsse sie. „Hey, zukünftige Mrs. Matthews. Ich habe ein Geschenk für dich.“ Sie zieht ihren Mund zurück, ihre Augen weiten sich vor Überraschung. „Es sollte bald hier sein. Geh dich anziehen, ja?“

Sie runzelt die Stirn, steigt dann aber von mir herunter. Ich erwarte, dass sie ins Haus geht, doch sie bleibt vor mir stehen. Ich kann deutlich hören, wie sie Atem holt.

„Ford?“

Ich drehe mich um, um hinter mich zu schauen, und grinse, da ich registriere, dass sie die alte Verandaschaukel entdeckt hat. „Ich weiß, es war illegal, aber das war es wert.“

„Ist das die Schaukel von zu Hause?“

Ich brumme, ohne ihr eine verbale Bestätigung zu geben. Sie dreht sich um und ihre Lippen verziehen sich zu einem wackeligen Lächeln. „Sie steht genau dort, wo sie hingehört, Cowboy.“

„Genau wie du.“

Nickend tut sie stillschweigend genau das, worum ich sie gebeten habe. Sie lässt mich allein zurück und geht ins Haus, um sich für den zweiten Teil der Überraschung anzuziehen.

Etwa eine Stunde später höre ich, wie sich ein Pickup nebst Anhänger auf das Haus zubewegt. Räuspernd gehe ich zum Lastwagen, nachdem er geparkt worden ist. Ich hole einen Umschlag aus meiner Tasche und bezahle meinem Cousin Jimmy die Pferde und seine Zeit.

„Danke“, brumme ich.

„Du bist Familie.“

Das ist alles, was er sagt, und ich verziehe die Lippen zu einem Grinsen. Er hilft mir mit den Pferden. Sie sind prächtig. Ein dunkler, kakaobrauner Vollbluthengst und ein braun-weiß geschecktes amerikanisches Pferd.

Sie sind perfekt.

Ich bedanke mich noch einmal bei Jimmy und führe mein Pferd in seine neue Box. Das andere lasse ich vor der Scheune und halte die Zügel fest, während ich darauf warte, dass Stephanie sich auf den Weg nach draußen macht. Sobald ich eine Bewegung hinter dem Fliegenschutzgitter wahrnehme, hole ich die Ringschatulle heraus, öffne sie und gehe auf die Knie.

Stephanie macht nur einen Schritt aus der Tür heraus, dann höre ich sie auch schon aufstöhnen. Sie legt sich die Hände auf den Mund, als hätte sie keinerlei Kontrolle mehr über ihren Körper, schwebt langsam auf mich zu und kommt direkt vor mir zum Stehen. Ihre Augen sind wässrig, aber noch laufen die Tränen nicht.

„Ich liebe dich, Stephanie. Ich habe dich schon geliebt, als du fünf Jahre alt warst, und ich liebe dich noch immer. Egal, was in unseren Leben passiert ist, die Liebe ist immer da gewesen. Erweist du mir die Ehre, meine Frau zu werden und mein Leben zu vervollständigen?“

Sie zittert, ich rühre mich nicht. Ich muss eine Antwort aus ihrem Mund hören, bevor ich ihr den Ring an den Finger stecke. Das erste Mal, als ich ihr einen Antrag gemacht habe, habe ich ihr den Ring meiner Großmutter gegeben. Dieser liegt noch immer in meinem Tresor, und vielleicht kann unser Sohn ihn eines Tages nehmen, um seiner Liebsten einen Antrag zu machen. Ich habe ihn bewusst nicht genommen, weil ich für uns einen Neuanfang wollte.

„Ja“, bricht es aus ihr heraus. „Eine Million Mal Ja.“

# Epilog



*Stephanie*

*Ein Jahr später*

Ich spüre seine Berührung, seinen Finger, die meine Wirbelsäule herabtänzeln und kurz vor meinem Hintern stoppen.

„Guten Morgen", murmelt er hinter mir liegend.

Seine Lippen liebkosen meine Schulter, doch er macht keinerlei Anstalten, noch einen Schritt weiterzugehen. Ich schließe die Augen und gebe einen Seufzer von mir, während ich mich auf den Rücken rolle. Seine Hand bewegt sich und er legt sie auf meinen gigantischen Bauch.

Ich drehe den Kopf, sodass ich sein strahlendes Gesicht betrachten kann.

„Einfach atemberaubend, Honey", schnarrt er.

„Einfach gigantisch", stöhne ich.

Schnaubend schüttelt er den Kopf. „Es ist egal, wie du darüber denkst. Ich finde, dass du wunderschön bist."

„Ich bin fünfunddreißig Jahre alt und bekomme mein erstes Kind. Es ist eine Risikoschwangerschaft, ich bin überall angeschwollen und mein Körper wird sich wahrscheinlich nie wieder erholen. Außerdem musste ich die gesamte zweite Hälfte des Films abdrehen, wobei man mich nur von den Schultern aufwärts gefilmt hat."

„Du hast ihnen diesen Film versprochen. Ich hätte gesagt: Scheiß drauf." Er grinst.

Ich schüttle den Kopf und stöhne auf, als ich mich mit meinem dicken Bauch auf die Seite drehe, um ihm ins Gesicht schauen zu können. „Darum geht es doch gar nicht.“

„Ich weiß“, erwidert er und streicht mir eine Haarsträhne hinter das Ohr.

„Ich kann nicht verstehen, warum du dir eine Frau in meinem Alter gesucht hast. Du hättest ein junges Ding heiraten sollen, das dir ein Haus voller Babys schenken kann. Schließlich hast du davon immer geträumt.“

Fords Augenbrauen ziehen sich zusammen und er runzelt die Stirn. „Du hast es immer noch nicht kapiert“, sagt er. „Ich habe dir einen Ring an den Finger gesteckt und lasse dich das komplette Haus kernsanieren und umgestalten. Du kannst tun und lassen, was immer du willst, Honey, und trotzdem verstehst du es nicht.“

„Was kapiere ich nicht?“

Er grinst. „Es spielt keine Rolle, wie viele Babys wir bekommen werden. Selbst wenn dieses kleine Mädchen unser einziges bleibt, dann ist das völlig in Ordnung für mich.“

„Du wolltest immer ein ganzes Haus voller Kinder, und ich glaube nicht, dass ich dir das geben kann. Ich hätte dich nicht heiraten sollen“, wimmere ich, während meine Augen sich mit Tränen füllen.

Lauthals lachend wirft Ford den Kopf zurück. „Du bist verrückt, Stephanie.“

„Bin ich nicht“, schnaube ich und klinge genauso beleidigt, wie ich es bin.

Ford legt seine Finger um meinen Nacken, um sie von dort aus zu meinen Haaren wandern zu lassen.

„Doch, bist du“, knurrt er und rückt noch etwas näher an mich heran. Sein Mund berührt den meinen, aber er intensiviert den Kuss nicht. Stattdessen lässt er seine Lippen einfach über meinen schweben. „Du wirst mir die Anzahl von Babys schenken, die ich brauche. Und selbst wenn es bei diesem einen Kind bleibt, werde ich damit glücklich sein. Weißt du, wieso?"

„Warum?"

„Weil du sie mir schenkst und weil alles, was ich je wollte, war, eine Familie mit dir zu gründen. Ein Kind oder zwanzig, es ist mir völlig egal, wie viele es werden."

„Vergiss es", zische ich. „Ich werde definitiv keine zwanzig bekommen."

Ford rollt sich auf den Rücken, er bekommt sich vor Lachen überhaupt nicht mehr ein. Trotzdem zieht er mich an sich und legt mich über sich. Ich sitze auf seinen Hüften und schaue auf ihn herab. Seine Augen sind geschlossen, während er immer noch vor La-chen bebt.

Er greift nach meinen Hüften und drückt sanft zu. Dann öffnet er die Augen wieder und schaut zu mir auf. Sein Lächeln flaut nicht ab, nicht im Geringsten. Es ist breit und genauso strahlend wie seine Augen. Für mich hat er noch nie schöner ausgesehen.

Ich lege meine Hände auf seine Narbe und blicke ihm ins Gesicht. Das ist der Mann, den ich liebe. Der Mann, den ich schon geliebt habe, als ich noch ein junges Mädchen war und nicht wusste, was meine Gefühle zu bedeuten haben. Eine seiner Hände ver-lässt meine Hüfte, und seine Finger tänzeln an mei-ner Seite hinauf, um meine schwere Brust zu umfas-sen.

Mit Daumen und Zeigefinger spielt er mit meinem Nippelpiercing und zupft leicht daran, woraufhin eine Welle der Lust mich überrollt. Ich greife zwischen unsere Körper, rücke ein wenig weiter vor und lege meine Finger um sein hartes Glied, bevor ich es vor meinem Eingang positioniere.

Wortlos, während wir uns weiterhin anschauen, nehme ich ihn in mir auf. Er füllt mich aus, dehnt mich vollständig. Ich bin vollkommen von ihm eingenommen – mein Körper, mein Herz, mein Geist und meine Seele. Seine Hand bleibt bei meiner Brust, während die andere zwischen unsere Körper fährt. Ich spüre, wie er seinen Daumen gegen meine Klitoris presst.

„Ich will dir dabei zusehen, wie du auf mir kommst, Honey", brummt er.

Seitdem ich schwanger bin, ist er viel sanfter zu mir, was aber nicht heißt, dass der Sex weniger Spaß macht. Ich komme immer noch mehrmals hintereinander und er lässt mich für jeden meiner Orgasmen arbeiten.

Ich rolle meine Hüften und reibe mich an seinem Daumen, während ich mich auf seiner harten Länge auf und ab bewege. Ich schließe die Augen und lasse die Empfindungen auf mich einwirken. Ich bin kurz davor, zu kommen. Mein Atem geht schwer, und als er an einem Piercing zieht und gleichzeitig in meine Klitoris zwickt, bin ich dem Höhepunkt verdammt nah.

Keuchend rufe ich seinen Namen, mein ganzer Körper beginnt zu zittern. Er kommt mir mit seinen Hüften entgegen, legt seine Hände auf meine Hüften und hält mich fest. Er verschiebt und bewegt mich so, wie er es braucht, um einen eigenen Orgasmus zu erlangen. Ich öffne die Augen, damit ich mich auf ihn konzentrieren kann, damit ich beobachten kann, wie er in mir kommt.

Der Anblick ist absolut wunderschön.

Sein Kiefer mahlt, er stöhnt durch seine zusammengebissenen Zähne hindurch, seine Nasenlöcher blähen sich auf, da er schwer atmet. Und dann, nachdem er wieder zu Atem gekommen ist, öffnen sich seine Augen auch langsam wieder und suchen meinen Blick. Seine Lippen verziehen sich zu einem zufriedenen, trägen Lächeln.

Fords Hände suchen den Kontakt zu meinem Bauch, umschließen ihn. „Ein Kind oder zwanzig, Honey. Das ist mir total egal, solange ihr alle gesund seid."

„Ich liebe dich, Ford Matthews."

Aufgrund meiner Worte kräuseln sich seine Augenwinkel. „Ich liebe dich mehr, als du ahnst, Mrs. Matthews."

Ich verdrehe kichernd die Augen, weil er ganz genau weiß, dass ich nicht gern Mrs. Matthews genannt werden will. Allem voran, weil es mich an seine Mom erinnert und mich, zumindest meiner Meinung nach, zehn Jahre älter dastehen lässt. Ich bleibe rittlings auf ihm sitzen, sein Schwanz wird weicher in mir und ich betrachte sein schönes Gesicht.

Er umschließt mit beiden Händen meine Brüste und spürt zweifelsohne ihr schweres Gewicht. „Ich liebe dich, Honey. In diesem Moment mit dir, bin ich der glücklichste Mann auf diesem Planeten."

Ich lächle ihn an. „Danke, dass du mich immer geliebt hast, trotz meiner … nun ja, trotz allem." Ich zucke mit den Schultern.

„Niemand ist perfekt, Stephanie. Danke, dass du zu mir nach Hause zurückgekommen bist."

Wir fügen dem nichts mehr hinzu. Vorsichtig schiebt er mich von sich herunter, woraufhin ich mich auf den Rücken ins Bett lege. Ford deckt mich mit einer Decke zu und geht dann ins Badezimmer. Kurz bevor ich meine Augen schließe, höre ich, wie er die Dusche anstellt.

Das ist zu unserer morgendlichen Routine geworden: Er weckt mich, bevor er zur Arbeit rausgeht, wir lieben uns, dann lässt er mich noch ein Nickerchen machen. Ich stehe ein paar Stunden später auf, bereite das Frühstück vor und rufe ihn zu mir ins Haus, damit wir gemeinsam essen können.

Ich liebe dieses einfache Leben, und selbst nach über einem Jahr finde ich es besser, als ich es mir je erträumt habe. Ford war besorgt, dass ich mich auf Dauer langweilen könnte, aber ich weiß, dass das nicht der Fall sein wird. Ich hatte ein schillerndes und glänzendes Leben. Ich war auf vielen Partys und habe in ständiger Aufmerksamkeit gebadet, aber das war auch nicht so toll, wie man es sich vorstellt.

Auf dieser Ranch zu sein, jeden Morgen durch das Gewächshaus zu schlendern, nach dem Garten zu sehen und frische Eier aus dem Hühnerstall zu verspeisen, das ist genau das, was mir immer gefehlt hat. Bloß habe ich das selbst nicht gemerkt. Nicht nur das einfache Leben, sondern auch die Liebe des Mannes, der nur für mich bestimmt war, habe ich vermisst. Die Familie, die wir hätten haben können, die Schönheit der Welt um mich herum.

Das ist exakt das, was ich mir immer gewünscht habe, ohne es zu wissen. All das lag direkt vor meiner Nase. Allerdings musste ich gehen und ein paar Fehler machen, um es zu schätzen zu wissen. Und das tue ich. Es besteht kein Zweifel daran, ich schätze jeden einzelnen Teil dieses Abenteuers mit Ford.

*** 

*Ford*

*Vierzehn Monate später*

Ich überlege, ob ich ihn wirklich anrufen soll.

Ich weiß, dass er es wahrscheinlich wissen will, weiß aber auch, dass Stephanie mit alldem nichts mehr zu tun hat. Gott sei Dank. Ich entscheide mich dazu, es einfach zu tun. Deshalb hole ich mein Handy aus der Tasche und rufe ihn an.

„Baryshev", grummelt er.

„Stephanie ist wieder schwanger", verkünde ich.

Als ich die Worte laut ausspreche, verziehen sich meine Lippen zu einem Lächeln. Wir waren uns nicht sicher, ob wir diesen Weg noch einmal beschreiten wollen. Immerhin bin ich fast achtunddreißig, und wenn das Baby auf der Welt ist, wird Stephanie siebenunddreißig Jahre alt sein. Aber verdammt, ich kann nicht leugnen, dass ich auf wie auf Wolken schwebe beim Gedanken daran, ein weiteres Leben in diese Welt zu setzen.

„Umarme sie für mich. Glückwunsch, Papa", kräht er leise.

„Danke, Kirill. Ich dachte nur, du hättest gern ein Update."

Er lacht. „Das stimmt, Ford. Ich weiß deinen Anruf zu schätzen. Die Familie ist wichtig, ebenso wie das eigene Glück. Ist sie glücklich?"

Ich schaue durch das Fenster. Stephanie hält Josette, unsere einjährige Tochter, an der Hand. Sie ist noch etwas wackelig auf den Beinen, aber Stephanie beugt sich zu ihr herunter, um ihr dabei zu helfen, eine Wildblume zu pflücken. Als der Wind in meine Richtung bläst, höre ich ihr Lachen.

Damion sitzt im Gras, sein Mann ist an seiner Seite und hat ihr Baby auf dem Schoß, während sie mein Mädchen beobachten. Stephanie hat immer geglaubt, dass sie sich automatisch auseinanderleben würden, wenn sie nicht mehr zusammenarbeiten. Aber das ist nicht passiert.

Damion und sein Mann haben sich auf meiner Ranch das Ja-Wort gegeben. Es war mit einem riesigen Aufwand verbunden, über den ich mich mehrmals beschwert habe, aber als sie letztlich hier waren und ich ihr Glück sah, war das die ganzen Kopfschmerzen wert. Ich würde alles tun, um meine Frau lächeln zu sehen. Verdammt noch mal alles.

„Das ist sie, Kirill. Sie ist verflucht glücklich."

„Als ich sie zum ersten Mal gesehen habe, habe ich mir genau das für sie gewünscht. Ich wusste, dass das Leben, das sie mit Sebastian führte, sie nicht glücklich machte. Ich konnte es in ihren Augen sehen. Aber du, Cowboy, du konntest sie glücklich machen. Allein der Gedanke an dich."

Ich weiß nicht, was ich darauf erwidern soll, und zum Glück drängt Kirill mich auch nicht zum Sprechen. Abrupt beendet er das Gespräch, was für mich völlig in Ordnung geht. Ich nehme zwei Becher mit Wasser in die Hand, öffne mit meinem Fuß die Tür und lasse sie einfach hinter mir ins Schloss fallen.

Meine Mädels sehen zu mir auf und lächeln mir breit zu. „Dada", quiekt Josette, als sie mich sieht.

Ihre Füße versuchen, ihren Körper zu überholen, woraufhin sie auf ihren Po in den Dreck fällt. Ich jogge schnell zu ihr herüber, reiche Stephanie das Wasser und hebe mein Mädchen auf, dessen

Unterlippe nun zittert und dessen blaue Augen sich mit Tränen füllen.

Damion keucht, ich höre es vom anderen Ende des Gartens. Ich lache und schließe Josette in meine Arme. „Nicht weinen, Schätzchen.“

Stephanie lacht leise auf, sie legt den Kopf in den Nacken und sieht zu mir auf. Ich nutze die Gunst der Stunde, um mich zu ihr herunterzubeugen und sie zu küssen. „Wie fühlst du dich?“, frage ich zum millionsten Mal.

„Mir geht es gut, Cowboy“, wispert sie gegen meine Lippen.

Ich strecke eine Hand aus, um ihren noch sehr flachen Bauch zu berühren. Dann lege ich einen Arm um ihre Schultern und ziehe sie dicht an meine Seite.

„Meine Mädels, mein Grundstück, gute Freunde. Was will man mehr? Ein Mann könnte doch nicht glücklicher sein“, sage ich, während wir gemeinsam zu Damion und seiner Familie gehen.

Mein Land erstreckt sich, soweit das Auge reicht. Ich habe weitere fünfzig Hektar gekauft, die an meinen Grund und Boden angrenzen, sowie weitere vierzig auf der anderen Seite. Außerdem gehört mir ein Treuhandkonto für weitere zwanzig. Insgesamt besitzen wir nun weit über fünfhundert Hektar.

„Glücklicher geht nicht? Was wäre, wenn das Baby ein Junge wird? Würde das nicht dein Glück perfekt machen?“, will Stephanie wissen.

Damion schnaubt. „Süße, dieser Mann wäre mit allem zufrieden.“

Ich schüttle den Kopf, betrachte einen Augenblick lang das weitläufige Grundstück und bin verdammt stolz auf das Leben, das ich mir für mich und meine Familie erarbeitet habe.

„Damion hat recht", pflichte ich ihm bei. „Mir ist das Geschlecht völlig egal, Honey. Junge oder Mädchen, das spielt keine Rolle, solange ihr alle gesund seid."

Seufzend lehnt Stephanie ihren Kopf an meine Schulter.

Josette schlägt mir auf die Brust, um mich daran zu erinnern, dass sie auch noch da ist. Josette wurde nach meiner Mutter benannt. Es war Stephanies Idee. Ich konnte nicht ablehnen. Da unsere Eltern tot sind, ist es schön, dass sie dennoch einen Platz in unserem Leben einnehmen.

„Dieses Kind benennen wir aber nach einem Elternteil von dir. Wie auch immer du dich entscheidest, ich bin damit einverstanden", murmle ich.

„Okay, Cowboy."

Ich drehe den Kopf und berühre mit meinen Lippen ihren Scheitel. Ich inhaliere ihren süßlichen Duft, der sich mit dem Geruch texanischer Erde vermischt, und schließe die Augen voller Ehrfurcht, weil all das mir gehört – uns beiden gehört.

***

*Wyatt*

*Drei Jahre später*

Ich höre, wie mein Sohn einen Schrei ausstößt und auf seine große Schwester zu wackelt. „Harlan, du wartest hier, Junge", rufe ich.

Er sieht mich an, grinst und rennt einfach weiter. Ich höre, wie Rylan einen Lachanfall bekommt. Er hat gut Lachen, denn sein Jüngster ist bereits sechs

Jahre alt und Brooks ist ein verdammt süßes Mädchen, genau wie ihre Mom, und hört immer auf die Worte ihrer Eltern.

Harlan, nun, ich glaube, es fließt mehr Lindsay-Blut als alles andere durch seine Adern. In einfachen Worten: Er ist ein Teufelsbraten.

„Lass ihn doch einfach“, sagt Channing. „Reese, passt du bitte auf Harlan auf? Sorg dafür, dass er nicht in Schwierigkeiten gerät, okay?“

„Ja, Mama“, erwidert Reese.

Mit seinen acht Jahren ist er reifer als die meisten anderen Kindern in seinem Alter. Er ist ein guter Junge, und ich weiß nicht, wie er so gut geraten konnte, obwohl Rylan selbst so ein schwieriger Jugendlicher war. Stattdessen wird mir zuteil, was er eigentlich verdient hätte, dabei war ich ein sehr braves Kind.

„Du hättest noch eins bekommen sollen“, sage ich, während ich zu Rylan hinüberschlendere.

„Und damit das Schicksal herausfordern? Nein, danke. Ich habe einen anständigen Jungen und ein niedliches Mädchen. Das Risiko gehe ich auf keinen Fall ein.“

Wir befinden uns alle bei Ford und Steph zum Abendessen, obwohl ich mir nicht sicher bin, wieso sie so vehement darauf bestanden haben, dass wir alle herkommen. Ich meine, wir lieben es hier, aber eigentlich war Beaumont an der Reihe, das Dinner auszurichten. Allerdings hat Stephanie ebenfalls darauf gedrängt, hierher zu fahren.

Plötzlich trifft mich der Schlag. „Sie ist wieder schwanger“, keuche ich.

„Wer?“, fragt Rylan.

„Stephanie.“

Channing und Exeter halten sich in ihrer Nähe auf, denn sie helfen ihr dabei, das ganze Essen auf den Picknicktisch zu stellen. Früher, wenn wir uns zum gemeinsamen Grillen getroffen haben, war das kein zu großer Aufwand. Doch jetzt, mit all den Kindern, müssen wir sorgfältig planen und Vorkehrungen treffen, um die Armee, die wir erschaffen haben, satt zu bekommen.

„Niemals. Sie ist in unserem Alter." Beaumont schnaubt, als er sich zu uns gesellt.

„Sie ist garantiert schwanger." Ich lache auf.

Wir sehen den Kindern beim Herumtollen zu, woraufhin sich meine Lippen zu einem Lächeln verziehen. Insgesamt sind es bis heute vierzehn. Eine wilde Mischung aus Jungs und Mädchen, die alle unterschiedlich alt sind, aber nah genug beieinanderliegen, dass sie gemeinsam aufwachsen. Genauso wie Beaumont, Rylan, Ford, Stephanie und ich.

Das verschlafene Nest Gallup ist vermutlich noch nicht bereit für diese Art von Tumult, aber es wird sich warm anziehen müssen, denn die wilde Bande ist irgendwann bereit, die Stadt unsicher zu machen.

Ford gesellt sich mit seiner kleinen Tochter Shelby zu uns. Sie ist fast ein Jahr alt und wurde nach Stephanies Mutter benannt. Ihre drei Jahre alten Zwillingsjungs spielen mit den fast dreijährigen Zwillingstöchtern von Louis und Tulip.

Die vier haben sozusagen eine Art Zwillingsverbindung, weshalb wir sie irgendwie ihr eigenes Ding durchziehen lassen, wenn wir alle zusammenkommen. Keiner von uns versteht sie so wirklich.

„Bekommst du noch ein Baby?", frage ich Ford.

Erst grunzt er, dann seufzt er auf. Sein Blick huscht zwischen uns Männern hin und her. Louis hat sich gerade zu uns gesellt und hustet.

„Noch eins?“, fragt er. „Das macht dann wohl fünf, Bruder. Bald hast du dein Baseballteam zusammen.“

Ford verdreht die Augen gen Himmel, dann wendet er sich wieder uns zu. Mit einem breiten Lächeln auf den Lippen. „Woher wusstest du es?“

Lachend schüttle ich den Kopf. „Ich war mir nicht sicher. Aber die Tatsache, dass ihr darauf bestanden habt, dass wir zu euch kommen sollen, deutete darauf hin.“

„Das ist das letzte Kind“, verkündet Ford. „Kein weiteres mehr.“

Louis lacht. „Das habe ich beim letzten Baby auch gesagt.“

„Louis?“, frage ich ihn.

Er zuckt mit einer Schulter. „Ich habe ihr bereits gesagt, dass es sowieso wieder ein Mädchen wird, aber ehrlich gesprochen geht das für mich voll in Ordnung. Vier Mädchen, das klingt nach einem heillosen Chaos, mit dem ein Mann wie ich aber ganz gut umgehen kann.“

Beaumont pfeift. „Ich habe zwei Töchter und könnte mir nicht vorstellen, die Anzahl zu verdoppeln. Mein Haus sieht jetzt schon aus, als wäre es eine Modehölle voller Tüll und Spitze. Die Tatsache, dass ich weiß, was Tüll und Spitze sind, ist irgendwie ein wenig beängstigend“, murmelt er.

„Seht es ein, Jungs, das Leben, das wir jetzt führen, ist nicht mehr dasselbe wie vor zehn Jahren“, sage ich, und ein Lächeln, das ich nicht wegwischen kann, umspielt dabei meine Lippen.

„Nein, zum Glück nicht“, bekräftigt Rylan.

„Noch zwei Babys“, murmelt Beaumont.

„Ich könnte mir absolut nichts Besseres vorstellen“,

erwidere ich.

Rylan legt einen Arm um meine Schulter. „Scheiße, nein. Es gibt nichts Schöneres als das, Cousin."

***

*Ford*

*Sechs Monate später*

„Wir müssen das Baby jetzt auf die Welt holen. Ich habe bereits den Anästhesisten angepiept und den Schwestern Bescheid gegeben, den Operationssaal vorzubereiten."

Die Worte des Arztes erschüttern mich. Wir kannten die Risiken, wir wussten, dass es zu Komplikationen kommen könnte. Verdammt, schließlich sind wir beide über vierzig. Unterm Strich hätte Stephanie wahrscheinlich gar nicht wieder schwanger werden dürfen.

Wir haben es nicht darauf angelegt, dass sie schwanger wird, es ist einfach passiert. Anschließend haben wir die Optionen gegeneinander abgewogen und sind zu dem Entschluss gekommen, ihn zu bekommen. Es gab keine andere Möglichkeit für uns.

Sie hat alle Tests über sich ergehen lassen, hat fast wöchentlich den Arzt aufgesucht. Alles verlief ganz normal. Das heißt, bis jetzt. Ihr Blutdruck ist verdammt hoch, weshalb der Arzt Angst hat, dass wir sie oder das Baby oder sogar beide verlieren könnten.

Ich fahre mir mit den Fingern durch die Haare. „Okay."

Ich lasse ihn stehen und mache mich auf den Weg, um mit ihr zu sprechen. Tränen rinnen ihr über die

Wangen, ihre Unterlippe zittert und sie nickt mit dem Kopf.

„Einen Kaiserschnitt, richtig?“, wispert sie.

Ich gehe auf sie zu, lege meine Hand in ihre und schenke ihr ein kleines Lächeln. „Ja, aber das ist schon okay, Honey. Er ist bereit dazu, uns kennenzulernen. Es ist Zeit, unsere Familie zu komplettieren.“

Ihre Lippen verziehen sich zwar zu einem kleinen Lächeln, doch die Tränen fließen weiter. Obwohl sie bereits vier Kinder geboren hat, sogar Zwillinge, hat sie diesmal Angst, das weiß ich. Ich will es nicht zugeben, aber auch ich habe Schiss. Jedes Mal, wenn sie in diesem Krankenhaus lag, hatte ich eine Scheißangst.

„Ich liebe dich, Honey. Es ist an der Zeit, dass Sawyer seine Mom und seinen Dad kennenlernt sowie seine Brüder und Schwestern. Aber danach ist Schluss, Stephanie. Kein weiteres Kind.“

„Kein weiteres“, wiederholt sie. „Kein weiteres.“

Der Arzt verliert keine Zeit. Als er das Zimmer betritt, muss ich hilflos dabei zusehen, wie er meine Frau für die Operation vorbereitet.

Nachdem das Team ihren Blutdruck und Sawyers Herzfrequenz überprüft hat, ist die Zeit für uns gekommen, ihn kennenzulernen. Er ist zwar ein bisschen früh dran, aber der Arzt ist davon überzeugt, dass er keine Minute länger in Stephanie bleiben kann und dass wir alle zusammen wieder nach Hause gehen werden.

Ich sehe dabei zu, wie sie sie in den OP bringen. Ich muss mich ebenfalls waschen und vorbereiten, danach darf ich zu ihr. Ich stehe in einem kleinen, überfüllten Raum an ihrer Seite, halte die Hand meiner

Frau und beobachte den Arzt dabei, wie er ihren Bauch aufschneidet.

„Sie machen das ganz großartig, Stephanie", sagt der Arzt, dessen Stimme beruhigend und einfühlsam ist.

Als ich zu ihr hinunterblicke, sieht Stephanie zu mir auf. Tränen laufen ihr über die Schläfen. Ich drücke die Hand meiner Frau und höre den Arzt sagen, dass ich zu ihm hinüberschauen soll. Als ich das tue, sehe ich, wie er meinen Sohn aus dem Körper meiner Frau holt.

Ich hätte nie gedacht, dass diese Geburt genauso schön werden würde wie unsere anderen, denn ich habe immer geglaubt, dass ein Kaiserschnitt die Magie einer Geburt zerstören wird. Aber dem ist nicht so. Es ist verdammt atemberaubend. Ich sehe dem Team dabei zu, wie sie ihn ein wenig säubern, und kann meinen Blick einfach nicht von ihm nehmen.

„Geht es ihm gut?", will Stephanie wissen.

Ich richte die Kamera auf ihn und schieße so viele Bilder wie möglich. „Er ist perfekt."

Die Krankenschwester übergibt ihn mir, er ist in Handtücher eingewickelt. Ich bin dankbar dafür, dass sie mir die Kamera abnimmt. Ich lächle sie an, während sie ein paar Bilder von uns macht, dann beuge ich mich zu Stephanie herunter und zeige ihn ihr. Wir lächeln beide für die Kamera, aber vorrangig weint sie, als sie unser neuestes Bündel sieht.

„Er ist perfekt", sagt auch sie.

„Das ist er wirklich."

Wenige Augenblicke später führt man mich mit dem Baby im Arm aus dem Zimmer, sodass ich gezwungen bin, Stephanie zurückzulassen. Ich hasse es. Jede verdammte Minute, die ich nicht bei ihr bin, hasse ich.

Nachdem Sawyer komplett untersucht wurde, halte ich ihn und warte mit ihm zusammen auf Stephanie. Als sie aus dem Operationssaal geschoben wird und man uns mitteilt, dass die zwei Hautkontakt miteinander haben dürfen, kommt es mir so vor, als wären erst ein paar Sekunden verstrichen.

Ich sehe den beiden zu, bin völlig hypnotisiert von dem, was sich vor mir abspielt.

Das ist es also.

Das Leben, das ich immer gewollt, von dem ich immer geträumt habe und das nun wahr geworden ist. Vor dreiundzwanzig Jahren habe ich nicht damit gerechnet, dass ich das hier mit ihr zusammen erleben würde.

Ich glaubte, dieser Traum würde nie in Erfüllung gehen. Dass wir nie heiraten und nie eine Familie gründen würden. Und jetzt? Nun habe ich all das genau vor mir, und jeder chaotische Moment ist einfach nur perfekt.

„Danke schön, Honey", flüstere ich ihr zu, während sie unser Baby an ihre Brust drückt. Beide schlafen tief und fest.

**Ende**

# Autorin

Als Einzelkind musste Hayley Faiman sich mit sich selbst beschäftigen. Im Alter von sechs Jahren begann sie, Geschichten zu schreiben, und hörte nie wirklich damit auf. Die gebürtige Kalifornierin lernte ihren heutigen Ehemann im Alter von sechzehn Jahren kennen und heiratete ihn mit zwanzig Jahren im Jahr 2004. Nach all den vielen gemeinsamen Jahren ist er immer noch die Liebe ihres Lebens. Mit ihrem Mann und den gemeinsamen Kindern lebt Hayley Faiman heute im Osten von Texas.

Die meisten Tage verbringt Hayley damit, sich um ihre beiden Söhne zu kümmern, ihnen bei den Hausaufgaben zu helfen oder zum Sporttraining zu gehen. Ihre Abende verbringt sie mit ihrem Mann und ihre Nächte damit, sich neue Romane mit heißen Alpha-Helden – gemäß dem Motto „Alphas Do It Better" – auszudenken.

*Webite: www.hayleyfaiman.com*